I0604657

福民公寓

喻智官　著

飛馬國際出版社

一部堪稱文革紀念碑的長篇小說
——新版《福民公寓》出版弁言

一

此前，我們決不會想到出版這樣一本書，而且還帶著驚喜。這本叫《福民公寓》的長篇小說，二〇〇四年在香港出版，二〇一二年在臺灣出版，前後已經發行了二十年，且是講述「過時」的文革故事。

關于文革，我們雖非親歷者，但在國內時沒少讀此類作品。早在二〇〇〇年，文學評論家許子東就出版了《爲了忘却的集體記憶——解讀五十篇文革小說》的評論集，還準備增訂出七十篇文革小說，顯見涉及文革的作品已洋洋大觀。後來不少名家的小說：如莫言的《生死疲勞》、閻連科的《堅硬似水》、余華的《兄弟》、賈平凹的《古爐》等也常被列入文革作品。

不妨欣賞一下這些作家的「生花妙筆」：

——《生死疲勞》出現這樣的場景：「車上的紅衛兵在『大叫驢』的率領下喊起了口號：打倒驢頭縣長陳光第！——打倒奸驢犯陳光第！『大叫驢』的嗓門，經過高音喇叭的放大，成了聲音的灾難，一群正在高空中飛翔的大雁，像石頭一樣劈裏啪啦地掉下來……」大雁肉味清香，集上的人像一群餓瘋了的狗因搶大雁而發生踩踏，引發混戰，最後變成武鬥。「事後統計，被踩死的人有十七名，被擠傷的人不計其數。」而陳縣長却「騎著紙驢，在全縣的十八個集市被游鬥，把身體鍛煉得無比結實，原來的高血壓、失眠等毛病全都不治而愈。」如此出彩的文革鏡頭，顛倒人們的文革認知，却以「魔幻現實主義」高自標譽。

——《堅硬似水》的男主角復員軍人高愛軍和女主角嫁到鄉鎮的城市女孩夏紅梅，背叛各自的婦與夫成爲戀人，在文革中患上「革命狂魔症」，極度宣泄權欲和性欲。他們一壁以革命的名義造反奪權；一壁聽到紅歌勃起，想到革命手淫，伴著文革的口號標語和鬥爭歌曲在廢弃的墓洞、野河、溝渠、草垛，甚至挖地道瘋狂通奸做愛，及至在地道裏砍殺奸婦之夫，雙雙被槍決。這般「出奇出新」聞所未聞的文革，有一頂「荒誕現實主義」桂冠。

　　——與之相比，《兄弟》中的文革「寫實」到近乎漫畫，故事中的行凶者都是無名無姓的紅（衛兵）袖章。地主分子宋凡平在車站被追堵他的六個紅袖章截住，又趕來五個紅袖章，十一個紅袖章一起把他活活打死；紅袖章把野猫放進孫偉父親的褲襠裏抓咬，還用烟頭燒他的肛門，他受不了折磨往自己的腦殼砸大鐵釘自殺……光怪陸離的「紅袖章」的暴行，一看就是道聽途說文革者的編湊。

　　——文革在《生死疲勞》中只是閃回，在《兄弟》中是片段，到了《古爐》才細說一個村莊的文革「全過程」，故被論者譽爲「中國大陸目前所看到的有關寫文革的這類題材創作中，最獨到、最蘊厚、最辟裏、最人性、最具有人類意識的一部作品。」然而，作品的「最文革」是：古爐村裏兩支造反隊——夜姓村民組成的造反派榔頭隊與朱姓村民組成的保皇派紅大刀隊——你死我活的武鬥，看上去十分慘烈，但若沒有文革的獨特布景襯托，完全是中國傳統農村勢不兩立的宗族爭鬥。

　　看似賈平凹別有深意，藉此詮釋文革與中國民族性的關係，矷掘出文革發生的歷史淵源，古爐（村）燒出的瓷器（China）正是中國的象徵。但作者回避了文革狂飆能够鼓蕩起的原由是中共的獨裁體制，以及主宰這個體制的文革策動者毛澤東，不追索文革肇事者的孽愆，而去推溯民族劣根性，都是避實擊虛地自欺欺人，是以「文化決定論」爲現政權脫罪。

　　所以，無論是莫言的魔幻、閻連科的荒誕、余華的戲說、賈平凹的「尋根」，都是同一路數，如評論家許子東（用贊賞的口吻）評價《活著》：「只述厄運，不查原因，只見苦難，不見惡人。」「小說是可以承受的沉重宣泄，但又不直接關乎體制。」于是，在精神上自斷脊梁的作家，既利用文革素材，又不逾界觸禁，便把文革當小說人物的背景，用變形金剛的技巧圖解文革的荒唐崇高，用低級趣味的下流消解文革的「神聖」意義，再冠以先鋒文學之類的美名。所謂「魔幻」「荒誕」之類，不過是用眼花繚亂的鬼畫符模糊歷史真相，用故作高深的手法蔽匿內在精神的孱瘠，直至褫褙創作功力不逮的尷尬，最後寫出的只能是回避慘酷現實，患上失語症的病態作品。

由此也解答了我們的一個疑惑，文革題材在大陸已屬犯禁，這些欲望賁張的狗血劇情和言不及義寵物呻吟式的「文革」作品爲何能大行其道？因爲隔靴搔癢無傷大雅的文革故事可以混淆視聽，讓無文革踐曆的讀者曲解文革，以爲文革好似中國民衆自發的一場鬧劇，而紅衛兵如同清末愚昧凶頑的義和團。

有趣的是，不知因過度憂懼而自造緊張，還是爲推銷書籍而自造噱頭，《堅硬似水》《兄弟》之類的書還被「疑問」：這種書怎麼能在大陸出版？

二

直到在海外邂逅喻智官先生的力作《福民公寓》，在承受心理和意識衝擊中讀完該書，我們才知道什麼是文革，什麼才是真正書寫文革的作品，也才明白，僅就文學作品論，墻內墻外也完全是兩個天地。《福民公寓》這樣的書別說在國內出版，出版社碰都不敢碰。所以，比之《福民公寓》，前述名家的「文革」都是贗品，《福民公寓》才貨真價實全景式地摹繪了文革的整個過程。

首先，從橫向的面上說，《福民公寓》集中狀寫上海原法租界高級公寓裏居民在文革中的遭際：其中有副區長和區委辦事員；有參與造反的紅衛兵；有大資本家；有右派分子；有留學過日本的研究所圖書館員；有解放前百樂門的舞女；有留學過英國的天主教徒醫生；有印尼歸國華僑等衆多角色。作者在鋪叙這些人物生死歌哭的同時，通過這些人物的活動，勾勒了文革時下至大、中、小學校，上達市、區政府的劇變，還延伸觸及上海平（貧）民地段和周圍農村地區乃至外地的文革騷亂，讓福民公寓的厄難成爲全國文革的縮影。

其次，從縱向的綫上說，《福民公寓》的故事發生在一九六六到一九八六年間，但通過人物遙憶等情節，倒叙公寓住民一九四九年至一九六六年的景況，表明儘管文革始于一九六六年，但「福」民公寓住民從一九四九年就開始罹亂了，文革迸殃只是一九四九年後一系列政治運動的總爆發。在一九四九年這個節點上，還有兩個從蘇維埃亡命上海寄居福克（民）公寓的白俄，驚悉中共軍隊跨過長江後，一個不畏老邁再遠走加拿大，一個乾脆絕望地自戕。如此就把一九六六年與一九四九及暴政濫觴的一九一七年十月革命聯繫起來，把文革置于國際共運的鏈條上徹底反思：文革雖非必然，但也絕非偶然，它只能在國際共運分支的中共極權下發生。

與此同時，小說用社會衝突標示野蠻地抄家批鬥，并開鑿不同當事者的前世今生，透泄出國人冤冤相報貧富輪回的遺弊殘滓。比如，遭大難的資本家南荃裕，追勘他祖上的發家史，可以窮究本末到百年前太平天國時期，他的先祖趁火掠劫財主得暴富；而子女紛紛參加紅衛兵造反的吳東旭，如刨根稽考，百年前他的祖上却是富甲一方大地主。

這樣，《福民公寓》在橫幅和縱軸兩面敷陳，傾力從廣度和深度攝錄文革。

三

需要強調的是，《福民公寓》不是用說教而是以經典現實主義，也即巴爾扎克、契科夫的現實主義創作理念，以生動的現場感，豐富真切的生活細節，情理畢肖的時代氛圍，藝術地演繹本身足够荒謬荒誕足够「非現實主義」的文革。

《福民公寓》圍繞公寓居民寫了四十幾個人物，不僅主要角色形象逼真靈動，即使著墨不多的次要角色，也獨具性格，面目分明。他們的音容笑貌讓你讀之如聞其聲，如見其人，就像一組群雕，讓人鐫印在腦，也讓人聯想曹雪芹在《紅樓夢》中對人物的活畫。

不難看出，書中栩栩如生的人物，大量充實貼切的細節，是作者基于現實生活中的原型進行藝術的再現，而不是在書房閉門造車「虛構」製作。

就說文革第一要角紅衛兵。迄今有關紅衛兵的形象不外乎兩類：一類是張承志、梁曉聲等人筆下的「理想主義者」，紅衛兵始終是正面人物；另一類是余華（沒身臨文革初期大動亂，僅憑口耳之學得來的信息）等人筆下的凶神惡煞，屬反面人物；兩者的共同點都是把紅衛兵簡單化或臉譜化。而《福民公寓》中的紅衛兵不落窠臼，他們參加紅衛兵造反的動機各異，既有受毛蠱惑的一面，又有不滿學校及各級領導官僚主義的一面。參加里弄專政隊裏的紅衛兵吳國慶，因自身的貧寒而帶著仇富心理加入抄家批鬥資本家，同時，當外來的紅衛兵批鬥喜歡自己的歸國老華僑，她還出面阻止。諸如此類既反映了紅衛兵造反心理的複雜，又剖悉了文革也是當時社會積累的各種尖銳矛盾的破防。

《福民公寓》還多層次多角度地演示人物的生存狀態，在關照人物個性和命運的同時，注重爲异化時代留存真迹。

——舞女祝秋藝，「解放」後爲找政治靠山，先是嫁給工人丈夫，文革中丈夫在武鬥中喪身，爲尋找新的靠山，又用色相腐蝕戶籍警，這是她可憐的一面；同時，她不甘忍受低人一頭的成（身）份，常在鄰里間尋機引風吹火無事生非，顯露出潛意識中要做「正常人」的好勝，又是她可嫌的另一面。

——戶籍警趙河竹利用公職與舞女搞腐化，還性侵資本家孫女，十分可惡。但他占有上海女人的欲望出自失敗的戀愛。「解放」後的戶籍制度在城鄉間築起鴻溝，趙河竹憑退伍軍人從農村招進上海公安局，使他成爲極少數進城工作的農家子弟。然而，他進城的幸運反成爲他婚戀的不幸，他因自身與城市隔膜的農民特徵而受歧視，致使他與上海姑娘的戀愛一再失敗，人們在譴責他時難免帶一絲同情。

——嚴軻因父親的歷史問題喪失上大學的資格成爲社會青年，爲補救自己的「先天」缺陷，他把自己的皮夾子（錢包）上交里委會，自造拾金不昧的「好人好事」，試圖以「出身不能選擇，重在自我表現」爭取上大學。這一情節，既爲嚴軻怨恨父親，在文革中批鬥父親埋下伏筆，也記實了因制度性歧視造成的社會不公，以及「學雷鋒，做好人好事」之類洗腦活動的虛僞和异化。

這些人物的悲劇既出自他們的生性，更由畸形時代「鍛造」，他們都是非人道政治制度的犧牲。

四

《福民公寓》以飽滿而多姿多彩的人物，自然而扣人心弦的情節，形成大開大闔的張力和美感，讓讀者獲得極大的藝術享受，這些固然是小說的成功所在，但《福民公寓》的最大價值，在于用批判現實主義的姿態，精微顯著地雕鏤時代和社會本真，以此昭示世人：借社會主義之名，行極權統治之實的共產制度，必定給人類造成巨大灾難。因此，《福民公寓》在紛呈時代風雲的廣度和深度的基礎上達到了罕有的高度。

二〇〇八年，加拿大一位讀者在網上列出自己喜歡的《一九八四》《動物莊園》《福民公寓》等四本書，他對《福民公寓》的定位非常準確。如果說寫于一九四八年的《一九八四》是預言小說，那麼故事起于一九四九年止于一九八四前後的《福民公寓》，用極權社會的世相百態實證《一九八四》的不朽預言。

　　《福民公寓》中有一個情節寓意深長：來上海大串聯的北京紅衛兵誘姦了資本家的孫女南延泠，回北京前他留給南延泠的姓名是：毛文革；地址是：北京天安門一號。南延泠因懷孕打胎而瘋了。十年後，毛澤東駕崩，南延泠早就把毛澤東和貌似毛澤東的紅衛兵「毛文革」混爲一談，在觀看電視轉播天安門追悼會實況時，她以爲自己尋找了十年的「毛文革」死了，禁不住哀慟悲愴地吼叫：「毛文革死了！」僅此一吼，舉重若輕自然巧妙地把故事推向高潮，也把强姦民情，淩辱民心，發動文革的毛澤東釘在歷史的恥辱柱上。

　　作爲長篇小說的《福民公寓》在結構上也頗具匠心。從引章寓居福克（民）公寓年逾古稀的白俄出走即將落入中共之手的上海開場，到末章寫「福」民公寓裏熬過文革歲已耄耋的資本家等人遁離上海劇終，不僅前後呼應，也深化了小說的主題和思想，達到藝術形式和內容完美結合的審美效果。

　　彰顯深刻思想的作品必然有雋永的生命力。《福民公寓》所解析的文革浩劫和逃逸共產專制的命題，迄今不斷得到現實的回應與佐證。

　　新冠疫情期間，號稱國際化大都市的上海，在世界面前上演了一幕幕用極端手段封城的人道慘劇，主導運作的還是曾經操縱文革的權力機構。同時，從一九一七的逃離莫斯科（蘇聯）潮到一九四九和一九八〇年代兩次逃離上海（中國）潮，再到一九九七年和二〇二二年兩次逃離香港潮，都在在證明，共產極權專制存在一天，中國社會就沒有走出文革，中國人就擺脫不了遷逃的宿命，由此可以說，文革既是過去的歷史，也是當下的現實。

　　《福民公寓》作者以陀思妥耶夫斯基的名言「我只擔心一件事，我怕我配不上自己所受的苦難」自我鞭策，從見證苦難這一樸素的文學立場出發，醞釀二十載，伏案五年，用身心當筆，蘸著奔涌的熱血，抒寫交織愛與憎的不可複得的人生體驗，撰著非目睹者不能盡言的悲劇歷史，完成了一部可遇不可求，在華語文壇上不可多得的佳作。

　　因此，我們秉持與作者同樣的精神，爲留住真實的歷史，留住真誠的文學，也爲擴大與《福民公寓》不相配的影響力而出版此書，意欲讓更多讀者結識這部凝聚文革文學結晶的作品，走進或回味那段創鉅痛深的歷史，并重新審視認識我們身處的現實世界。

目次

主要人物

福民公寓三號樓：

吳國福——文革開始時是個十二歲的孩童，敏感地觀察周圍發生的一切。

吳東旭——吳國福父親，區委辦事員。

鍾毓英——吳國福母親，里弄生產組工人。

吳國平——吳國福哥哥，大學生，上海紅衛兵領袖。

吳國慶——吳國福姐姐，初中紅衛兵，里委專政隊員。

吳國進——吳國福妹妹。

祝秋藝——百樂門舞女。

來龍——祝秋藝丈夫。

林基山——歸國印尼華僑。

公寓二號樓：

南延清——吳國福的同學，青梅竹馬的女友。

南守坤——南延清父親，右派分子。

喬玉珊——南延清母親。

南荃裕——南延清爺爺，大資本家。

南荃珍——南延清姑婆，南荃裕妹妹。

南守乾——南延清伯伯，南荃裕長子。

南延泠——南延清堂姐，南守乾之女。

南路生（南老爺）——南荃裕族弟，公寓門衛。

宋秀娥——文革時吳國福的同學。

宋代表——宋秀娥父親，文革時進駐區委的軍代表，同時搬入南家查封的房子。

忻大姐——宋秀娥母親，文革時里委黨支書。

公寓四號樓：

方聚儀——吳國福的同學。

方長舟——方聚儀父親，副區長，文革時的走資派。

古月琴（古大姐）——方聚儀母親，福民里委主任。

馮美珠（馮大姐）——福民里委治保主任。

趙河竹——管轄福民里委的戶籍警。

白靈光——大資本家，區政協委員。

公寓一號樓：

嚴軻——無資格考大學的社會青年。

嚴易真——嚴軻父親，去日本留過學的研究所圖書館員，文革時被打成漢奸。

慧芬——嚴軻母親。

樓思禮——去英國留過學的開業醫生，文革時被打成間諜。

樓太太——樓思禮之妻。

阿七頭——吳國福的同學。

姚大桶——阿七頭父親，工人。

阿殷——阿七頭母親，家庭婦女。

盧飛燕——吳國福的同學。

柳小寶——吳國福的同學。

郭樹仁——福民小學校長。

張怡和——福民小學教導主任，吳國福的老師。

彭鑒明——吳國福的中學老師。

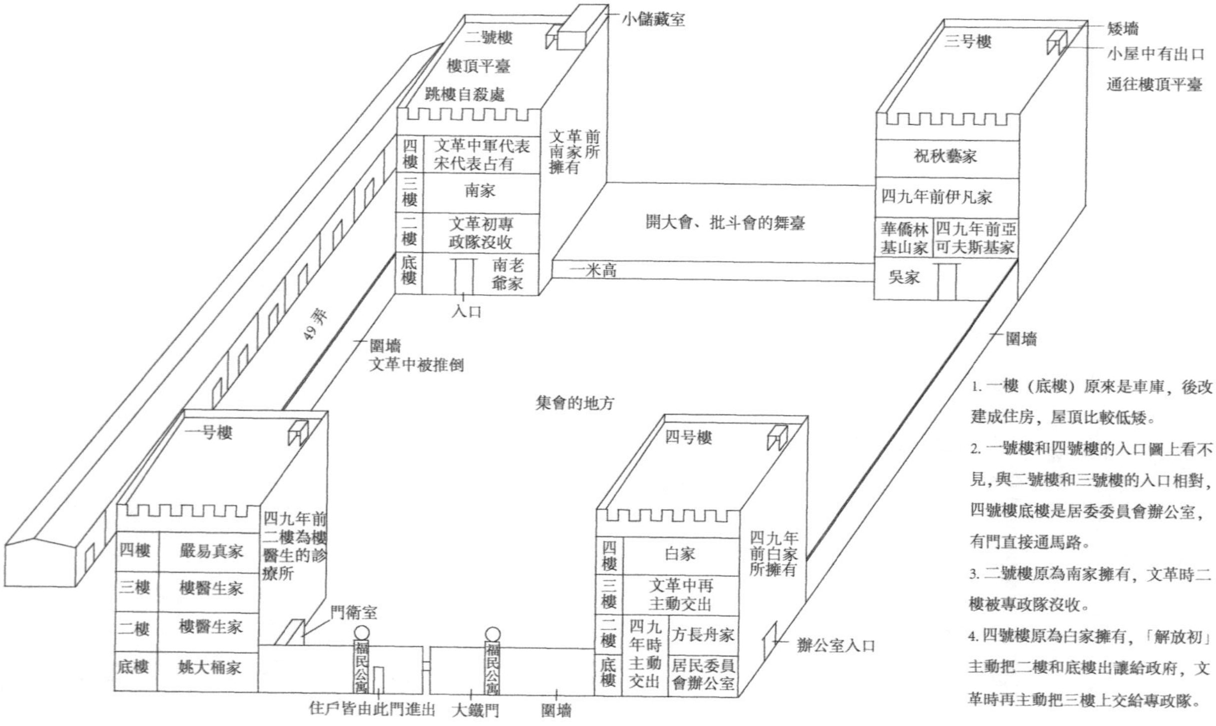

1. 一樓（底樓）原來是車庫，後改建成住房，屋頂比較低矮。

2. 一號樓和四號樓的入口圖上看不見，與二號樓和三號樓的入口相對，四號樓底樓是居委委員會辦公室，有門直接通馬路。

3. 二號樓原為南家擁有，文革時二樓被專政隊沒收。

4. 四號樓原為白家擁有，「解放初」主動把二樓和底樓出讓給政府，文革時再主動把三樓上交給專政隊。

解放軍渡過了長江，公寓里的白俄再走第三國，鄰居們驚嘩

一

文革過來的這輩人，誰沒有一本向人傾訴的故事。

吳國福的故事是從福民公寓開始的。

憶及福民公寓（四九年前叫福克公寓）的陳年舊事，吳國福首先想到白俄亞可夫斯基，從小聽到他的掌故最多也最迷離，這麼多年過去，那些事還充滿了魅力。有人說他曾經是沙皇尼古拉二世的宮廷樂師，這當然是無法證實的傳言，但當年風靡上海灘的幾位歌星都跟他學藝，卻是人所共知的逸聞。吳國福後來才明白鄰居們難忘他的原由：那年他不懼七十九歲高齡，執意出走流亡地上海，去更遙遠的第三國；行前，他還拍賣自己的器物，驚動了鄰居。

那是上海解放前夕，共產黨的軍隊一過長江，亞可夫斯基就宣佈去加拿大。

一天，他在公寓門貼了一張告示，上面寫著蚯蚓樣彎彎扭扭的漢字：

　　我即將去加拿大，為籌集資金，明天（禮拜天）我在公寓拍賣家具器皿，（雨天改在室內）請鄰居們賞光。

亞可夫斯基

下午，南守坤從學校回來，看了告示欲往家走，突然聽到熟悉的鋼琴聲，就徑直去亞可夫斯基家。他從小跟亞可夫斯基學彈琴，看中

了那架鋼琴。

　　亞可夫斯基正在作最後一次彈奏，看到南守坤進來，他停手笑道：「你好啊，小夥子，來為我這個糟老頭送行？」

　　南守坤和亞可夫斯基聊了一會兒，才吞吞吐吐地說：「我求您一件事，我想買下這架鋼琴。」

　　「你不是有一架嗎？」

　　「那架琴音質太差，我早就想換了。」

　　「上大學後幾乎沒聽你彈過琴。」

　　「我忙得很少回家，哪有時間彈？」

　　「那你買琴做啥？」

　　南守坤不好意思說它是大師的用品，又為許多名人伴奏過，只道：「它是德國名牌啊。」

　　亞可夫斯基撫摸著掀開的琴蓋：「是一架好琴啊，準備拍賣的東西中我最捨不得它。」結結巴巴的上海話不夠用，他開始夾雜英語，「當年冬宮裏有一架同樣牌子的特大鋼琴，由德國公司定製。我用它為皇家舞會伴奏，那場面不堪回味啊！」他垂下頭，「當年皇上如接受自由主義領袖忠告，擴大杜馬選舉，使內閣向杜馬負責，他完全可以避免倒臺，當然，如果他在第一次世界大戰中戰勝德國，也不會導致二月革命和後來的十月革命……」他長嘆一聲，「有些事不依人力變化啊！」

　　「尼古拉二世不是一個專制獨裁的沙皇嗎？」

　　「是的，你說的不錯，他獨裁專制，政府腐敗，還對外擴張，參加八國聯軍侵犯中國，我也對他不滿。但與後來的蘇維埃相比，沙俄是自由的多少問題，蘇維埃是自由的有無問題。」

　　「你就是怕中國的蘇維埃才出走的吧？」

　　「我是隨時去見上帝的人，還怕啥？我是不忍見蘇維埃悲劇在中國重演。」亞可夫斯基用僵硬的手指按了幾個低音鍵。

　　「其實你根本不必走，」南守坤以《論聯合政府》作依據：「毛澤東說了，中國共產黨不學俄國實行一黨專政，而是建立幾個民主階級聯盟的政權形態。」

「我不了解毛澤東，只知道二戰後的東歐都步了蘇維埃的後塵。」

「中國的國情不同，國民黨腐敗墮落，再不取代它中國就完了。」

「也許你說得對，但國民黨至少讓我太太平平住在福克公寓，讓你爸爸自主經營工廠。」

「難道共產黨不讓你住這裏？不讓我爸爸當老闆？」

「我走了，看不到了，今後你自己去下結論吧。」

下樓時南守坤憐恤地想：人老了，就容易固執己見。

十年後，當他受難時，他才覺悟，固執己見的是自己。

二

亞可夫斯基的舉措在公寓鄰居中引起連鎖反應。

膠鞋廠老闆白靈光隨之送兒女去美國。解放以後，不管別人有意無意，問到他兒女的出走時間，他總是「糊里胡塗」地強調在亞可夫斯基離別之前。這話蒙不過南荃裕，他清晰地記得和白靈光的一次長談，那時他們經常在一起切磋生意。

那天南荃裕魂不守舍地醒來。昨天晚上，兒子守坤吵著要買鋼琴，攪得他心緒煩亂。妹妹南荃珍備了他喜歡吃的早餐：鹹豆漿配糯米燒賣、茶葉蛋，他却食不知味地喝了半碗豆漿就急步出門。穿過院子時，他見亞可夫斯基拍賣的家當擺了一地，他無心佇足瀏覽，匆匆去白靈光家。

南荃裕剛坐定，白錢氏就泡上剛上市的碧螺春，白靈光接過壺篩茶：「老兄，看你眉心打結，是羅宋人的事讓你煩心了吧？」

「是啊，亞可夫斯基這麼大年紀還逃離上海，這事不尋常啊。過去一提俄國，老頭就講在列寧尤其是斯大林手下的慘狀，可見他十分懼怕蘇維埃。」

「中國的蘇維埃與他們不同吧。」白靈光強自鎮定地解說了一番。

「守坤從學校也帶回類似論調，那些畢竟是共產黨的宣傳啊。二十年前共產黨在鄉下搞農民運動，抄家鬥財主，逼得我叔叔到上海避難，將來坐了天下再搞這些名堂怎麼辦？」

「你說的倒是事實……，但國民黨也實在不爭氣，好不容易抗戰勝利，本該集中精力搞內政，豈料那些接受大員搞五子登科，政府腐敗老百姓離心，結果物價暴漲，法幣一錢不值。去年，蔣經國搞金融改革，也以失敗告終。依我看，不管哪個黨掌權，只要能和平，就可安心發展企業。」

「誰不希望和平？問題是共產黨代表工人農民，他們當政，我們這些人有好果子吃嗎？」

「毛澤東好像是明白人，我記得他在哪本書上說過，共產黨要發展本國的資本主義來代替外國帝國主義的壓迫。」

南荃裕明白，白靈光對外國壟斷資本家有切膚之痛，他父親經營套鞋作坊，競爭不過洋貨差點倒閉。他只得回到老問題，「流浪上海的羅宋人多數是工廠主莊園主，總有緣故吧？」

「你說的有道理，事關重大，應該慎重對待，我想去找亞可夫斯基問一下。」白靈光思慮道。

過後不久，白靈光告訴南荃裕，他決定讓兒子白正華帶一筆資金去美國經商，女兒白少華一塊兒去留學。白靈光沒講羅宋老頭說了啥。

這下急壞了南荃裕，他與兩個兒子商量，是否也去美國或香港避風頭。南守乾說，自己是長子，爺爺叮囑過我，要為裘為箕繼承家業，弟弟可以先出去。守坤卻說待大學畢業再考慮。守乾提醒道，到時共產黨拿下全國，你想走也不一定走得了。守坤不以為然說，羅宋人搞不懂中國的事，草木皆兵雞飛狗走，你們也跟著瞎起哄，共產黨為人民爭民主自由才和國民黨打仗，他們取得勝利後怎麼會不讓老百姓出國？南荃裕道，你不要太書生氣，你可先去美國，一切如你所說可以再回來。守坤不耐煩道，以後再說。

三

姚大桶和老婆阿殷提起亞可夫斯基就數落：羅宋老頭是個吝嗇鬼。

當年他們貪婪地圍著拍賣物時，阿殷也這樣抱怨：「從沒聽說向鄰居拍賣家具，老頭子真想得出，人要走了，不用的東西送鄰居，還可賣個人情。」姚大桶睜圓暴眼說：「這些都是老貨，要不是兵荒馬亂，送到舊貨商場可以賣好價錢。」阿殷說：「東西再好，不是時候，誰要？」姚大桶道：「所以我們不買，最後他賣不掉只好送人。」夫婦倆打好如意算盤守株待兔地等著。這時南路生走過來，姚大桶高聲問：「老南，你準備買點啥？」

「我隨便看看。」

阿殷道：「花這種閑錢，老南不會多買一分地。」

南路生在上海工作，讓老婆兒子住鄉下，賺點錢，一個銅板掰成兩個用，省下錢全去買地。他正為這事窩氣，煩道：「啥時候了還買地，共產黨已經在東北減租減息了。」

姚大桶說：「那是對大地主，你那幾畝地算啥？」

「有些事吃不準啊，羅宋人這把年紀了，為啥還像老鼠見了貓地逃跑？」

「依我看，共產黨總比『刮』民黨好。」去年底政府推行銀圓買賣，姚大桶在亞爾培路霞飛路口倒賣銀圓被巡警逮住，屁股上吃了幾隻「火腿」，他有一肚子怨氣。

「你別輕鬆，共產黨共產共妻，萬一你老婆給共走了怎麼辦。」阿殷做作地提醒。

「共產共妻是衝著有錢人的，你還輪不上呢。」

「問題是……」南路生一時想不出恰當的話。

　　吳東旭也常對孩子們提拍賣的事，末了還總忘不了說，當時有一輛宣傳車停在公寓外，大喇叭廣播政務委員谷正綱的宣講：「上海六百萬市民們，上海同胞們，共產黨的武力侵略，已經擴大到上海了。我們知道共產黨是共產國際的第五縱隊，它沒有國家的立場民族的觀念……，我們應清醒地看到，共產黨是暴力的集團，它披著一層民族自由的外衣，而掩蓋著暴力專政的毒藥，……如果讓共產黨奪取了政權，我們還能生存嗎？所以我們要求市民們，統一作戰步伐，不投機，不妥協，有錢出錢有力出力……」

　　吳東旭每次都琅琅上口的背出這段話，到么兒吳國福聽到時，吳東旭已在谷正綱的「宣講」前加了「反動」兩字。國福識事後，懷疑父親一直在反思這些話的意義。

　　那天亞可夫斯基的東西賣掉一半還不到，剩下的讓霞飛路舊貨商場三錢不值兩錢地拖走了。有些東西只能送人，姚大桶如願拿到一隻皮箱。

四

　　拍賣品中不起眼的一隻小座鐘，最後成為嚴軻的一件聖品。他在文革中鬥死父親，後來，他帶著負罪感反復講敘買來的經過。

　　那時嚴軻剛四歲，他站在一張椅子上，趴在窗臺上往下看，他見小夥伴吳國平跟著父親在看拍賣物，心癢癢地也想下去，又回頭望爹爹一眼。

　　嚴易真在讀日本作家橫光利一的原文小說《上海》，樓下的嘈雜聲似乎不影響他。「……（一個）俄羅斯男乞丐伸出手，說：『先生，給點錢吧，……（我）沒住所，也沒食處，快支持不住了，先生，施捨點錢吧。』」聯想到羅宋人鄰居，他終於讀不下去了，亞可夫斯基的出走對他意味著啥？

戰時嚴易真在日本汽船株式會社工作，會社明裏經營一般貨運，暗中私販鴉片軍火，每次收發貨單他的手就發抖，多少中國人會死在這些單子上！他好幾次準備辭職，最終捨不得那份優厚薪金。戰後國民黨接管會社，查不出他有漢奸行為，讓他在公司留下來。

過了國民黨的關，過得了共產黨的關嗎？

「爹爹，你帶我下去玩好嗎？」嚴軻走近爸爸，拉著爸爸的絨線衫。

嚴易真煩道：「爹爹在看書，沒空領你去。」他一向不願在公寓出頭露面。

「我要去買洋娃娃麼。」

「乖囝，下面沒有洋娃娃，下次爹爹帶你到霞飛路去買好哦？」

「不麼，不麼，我就要現在去麼……」嚴軻撒著嬌，小手把爸爸的絨線衫拉長了。

嚴易真輕拍兒子的手：「你怎麼這麼不聽話？答應你買新的還不依，快鬆手！」

嚴軻一屁股坐在地上，大哭起來。

嚴易真看著兒子，束手無措。妻子慧芬披著一件絲棉襖從隔壁房間走過來。她正發著低燒，嚴易真急了：「你怎麼起床了？」

慧芬穿上棉襖，「我好多了，老是躺著也沒用。」她蹲下身子：「乖囝，爹爹在看書，你不要搗蛋，不哭了，起來，姆媽帶你去。」她拉起兒子。

「你行嗎？外面有風。」

「沒關係，」慧芬說完，攢著兒子的手出門。

嚴易真望著妻兒的背影，傷感起來。大女兒一歲時高燒發到四十度，送醫院急症室，醫生查不出名堂，女兒病沒治好，夭折了。慧芬生下嚴軻後染上了肺結核。年災月厄，病魔纏上了他家。嚴易真走近窗口，見妻兒和鄰居們圍著拍賣品看西洋鏡，不由想起了日本人。

那年他懷著「同文同種」的自信去日本留學，他很快發現，除了方塊字和一些傳統習俗，日本人身上看不到中國人的影子。兩廂對照，他明白了甲午戰爭以來中國受制於日本的原因，也由此讀懂了魯迅，有日本人作對照，不難看清中國人的國民性。

谷正綱的廣播聲直衝嚴易真的耳膜，「上海同胞們！我們要不分男女老幼，職業階級，一齊起來，以六百萬人的力量築成一道鐵的長城！」

嚴易真唧噥着：「晚了，木已成舟，你們早些年做啥去了？」他走回桌，從抽屜裏拿出日記本。他在日本不願與人說話，養成寫日記傾訴的嗜好。「……亞可夫斯基走了，帶走了能容納他的空間，裏面有不充足的自由，……公寓里的鄰居在選購他的遺留品，卻沒有去想『物是人非』這句話……」

日記沒寫完，嚴軻嚷著奔進來：「爹爹，送你一個鐘。」跟在後面的慧芬氣道：「嚴軻，你這張嘴怎麼亂說？」她把鐘往桌子上一放，猛地拉起兒子的手，「跟我去水斗[1] 漱嘴巴！」

嚴軻不知姆媽為啥突然變臉，嚇得又大哭起來。

嚴易真勸道：「他才幾歲，哪懂這些忌諱，你何必當真。」他把兒子抱起來，逗他笑：「不哭了，不哭了，你看鐘里兩個小囝好白相[2] 哦？他們馬上要敲鐘了……」

「鐺……鐺……，」兩個小洋人打鼓了，聲震屋宇。

五

舞女祝秋藝憶及當時，更是風一聲雨一聲的真切。她眉飛色舞地

---

1 水斗：上海話，指家裏廚房洗菜洗碗的水池。
2 白相：上海話，嬉戲游玩。

對小姐妹喬玉珊炫耀:「羅宋人走的那天我也可以走的，我搭架子沒走。小開黃，就是要我走的那個人，是造船廠老闆的兒子，上海灘有名的闊手面啊——！」

　　亞可夫斯基飛離上海的那天晚上。過了子夜時分，小開黃開著一輛黑色雪鐵龍轎車在福熙路徐徐行駛。祝秋藝微閉著眼仰靠在後座的椅頂養神，她跳了一晚舞，累了。

　　「去香港的事你考慮的怎麼樣了？」小開黃說。

　　「我跟你說過，我不是長三堂子裏的女人，不會做小的。」

　　「丹楓（祝秋藝的藝名），我那老婆是我阿爸為我定的婚，我們只是形式上的夫妻，這些年，我就喜歡你一個人，你還不知道。」

　　祝秋藝知道，上海灘喜歡她的闊佬不少，但像小開黃這樣真心娶她的人不多。但她暫時不願意，她還年輕，正在品嘗明星的滋味。舞場里，她是眾星拱捧的月亮；是翩翩起舞的彩蝶。一旦嫁人，閨門一關，日子再好，也是籠中的百靈，屏上的紅蕉。「你說的再花好桃好，年紀輕輕叫我做小，不可能。」

　　「丹楓，正因為年輕，你才不識事，你以為共產黨來了還讓跳舞，讓你紅下去？」

　　「不讓我跳舞？兩年前行政院頒布『禁舞令』，姐妹們集會反對，最後還不是不了了之。共產黨來了又怎麼樣？也得讓人謀生，也得讓人活下去。哪朝哪代斷過『教坊』這門生路，古有玉堂春董小宛，近有賽金花，還出過薛濤這樣的女詩人呢？」

　　「總歸是女人見識，你難道沒聽說東歐已封閉了營業性舞廳。」

　　祝秋藝當然聽過，但她不相信燈紅酒綠的大上海真的會流光飛滅。她以為小開黃為帶她走，不惜誇大事實，嬌嗔起來：「你不要嚇我，上海不是莫斯科，這些年，我只看到來上海的鄉下人洋化，沒見過哪個鄉下人改變上海。」

　　……

　　汽車開進福克公寓，停在三號樓門口。祝秋藝準備下車，小開黃返身按住她搭在車座上的手：「現在答應還來得及，我可以為你補一張船票。」

　　祝秋藝任性地抽回手：「去香港我能過上這樣的生活嗎？」她還調笑地加了一句，「我還想看看共產黨是老虎還是獅子？他們真的能吃人？」

　　「你以為我跟你兒戲？」小開黃長嘆了一聲。

　　祝秋藝推門下車，扭著很性感的肉臀走了幾步，又返身扭回來靠近窗：「去香港前再來百樂門一次。」她嬌滴滴地說完，用手作了一個飛吻，走了。

　　小開黃從車窗伸出頭，恨道：「總有一天你會後悔的。」

　　每次說到最後這句話，祝秋藝都帶著哭腔。這話一直說到三年自然災害，到了文革，她賴都來不及，哪裏還敢提。

六

　　吳東旭家樓上的羅宋人伊凡夫婦的結局更加可怕，他們在上海解放的翌日自殺，是吳東旭妻子鍾毓英發現的。她總是帶著一股晦氣提這事。

　　當時鍾毓英是送奶工。那天她挨門挨戶放奶瓶，走上伊凡家時她沒在意一股異味，直到推開廚房門，濃烈的煤氣味直衝鼻子，她才發覺出事：只見伊凡夫婦並肩歪坐在煤氣灶臺下，腦袋耷拉著昏死過去。她用手捂著嘴奔下去叫丈夫，吳東旭讓她快去找樓醫生。她去一號樓敲樓醫生的門，沒人，才想起今天是禮拜天，樓醫生夫婦必定去教堂了。

　　淩晨，樓醫生含混地睡了半宿醒來，見妻子也睜著眼想心事，說：

「終於和平了！」這也是夫婦倆睡前說的最後一句話，他們為這句話祈禱了好幾年。樓太太想起啥，疑慮道：「蔣介石是基督徒，共產黨可是無神論者啊，他們當政，會不會……」樓醫生邊想邊說：「是啊，蘇聯十月革命後立即頒布法令，結束了俄羅斯正教的國教地位，一些牧首公署被關閉，有些神甫被迫害，學校裏禁止基督教的教導……」妻子說：「這也是羅宋人怕共產黨的一個原因吧？」樓醫生克制道：「先別杞人憂天，到時再下結論吧。」

吃了早飯，樓醫生對妻子說，自己先去教堂。

樓醫生走出公寓。人行道上的梧桐樹蔭漸趨濃密，樹椿上貼滿了紅紅綠綠的標語：「慶祝上海解放！」「歡迎解放軍進城！」「共產黨萬歲！」杪梢上，翠嫩的掌形葉，在輕風中拍手般「窸窣」作响。

「時代真的變了！」樓醫生感喟著穿過馬路走進斜對面的承恩堂。

禮拜堂里，早到的教徒坐在長椅上等待彌撒開始。

樓醫生沿著廳邊的廊柱走近祭臺旁的法衣室，他敲了敲門，沒回音，就從邊門踅出去，金神父站在貼牆的一排冬青樹前出神。

「金神父」，樓醫生輕輕喚了一聲。

「哦，樓醫生，今天怎麼這麼早？」

「不知怎麼睡不著了。」

「你也在不安吧？」

「你說，中國變成共產主義後，宗教方面會不會發生蘇聯，東歐那樣的變化？」

「這是難免的，問題是限制到啥程度。」金神父沉著地說，「天主教近兩千年的歷史上啥事都發生過，再來一次也沒有啥奇怪，我們唯一能做的，就是向天主祈禱。」

八點整，承恩堂裏，上海解放後的第一場彌撒開始了，金神父在講道：「……耶穌說，我要告訴你，你是彼得，要把我的教會建造在這磐石上，地獄之門不能戰勝它。還要把天國的鑰匙給你，凡你在地上捆綁的，在天上也要捆綁。凡你在地上釋放的，在天上也要釋放。……」

樓醫生和太太並肩坐著聆聽。「……耶穌對門徒說，『若有人要跟從我，就當捨己，背起他的十字架，來跟從我。因為凡要救自己生命的，必喪掉生命。凡為我喪掉生命的，必得著生命。』……」

一陣慌亂的腳步衝進教堂，打破了彌撒的肅穆。「樓醫生在哪裏，樓醫生在哪裏？」鍾毓英循著一排排坐椅輕聲呼問。

樓醫生從椅縫中擠出來：「吳家嫂嫂，出了啥事？」

「樓醫生，不好了，你快去看，羅宋人。就是住在我們樓上的伊凡夫婦，煤氣中毒昏倒在廚房裏，你快去看看。」

樓醫生和鍾毓英上樓時，吳東旭已經關了煤氣，打開門窗通風，他守在廚房門口。姚大桶夫婦和南路生等人也堵在門道議論，吳國平和嚴軻幾個小孩削尖腦袋往大人縫中鑽。

樓醫生走進廚房，蹲下身子把了伊凡夫婦的脈：「沒救了！」

吳東旭看了看伊凡夫婦身邊的兩隻空酒瓶問：「是自殺吧？」

「不然，他們為啥在廚房開著煤氣吃酒？」樓醫生沉痛地說。

蘇維埃所不容的敵人死了，死在上海解放之日，他們有國歸不得，以這種方式客死他鄉，博得了鄰居們的一掬同情。

他們是革命的祭品，秤出了革命的重負。

七

只有南守乾預感到伊凡的自殺。前一天，伊凡叫他去一次，南守乾頗為意外，他上中學時跟伊凡學過繪畫，工作後沒時間作畫，也很少和伊凡談畫了。更意外的是伊凡把自己的畫作《伊凡雷帝殺子》送給他。過去每次進伊凡家，他總在這幅陰森駭人的畫前駐留片刻。後來知道這是列賓原作的臨摹品，也知道畫上的老頭是皇帝，用策杖失手打死兒子後，既悔恨又驚懼。南守乾問，為啥？伊凡說，那故事說起來長了。

伊凡省略了故事，也沒提他的家譜排上去，畫上的人是他的祖先。這也是他流落上海的原因之一。

伊凡是俄國小有名氣的詩人兼畫家，因不同意馬克思主義的一些觀點，一九二二年被列寧圈入名單，和另外一百六十多名知識份子一起被驅逐出境。

南守乾曾問伊凡買這畫，伊凡斷然說：「不賣，不賣，這不是賣的東西。」

南守乾去時伊凡靠牆坐在地毯上，他身邊有一瓶去了大半的伏特加。那幅畫已擱在地上。南守乾取了畫不解地問：「你也準備出走？」「不，我早就跟你說過，上海是我的第二故鄉，福克公寓是我的最後歸宿。」

伊凡實現了自己的諾言。

八

伊凡的死引起南荃裕的懺憂。那天下午，他想打盹，卻老睡不著，只得又起床。他走到窗口，看見吳國平拿著一面筷子做的小紅旗騎在爸爸肩上走出公寓。不一會兒，姚大桶一手攙阿大，一手抱阿三；阿殷孕著即將出世的阿四，拉著阿二也去霞飛路看慶祝解放的大游行。

大時代來臨了，大時代是廣場上的交響樂，民眾演奏了恢宏浩蕩的旋律，又淹沒在它洪大的聲光電色中。

公寓外不時經過鑼鼓喧天的卡車。「變天了，真的變天了。」不知變成啥樣子？南荃裕往臨窗的寫字臺看了一眼，上面有一高一矮兩隻竹筒，高的插著幾支毛筆，矮的裝著一把竹籤。

他要算卦。

小時侯他看到父親每臨大事就擺弄一把蓍草，就笑父親迷信。「一‧二八」事發，他父親算凶吉，捻得一個「剝」卦後，疑神疑鬼地說家裏的房子不安全，想收拾細軟去鄉下避風。他笑道，幾根草莖能當真？後來，一顆炸彈正落在他家，一棟石庫門房子被劈去一半，還搭上老父和妻子的性命。從此他拿起《周易本意》，用竹籤學筮策。

南荃裕淨了手坐到桌前。

他先對著竹筒默視，剔除完雜念再開始作業。他從筒中輕輕揲出五十根竹籤攤在桌上，從中捻出一策放在一邊，將餘下的四十九根任意撥成兩堆，再從其中一堆挑出一策，隨後四策一組把兩堆算盡，最後剩三十二策，三十二除四等於八，是雙數，他畫下一個陰爻；他再從頭來起，第二次得三十六策，除四等於九，是單數，他畫下一個陽爻；然後得結果六，又一個陰爻；……如是六次，最後排列出坎下乾上的「訟」卦。

「訟，爭辯也，上乾下坎，乾剛坎險，……乾剛烈，對下實施壓力；坎陰險，對上不服，兩者相對，發生爭訟。」「訟卦……為不如意之時運也，不宜前進，宜退守以待機，……不然中對方奸計招禍害。」

難道南家會遇上訴訟的麻煩？

九

上海解放，吳東旭給福克公寓帶來唯一一件光彩事，他的一位老革命同學來看他。

那是全國解放後的一九四九年底。一個陽光晴和的日子，一輛吉普車開進福克公寓，停在吳家門前，一個壯年人輕捷地跳下來。

吳東旭不勝驚喜地迎上去：「嗨，方兄，這三年你一去不返，我一直為你捏一把汗。」

「吳兄，當初我就說，我們很快能再會，一切都過去了，到底是我們勝利了。」

三年前，也是這個季節的一個深夜，高中同學方長舟敲門找吳東旭。他說，由於涉嫌共產黨，他得馬上離開上海，因不敢回家，問吳東旭借些錢路上用。吳東旭讓方長舟飽餐一頓，問母親要了兩個大頭[1]，還褪下腕上的一塊金表，那是父親給他的紀念物，一起塞給方長舟，「帶上它應急。」方長舟接過手，說了許多感激的話走了。

這次方長舟上門道謝。他告訴吳東旭，那次他黈夜逃離去了部隊，後來隨三野打回上海，現在魯家灣區安工作。「封松之恩理當報答。」方長舟推薦吳東旭去區委工作，說新成立的區政府缺少政治上可靠的工作人員。

在區委月薪比當小學教師多十幾塊，吳東旭接受了方長舟的好意。

不久方長舟結婚找住處，吳東旭向他推薦福克公寓的空房子。

解放後白靈光不再用私人汽車，汽車間空了出來，夫婦倆再騰出二樓一起上繳政府。

方長舟通過區政府安排住進了二樓。

方長舟為公寓做的第一件事就是正名：新上海的公寓應該造福人民，豈容殖民者保留遺跡，方長舟大筆一揮，寫下：「福民公寓」，「民」字修修補補取代了「克」字。

一年後公寓所在地區成立居民委員會，隨之命名「福民里委」，把四號樓的汽車間改作辦公室。

方長舟的新婚妻子古月琴當里委主任。她是方長舟老上級的小姨子，上過高小，初中沒畢業，也算半個知識婦女。

文革中搜出嚴易真的日記，公寓改名那天他發出感言：

> 一字之差至關重大……著名人士黃炎培十月一日作詩：「……『國民』改為『人民』，中間用意深深，『民』眾站起來，堂堂作個『人』，……」之前，公寓裏的住民都是國民，享有平等的政治權利，此後，其中的一部分人可能被排除到人民的圈子外。
>
> 我在圈子內還是圈子外呢？

---

1 大頭：1914 年北洋政府鑄造發行的銀元，正面鑄有袁世凱側面像，故俗稱「袁大頭」，民國時期廣泛流通。

第一章

吳國福籌劃了好久，去看平生第一場戲，詎料影院關門，不知這是文革啟幕

一

公寓改名以後，門口的梧桐樹添了十七圈年輪。這期間吳國福在公寓出生長大，並且走到了刻骨銘心的「那一天」，它屬於無始無終的時間上的一個符號——公元一九六六年。

多年後吳國福洗去記憶上的蒙塵，「那一天」才像退潮時的一塊礁石凸顯出來，成為豎在他行路上的標誌牌，上面寫著「此路不通」。他從此走向岔道，改變了一生的旅程。

事實上，如果他沒有妒忌心，那一天未必那麼重要，更談不上命數。然而，他不是超凡的聖兒，稚嫩的心也就承受不了沉重的現實。

吳國福天生是個影迷，六七歲時就把奶奶給的一分兩分積蓄起來，湊足錢就去上海藝術劇場看一場電影。上學後母親每月給的幾毛錢，他也全花在電影上。到了寒暑假，有八分錢的學生專場，他幾乎天天跑電影院，從附近的國泰、淮海跑到大光明、大上海。他當然更想看戲，但在上海藝術劇場看一場戲至少要八毛，他母親也只有春節才去瑞金劇場看一次越劇，他怎敢問津。

方聚儀卻能不花錢看戲。他姨父是市委宣傳部領導，每次來上海藝術劇場審查節目，就送他家幾張非賣品。他不僅看過所有公演的戲劇，還看過彩排後不准上演的劇目。

看電影是吳國福唯一的樂趣，但對比聚儀，快意就蕩然無存。

何止看戲，方聚儀讓吳國福羨慕的事多著呢。吳國福爸爸和方聚儀爸爸過去是同學現在是同事，但區委每天派車接聚儀爸爸上下班，而國福爸爸得自己踏自行車。母親對他解釋，聚儀爸爸是區委領導，坐車是工作需要。國福為爸爸難過，他為啥只是普通辦事員。

讓聚儀免費看戲也是工作需要？

似乎故意讓國福的羨慕變成嫉恨，聚儀看完戲喜歡演示半懂不懂的劇情，末了，還留下不作解答的設問：「你知道演員怎樣表演鞭子抽人嗎？」「你能想像船在舞臺上航行嗎？」

這些設問折磨著國福。

一次國福在上海藝術劇場看完電影出來。門口停著青年話劇團的卡車，晚上公演《年青的一代》，工作人員正從車上卸下佈景道具，已經化了妝的男女演員進進出出，說著上海腔的普通話或北京調的上海話，像上海人包的餃子和北京人裹的餛飩，別有風味。國福看呆了，一雙腳不知不覺被他們牽著走進了後臺。放電影的白幕布吊到了天頂，舞臺高大深邃，幾個人在搭佈景。想到聚儀講過的誘人場面，國福真想躲到開演偷看一場。一個工人發現了他，斥問：「你是誰？在這裏做啥？」國福以為被人窺破了心思，嚇得撒腿就逃。

從那天起，國福下決心要看一場真人演的戲。他每天在《新民晚報》的夾縫中看影劇廣告。上周總算找到一個合適的劇目，南匯縣話劇團在五星劇場演折子戲，票價二毛五分，他樂陶陶地買了一張票。

今天是看戲的日子，早上坐在教室他就心蕩神馳了。老師點他名到黑板上做算術，竟糊里糊塗的算錯了，上學以來他第一次出洋相。

回家吃了午飯，他還得老老實實睡午覺。這是奶奶在世時立下的規矩，說夏至後午睡可以避免疰夏[1]。過去，立夏一到，奶奶就帶孫輩去糧店，借大座秤磅體重，到白露時再復磅。

這是上海一年中最難熬又必須熬的黃梅季節。城市如擱在濕煤球爐上的一疊籠格，人們是焖在籠格裏的殭饅頭，蒸不熟又出不來。滿

---

1 疰夏：由暑熱引起的倦怠嗜臥，低熱為主要表現的夏季疾病。

街的梧桐樹葉紋絲不動微涼不瀉，逼著幼小的知了聲聲淒厲地鳴叫出這座城市的全部怨氣。

一領席子鋪在近門口的水門汀地上，設想著即將看戲的情景，國福躺在上面興奮地睡不著，汗滋滋的背脊不停地翻轉，雙手無聊地撥弄席子的毛邊，欲起床又不敢，偷偷瞥姐姐吳國慶一眼。國慶已經過了必須午睡的年齡，替母親當弟妹的監督。

國慶是向明中學初中應屆畢業生，在為直升本校高中用功，考進重點高中等於一隻腳跨入了大學——那是她的夢想。她雙肘支在方桌上，對著圓規、大小三角尺發呆。她情緒低落，父母由於經濟原因不支持她升學。

「篤篤……棒冰吃哦，」「篤篤……奶油雪糕、赤豆棒冰，光明牌赤豆棒冰。」「篤篤……棒冰吃哦，赤豆棒冰……」

妹妹吳國進睡在對頭，她在夢中聽到聲音，半幻半真地嚷：「買棒冰、買棒冰，我要吃棒冰。」國慶沒好氣道：「哇哇亂叫啥，要吃自己去買好了。」國進欠身坐起，左右看看，意識清醒了，無望地囁嚅了一句：「我的零用錢用光了。」國慶惱道：「嘴巴這麼饞，鈔票到手就買棒冰吃，吃光了跟我講有啥用。」國進自知失言，改口道：「姐姐，你幫我倒杯大麥茶好麼？」國慶道：「我做功課都來不及，你還來跟我搗蛋。」國進知趣地爬起來，篩了滿滿一大杯茶，有意發出很響的喝水聲，以示乾渴。國進回鋪時，眼眶裏噙著盈盈欲滴的淚水，大眼珠像兩條黑金魚在水中顫動，國福後悔地想，如果自己沒買那張戲票，一定給妹妹買棒冰。

去看戲的好興致全敗壞了，見國慶無心監管，國福便悄悄起身，去裏屋翻出藏好的戲票走出門。

一出門就懊惱不迭，方聚儀和南延清站在院中，方聚儀雙手捧著裹雪糕的毛巾卷；南延清拎著裝雪糕的保溫筒。國福不願在這種場合遇見他們，想退回屋，已經晚了。

南延清示好地向國福微笑，方聚儀高聲招呼他。國福只得裝著坦然走上去：「這麼熱的天，你們還要曝太陽，不怕生痱子？」聚儀拍了拍毛巾卷：「沒關係，雪糕可以防痱子。」聚儀慣以大方顯示自己的優越，他把雪糕伸向國福：「不信你吃一根試試。」國福本想說，你以為我吃不起？當著延清的面，只得壓住火：「要吃我自己會買。」因心虛，滿臉羞紅。南延清衝聚儀說：「就是麼，好象人家沒吃過雪糕。」延清好心圓場，反而讓國福更窘。此時此地走為上策。他趕緊說：「你們慢慢談，我有事要出去。」國福扭頭走了幾步，聚儀用話大聲追趕：「對了，國福，我忘了告訴你，下禮拜一輪到我們班去操場升國旗，你要提前去學校噢。」國福只當沒聽見，頭也不回地走了。

國福說有事出去，就不能去門衛室看小人書了。經過門口時他見南老爺和姚大桶坐在裏面聊天。

二

南路生半躺在竹榻上。他六二年退休後當門衛，又兼居民小組長，就包攬了公寓的大小雜役，有人戲稱他是無事不管的青天大老爺，大家就開始叫他「南老爺」。他穿一件短袖白沙網眼無領衫，對襟上的布鈕襻一顆也不扣，露出骨嶙嶙的上身，兩排胸肋根根可數。他常自嘲：「你們看，它阿像一隻琵琶可以彈？」這樣的大熱天對他秋毫無犯，黑黝黝的皮膚像梅乾菜滴水不出。

姚大桶像南老爺的對照標本坐在對面：著一條燈籠短褲，上身赤膊，堆滿贅肉的前胸後背沁著油津津的汗珠，恰如曬在太陽下的一團豬油。他因高血壓長期半休，閑著喜歡穿東家走西家，公寓裏除門衛室也沒處可去，就到外面找搭子。他腆著一個大肚子晃進晃出，活似一隻圓木酒桶，裝著張家長李家短帶出去，鄰居們習慣叫他姚大桶，早忘了他的真名姚大通。

牆角的小方桌上有一隻破殼紅燈牌收音機，紅光閃亮著，丁是娥在滬劇《雷雨》中替繁漪訴怨，音質調不準，聲音沙啞像哭腔：「……休提周家好體面，十七年來我看得多，椿椿件件在心頭，善善惡惡我都清楚……」

姚大桶搖著大蒲扇咒道：「這斷命天氣，再熱下去要死人！」小竹椅在他的屁股下吱嘎吱嘎地呻吟。

「是啊，早該出梅了，還這麼熱，今年特別反常。」南老爺往煙斗撳著煙絲。

「天色一年比一年出怪，記得跟老娘來上海時，夏天沒有這麼熱。」

「當時你跟我一樣瘦，怎麼會覺得熱呢？」南老爺吸了口煙笑道。

「咳，日子難過還過得快，眼睛一眨，三十幾年過去了。當時我只有十五歲，兩年後跟老娘住進福克家。剛開始看到高鼻頭藍眼睛，聽到雜格嚨咚的外國話，我唬得不敢出門。福克一到禮拜天就開派對，『蓬嚓嚓，蓬嚓嚓』跳到半夜三更。他人還算不錯，賣公寓時留下汽車間給我老娘住，不然，我結婚養一幫子小囝，哪裏住得起這麼大的房子。」

「福克一走，公寓裏的其他外國人也陸續走了，到解放時只剩兩家羅宋人了。你記得哦，那個亞科夫斯基（南老爺的發音是鹹烤麩素雞）的老頭真叫作孽，毛八十的人，看到共產黨要來了，就往加拿大跑。也難怪，當初怕蘇維埃殺頭才逃亡上海，當然吃慌。現在早就不在人世了吧！」

「講起羅宋人，那個伊凡最發噱，自己老婆胖得像只不生蛋的懶孵雞，還要人家向他學。阿殷懷上阿三時，伊凡指著她的大肚皮說：『小囝多不好』，要是都像他們就慘了，最後夫妻兩人雙腳一蹬，絕子絕孫。」

「這個伊凡（聽起來是「厭煩」）啊，更加罪過，天天酗酒，解放那天乾脆開煤氣自殺了，唉！現在想想羅宋人的話也有道理，我們養了這麼多小囝，最後還不是大人吃苦，小囝活受罪」。

「講到養小囝，我比你更倒楣。阿殷三十出頭時，軋上政府號召當光榮媽媽，我們又多出阿五阿六阿七頭。結果，鑼鼓敲過，大紅花戴過，沒有人來問過，等於多養了幾隻小貓小狗，只有做父母的逃不掉，為他們背一輩子債。」

「小囝養大不容易啊，對了，阿大好哦？」

「大棺材總算熬出頭了，前兩個月刑滿釋放了。那幾年在勞改農場，真不是人過的日子，草紙都用不上，出恭後用爛泥往屁股上擼一把，跟畜牲有啥兩樣。不是我發牢騷，三年自然災害，大棺材沒有工作做，去鄉下販點雞鴨到上海來賣，為這點事吃五年官司。哎，講起來就一包氣。想當初，我販賣銀洋鈿，不過給巡警打一頓，共產黨比國……」姚大桶意識到自己說豁邊了，嚇得一激靈，趕緊改口：「現在好了，他留場當工人，每月拿二十多塊工資。不回上海也好，我樂得省心。」當初姚大桶主使兒子搞投機倒把，事後戶籍警追查，他推得一乾二淨，再多問兩句，他就歪倒在椅子上抽風。結果沒上法院，去了醫院。

南老爺看不慣他象煞無介事的態度，見他說得輕飄飄，挖苦道：「你真想得開。」

「想得開也好，想不開也好，政府號令一出，誰犟得過。當初你會想到老婆兒子進不了上海，幾畝地被沒收？」

南老爺被將了一軍，這件事最戳他神經。解放後搞合作社，他的幾畝地歸了公，老婆還差點劃上富農。他想讓老婆兒子進上海，戶口開始凍結，只出不進。為了讓兒子們能進上海，他退休了也不敢回鄉，他要保住自己的戶口，留住一條根。

南老爺一時回不上話，用力在手掌上磕煙斗裏的灰，半天才無奈道：「是啊，都是沒辦法的事，我那幾畝地算啥，南老闆這麼大一爿棉紗廠都充公了，還搭上了大兒子的一條性命。唉，講起來還是白老闆英明，解放前夕，一看亞科夫斯基走了，急急忙忙讓兒女去美國。五五年公私合營，眼看大勢所趨，他爽性跑在前頭，最後當上區政協委員，成為紅色資本家。」

「這要怪南老闆不軋苗頭，新社會了，哪由你打自己的算盤，這不是螳臂擋車麼。最後兒子自殺，媳婦失心瘋。」

「這樁事，不好冤枉南老闆，他倒想穿了，勸守乾不要跟政府頂牛，碰到守乾戇頭[1]脾氣，死不服氣，他有啥辦法？」

「我看根子出在南家的『家規祖訓』上，不然，南家大兒子不會自殺，小兒子也不會討媳婦進不了門，弄得神經兮兮。老爺，你是南老闆的本家，你說，南老闆家的那些規矩到底是啥意思？」

「我也搞不清，不過，做長輩的總希望兒孫當『守財奴』，不當『敗家子』吧。」

「話說回來，『瘦死的駱駝比馬大』，南家也好，白家也好，產業充公了又怎樣，光政府發的定息就可以養幾代人。三年自然災害，我們這種人家飯都吃不飽，南家老老小小不上班，照樣天天吃聽頭[2]魚肉，還常上館子，人比人氣死人。」

「不過，人跟人也不一樣，我小時候聽爺爺講，南老闆祖上非常有本事，為南家創下一份家業，族裏的鄉親也沾過不少光。南老闆在上海開廠也不容易，與英商日商的紗廠競爭，我親眼看他如何操勞，五十歲不到頭髮全白了。白老闆更不用說了，靠自己鑽研套鞋拋光技術才發起來。」

無線電裏，丁是娥還在唱：「……周家好似活地獄，十七年歲月不易過。」

南老爺和姚大桶的眼睛比照相機還靈敏，往事不是影集裏的舊照片，而是瞳孔攝下的紀錄片，放出來永遠鮮活生動。「解放」是剪輯刀，把片子一截為二。他們嘴裏的「解放前」是茴香豆，在後輩聽來是炒苦瓜。

兩人還在說著，被一聲叫喚打斷。

「南老爺在嗎？」

「在！在！」南老爺應道。

里委主任古月琴出現在門口，姚大桶忙不迭地起身相迎，笨重的身體迅捷過頭，把竹椅掀個仰面朝天，「是古大姐啊，請裏面坐。」

---

1 戇頭：上海話，指倔強，認死理的人。
2 聽頭：上海話，即罐頭，來自英語 Tin 的音譯。

南老爺眄了姚大桶一眼，扶起竹椅給古大姐讓座。

古大姐用摺扇輕輕拍著前胸：「我還有事，不進屋了，禮拜天晚上全市統一煙熏滅蚊，到時家家戶戶要同時點火。老爺，請你抽空去里委領敵敵畏和木屑，順便在門口黑板上寫個告示。」古大姐吩咐完，留下一片檀木清香走了。

姚大桶因自己的失態發窘，古大姐一走，忙說：「老爺，你忙，我也走了。」說完，邁著八字步，企鵝樣一搖一擺往家走。

三

去劇場的路上，吳國福盡想著剛才的事，恨不得返回去和聚儀打一架。聚儀當著南延清的面用雪糕奚落他，還有意提升旗的事，借機炫耀自己的職位。

二年級成立少先隊後，國福一直當選中隊長。今年六一兒童節改選，全班無計名投票，國福得第一，比居第二的方聚儀多一個「正」字。班主任張怡和卻送聚儀去當大隊委員，同學們心知肚明，因他爸爸是副區長。

國福稚嫩的心被人深深刺了一下。

走到南京路西藏路口的劇場，離開演還有半小時，國福就去對面第一百貨商店溜達。對他來說，這裏不是購物處，而是游樂場，乘電動樓梯上上下下，觀賞琳琅滿目的商品。今天他直上五樓文具樂器部，在吊扇下一邊涼快一邊流連。

櫃檯裏陳列著五顏六色的蠟筆，成打的盒裝鉛筆，各種動物造型的捲筆刀，都是南延清和方聚儀的帆布書包里裝的東西。國福的書包是母親用破衣服布自製，裏面是國慶用剩的文具，至多添幾支白坯圓木鉛筆，這種劣質筆鉛芯酥軟，寫字時稍用力就斷。考試時，心一急就斷筆，愈斷愈急，愈急愈斷，有時連斷二三支，削都來不及。幸虧鄰桌是南延清，她隔著走道遞來一支卷得圓潤光滑的「中華牌」，國福欲拒不能。如同被迫接受嫌惡，有時被迫接受惠顧同樣折人自尊，她的溫情就成了煙花繽紛後的星火，點點滴滴落在國福身上，灼出欣快的傷痛和美麗的瘢痕。

從此國福對南延清情有獨鍾，不容別人來插足。剛才看見方聚儀和南延清在一起說話，他才抑不住憤憤然。面對咄咄逼人的方聚儀，國福缺乏自信，真要競爭南延清，自己是方聚儀的對手嗎？方聚儀和南延清手上的雪糕表明，他們門當戶對。

想到這些，國福不由悵然。

「當，當……」二點了，不好，戲開場了，他急步奔下樓。

他意外吃了一個閉門羹，網狀伸縮鐵條柵欄把大門擋得結結實實。他以為看錯了日期場次，再仔細對一遍，一點沒錯。原來石階右側擱著一板告示：「接上級指示，劇場內部整頓，暫停營業，請觀眾去售票處退票。」怎麼偏在這個時候整頓呢？為看這場戲，費了多少心思，最後卻是一場空喜歡。今天晦氣的事都碰到一起了。

國福捏著退回的二角五分，一肚皮挖塞地往回走，經過大光明電影院時，大門也關著，隔著玻璃，看到裏面也豎著一塊告示：內部整頓，暫停營業。怎麼這麼巧，大光明也整頓了？一路看下去，所有電影院劇場都豎著相同的牌子。

出了啥事？難道全上海都不演戲不放電影了？

四

國福無精打采地回家，吳國平正伏在方桌上寫東西，他不聲不響地走上去，在哥哥汗濕的背脊上猛拍了一掌。國平回頭，笑罵「搗蛋鬼」，問去哪兒玩了，國福告訴他看戲的怪事。國平說，開始搞文化大革命了，戲劇電影都要進行清理審查。國福問啥是文化大革命？國平說自己在趕寫稿子，等有時間了再跟他解釋。他見哥哥全神貫注地寫著什麼，知道哥哥在做重要的事情，知趣地走開了。

國福拿了毛巾去水龍頭衝洗，心裏又一次暗誓，將來也像哥哥那樣當一名大學生。

鍾毓英下班回來，聽國平說去交通大學看大字報路過家裏，又見桌上攤著好幾張寫好的信紙，疑心道：「你也在寫大字報？」國平「唔」了一聲，她的心禁不住一跳。

鍾毓英去廚房忙晚飯，心裏有點七上八下。

說起來，國平從小到大，一直讓父母「吃驚」。他上小學不久患上慢性腎炎，經常兩個月半年的休學。小學畢業時，他考上比樂中學，讓父母大喜過望。上中學後，他不顧母親反對，每天一早堅持去學校鍛煉，竟把腎炎根治了。考高中時，他進了市重點向明中學，還代表學校參加全市作文競賽。他在家少言寡語，沒事拿本書看，奶奶叫他「悶葫蘆」，後來竟擔任班級團支書，他能做啥社會工作？真不知他葫蘆裏裝的啥藥。直到他考上大學，父母才把擔憂換成信任，母親對他更信任到迷信的程度。

但大字報可不是兒戲啊，南家的守坤就是因為寫大字報成了右派，成了右派就啥都完了！這次母親對國平生疑了。

燒好飯，鍾毓英說，阿爸最近會多，回家沒定規，我們先吃吧。國平收起稿子，國慶幫著盛飯，母親擺上乾煎鹹帶魚，冷拌落蘇[1]，蕃茄冬瓜湯後，又從碗廚裏拿出一隻鹹鴨蛋一剖二放到國平碗前。他每周回家一次，母親總給他添點小菜，弟妹默認了母親的「偏心」。他不好意思推卻這份親情，就把半瓣鹹蛋推到小妹妹國進的筷子邊。

飯間，鍾毓英說：「對了，趁國平回來，正好說說國慶升學的事。我和你阿爸考慮再三，家裏孩子多，總有一個要作出犧牲，如果國慶上技校半工半讀，每月就可拿十八元生活費，減輕了家裏的負擔。國平，你說呢？」

1 落蘇：上海話，指茄子。

「還是問國慶本人吧。」國平默然了一會兒才說。

國慶撅著嘴，筷子空撥著飯嘟囔：「家裏的經濟情況我知道，可總得想辦法克服，隔壁南延泠上民辦中學都準備考高中，我放棄升學算啥名堂？」

「你太不懂事了，去拿南延泠比，人家全家不上班，靠定息在家坐吃，你比得了？」

「國慶考上向明中學不容易，不讀高中實在可惜，她喜歡讀就讓她讀吧，無論如何再克服兩年，我畢業工作就好了。」國平同情道。

「講起來兩年，一晃過去了，熬起來可不容易，你阿爸十多年沒加過工資，還不知等到哪年哪月；我在生產組，做一天算一天，做滿一月才拿十八塊。按我們的收入，又不夠減免學費，每年四個人的學雜費，國平每月的生活費，家裏的房租、水電費，哪一項可省⋯⋯」

國慶半無奈半不滿地說：「好了，姆媽你不要再嘆苦經了，我不去上高中了，當初我就不該五斤狠六斤地考向明中學，這幾年也沒有必要用功，上技校要讀啥書？」說完，潸然淚下。

「看你，十七八歲的大姑娘了，動不動就哭，不讓弟妹笑話？」

國慶更心酸了，索性丟下碗，抽噎起來。

國平勸解說，你不必著急，前一陣北京女一中的學生寫信給黨中央毛主席，建議廢除舊的升學制度，毛主席為此作了「七・三」批示，升學制度可能要改。

正說著吳東旭推著腳踏車回來，見狀知道了原由，對國慶說，不用哭哭啼啼，這事可再商量。安下了國慶，才問國平怎麼在家。

鍾毓英給丈夫盛飯添筷，心裏不踏實，搶著回答：「他去交通大學看大字報路過家裏，剛才他自己也在寫大字報。」

「寫大字報？你寫誰的大字報？」吳東旭驚問。

「學校領導。」

「寫學校領導啥事？」

「批評他們的官僚主義作風。」

「市委不是派工作組去學校了嗎？」

「工作組來學校後，非但沒有糾正校領導的錯誤，反而壓制學生提意見，成為當權派的保護傘。」

「你們連工作組都反，不是對上海市委不滿嗎？」

「北京的大學生說，毛主席不支持工作組，許多大學的工作組已經撤了。」

「這不說明問題的複雜嗎？國平，要慎重啊，五七年有過這樣的例子，許多人響應黨的號召寫大字報批評領導，最後成了反黨反社會主義的右派。」

「這次和反右不同。」

「怎麼不同？你年輕，遇事不要盲動，這次文化大革命決不會像你想像得那麼簡單。這一陣，區領導經常去市裏開會，關於文化大革命還沒說出子丑寅卯。噢，對了，光顧說話，差點忘了，國福，你去聚儀家，告訴古大姐，聚儀爸爸去市裏開會，要晏[1]回來。」

國福豎著耳朵聽得津津有味，掃興道：「煩死了，老是叫我去他家傳話。」

吳東旭不知他的情緒：「叫你去傳一個話也這麼囉嗦。」

「老是叫我去傳信，我又不是小聽差。」

吳東旭沒料到國福說出這話，把手上的筷子重重地一擱：「你小小年紀怎麼說這種話，你懂啥叫聽差？你說！」

國福咬了咬牙，頂嘴道：「下了班聚儀爸爸還隨時叫你，不是聽差是啥？」

「你、你……」吳東旭竟然被國福說住了，好半天才擠出話：「你、你竟管起大人的事來了！」

「說這些沒清頭的話，還不快去。」鍾毓英趕緊走上來推國福，國福嘟起嘴很不情願地走了。

國平望著國福的背影，同感道：「『聽差』這話難聽，說得也是實情。

<hr>

1 晏：晚、遲。

聚儀爸爸不是這樣差遣你的嗎？」

「他是上級，我是下級，當然得服從囉。」吳東旭惱羞道。

「上下級也得分上下班啊。」

「再說，他把我當老朋友，才不拘小節的。」吳東旭的聲音輕下來。

「可他有一點對『老同學』『老朋友』的尊重麼，他不過拿它們做幌子，利用你為他做事。奶奶活著時，不是老為這事和你爭……」

吳東旭被國平點破了，泛出怒色：「好了，別提這話了，我還不需要你來指點！」

話不投機，父親生氣了，國平不再說下去。他走進裏屋，開了燈，猛搖大蒲扇，繼續寫大字報。受爭論的啟發，他在文稿裏添了一段：「北大的『全國第一張大字報』所以如火種投入乾柴燃遍全國，除了領袖個人的號召力，還有一個原因就是社會主義社會中特權階級與廣大人民矛盾的總爆發……」

國福兜著火往方聚儀家走，心裏恨道：「當了人家的聽差還不許說，要是奶奶還活著，哼……」

方長舟與吳東旭重逢後，絕口不提金表和兩個大頭的事，吳東旭的老母親耿耿於懷，常對他嘮叨：「不還可以，你總該有個說法呀！」方長舟升了副區長後，常頤指氣使找吳東旭起草文件，老母親氣不過出來擋方長舟的駕。她「責難」吳東旭，「我說你呀，在機關工作這麼多年了，上班時間還完不成自己的工作，要拖到晚上來做？你吃的可是皇糧啊，我都為你虧心。」說得方長舟的面頰和醬紅門框呈一色，進也不是，退也不是。事後吳東旭和老母親發急，說不該得罪方長舟，老母親說：「你們不是老同學、老朋友嗎？他怎麼把你當捉刀人，還沒日沒夜地差使？」吳東旭說：「你哪裏知道，區委裏像我這樣的辦事員最難做了。」老母親說：「難做就不做，回學校當你的教師好了，憑勞動吃飯，他那點本事當得了副區長，你當不好一個小學教師？」吳東旭說：「你蹲在家裏，不了解現在的情況，還用解放前的老眼光看問題，我跟你說不清……」

國福也後悔，當年奶奶不許孫輩去樓上人家玩，他沒聽奶奶的話，做了一件蠢事。

上小學後方聚儀常拉國福去他家，擺弄各種玩具手槍，望遠鏡，還給國福看他爸爸出差時拍的照片，上面有天安門長城大殿大佛等風景。有一次聚儀還從五斗櫥裏翻出照相機，給國福模擬攝影，「咔嚓」「咔嚓」……正拍得開心，古大姐回家，大聲叱罵他，說拿照相機白相糟蹋東西，話中刮三刮四把國福一起帶進。國福強忍著眼淚走出去，終於懂得了奶奶的苦心，從此不再進方聚儀家門。

國福拖拖拉拉走上四號樓二樓，方聚儀家門半掩著，他在門口叫：「古大姐」，剛聽到「哎」的應聲，不等她照面，隔著門匆匆傳完話就走。

五

國福生父親的氣不願回家，準備去公寓外閑蕩，卻在門口被南老爺截住，他讓國福幫他去發滅蚊藥。他從門衛室提出一袋木屑，讓國福拎一隻放敵敵畏瓶的木籃去穿家走戶。

到南延清家時，延清姑婆南荃珍接過藥瓶和木屑問：「老爺，你有空嗎？阿哥有點事和你商量。」南老爺連連點頭：「沒關係，沒關係。」延清聞聲從客廳出來，熱情地招呼國福。南老爺說：「國福，你在這裏和延清白相，我上去一歇馬上下來。」說完隨南荃珍一起上樓。

南延清剛氽了浴[1]，粉嘟嘟的瓜子臉上抹上了兩片鮮亮的霞雲，她笑吟吟地問：「你幫老爺發敵敵畏？」

國福被延清嫋嫋婷婷的風姿懾住了，但為表示自己的不快，冷冷地說：「沒事我敢隨便進你家大門。」

「你吃了尖頭辣椒吧？大熱天這麼嗆人。」知道國福心裏有氣，

---

1 氽浴：上海話，即沐浴。

延清道：「客廳裏有電風扇，進來吹吹風壓壓火吧。」

「像我這種人，吃不起雪糕，只配吃辣椒。」國福說著跟進去。

「還為中午的事生氣啊！聚儀那樣說當然不好，他就是這種脾氣，何必跟他計較？」

「你不在時，他可沒這麼來勁！」

「小心眼，小心眼！」延清合掌輕拍了兩下笑道：「原來你吃了糖醋黃瓜，說出來的話酸不溜秋的，大家住一個公寓，能和你講話，不能和他講話？」

「你願意和他熱絡，是你的自由，我哪有資格管，何況人家是大隊委員，換了我，也要巴結他。」

「愈講愈難聽了，我不跟你講了！」延清氣得往一張籐椅上一坐，扭頭不理國福。

國福怕真的和延清鬧翻，緩下語氣說：「你有理為啥不講了？」

「有啥可講的？講來講去，你就放不下大隊委員這件事，依我看，不就差一道紅杠杠，有啥了不起？而且，班裏同學都知道是郭校長、張老師包庇他，你的威信不是更高了？」

延清到底傾心自己，國福愜懷了，怕被延清小看，趕緊挽回面子：「我哪裏在乎一道紅杠杠，你看，下禮拜一我們班出操是預定的事，他卻在你面前給我下指示……」

延清打斷他：「好了，不要再說這事了，說下去沒底。」

國福只得附和：「好，不講了，不講了。」為了改變氣氛，他指著壁爐架上掛著的一幅油畫說：「哎，我一直忘了問你，這幅畫看上去怪嚇人的，畫的啥啊？」

「現在看慣了還好呢，我來時三四歲，一看這畫就嚇得哭，姆媽跟爺爺吵，要把這幅畫拿走。爺爺講，這畫是大伯伯生前喜歡的遺物，作為紀念掛著，不能拿下。講起來，這幅畫還是你家樓上的羅宋人送的。」

「就是夫妻倆開煤氣自殺的那個伊凡？」

「對，對，你看，這畫的題目『伊凡雷帝殺子』，聽阿爸講，這畫上的人可能是他的祖宗。」

「這個叫伊凡的皇帝為啥要殺死兒子呢？」

「我阿爸講過，我傳不清。我伯伯跟伊凡學過畫。我堂姐屋裏有好多伯伯留下來的畫，她沒事也住畫畫。」

兩人正說著，樓上粗聲叫喚：「延清，你來一下，」是延清父親南守坤。延清沒動，「延清，還不快上來，」聲音比剛才更響了。

延清只得撇下國福上樓去。國福一個人呆著無趣，不等南老爺下來先走了。

六

南老爺上樓時南荃裕正坐在自己休息室的一張太師椅上吃茶。

十七年的家運世事都刻在南荃裕的身上。滿頭的白髮和滿嘴的白鬍子，蓋在他毫無血色的面膛上，在繚繞的三星牌蚊香的煙霧中，他活似一個隔世的人，只有手上的雪茄和香雲紗衫透出他早年的神采。

南老爺一進屋就張起喉嚨：「阿哥，你尋我有事？」

南荃裕用手壓了壓右耳上的鍍金助聽器：「路生，有一椿事不知你聽說沒有？……前一陣荃珍去鄉下，你兒子興文對她提起，兒子大了，家裏的房子不夠住，想借我一兩間……」

沒等南荃裕說完，南老爺搶過話頭罵道：「小畜生，沒王法了！想出這種缺德主意，我啥都不知道……」

「路生，你別發火，先聽我說完，」南荃裕的手掌往下擺了擺：「我和荃珍商量過了，老宅那五六間房，我堂侄一家照顧守乾媳婦一起住。『大廈千間不過身眠七尺』，多出的房子空關也是浪費，到時說不定像我兄弟一樣被政府沒收。我堂侄是地主的兒子，也是落在糞坑的人，自己都顧不全，許多事都虧你媳婦和興文他們幫忙。再講，興文兄弟也是本家侄子，又不是外人，今後住進去，也方便守乾媳婦。」

南老爺生怕南荃裕誤認為他唆使兒子，急于撇清地說：「阿哥，你這樣講太見外了，鄉下老太婆和兒子盡力幫助是應該的，當初，要不是你挑我來上海，我哪有今天？這些小畜生，生在福中不知福，不靠我退休工資補貼，他們在鄉下日子這麼好過？阿哥，你不要再講了，等我抽空去鄉下一次，把他們教訓一頓，你不要為這事生氣，只當小畜生放隻屁！」

南荃裕見南老爺還是南老爺，慢慢吸了口雪茄，反勸他犯不著為這點小事責怪小輩。說完長嘆一聲：「路生啊，講到守乾媳婦就想到守乾，這些年我愈想愈後悔啊，當初我不該提前退休啊！」

五一年，南荃裕慶過五十五大壽，耳朵開始失聰，他以健康原因把廠務交給南守乾。他沒說出心裏的鬼胎：解放後，政府為工會撐腰，勞資磨擦不斷，他想起那個「訟」卦，怕陷入是非難以自拔，就取「宜退守」的策略。

「路生，我糊塗啊！我應該知道，守乾比我更不合新社會的調啊。他從小聽爺爺老和尚念經似地說啥『斂財如積塔，敗家似潰堤』，還有『斷金折銀，罪為忤逆；廢業衰門，孽為不孝』。守乾協助我管理時，就把工廠當命根子，讓他抓上手哪裏肯鬆。先是五三年，政府在私營企業實行四馬分肥的政策，他大病一場，兩年後，又推行公私合營，終於要了他的命⋯⋯」

南荃裕說不下去了。南老爺也不敢應，腦子裏卻過電影似地續那血淋帶渧[1]的鏡頭⋯⋯

南守乾拒絕與政府合作，眼看事情鬧大，南荃裕趕緊出面代兒子簽字。

事情了結的晚上，南守乾獨自去工廠。他走進車間，開了電燈，觸摸一臺臺織布機，像農人撫摩送往屠宰場的老牛。他無聲地自言：「完了，家業葬送在我手裏了，我難逃敗家子不肖兒的惡名了，將來有啥

---

1 渧：上海話，指「滴」，「血淋帶渧」指「血淋淋」。

面孔去見爺爺？」他起動一排排機器，「哐當、哐當」的巨響在空無一人的車間裏回蕩，好似高舉砍刀的千軍萬馬叫喊著殺來，他在擋車道上來回奔逃，瘋了。半年後的一個雨天，是他爺爺的忌日，他披頭散髮地跑上樓頂平臺，他爬上牆垛，對著混蒙的蒼天，向爺爺鳴冤叫屈，隨後，當著身後驚呼的家人，縱身跳下去。

南守乾的妻子看到丈夫躺在混著血漿和腦漿的雨水中，當即昏厥過去，醒來後也瘋了，被送往鄉下監護療養。

好一會兒，南荃裕才回過氣，指了指畫鏡線上掛著的兩張照片，「你看，守乾的面孔跟他爺爺活脫似像……一晃十年過去了，人老了，就喜歡前八年後八年地想過去的事，除了你，也沒人可講，唉……」

兩人說著往事，樓下傳來嚷嚷聲，南荃裕又用手壓了壓助聽器：「大概又是守坤和他媳婦爭吵，一個撞死南牆不回頭的艮頭兒子，一個得理不讓人的媳婦，哎——要是守乾活著，我哪會遭這罪啊。」

南老爺小心翼翼地問：「守坤的病最近好些嗎？」

「還是那副樣子，好好壞壞，講起來也是報應，早知道產業會一夜給沒收光，守祖宗的短命家規做啥？當初，我已無心堅持了，荃珍和守乾不鬆口，拒絕讓守坤媳婦進門，種下禍根。」

「事情過去就算了，不必再後悔了，再說沒過幾年就讓他們住回來了，有啥可怪罪的？」

「已經晚了……」

話還沒完，南荃珍邁著半大的小腳進來，心急氣慌地說：「阿哥，你快去看看，兩個人吵得一天世界，我勸也勸不開。」

南荃裕站起身：「路生，你看看，我這把年紀了，還過不上太平日子。」

老爺雖然同情，也不便多嘴，說還要去發敵敵畏，告辭了。

這些年，為自己的右派問題，南守坤不停地寫信投訴。家人知道這些信要鬧出是非，串通好，代他發信時全部扣下，南守坤一直蒙在鼓裏。

今天，南延清拿了父親的投訴信出去轉了一圈，回來時喬玉珊在午睡，她想把信先藏好，不巧，聽到外面叫賣雪糕棒冰，她怕老頭等不及走了，就把信扔在床頭櫃上匆匆跑出去。南守坤看著延清出去，晚上卻在她房裏發現了信，他生了疑，想到這幾年寫的信全部石沉大海，其中一定有鬼，他怒衝衝地叫延清來問。延清知道自己闖禍了，但這事不可隨便說，她想抵賴，可父親大動肝火的樣子嚇壞了她。她承認了一半事實，說姆媽讓扣下的，看看信寄到哪裏。

南守坤就去責問喬玉珊。

南荃裕下到三樓，在樓梯拐彎處扶著梯柱站住了，他得想一想進去怎麼說。兒子和媳婦針鋒相對的爭吵聲清晰入耳：

「……要不是我攔下信，你早就坐牢了，也沒有資格在此呼五喝六了！」是南守坤媳婦喬玉珊尖厲的嗓門。

守坤話音溫吞，口氣實硬：「坐牢由我去！一人做事一人當，你要怕事，今後我附上一句：此信與你無關。」

「你不怕死，可以用頭頸去試刀刃，可以去吃花生米[1]，我已經無所謂了，大不了一刀兩斷。但延清怎麼辦，她要斷也斷不清，她班裏大多數同學二年級就入了少先隊，為這事她不知哭了多少次，到今年才勉強被批准。」

「……」守坤有點滯澀，「我寫申訴，是為了糾正領導錯誤，摘掉右派帽子，也是為你好，為延清好。」

「為我好，給你摘帽？看看你寫的東西，恐怕再給你加頂反革命帽子。反正你腰板硬，撞破腦袋也不回頭，算我倒楣，跟著你受罪。

---

1 吃花生米：民間慣指被槍斃，花生米喻子彈。

你不睜眼看看，現在是啥時代啥社會，天下有你講理的地方嗎？你的毛病愈發重了。」

「你自己才有毛病呢！」

南荃裕走進喬玉珊房間：「守坤，你回自己房裏去一下，我有事跟你講。」說完徑自慢慢踱到隔壁。

南守坤已經爭得累了，和喬玉珊再爭一天一夜也不會有結果，他就順勢返回。

南荃裕在一張高背靠椅上坐下，對著亂糟糟的房間搖了搖頭。四隻書櫥塞滿書，桌子上床上也散亂著書，守坤整天在這裏鑽研「學問」，喬玉珊不管他，就由孃孃南荃珍來收作。

兒子仰面倒在床上喘粗氣，老父憐惜地暗嘆：你這個艮頭啊，為啥不懂得回頭是岸。只有作父親的曉得，高高大大快四十的漢子，那顆心還停在孩提時代沒長大，遇事直通通的不會拐彎。那些千方百計整他的人，其實抬舉了他啊，說他反黨反社會主義，真是天曉得！

南荃裕長長地「唉」了一聲：「守坤，你怎麼好壞不分，玉珊這樣做，是為你好啊，你不安分，一家子沒好日子過……」

「這些話我聽夠了，你不要再跟我講了……」守坤把掛在勾子上的湖藍色蚊帳放下來，帳幕恰似小囚房，他把自己關在裏面，以示拒聽。

「你不聽，我也要說，你姆媽死得早，你孃孃來幫忙，我們兩人為你讀書工作、為你成家立業操了多少心，指望老後有個依靠。你倒好，經濟上不去講了，生活起居還要人照顧。你拒絕參加里委五類分子會議，每禮拜孃孃代你去報到，講你生病，看人家面孔，否則戶籍警早就來抓你了！你鬧得還不夠？還要在你孃孃頭上加一把白髮……」

「我早就跟你們講了，我不是罪人，孃孃不必代我去，去了等於認罪。」

「難怪玉珊發急，你犟到不通人情的地步了。我是上七十的人了，你不聽話，我也沒氣力跟你多講。我告訴你，從今天起，你再要不顧老不顧小去寫東西，闖了禍，你先離開這家，你自己考慮吧……」

南荃裕回到樓上，他嘴上光火，心裏還是肉疼兒子，對妹妹講：「荃珍，你明天去樓醫生家，請他抽空來看看守坤。」

八

南延清大哭了一場，從小到大，阿爸沒有這樣罵過她。這些年，父母沒少爭吵。有時姆媽賭氣不睬阿爸，就讓她去當「通信員」，只要她一發嗲，阿爸就緩和下來。今天為了一封信，阿爸竟衝她發這麼大的火。她站在自己的臥室門口，一字不漏地偷聽阿爸姆媽說話，她想弄清到底誰對誰錯。聽來聽去，阿爸姆媽似乎都有理。阿爸講的對啊，寫信是個人的自由，寫好的信是個人的私物，誰也無權干涉。姆媽平時也對她說，收到信不可隨便拆，那麼姆媽為啥要拆阿爸的信？阿爸又沒在信裏放毒，姆媽為啥這麼緊張？但阿爸的右派帽子確實跟寫信有關啊。姆媽還提到她，可不是，要不是吳國福積極提名，她還不知要哪年哪月才能加入少先隊。

南延清由此想到跟國福的事，後悔剛才沒有寬寬國福的心。她去樓下客廳，挑開窗前竹簾往國福家望，見國福坐在門口乘涼，就在琴凳上坐下，她知道國福喜歡聽自己彈琴。

鋼琴曲《少女的祈禱》從南延清家漾出來。

聽到熟稔的琴聲，國福的身子不由轉向延清家。無風的天氣，客廳的大竹簾一動不動。國福微合著眼，冥想著她嫩茭白樣的手指在琴鍵上的舞姿，兩手禁不住愛惜地互相摩挲。

小學一年級開始，學校組織每周兩次課外小組會，福民公寓同班同學的小組安排在南延清家開。第一次聚會，為了看延清的鋼琴國福提前去她家。

國福一進南家客廳就往鋼琴走，黑漆閃亮的琴面映著他急迫的身影。他忍不住對延清讚嘆說，比學校里的風琴氣派多了。延清讓國福在琴凳上坐下，然後掀開琴蓋讓他按鍵試音，他的十根手指剛搭上黑白琴鍵，她就突如其來地抓住他的一隻手，發現新大陸似地叫起來：「啊喲，國福，看你的手！」國福以為手上沾了污垢弄髒了琴，難為情地往後縮：「我的手怎麼啦？」她卻把他的手抓得更緊了：「別動，你的手這麼細長，是天生彈鋼琴的手，不信，你試試能按幾度。」國福聽不懂延清說啥，任她擺布。她掰開國福的手指，讓它們撐足手蹼量琴鍵：「你看，你一手能按八度。」國福問：「八度是啥意思？」她說：「就是八個琴鍵，按鋼琴老師的說法，像我們這個年齡，能按八度，是天生彈鋼琴的料。下次，鋼琴老師來，一定讓他看你的手。」國福沒料到延清稱賞自己的手，便任她捉著揉捏，熱流從手指傳上來，向全身散射。延清好意地建議：「國福，你應該叫你姆媽給你買一架鋼琴。」一語刺痛了國福，他猛地從她的嫩掌中抽出手：「你說這話是啥意思？」她不明白國福為啥說得好好的突然發火：「沒啥意思啊，我覺得你不彈鋼琴太可惜了。」國福道：「手指細長就非要彈鋼琴嗎？」「……」她快哭出來了，幸好，方聚儀和阿七頭這時進來了……

　　從此，國福一聽延清的琴聲，就癡癡地反復鑒賞自己的雙手，有時睡在床上，兩手也會無意識地互相撫摸。延清發掘了他雙手的美，也勾出他不切實際的夢想，如果自己擁有一架鋼琴，有一個鋼琴老師，也會像她一樣彈一手好琴，甚至能成為一位鋼琴家。他為之無限感傷：既然讓我天生一付纖長的彈鋼琴手，為啥不讓我擁有一架鋼琴？既然不讓我擁有一架鋼琴，又為何配我這樣一雙手？他曾絕望地想過，得到鋼琴不可能了，那麼只有截去手指，才能達到身心平衡。然而他最終沒有這股勇氣，這事便成了永不消失的痛穴，不斷地刺激他。

　　國福正想著，國進捧著兩片西瓜從屋裏出來：「小哥，剛才你去哪裏了？吃西瓜時找不到你。」為彌補沒能為她買一支棒冰的遺憾，國福接過一片，另一片讓妹妹自己吃。兩人邊吃瓜邊聊天，國福問，哥哥走了嗎？國進說：「大哥趕回學校去了，姐姐也想通了，決定放棄升學，去上技校，她說為我們將來上大學作犧牲。小哥，你將來想讀大學嗎？」國福跟誰吵架似地說：「不讀！我也不讀，中學畢業就去工作，賺了錢讓你好好讀書！」國進說：「小哥，你為啥不讀？到時大哥、姐姐都工作了，不用愁鈔票了。」國福應付道：「好，我也讀，將來和你都去讀。」國進突然神秘地問：「小哥，你知道嗎？過去奶奶是不是很有錢？」國福問：「誰說的？」國進說：「姐姐對姆媽講，要是奶奶活著，就一定會讓她升學。」國福嘆息了一聲，「是的，我想會的。」國福煩得無心再與妹妹說話，吃完瓜道：「不早了，你先去睡吧，幫我把西瓜皮扔掉。」

國進進屋了，國福繼續想她的話。

國慶說得對，奶奶如果活著，一定會讓她升學讀書，可惜奶奶死了，已經死了五年。奶奶死於三年自然災害的日子。當時糧食配給減少，葷菜每人每月論兩供給，一家子定量根本不夠吃。奶奶勒緊自己的褲帶，讓上班的阿爸姆媽和上學的哥哥姐姐吃飽，長久的忍饑挨餓，健康硬朗的奶奶開始面黃肌瘦，去醫院檢查，診斷為營養不良性肝硬化。因沒錢買補養品，不出一年惡化成黃色肝萎縮，很快離開了人世。

奶奶去世，在精神上對家裏產生不可估量的影響。父親遇事謹小慎微，母親缺乏主見，只有奶奶不慕富貴，不畏貧寒，不卑不亢地生活在福民公寓。南家每年春秋兩季請裁縫上門制衣，樓上的祝秋藝有時也軋上去定做一兩件，她每次穿上新衣就在奶奶和母親面前顯擺，誇耀南家做衣服的排場。奶奶長嘆一聲：「是啊，一家比不得一家，一時也比不得一時，論排場，小時候，我爺爺在家裏擺宴請客，那排場和《紅樓夢》裏的場面一模一樣，你讀過《紅樓夢》嗎？」說得祝秋藝無言以對，她所知的《紅樓夢》全來自徐玉蘭王文娟的唱腔。而奶奶經常戴著老花眼鏡在太陽底下讀《紅樓夢》，奶奶這般年紀的女人能讀《紅樓夢》的百中無一，在這上祝秋藝輸給了奶奶。祝秋藝不全信奶奶的話，但不得不承認，奶奶祖上闊過。

　　不管祝秋儀信不信，國福幾次聽奶奶講過一把火的故事。

　　奶奶五歲那年，奶奶的爺爺過六十大壽，家裏請來戲班子在舞榭上唱堂會。那天唱的是《打漁殺家》，奶奶坐在她爺爺的懷裏，舞刀弄劍的武打讓她看得入神。奶奶時而驚得抓著她爺爺的花白須髯，時而樂得在她爺爺的大腿上亂顛。唱到更深，酒酣人困，意興闌珊。就聽人叫嚷「失火了！」「失火了！」一看火舌已爬上大院西側的白堊牆頭。那時周圍農家剛刈完稻打了穀，他們把一捆捆稻稈堆在奶奶家的宅牆外曬，火一著，立即竄成一圈包圍網，還沒待人們弄清怎麼回事，借著風勢，火蛇從南北大門貫通而入，穿過月洞門，直撲廂房，一切都晚了。全家老小，上下僕婢，賓客親友慌作一團，只顧逃命，奶奶嚇得「哇哇」大哭，她爺爺抱著她，在傭人幫助下才逃離火海。大火燒了一夜，一切都完了！她爺爺一語不發，眼珠木木地盯著火光，直到最後一點火星熄了，他才兩眼往上一翻，昏厥過去。大火把幾十間房的宅第燒得只剩斷牆殘柱，把奶奶家的元氣全部燒盡。百萬豪家一焰窮，她爺爺一病不起，家裏靠賣地維生，只出不進，五年後她爺爺撒手歸西。奶奶的父親分到一筆田產，卻染上了鴉片癮，把家財消耗在吞雲吐霧中，不出幾年，也撇下一家老小走了。奶奶十五歲那年，中斷學業，幫助寡母操持家務。

　　事發後好幾年，親戚朋友都疑心有人蓄意放火，猜測與奶奶家祖上結下世仇的子孫報復，或者家裏的管事或雜役縱火打劫。奶奶的爺爺對所有的議論都保持緘默。

　　奶奶慨嘆，好一場劫火啊，那天火光衝天，月亮滾圓滾燙，像個燒紅的鐵餅，彷彿血色殘陽沒落下去，整夜掛著。一家子守著火，望著月，錯愕得不知是火燒紅了月；還是月點著了火。真是天火燒啊。

　　在奶奶的嘆息聲中，那把慘烈淒美的火既讓國福痛恨，又成為他抵禦自卑的慰籍：「如果沒有那把火，我家至少和南延清家一樣富，我也可以和延清過同樣的日子。」

惆悵像罩在城市夜空的雲氣逼迫著國福，他又一次帶著不滿環視公寓：四幢四層樓房子矗立在院子四角，依稀像四個堅實的碉堡，一尺多厚的紅磚牆面上塗滿積年的油黑；瞭望孔似的扇扇狹長窗戶上，鋼棍鏽跡斑斑；連接大樓的匝地圍牆頂開了不少缺口，只有兩堵大鐵門依然烏黑沉重。老住戶都說，當年日本人攻打上海，大鐵門一關，公寓就是一座金城，給人安全感。而他只覺得公寓幽森灰暗，凝固一切，不透一息生氣。

臨睡前，國福照舊去撕一張日曆，覺得那天的日曆紙格外厚重。

蹭蹬的生活把歲月拖曳得冗長難熬，國福無數次希冀，有一天出現奇跡，一覺醒來，一切都顛倒改變。但是，除了日曆換一個數字，日復一日，年復一年，一切如故，啥都沒有改變，他甚至認為永遠也不會改變了。

第二章

　　北京紅衛兵來上海點火，剪破喬玉珊的褲子，引出一連串事端

一

　　世人常以為，每個人都有「性本善」的童年，那是人生唯一純潔可愛的辰光，吳國福自然也不例外，直到成人後回首往事，他才自省，事實並非如此，他蒙幼的靈魂不僅夾雜著邪念，還有那種年齡尚不理解的權欲，好似與生俱來的「稟賦」。

　　當年國福就帶著這種意識領班升旗。

　　那次，他大清早起來，穿上唯一沒有補丁的白襯衫藍褲子，近乎虔誠地佩上兩道紅杠杠標誌提早去學校。進了校門直奔操場，經過教師辦公室時，裏面傳出喧嚷聲，體育老師王昌鑫在揮動著手臂說話。

　　福民小學由幾幢石庫門改成，擴大的天井就成了操場，旗杆豎在臨街的南牆上，狹小的場地最多容兩百人，只能每班輪流參加升旗儀式。吳國福走到旗杆下，解開纜繩降下飄飄的紅綢，然後作好一切準備，等待它在國歌聲中重新冉冉升起。

　　上課鈴聲響了，全班四十九個同學在吳國福面前站好，像《斯大林格勒》中的斯大林和《戰上海》中的丁司令檢閱出征的士兵，他自信地掃視部下（除方聚儀），當然不忘在南延清處駐留一秒鐘……正在作白日夢，張怡和老師匆匆走近：「吳國福，今天不舉行升旗儀式了。」然後她向同學們解釋，學校要召開緊急廣播會，郭校長有重要事情宣佈，請同學們馬上回教室。

　　國福掃興地領著同學們回教室，有線廣播里放著歌曲：「我們走在大路上，意氣奮發鬥志昂揚……」馬上要期末考試了，同學們自習算術語文。張老師心神不寧地在講臺處躒躅。等了半小時，安在教室門上屋頂角的播音盒傳出郭校長的聲音：「同學們，毛主席領導的無產階級文化大革命正式開始了，市教育局根據中央文件精神，決定大中小學停課參加運動。本校黨支部緊急磋商後，決定從今天起提前放暑假……」

　　廣播結束後，張老師又解釋了一番，然後問同學們有啥問題。中隊學習委員怯怯地舉起手：「期終考試不考了？」張老師說：「今天開始放假，考試自然取消了。」國福想起前幾天電影院關門，國平說因搞文化大革命，現在停課，又說搞文化大革命，忍不住問：「張老師，文化大革命是怎麼回事？」張老師自己也沒搞清楚，只能邊想邊說：「文化大革命，顧名思義，就是文化方面的革命，嗯……比如文學藝術、電影戲劇等上層建築，唔……」她忖量了一下：「當然包括教育部門，總之涉及一切屬於文化的東西……」國福見思維敏捷的張老師說得疙疙瘩瘩，以為提了不該提的問題，正準備受責，張老師已宣佈下課，她似乎自顧不暇。

　　同學們如出籠的小鳥，「呼嚓嚓」振翅飛出校門，自由自在地向四方散去。

　　童心釋放了，國福和方聚儀、阿七頭一起踉跳著回家。

　　「不用考試了，太開心了！」阿七頭快活地說，他去年差一點留級。

　　「不要開心得太早，不知文化大革命到底是怎麼回事呢？」國福說。

　　「是啊，我爸爸這一陣每天很晏回家，還和我媽媽議論啥事。可能要打仗，我想，革命就是打仗。」聚儀道。

　　國福來勁了：「真打仗就好了，我們錯過了抗日戰爭、解放戰爭、抗美援朝，前幾年說蔣介石反攻大陸，最近不提了，軋上抗美援越了，我們又不夠資格上前線。總算趕上文化大革命了，誰和誰打呢？」

　　「不管誰和誰打，只要打起來，我們就可以學《紅孩子》，扛起紅纓槍去戰鬥。」阿七頭說。

聚儀搶白道：「紅纓槍太小兒科，應該學賀龍，拿兩把菜刀打天下，勝利後也可以弄個元帥、副總理當當。」

「中國已經有原子彈，不是拿菜刀的土八路年代了，只要放兩顆原子彈，就可以當元帥了。」國福提醒道。

「是啊，已經有原子彈了，可原子彈不是誰都可以放的。」聚儀有點洩氣。

國福「鼓勵」道：「沒關係，讓你爸爸帶你去放好了。」

阿七頭哈哈大笑；方聚儀跟著幹笑了幾聲；國福笑在最後，笑得最輕，卻最得意。

三個人說說笑笑回公寓。若干年後他們才認識到，這一天他們不是與學校暫別，而是與「上學」永訣，是他們斷學的界碑，可以終身憑弔。

二

下午，阿七頭來找國福，說不考試了，可以盡興白相。國福雖然無是無非，但和阿七頭白相，總有心理障礙。

福民公寓里有一道看不見的壁壘，在汽車間改成的底層和樓上之間。與樓上花高價買下或頂下屋子的富人相比，底層全是貧民，又因姚家的孩子從小滿院子爬滾，還人窮志短，常幹些偷雞摸狗的醜事。所以樓上人家叮囑自己的孩子：不要與樓下的野蠻小鬼白相，軋上壞道，也變成賊骨頭。不說姚家，而說「樓下的」，把吳家也刮進，國福既憎恨樓上偏見，又鄙視不爭氣的姚家丟他們樓下的臉。

今天，國福決定與「偏見」抗爭，以橫豎橫心理應了阿七頭。國福不擅長他的種種拿手游戲，就和他在一號樓牆蔭處下軍棋。他們正在棋枰上廝殺，大鐵門外突然響起急促的催開門的三輪車鈴聲，不知出了啥急事？他們搶著去開門，各拎起一根鐵門栓，吃重地拉開門。

　　不等門敞足，一輛三輪車逃難似地衝進來，南老爺從門衛室出來，車篷撐著，他看不清坐車人，問「是誰啊？」喬玉珊命車夫停下，付了錢，從車上跳下來。

　　南老爺趕上來：「小阿嫂，是你啊！」再把她上下一打量，吃驚道：「出了啥事？」

　　喬玉珊赤著雙腳，一手拿花陽傘，一手拎皮鞋，她把皮鞋往地上狠命一摜，兩腳套進去，嚷道：「老爺，勿提了，今天碰到赤佬了，我去婦女用品商店，在門口被一群青年男女攔住。他們穿一身綠軍裝，兵不象兵，學生不像學生，他們圍住我，操著北方話說我穿奇裝異服。動嘴還不算，幾個男青年扭牢我，一個小姑娘操起剪刀，一刀把我的褲腳管剪到這裏。」她怒氣衝衝地指著大腿根，「你看剪成這副樣子！」

　　「怎麼有這種事，你為啥不問他們，光天化日之下，沒有王法了？」

　　「哎呀，老爺，我會這麼戇，不跟他們吵，他們說，自己是紅啥兵，對我採取革命行動，今天真的碰到赤佬了，紅赤佬。」

　　看到喬玉珊出洋相，國福和阿七頭都憋不住抿嘴竊笑。雖然她是延清姆媽，但國福看不慣她神氣活現的少奶奶架勢，照阿七頭姆媽阿殷講起來，喬玉珊還是貧民窟長大的呢，居然看不起樓下人家，典型的小人得志。

　　南老爺見喬玉珊光著兩條大腿有失觀瞻，勸道：「小阿嫂，算了，還好人沒出事，先回去收作吧。」

　　喬玉珊趿拉著皮鞋往家走，在大院當中，被正要出門的祝秋藝叫住。祝秋藝左手挽著一隻空籃子，右手夾著一根大前門，大呼小叫著撲上來：「哎喲，玉珊，你怎麼弄成這副腔調，嚇死我了。」

　　喬玉珊見到小姐妹，又光起火來：「勿談了，今天出門碰了一鼻頭晦氣。」她用手絹抹著汗，又一五一十地數落起來。

　　阿殷替南家買菜回來，也軋上去聽，沒等喬玉珊敘完，插上去：「剛才我在路上也看到一幫人圍著一個男人起哄，講他燙阿飛頭，穿香港尖頭皮鞋，原來是這麼回事啊。」她擱下菜籃，蹲下身，肉痛地捻了捻喬玉珊褲片：「你看看，這麼好料作的褲子剪成了啥樣子！」

喬玉珊反感地扭腿甩掉阿殷的手，恨道：「碰到強盜坯有啥可說？」

祝秋藝用手壓了壓自己燙得蓬鬆的頭髮：「我不出去了，萬一碰到這幫赤佬吃不消。」她把夾在蘭花指上的香煙送進嘴，慢慢吸了一口：「最近里委開會，報紙讀得比過去多了，也沒聽出啥花樣，鬧出這種事，不知算啥名堂。難道又要搞運動？」

阿殷說：「古大姐從里委走出來了，正好問問她。」喬玉珊想阻止，阿殷已招呼上了：「古大姐，你忙啊？」

古大姐早就看見她們了，本想繞過去，被喚上了，只好走過來。她把檀香扇頂在頭上說：「這麼熱的天，你們在太陽頭裏做啥？」

阿殷搶著說：「玉珊出事了，你看她的褲子。」

喬玉珊一向無視里委會，又對古大姐敬而遠之，令古大姐心懷不滿。古大姐應付地看了喬玉珊一眼，也不禁愕然：「青天白日出了啥事？」

喬玉珊嫌阿殷多嘴，被古大姐追問，不情願地再述了一遍。

「古大姐，是不是又要搞新的運動了？」祝秋藝柔聲請教。

「是啊，報紙上說了，開始搞文化大革命了。」

祝秋藝指指喬玉珊：「這種行為就是文化大革命？」，

古大姐被眼前的事弄糊塗了，一時對答不上。這些年，因為有一位副區長丈夫，在家庭婦女面前，她沒有不知道的事情，也沒有解釋不了的問題，她要撐住自己的面子。她拍了拍扇子，用權威的口吻說：「區裏下達的文件講得很清楚，文化大革命當然是文化方面的革命，像這樣在馬路上胡鬧肯定與文化大革命無關。」

喬玉珊又氣起來：「這也算革命，還有啥人身自由？」她還要說啥，南延清擠進去，拉了拉她的衣角，細聲說：「姆媽，姑婆有事叫你。」一聽姑婆叫她，喬玉珊沒好氣地說：「叫我做啥？」延清細聲說：「姑婆說，你在眾人面前，唔……」喬玉珊惡聲道：「在眾人面前怎麼啦，我又沒做坍臺的事。」

古大姐正擔心繼續議論下不了臺，順勢道：「姑婆叫你，就先回去吧，等有空到里委會去談。」

祝秋藝、阿殷附和著勸走了喬玉珊，眾人散去。

三

每逢農曆初一、十五，南荃珍把素持齋，還去靜安寺燒香。那天她去時，有一群年輕人要衝寺院，幾個和尚堵在大殿門口，雙方大聲爭執。來拜菩薩的人遠遠站著議論。南荃珍問發生了啥事，旁邊的人告訴她，那些學生是北京來的，說寺廟是迷信場所，要和尚關門，還叫嚷要砸菩薩像。

南荃珍怕出事，不敢滯留，只得負晦回家。她在公寓門口聽南老爺說喬玉珊也出事了，又見喬玉珊穿著撕破的褲子和幾個人嘰嘰喳喳說著話，覺得侄媳婦丟人現眼，她不敢直接去提醒，只得讓南延清來喚。

南荃珍的半大小腳在門廊亂步徘徊。阿殷怕南荃珍嫌她菜送晚了，搶在喬玉珊前頭進門。南荃珍接過阿殷的菜籃，核准了買來的菜和金額，打發阿殷走了。

喬玉珊後腳進門，沒好氣地衝姑婆問：「你叫我做啥？」

「我看一群人圍住你，不知出了啥事，叫延清去問一下。」姑婆用關心的口吻說。

「出啥事？你沒看到啊，褲子給人剪了。」喬玉珊一邊說一邊走進客廳，她扔下花洋傘，撳開吊扇，把一張藤高椅拉到風下，觥然坐下。

姑婆尾隨進去：「你碰到壞人，應該去派出所報告，站在院子裏講有啥用？」

「我站在院子裏跟你有啥關係？」

「哎，你怎麼這樣講話，吃生米飯一樣，我是為你好，褲子扯到大腿根了，大庭廣眾，總要顧點面子吧。」

「哼，是顧南家的面子吧，我的面子早就失盡了。」

「不管顧啥人面子，做事總要成體統。」

「我到你們南家，就是一件不成體統的事，如今還有啥體統可說？」

「你講話不必夾骨帶刺，你不要面子，儘管隨興去做，最後被人恥笑的是你，不是我。」

喬玉珊冷笑道：「你現在顧及我面子了，當初不讓我進門時，為啥不顧及我面子？要不是你那寶貝侄子遭了殃，我不是永遠進不了南家的門？恥笑？我還怕人恥笑，面皮早被人笑出老繭了，還怕啥？」

「你不必舀出陳年醬過時醋來算老賬，讓你辭了工作，養著你們一家，吃用開銷，哪一樣沒有滿足你，做人要有良心。」

「良心，你應該去問你侄子要，南家是不會平白無故為我用一分洋鈿的，看看你侄子這副樣子，要不是我，南家出再多鈔票也沒人受。」

「你講講清爽，當初是你找上守坤，不是南家用三茶六禮去聘你的。」

「是啊，南家沒用三茶六禮聘我，是我麻皮瞎子嫁不出去了，死乞白賴捱上門。」

姑婆氣得嘴唇微顫：「我知道你挑幺挑六要生事非，昨日與守坤鬥嘴，今天拿我來撒氣。狗咬呂洞賓，不識好人心，我不同你講了。」她氣呼呼地出去，拎起門口的籃子走向廚房。

喬玉珊像一隻鬥累了的母雞，頹然倒在椅背上，感受勝利後的失落。她和姑婆的口角毫無意義，她進南家以來，「交戰」過無數次，結論早已有了，或者說結論永遠不會有，她忍不住還要和姑婆拌嘴，僅僅為了洩怨。不知始於何時，她不時總要發一通，昨日和丈夫大吵一場，還算師出有名，更多的時候，毫無因由，難以名狀。她意識到自己的表現近乎病態，是這個神經不正常的家庭逼出來的。

解放後不久，南盛棉紗廠工會辦夜校，南守坤不顧父兄反對去義務授課。開課前，南守坤問掃盲班長喬玉珊，學員們有啥要求。她說，班裏最小的學員十七八歲，最大的三十七八歲，大家顧慮識字困難，前學後忘，白費工夫。第一堂課上，南守坤解釋這個問題說，不要怕年紀大，小囝和大人識字，各有千秋，小囝記性好，識了字不易忘是他們的長處，可小囝變化大，字也不容易記住他們；相反，大人記字難，但大人體型容貌定型了，字認識他們後不易忘記，效果一樣。學員們以為南守坤在說謊話，不由哄堂大笑，可他卻老學究講定理似的一臉正經，把大家弄懵了。以後南守坤常說類似的話，引來學員們的陣陣笑聲，喬玉珊笑得最響。

喬玉珊坐第一排，在南守坤眼皮下，一仰頭就對著南守坤白淨斯文的面孔，她透過南守坤的玳瑁眼鏡擴大他的形象：怪誕變成了幽默；迂闊變成了深奧。下課後，南守坤問喬玉珊笑啥？她不回答，只伏在課桌上遮羞。幾次問過，南守坤喜歡上了喬玉珊。南守坤是追求進步的富家子弟，想與工農打成一片，甜潤樸實的女工正合他的意。

南守坤不知，自己的家世是喬玉珊放大他的顯影液。

解放了，喬玉珊在政治上翻了身，但在經濟上，翻了身的瓦片還是瓦片，能攀上老闆的兒子仍是她的夢想。她時時思量著，不識幾個字的紗廠女工，和老闆的大學生公子間的差距。

南守坤和喬玉珊萬事俱備，可惜東風作惡，南家依循家規祖訓拒她入門。南守坤的曾祖父立下訓條：男不娶異族，女不嫁外姓，從他祖父起到他哥哥南守乾，沒有一個破例。南荃裕早為南守坤在鄉下物色好了堂妹。

南守坤為趕新社會的潮流，不顧家裏的老例，拒絕了父親安排的婚事，不惜離家也要娶喬玉珊，這事在廠里傳揚開，他成了反對封建傳統的新青年，也讓喬玉珊沒有退路。

喬玉珊竹籃提水一場空，還拎了這隻空籃頭吃了好幾年苦。

南守坤在一家出版社找了一份工作，兩人租了一間屋子獨立生活。婚後喬玉珊才真正了解南守坤。他在大學讀的是哲學，在出版社負責出版哲學方面的書，下了班也埋頭鑽在這些書堆裏。一次，喬玉珊削好了鴨梨讓南守坤吃，南守坤說，等一會兒，待他把亞里士多德的一段話讀完。喬玉珊說，知道「鴨梨水多得」來，還不快吃。一向不苟言笑的南守坤，也扔下書，「噗嗤」笑出聲。類似南轅北轍的事，她都忍了，含上嘴的檀香橄欖，是酸是澀只能咬下去。

誰知南守坤在單位經常衝撞領導。南守乾死後，領導明知南守坤與家庭無涉，故意找岔，讓他寫書面認識。南守坤堅持真理，說中國還不具備公私合營的基礎，而且不能強迫實行。領導指責他反對黨的政策，為反革命哥哥鳴不平。南守坤不服，趁隨後的大鳴大放，寫大字報反駁，為此戴上了右派帽子。事後，喬玉珊勸他按領導的要求寫檢查，南守坤說，我沒錯更沒罪可認。喬玉珊說，你得罪了領導，不錯也錯，有理也無理了。南守坤說，我只認理不認人。南守坤成了頑固不化的典型，被開除公職送農村勞動改造，他繼續頑抗，直到患病被送回上海。喬玉珊受牽連被廠領導打入另冊，她上班幹廠里最重的活，下班還得照顧女兒和患病的丈夫，漸漸萌生和南守坤離異的念頭。

幸虧南荃裕派人來請她們回家，還讓她辭職在家照顧南守坤，他們才度過危機。

喬玉珊終於走進過氣敗落的南家，鄰居看她衣著光鮮地進進出出，像煞過上了少奶奶的日子，可關起門來，她的酸甜苦辣有誰知，又有誰可訴？丈夫神經兮兮，她再精心伺侯也難稱他心，她認命了。她氣不過的是，姑婆掌管家裏的財權，怕她帶錢回娘家，規定吃用之外每月給她三口二十塊零用。她受不了這種限制，常常找因頭惹氣，嫌家裏的菜不對胃口去買熟食；嫌上門的裁縫師傅做的衣裳老式，去婦女用品商店和時裝公司買。姑婆寧可給她實報實銷，也不增加她的現款。她恨得五臟錯位，卻有口難言。

至今姑婆理直氣壯，南家沒用三茶六禮聘她，是她自己掭上門的。

是的，一切都是自找的，菩薩在上，啥事都瞞不過他。

四

　　想到這些苦澀事，喬玉珊眼睛發潮。客廳外傳來南荃裕的乾咳聲，她趕緊挺直身，裝著用手絹抹額上的汗，一把擼過眼眶，然後虎起面孔。南荃裕很少管家務事，每逢婦姑勃谿，他總是兩面勸勸，聽起來很公允，但喬玉珊能辯出其中的傾向性，所以必須嚴陣以待。

　　南荃裕走近客廳，把喬玉珊旁邊的另一張籐椅拉遠了坐下：「玉珊，你孃孃年紀大了，難免囉嗦，你不必跟她計較。」這番話出乎喬玉珊意料，她準備好的話用不上。「我知道這幾天守坤脾氣躁，你心裏煩，已經去請樓醫生了。」

　　「樓醫生看了好幾年了，還沒根治，再拖下去我怎麼吃得消？照我看，還是應該去醫院，徹底斷根。」

　　「樓醫生是留過洋的博士，解放前是廣慈醫院的特聘高級醫師，當時每天清早就有人來他診所排隊。問題不在樓醫生的醫術，是守坤的病難弄。送守坤去醫院，樓醫生求之不得，他是看老鄰居的面子才來的。現在大家保密，只當樓醫生來串門，萬一傳出去，樓醫生要擔兩份罪名：為右派分子看病，設地下診所。再說，守坤屬精神病科，他哪裏肯去，還有延清……」

　　喬玉珊明白公公的意思，侄女南延泠背著神經病女兒的名聲受人欺負，三天兩頭哭哭啼啼地逃學，全靠請家庭教師在家補習。如果守坤去精神病院看病，延清也將遭延泠同樣的罪。她只得說：「那麼請樓醫生用藥重一些，這樣時輕時重，好好壞壞，我受到哪一天？」

　　「至今守坤認定自己沒病，根本不肯吃藥，虧得守坤信任樓醫生，才按他的吩咐吃一些藥。樓醫生一直騙他是安神養血藥。這些藥多用要成癮，發病期和穩定期用的藥也不同，都有孃孃控制，這些你也知道。」

　　喬玉珊當然知道，她不過是借端出氣，出過了，也想不出好主意，低頭思索，才看見自己被剪破的褲片蕩到地板上，在公公面前裎露著兩條大腿，頓時兩頰緋紅，趕緊起身：「那麼等樓醫生看了再說吧。」

喬玉珊那副欠她多還她少的面孔在客廳里消失了。

南荃裕慢慢站起來，去把吊扇調到慢檔。他坐回籐椅，撥下那隻黃燦燦的助聽器，欲讓耳根清靜幾分鐘。哪裏清靜得了，腦子裏嗡嗡響著幾個聲音。經過這些年的家變，南荃裕覺得老祖宗實在可憐，費盡心機立了那麼多規矩，讓兒孫築籬笆砌高牆，防賊防人當守財奴。哪知人謀不敵天籌，不過一道政令，祖輩血汗積攢的萬貫家財，成為災源禍根，敗亡於瞬間。

南荃裕舉頭長籲，又撞上一對死魚樣的瞳仁，兩束驚恐的目光直衝他微濁的眸子，使他禁不住顫抖。在激烈爭吵中，這個叫伊凡的皇帝勃然舉起手杖，不偏不倚地打在兒子的太陽穴上，失手的惡果令伊凡崩潰，他痛悔地抱住兒子的屍體。陰森森的畫面使人不忍目睹。守乾跳樓後，南荃裕越發害怕這畫，不明白守乾為啥喜歡它。

南荃裕隱隱生出可怕的假設，這畫是守乾留下的永恆追問；誰是他致死的元兇？如果守乾從小沒受爺爺的家教，不受家法祖訓的束縛，不作孝子賢孫，他會在公私合營中癲狂自戕嗎？

守乾媳婦精神失常後，南荃裕請樓醫生診病，告訴他南家幾代堂兄妹聯姻至親結縭的情況。樓醫生婉轉說：在英國等西方國家，近親婚配子女易患精神疾病已成定論，中國古代也沿襲「同姓不通婚」的周禮，或至少五服以外。近代反被人疏忽了，目前醫學界也沒有向大眾轉播這方面的常識。

後來南荃裕追憶也是他堂妹的妻子，她在世時喜歡一個人躲在臥室自言自語，還常有答非所問張冠李戴的事，這些也可能是精神異常的徵兆。

五八年守坤因精神異常回上海，樓醫生的話得到了驗證，除了喬玉珊，家裏每個人都是隱性病人。難道真有一筆孽債在追討他？那年日本人的炸彈要了兩條人命，家裏的災難開始倒骨牌般接踵而至……

一道黑影在南荃裕和畫框之間劃過，很久以來，他經常受它伏擊。

祝秋藝心事重重地回家。

進了門，她扔下空籃頭直奔大衣櫥，對著櫥中央的大立鏡，她上上下下打量自己。有生以來她第一次檢點自己是否穿得漂亮過頭。比起喬玉珊被剪破的小褲腳管，她身上這套短袖真絲旗袍更加出格。有啥辦法？她的行頭大部分是解放前購置，當時她平均兩三個禮拜買一套衣裳，現在穿在身上，不是縮袖窄肩就是勒腰貼胸，特別觸眼，讓紅啥兵看到，非叫「妖形怪狀」不可。

她想找幾件樸素的衣服，不然出不了門。她打開大櫥五斗櫥，掀開一隻隻樟木箱，滿屋的樟腦味熏得她頭髮昏。她蹲下身一件件翻，翻到幾件皮衣裳，心頭不由發酸，它們件件有來歷。貂皮大衣是光明火柴廠老闆送的，她從安樂宮跳到維納斯，又跳進百樂門，全靠他捧場，後來他去了美國；狐裘馬夾的物主是個掮客，作經紀生意腦筋活絡，靠發橫財度日，每次撈了一筆就來尋她跳舞，少不得帶一件小禮物。幾年前她去淮海路江漢點心店吃餛飩，看到他在角上的一張桌子悶頭吃燜肉面。他戴頂鴨舌帽，穿件舊得毛拉拉的法蘭絨派克大衣，像露宿街頭的哈巴狗，她幾乎認不出他了。他不好意思和她說話，她也不敢兜搭，他景況肯定不妙，她自己好多少？山羊羔皮襖是小開黃送的，臨解放時，她心高氣傲拒絕跟他去香港，如今一想起他就想哭。後來百樂門的幾個頭牌舞女一半去了香港臺灣，而她卻留在上海當了壽頭[1]。

她翻出一身熱汗滿腹傷感，心緒也像理不清的衣服，亂糟糟一團，她倒了一杯酸梅汁在床沿坐下。想當年，她在舞廳被形形色色的男人捧著兜著，踏著「好花不常開，好景不常在」的拍子如癡如醉，哪裏知道這哀怨淒迷的歌唱的是真現實，真命運。從十七歲到二十一歲，

---

1 壽頭：上海話，即傻瓜。

短暫的五年，是她的一生一世。這些皮貨是她輝煌的見證，每年一過黃梅，她把它們抖出來曬一次，回味一遍。

她總算在床下的一隻舊篋篋裏找到幾件準備扔掉的舊衣服，拿出一件府綢馬夾衫換上。她定不下心燒飯，拿毛巾揩了把面，點上一支大前門出去。

祝秋藝走到樓下，見鍾毓英在門口的水斗里搓衣裳，搭訕道：「吳家姆媽，汰[1]衣裳啊？」

鍾毓英埋頭應道：「哎。」祝秋藝道：「我看你每天回來就是一腳盆，也夠戧哦。」鍾毓英道：「小囝多，沒辦法，像國福的短褲、汗衫，每天汰都跟不上，穿不上一年後屁股就烊了，子女都是父母的債頭。你們夫妻倆沒小囝，雖然憫氣點，也省去不少心。」祝秋藝吸了口煙：「哎，這樣省心，那樣要操心，總不讓人太平，你不知道，現在穿衣裳也要受管制了。」她把喬玉珊的事說了一遍。鍾毓英自己的事還煩不過來，漠然道：「不許穿小褲腳管，就穿大褲腳管好了，有啥可煩的？」祝秋藝道：「不是褲腳管大小的問題，講『奇裝異服』都要剪，啥叫『奇裝異服』又沒有一個標準，我那點衣裳大多數是解放前的老貨，看樣子都不好穿了，今後出門也不知道穿啥好。」鍾毓英以為她又借題炫富，冷對道：「也真為難你了。」祝秋藝頓覺沒趣，又咕嚕了幾句，走開了。

祝秋藝走出大樓，見姚大桶和阿殷坐在自家門口納涼，屁股一扭一扭走上去。

阿殷招呼：「今天怎麼下樓來乘風涼？」說完把一張小凳子推給她：「坐一歇。」

「乘啥風涼，夜飯還沒燒呢？」祝秋藝站著不動。

「你怎麼比上班的人還忙，弄到這麼晏。」姚大桶搖著大蒲扇道。

「不是忙，是沒心思燒，我擔心我那冤家。」

「來龍做啥了，你為他擔心？」

「他早上穿著漏孔尖頭皮鞋去上班，頭髮也剛吹過風，萬一路上

<hr>

1 汰：上海人「洗」的說法。

57

第二章

碰到紅啥兵，我怕他出事。」

　　姚大桶哈哈地諷道：「原來為這事啊，憑你這份癡情，來龍今天赤腳回來也不冤枉。」

　　「以我看啊，你不必跟著玉珊緊張，今天的事，一半是她自己造成的。你看她，不管自己的身材、體型、皮膚，專挑高檔的買，可惜再好的料作、再新的式樣，穿在她身上，奇形怪狀，紅啥兵當然要尋到她頭上。難怪南家姑婆橫豎看不慣她，工棚里長大的女人，一步登天做少奶奶，赤膊雞披天鵝絨，洋裏不洋腔。秋藝，不是我捧你，論穿著，她還得好好拜你為師。」阿殷為南家買菜，喬玉珊一起享用，她嫉妒不平，知道姑婆和喬玉珊有疙瘩，處處偏袒姑婆，講喬玉珊的不是。

　　祝秋藝不由得飄飄然：「是啊……」再一想，不對，今天的事不同尋常，說不定，啥時候自己也出同樣的洋相，落下癩子笑禿子的話料，忙改口：「你不要瞎誇我了，現在萬事求太平，我已經翻出陳年百月的舊衣裳來穿，你看我身上。」

　　……

　　三人說笑間，來龍和平日一樣衣裳挺刮著回來。姚大桶夫婦添油加醋地說祝秋藝如何著急等他。來龍嘿嘿笑道：「她啊，就喜歡坐在家裏瞎操心，就是出事也不會輪到我……」沒等來龍說完，祝秋藝一把挽起他的臂膊，親熱地往家裏走。

　　姚大桶望著他們，不無眼饞地說：「這對夫妻也是少有，結婚十多年了，進進出出還像談戀愛的小青年。」

　　阿殷鄙夷道：「也只有祝秋藝這樣的人才做得出，舞女總歸是舞女，不怕難為情。」

　　「你不要講，舞女名聲難聽，解放前打下底子，現在過日子到底適意，來龍講究實惠，就圖這點。」

　　「來龍還想挑精揀肥？不照鏡子看看自己，黑炭樣皮膚，一面孔大鬍子，像過去華懋公寓看大門的紅頭阿三。祝秋藝畢竟不是三馬路、四馬路的妓女。你忘記啦，祝秋藝剛搬來時，每天深更半夜，總有闊老或小開開車送她回來。其中沒有比來龍好的人？」

「這點你也不懂啊，找男人不是找舞伴，隨便白相相，來龍曾經含含糊糊跟我講過，祝秋藝就吃他這副身坯賣相。」

「你不要聽他死要面子。解放了，祝秋藝沒有生路了，才抓到籃裏就是菜，圖來龍是工人階級，可以作政治靠山。真的喜歡來龍就不會與他約法三章，每年只有中秋節春節跟他去婆家，還不許他在經濟上與婆家往來，就是怕來龍兄弟姐妹揩油。」

「鈔票是另一回事，她那點銅錢是喝百家酒，聞千人香賺來的，當然吝嗇。」

六

姚大桶夫婦自得其樂嚼舌頭的當兒，方聚儀神秘莫測地把國福叫出屋。他引國福往牆角走，國福很不情願地跟著：「你要做啥？」聚儀道：「別急別急。」來到大門口旁邊，他向四周看了看才說：「我給你看一樣東西。」聚儀把一本《支部生活》的封面放在國福的鼻子底下：「你看上面有啥？」國福仔細端詳照片：毛主席坐在飛機上，悠閑地吸著香煙。國福看不出特別，搔了搔頭皮：「看不出啥。」聚儀自得地點著毛主席的手腕處提醒國福：「你仔細看，這是啥？」國福想再不說就顯得自己太戇了，瞎猜：「有點像我奶奶手上的玉鐲。」聚儀點著頭：「有點對了，有點對了，」他生怕國福全猜出，失去自己的高明，趕緊端出謎底：「告訴你，這是一副手銬！」國福大驚道：「手銬？」再湊近封面，在半明半暗的黃昏中，毛主席的手腕處隱約顯現一條白光，便穿鑿附會的同意：「毛主席怎麼戴上了手銬？」聚儀怕人聽見地附著國福的耳朵：「有人要陷害毛主席！」國福急道：「誰？誰敢陷害毛主席？」聚儀道：「這是攝影師搞鬼，在印照片時加上去的，他們想搞政變。」國福納悶道：「在照片上給毛主席戴手銬就能政變了？」聚儀道：「是政變的預謀。」國福問：「你怎麼知道的？」聚儀得意地說：「我阿姨剛才來玩，我表哥阿明告訴我的，他們市委家屬大院裏的孩子，都在搜尋各種照片、圖畫，搞破案工作，阿明哥還說，有不少畫家攝影師已經被逮捕了。」聚儀一講到他阿姨、表哥和他們市委家屬大院就沒完沒了。國福立即反感地打斷他：「小囝能破案，還要公安局做啥？」聚儀道：「嗨，你不知道，壞人太多，公安局來不及抓，所以我們也要注意畫報雜誌，發現問題找出罪證。」國福說：「你去當『便衣警察』吧，我做不了。」國福見南老爺在門衛室外放倒了竹塌躺下來，說：「哎，探案前先去聽老爺講故事吧。」聚儀還沒盡興，但提到南老爺講故事，也跟了過來。

乘涼聽南老爺講故事，是公寓的傳統節目，一茬又一茬孩子，一遍又一遍聽類似的故事長大。南老爺上過幾年私塾，喜歡讀各種演義，又常去靜安書場聽說書，很樂意向孩子們轉銷。

南老爺見國福和聚儀端了小凳在他身邊一左一右坐下，笑道：「想聽故事，先罰你們做件事，誰去老爺房間，把桌子上的煙袋煙斗和茶壺拿來。」

國福搶著跑去拿來。

南老爺捻出煙絲裝煙斗：「再考你們一個問題，答對了才給你們講。上次國福背出了歷史上著名開國皇帝的名字，你們知道，這些皇帝中，哪兩個是農民出身，靠起義造反起家？」

國福和聚儀面面相覷地轉腦筋，好一會兒，國福才沒把握地說：「當年陳勝、吳廣起義，隨後項羽、劉邦跟上，劉邦是鄉下的農民，對了，漢高祖劉邦算一個。」見老爺滿意地點點頭，聚儀搶上來說：「第二個是唐高祖李淵？不對，唔，宋太祖趙匡胤？老爺，對哦？」見老爺笑而不語，國福說：「勿稀奇，勿稀奇，變成猜謎謎子了。」聚儀紅了臉，老爺噴了口煙：「告訴你們吧，是明太祖朱元璋。」國福自怨地直拍腦袋，「啊，是朱元璋啊，怎麼沒想到他呢？」老爺說：「這個題目出的太難，國福答對了一半，就算合格了，今天就給你們講朱元璋的事。」

南老爺熟讀《明英烈傳》，最近又剛去書場聽了評話，現炒現賣。他提起茶壺，吮住壺嘴，抿了幾口茶，然後搖了搖蒲扇，模仿說書人的口吻朗聲道：「有詩曰：馬力牛勁為子孫，龍爭虎鬥鬧乾坤，戰塵磨擦英雄老，殺氣薰蒸日月昏，時序往來千古在，人生聚散一場空，今朝有酒今朝醉，說甚英雄十大功。」為了讓國福他們誇他記性好，他下死功夫背下大段詩文。

「話說元朝，世祖忽必烈死後開始走下坡路，隨後的四十年間，皇族內爭權奪利，相互傾軋，在頭斷血濺中傳了七個皇帝。鬧至末代元順帝接位，國庫空虛物價暴漲，生靈塗炭。元至正五年，淮北鬧旱災和蝗蟲，瘟疫流行，家家戶戶都有人餓死病死……」國福插嘴問：「那時也有三年自然災害？」南老爺苦笑：「大概差不多吧。鳳陽縣農民朱元璋那年十七歲，他的父母和大哥先後死去，為了生計，他去附近的皇覺寺當打雜和尚。天荒年，寺院也收不到租米，師兄們一個個離開寺院去外面化緣，朱元璋也帶著小木魚和缽頭到淮西流浪討飯，苦熬了三年。

「一次，也是今天這樣的大熱天，朱元璋從早上到下午，沒討到一粒米，在一個村口，他餓得實在走不動了，跌倒在一棵百年老樟樹下，就著涼爽的樹蔭，他四仰八叉地躺下，呼嚕呼嚕睡著了。」南老爺在竹榻上攤手攤腳模仿著，「當時朱元璋就是這樣，你們看，多像一個『天』字。話說朱元璋做夢稀粥吃得正香，突然聽到有人大聲叫他，他猛地翻身坐起，看見一位穿黑袍的道人畢恭畢敬站在面前。還沒等朱元璋開口，道人作揖道：『請教尊姓大名』，朱元璋慌忙起身還禮：『卑姓朱，賤名元璋，』道人說：『鄙人冒昧打擾，有一語相告：朱公豹瞳鳳目，附骨扡鬢，天地相朝，剛才隨意而臥，自然『天』成。公背靠的這棵大樹，龍盤虎踞距勢抵天穹，樹蔭華蓋潤澤無邊。公天子之命，必成大業。』朱元璋聽得魂魄入定呆若木雞，待他回過神來，道人已拂袖而去。朱元璋緊追幾步，大聲問道人姓名，『鄙姓張名中』，聲音隨道人飄然而去。」

南老爺拿起壺喝茶，國福等不及地問：「後來呢？」

「過了一年，爆發了紅巾軍起義，起義兵士頭上裹著紅巾，老百姓稱他們為『紅軍』……」聚儀好奇地問：「當時也有紅軍？他們也要走二萬五千里長征？」國福打斷他：「你不要和毛主席的紅軍搞在一起。」南老爺繼續說：「後來紅軍處處起兵，元兵節節敗退，朱元璋見機會來了，離開皇覺寺，加入了紅軍郭子興部隊。朱元璋智勇雙全，很快得到郭子興賞識步步高升，不久郭子興病死，朱元璋取代他當都元帥。朱元璋率軍大破元兵，渡江攻佔集慶後，他改名應天府，並以此為根據地向南方發展。當時朱元璋名義上接受起義軍總司令小明王的領導，隨著自己勢力不斷擴張，他做皇帝的慾望日益強烈，小明王就成了他的障礙。朱元璋施計把小明王接到應天，趁小明王在瓜步過江時，派人暗暗鑿沉了船，淹死了小明王……」聚儀又忍不住說：「毛主席也打倒過一個王明！」國福不耐煩道：「老爺講的是小明王，不是王明。」老爺笑道：「聚儀到底是區長的兒子，熟悉共產黨的事，王明啥的，老爺搞不清爽了。

「當時，朱元璋還遇到一個勁敵，叫陳友諒，他佔據江西、湖南、湖北、恃仗地廣兵多，欲吞併朱元璋的地盤，籌劃進攻應天府。朱元璋召集部下商量，當時主降和主戰兩派爭得不可開交，有個叫劉基的謀士站出來說：『敵我雙方雖然力量懸殊，但歷史上著名的赤壁、淝水等大戰都是以少勝多。此番陳友諒遠道來犯，我們以逸待勞，只要巧用伏擊，攻其弱處，定可穩操勝券。』朱元璋擊幾讚賞，但這次大戰事關存亡，必須萬無一失。朱元璋記起給他相過面的道士，忙命人尋找，請道士掐算。

「張中早已卜知朱元璋要來召，見到朱元璋的差使，沒待對方開口，先給他一封信，讓他轉交朱元璋，上面寫著『天子之行，恃神意而定，天子之命，非人力可奪。』朱元璋吃了一顆定心丸。朱元璋命按劉基的計劃布陣，果然打敗陳軍，統一了江南。最後又派徐達為征虜大將軍北伐，大獲全勝，朱元璋在應天順利登基稱帝。」

國福和聚儀正聽得入神，南老爺卻把大蒲扇往胸口一合，吊起掃帚眉：「要知後事如何，且聽下回分解。」國福不過癮，纏著南老爺講下去，老爺說今天講乏了，想歇一歇。他們不好意思再堅持，國福依依不捨地追問：「下次講啥？」南老爺賣起了關子：「嘿嘿，下次更加精彩，專講朱元璋稱帝後，如何火燒慶功樓，誅殺開國元勳。」

嚴易真來找南老爺付費，不好意思打斷他，就在一邊靜靜旁聽。

南老爺講完才發現他，忙坐起，「老嚴，你找我？」

國福看到嚴易真的人影，不由一愣——他總是幽靈般無聲無息地進出公寓。

嚴易真遞上錢：「老爺，這月的管理費。」又補了一句：「朱元璋給你講神了，活龍活現。」嚴易真難得這樣誇人，南老爺有點得意，邊把錢塞進貼袋邊自謙道：「騙小囝的東西，在你面前班門弄斧，獻醜了。」嚴易真道：「哪裏，哪裏，歷史就是這麼回事。」

望著若有所思的嚴易真，南老爺似懂非懂地點點頭。

吳國慶突然從外面奔進來：「老爺，里委會門口來了一幫人，吵著要進去找負責人，你快去看看。」南老爺保管著里委的一把備用鑰匙，他趕忙起身，對方聚儀說：「我先去開門，你快去叫你姆媽。」

63

七

古大姐倚在鋪著涼席墊子的沙發上翻《解放日報》，上面都是按街道黨委佈置給家庭婦女講讀的文章，她要仔細琢磨琢磨。沙發旁的一臺華生立式電扇在搖頭晃腦地吹著她。剛才姐姐來玩，向她透露不少信息：中央裏大多數人不贊成搞文化大革命，上海的情況也差不多，市委領導對文化大革命持保留態度，還提出警惕有人利用文化大革命

第二章

進行反黨、反社會主義活動，情況類似五七年。姐姐讓她轉告方長舟，目前形勢複雜，暫時靜觀其變，慎重表態。

古大姐沒有領會姐姐的全部意思，唯獨記住了「情況類似五七年」這句話。

當年方長舟兼任區委反右辦公室主任，他毫不留情地嚴懲右派，使本區的反右鬥爭成績突出。事後，連襟在市府加把勁，把方長舟提為副區長，行政級別上調到十四級，可惜還落在高幹的檔子外，生活待遇沒有相應改觀。自家的生活環境還比不上南家白家，與副區長的身份怎麼相稱？古大姐巴望像姐姐家那樣：住一幢小樓，有專用公家車，雇傭公家保姆。但丈夫升到姐夫的級別，還有好幾個臺階要爬。她已經等得不耐煩了，心想得提醒丈夫，要好好抓住這次良機，再進幾級。

要破解春秋筆法，才能領會這類文章，因太費力，古大姐讀得聚精會神。樓下的喧哄聲從臨街的落地鋼窗傳進來，也沒引起她注意，直到方聚儀回家叫她，她才放下報紙問：「誰這麼晚了還來里委會吵鬧！」說完嘟起嘴走下樓。

古大姐從後門走進里委會，大房間裏面亂嚷嚷的，十幾個頭戴草綠色軍帽，身穿草綠色軍裝的男女青年，站在屋子中央，馬路上乘涼的人不斷湧進來。

南老爺正不知如何應付，見到古大姐忙說：「你們別吵，里委主任來了。」

一個高個小夥子迎上一步：「主任同志，我們是北京來的紅衛兵，這次南下上海來點火……」

「點火？」古大姐沒明白「點火」的意思，用夾生的普通話驚問。

「是的，點文化大革命之火，宣傳文化大革命。」

古大姐這才弄明白，緩下口氣說：「小同志，這麼熱的天，你們從北京趕來，辛苦了，看你們滿頭大汗，可以先洗把臉，歇一歇，然後坐下慢慢談。」

一個胖篤篤的女紅衛兵高聲說：「主任同志，你不用張羅，我們是來幹革命的，幹革命就要一不怕苦，二不怕死，流血都不怕，還怕流汗嗎？」

古大姐見女紅衛兵鹵莽無禮，抑制住不快，用公事公辦的口吻道：「你們有單位介紹信嗎？」

高個子用右手拍了拍左臂上的紅衛兵袖章：「介紹信？這就是介紹信！」他轉向圍觀的群眾：「同志們，在偉大領袖毛主席親自發動和領導下，轟轟烈烈的文化大革命已經開始了，在我們偉大的首都北京，廣大革命群眾積極響應毛主席號召，紛紛投身這場運動，掀起了前所未有的熱氣騰騰景象。然而，看看你們上海，至今死氣沉沉不見革命氣息。上海過去是帝國主義的半殖民地，是冒險家的樂園，是資產階級的頑固堡壘。這次我們來，就是要點一把大火，燒毀它，同志們——！」他激動地「噔——」地跳上桌子，只聽「嘭」的一聲，兩米多一點高的屋子不夠他蹦，他腦袋撞在天花板上，震下一層白石灰粉，他蹲下身子抱頭「哎喲」了一下，然後咬緊牙關咽下悲鳴。

圍觀的人爆發出一陣無惡意的輕笑。

「嚴肅點，請嚴肅點，不要笑，」胖篤篤的女紅衛兵「噔——」地竄上了一張椅子，解下腰間的寬皮帶，拿在手裏甩了甩，「我們已經了解過了，福民里委住著不少地富反壞右[1]和資本家，是資產階級集中的老巢，革命的居民同志們，你們要迅速行動起來，對他們採取革命行動！」

紅衛兵們宣講了一通，還回答了有人提出的問題，最後說還要去其他里委會點火，與古大姐招呼了一聲，一個個昂首挺胸地走了。

國福尾隨紅衛兵走出里委，國慶和嚴軻已走在前面。他們站在上街沿，歆羨地望著紅衛兵，直到他們的身影消失在遠處暗淡的路燈下。

國慶感佩道：「這些紅衛兵真神氣！」

嚴軻說：「也不知紅衛兵是啥組織，他們為啥從北京鬧到上海？」

---

1 地富反壞右：當時流行的簡略說法，分別指地主、富農、反革命分子、壞分子和右派分子。

「我哥哥說，他們大學也在組織紅衛兵。」

「真的？上海的大學也成立了紅衛兵？」嚴軻和國平高中時同校同級，因出身問題沒進大學，他對此一直耿耿於心，對大學的事特別敏感。

「聽說大學裏的鬥爭很激烈，我哥哥忙得禮拜天都不回家。」

嚴軻嘆道：「你看里委多閉塞，簡直像兩個世界，雖然增加了開會讀報，也沒看出搞大運動的樣子。哎，真搞起來也輪不到我參加。」嚴軻不甘心當社會青年[1]，期望次年重考時以本人的優良表現通過政審，就自導自演了一起「拾金不昧」事件：他在自己的舊皮夾子裏裝了二十塊錢交給里委，謊稱在路上撿到。不料事情戳穿，反而成了欺騙組織的壞青年。

國慶為嚴軻沒上大學而惋惜，但不滿他的造假行為，回不上合適的話，應付道：「不會是啥大不了的組織吧。」

「……」

里委辦公室里，南老爺幫古大姐整理散亂的椅子凳子，熄燈鎖門時，古大姐說：「老爺，今後有事你先叫我一聲，不要讓陌生人隨便進里委會。」南老爺說：「知道了。」他心裏明白，古大姐對他給北京紅衛兵開門不滿。

一陣風來，一陣風去的紅衛兵，彷彿橫空出世的天兵天將，當著乘涼居民的面，打破里委工作的規矩，亂了古大姐的方寸，她嘗到了紅衛兵的厲害，難怪喬玉珊罵山門。

古大姐氣鼓鼓地回家，方長舟正在圓桌上吃飯。她在丈夫的對面拉出一張靠背椅坐下來：「哎，你說這紅衛兵到底是怎麼回事？算啥性質的組織？屬誰管？」

方長舟慢悠悠地說：「你怎麼問這話？聽妻子說了剛才的事才道：「怪不得樓下鬧哄哄，原來北京紅衛兵來上海了。紅衛兵是大、中學

---

1 社會青年：當時特指高中、大學落榜學生，無工作，閒散在家（社會）的青年。

生自發成立的組織。」

「自發的？怪不得他們橫衝直撞。」古大姐雙肘擱桌前傾身子，「那政府為啥不取締？」

「大概因為紅衛兵組織是文化大革命的新生事物吧？」

「啥新生事物？」古大姐複述完她姐姐的話後說，「依我看，紅衛兵就是姐姐講的反黨、反社會主義的組織，比當年的右派分子更猖狂，你不是說，這次文化大革命很難把握嗎？為啥不從紅衛兵開刀？你應該旗幟鮮明地反對紅衛兵，以此掌握主動。」

方長舟吃完了飯，抽出一根牙籤剔著說：「最近我去市裏開會，你姐姐說的話，我也聽到不少，可你知道是誰在支持紅衛兵？」

「你說誰？」古大姐站起來收拾桌上的髒碗。

「毛主席！」

「毛主席支持紅衛兵？」古大姐停住手，又坐下來：「這就對了，這就是毛主席高明處。你看五七年，他表面上號召群眾批評幹部的官僚主義，骨子裏卻走一著『引蛇出洞』的妙棋，結果牽出大小反黨分子一網打盡，我看他老人家這次舊曲新唱。」

方長舟把用過的牙籤往髒碗裏一扔：「說起來，你也做了十幾年黨支部書記，可遇事還是脫不了婦人之見，事情都如你想像的那麼簡單，一加一等於二，那幹部太容易當了。」

「那你說毛主席支持紅衛兵這件事怎麼解釋？」

「暫時我也下不了結論，有一點我提醒你，把文化大革命等同反右為時尚早。反右時，中央意見一致，是上對下，黨內對黨外，而這次文化大革命可能既對下又對上，既對黨外又對黨內。這一點你姐姐說得對，事態還不明朗，遇事要三思而行，切忌想當然，想當然是會犯錯誤的！」

方長舟提著一杯龍井涼茶回自己的書房。他擰開檯燈，拿下一疊文件最上面的那份《五‧一六通知》，這是中央關於開展文化大革命的重要文件，他已讀了無數遍，許多句子下劃著紅杠杠。但他咀嚼來咀嚼去，還吃不透中央搞文化大革命的真意。他用紅筆在「一批」「赫魯曉夫」「各級黨委」下面又抹了幾下。近月來這些字眼一直在他的腦子裏翻轉，卻找不到合理的推斷和解釋。

方長舟打開桌上的一盒萬金油，用食指蘸了油在額頭抹。不能把握運動的脈絡，令他十分焦慮。搞政治是在波峰浪谷行船，只有游刃有餘地借助它的運動規律，才能順勢前進，不恰當的太快或太慢都有傾覆滅頂的危險。五七年他成功駕馭了一次。與他同事的一位副區長，對反右的具體做法提了不同意見，被認為右傾，受到降職處分。

這次運動非同以往，決不可掉以輕心。方長舟給自己定下原則：要在輕舉妄動和頑固不動間找到立足點，然後站穩腳跟果斷出擊。

八

嚴易真從門衛室回家，思緒還絆在朱元璋身上，他從引人入勝的稗官野史想到明朝正史；又由文字獄和東西廠錦衣衛，聯想到如今的革命、主義、無產階級專政。「無產階級專政」，默念這句話時，電扇搖過頭，對準他刮來一股冷風，他渾身一顫。

解放後外貿公司關閉，他去一家研究所當資料員。像鴕鳥埋頭沙堆，他鑽進積著塵埃的書庫，專心編目錄製卡片。他本來嘴上就比別人多把鎖，現在乾脆完全鉗住口，除了在必須人人發言的會議上表態，他幾乎得了失語症，日記成了他唯一的傾談對像。憑著苛刻的自肅自律，歷次運動他都倖免跌入「分子」的深淵。但他有洗刷不了的歷史問題，永遠處於「分子」的邊緣，還牽連嚴軻不能上大學。

他終於明白，自己是次等公民，被排除在人民的圈子外。

他去廚房倒茶，見嚴軻在水斗處用毛巾擦身，問：「你去哪裏玩了？弄得渾身是汗。」

「沒去玩，去里委會了。」嚴軻懶懶地說。

「這麼晏了，去里委會做啥？」

嚴軻草草把里委發生的事講了一遍。

嚴易真最怕嚴軻沾上政治的邊，最近研究所每天大會小會，他身臨其境，卻很少告訴嚴軻。聽說紅衛兵衝擊里委，他擔心嚴軻受影響：「嚴軻，我早就關照過你，現在開始搞文化大革命了，外面有點亂，你千萬不要軋進去。」

「又不是我鬧里委會，何必大驚小怪。」

「萬一出事，你人在場，跑得了？」

「照你這樣講，我啥地方也不要去，現在我從早到夜蹲在屋裏坐天牢，有啥事可做？」

「我不是跟你講過，有空可以自學日語。」

提到學日語，嚴軻梗直脖子：「連大學都進不了，學日語有啥用。」

「現在無用，不等於永遠無用，你怎麼知道將來的事。再說不是做每件事都有用的，你閑著沒事，至少可以消遣。」

「要我說啊，」嚴軻咽了一下口水才說：「當年你不去日本學日語，不在日本公司工作，今天我也不會吃這麼多軋頭。」

「好啊，你說吧，都說出來，」嚴易真紫漲臉：「我早就知道你怨我了，是我害你上不了大學，當社會青年，你……」他氣得說不下去。

慧芬從隔壁走過來問：「又怎麼了，爺兒倆喉嚨這麼響。」

嚴易真終於吐出了話：「你別忘了，我這個父親再不是，還管著你的閑飯呢！」

慧芬走近丈夫：「說這些話做啥？」

嚴軻哭喪道：「是啊，你以為把我餵飽就好了，可我不是一隻貓一隻狗，我是人，要有做人的尊嚴。為啥我低人一等，為啥我沒有資格上大學，這一切是誰造成的？誰！如果你以為把我養大就盡到了父親的責任，我寧可你不要生我！」

慧芬轉向兒子：「嚴軻，看你說些啥？」嚴軻把毛巾往架上狠命地一甩，奔出去。

慧芬追到門口喚：「嚴軻，嚴軻……」

嚴易真喘著粗氣回到自己的房間。兒子的質問像座鐘里小洋人的鎚子一下下擊在他心上，類似的話兒子早就說過了，不過沒像今天這樣挑明。兒子是無辜的，有理由責難自己。面對兒子的遭遇，他無法推卻責任，這是冥冥中的報應。他仰靠在沙發上，感到胸縮氣悶。解放後他一直心情沉鬱，再加上頻繁地在噩夢中聽到日本人射向國人的槍聲，緊張勞累後常出現這個癥狀，兒子落榜後更加嚴重。此刻又非同以往，好像有人把拳頭伸進他的心口慢慢地攪……

慧芬來勸慰丈夫，站在一邊卻不知說啥好，突然發現丈夫面色慘白，臉上現出痛苦狀，忙上去問：「易真，你怎麼啦，」嚴易真揉著前胸：「沒事，你給我倒杯水來。」

「不行，我去叫樓醫生來看看。」慧芬不顧丈夫反對的手勢，疾步走出去。

九

樓醫生夫婦正在作例行的晚禱，聽到敲門聲，不由一驚。

樓太太去開門，見慧芬氣促神慌，以為她肺病犯了，待搞清楚是嚴易真，忙喚丈夫，樓醫生拿了聽診器匆匆上去。五六年政府關閉私人診所，樓醫生去街道醫院工作，公寓里的鄰居有頭痛腦熱還是找他。

樓醫生給嚴易真作了檢查，立即做出「心絞痛」的診斷。他吩咐太太回家拿藥，然後不解地問嚴易真：「你病得不輕，從啥時候開始的，怎麼沒聽你提起過。」

「沒啥，可能這一陣累了，休息一下會好的。」嚴易真輕語。

「我記得，解放後不久你就出現胸悶了？」慧芬急了。

嚴易真蚊子樣哼道：「那和現在的病是兩回事。」

「怎麼兩回事？」慧芬不服，見丈夫皺眉不快只得打住。

　　樓醫生了解嚴易真的性格，知道他不願坦言，也不追問，讓他服下樓太太拿來的藥後吩咐道：「不管你病史長短，這次你一定要去醫院，作個心電圖，明確『心絞痛』的原因。還要常規的用藥，再這樣拖下去可不行。」

　　慧芬送樓醫生夫婦出來，在走廊裏留住樓太太，把父子倆慪氣的事告訴了她。

　　樓太太回家把這事傳給丈夫聽，嘆道：「嚴軻這小囝越來越不象樣了。」

　　「嚴軻也作孽，他從小成績優秀，頭角崢嶸自傲慣了。因父親的問題撞了個人仰馬翻，只好拿父母出氣。」

　　「有些事也真不可思議，升學是人的基本權利，怎麼可以任意剝奪，這不是把人分等級嗎？在天主眼裏人人生而平等。」

　　「提到天主，我們得注意，現在搞文化大革命了，也不知是一場啥運動，對宗教界尤其基督徒有啥影響。」樓醫生不無憂慮。

　　「解放後，政府風捲殘雲地整治基督教，驅逐外國神職人員，逮捕了龔品梅[1]等人，如今教堂關門，等於取締了基督教，還能搞啥名堂。」

　　「解放後歷次運動發生了多少料想不到的事，不得不防備著些。」

　　「提到搞運動，我忘了告訴你，南家姑婆來過了，守坤的病又犯了，你抓緊去看看吧。」

　　「我最怕給守坤看病，礙於老鄰居的面子，不得不幫忙。他的病光靠藥沒用，我去也不過疏導一下。」

　　「你不是說，南家有家族性精神病遺傳史嗎。」

　　「守坤如不受那麼大的刺激，並不一定發病，即使現在他也是時好時壞。談起自己的冤案和國家大事，他腦子比誰都清爽。以我看，只要給他摘去右派帽子，他就可能恢復正常。」

　　樓太太嘆口氣：「家家有本難念的經，整個社會都在患病，不知

---

1 龔品梅：中共建政初時上海、蘇州、南京天主教區大主教，一九五五年因反對中共的「愛國教會」而入獄並被判無期徒刑。

病因在哪裏。」

「我們在英國住了那麼多年還不明白？只不過大多數人蒙在鼓裏。誰指出來就得走守坤的路。講起守坤，不早了，我去一下。」

樓醫生走近窗口往下探看，見院子裏沒人才悄悄下樓。

十

樓醫生由南荃珍引進南家，剛上樓就聽到熟悉的京劇《海瑞上疏》的段子「……（表）哈哈，明日十五，眾大臣要寫青詞賀表，他們今晚都在那裏寫表，哪曉得我海瑞，都寫這樣不中聽的文章。（唱）海剛峰不怕死直言諫奏，並非是血氣剛逆水行舟……」

南守坤養病在家，除了寫申訴，大部分時間埋在故紙堆，他穿歷史隧道鑽哲學迷宮，聽京劇和古典音樂是他唯一的消遣。

南守坤自稱囚齋的門虛掩著，南荃珍用手示意樓醫生自己進去。樓醫生推開門，唱聲更響了：「……都是為大明朝日漸腐朽，這道本振聾發聵，當頭棒喝……」

樓醫生笑道：「不愧是京戲迷，大熱天，鑼鼓喧天不嫌煩。」南守坤朗聲道：「樓醫生，你聽聽，麒麟童唱的海瑞，一字一句鏗鏘有力，正義逼人，真過癮。」「嘉靖爺，作龍樓，數十秋，倒行逆施田賦征徭萬民怨，官貪吏橫似猛獸。」纖細的唱針頂著低垂的鍍鉻鋼頭，在唱片上一圈一圈滯重地磨犁：「嘉靖爺，害百姓欲哭無淚，嘉靖爺害百姓濫施淫威……」

南守坤給樓醫生讓坐，自己走向高幾，用手輕輕挑起唱頭擱在一邊，然後合上桃花心木的留聲機盒蓋：「樓醫生你講弄得好哦，前一陣先是《海瑞上疏》，然後是《海瑞罷官》，又是禁演又是批判，鬧得滿城風雨，也不知這個海瑞怎麼得罪了當今朝廷。」

樓醫生裝糊塗道：「我沒注意這事。」

南守坤遺憾道：「這麼大的事你不關心啊？我早就料到這是又一場運動的先聲，果然，搞文化大革命了。今天玉珊出門褲子被啥個兵剪破了，光天化日之下，像樣嗎？」

樓醫生漠然道：「我也聽慧芬講了，可能是學生們胡鬧，不必和國家大事掛鈎。你應該向我學習，兩耳不聞窗外事，一心唯讀聖經書，還有幾本醫學書。多養精神，少管閑事。」

南守坤急道：「樓醫生，我是想學你啊，我不管閑事，可閑事要管我啊，里委會每周通知我參加地、富、反、壞、右訓話會，我能無動於衷？本來生出個右派分子就說不通，再把他們和地富反壞劃為一類，更是豈有此理。地主、富農曾經剝削過農民，算一條過；反革命分子明火執仗，反共產黨的革命，也師出有名；壞分子燒殺搶掠偷盜姦淫，罪有應得。而右派分子以啥定論？一個政黨必定分左、中、右三派；開會作決議，必然出現贊成、反對或棄權三種意見；馬路上兩個人打架，一群人圍觀，也會各執一詞去偏袒甲方、乙方，或當和事佬。可分歧再大，爭論再烈，也是一個陣營里的不同觀點，怎麼被一腳踢到另一個階級去？」

樓醫生作了一個讓他停下的手勢：「難怪你經常頭痛，左中右、右中左地說一大堆，我聽了都頭脹，別說你想這些問題，能不傷神？」

南守坤「咕嘟咕嘟」喝了半杯茶：「樓醫生，我實在咽不下這口氣，俗話說有理走遍天下，世界上總要講個理吧？我單位那個支書，從不讀馬列毛主席的書，卻以馬列主義者自居，給我點穿了，懷恨在心，伺機給我穿小鞋，給我一頂右派帽子。不過一個支書，就如此霸道，這不是回到過去的封建王朝了？」

「中國歷史長，受封建影響深。你知道『夏網』這個詞吧，顧炎武有兩句詩：『彌天成夏網，畫地類秦坑。』你遇事要冷靜，不要去自投羅網。」

「你說的不錯，中國封建歷史長，但過去的舜帝尚在道旁豎一塊『誹謗之木』，讓庶民在上面寫諫言呢。如今號稱社會主義，反倒不如封建時代了？何況我的一言一行沒有違反憲法。我想好了，除非他們糾正錯案，不然，我一定對抗到死。」

樓醫生心裏為南守坤打顫，這些話不是兒戲，傳出去要坐牢殺頭。硬的不行，得來軟的。他和聲道：「守坤，你要聽我一句話，平心靜氣，忘記過去，天主要我們原諒一切人，包括憎惡你的人和你憎惡的人甚至你的仇人。」

「樓醫生，不是我不想原諒人，你的話說倒了，我是尋求寬宥大赦的人，哪裏有資格去原諒別人，再說，如果我有力量，應當饒恕那些置人於死地的人？」

「天主說，你不原諒別人，我也不原諒你。」

「這是不分是非。」

「不，天主說，『伸冤在我，我必伸冤，』把一切交給天主，到未來審判時，天主會作出公正的判決。」

「當年天主不是用洪水淹沒了罪惡的世界，只留下挪亞一家嗎？後來他不是毀滅了所多瑪和蛾摩拉這兩座罪惡的城市嗎？你不是說，天主無處不在，無時不在嗎？如今他在哪裏？」

「就在你我身邊。」

「他為啥睜眼看著好人受災，惡人橫行。」

「天主有他自己的計劃和安排，他允許魔鬼撒旦猖獗，甚至讓他們統治世界，像第二次世界大戰時的希特勒、墨索里尼和東條英機，他們都是魔鬼的化身。上帝通過他們讓信徒看清魔鬼的存在，考驗信徒在磨難時對天主的忠信。」

「樓醫生，這是你們教徒的自圓其說，何況，教會提出，在上帝面前所有人都有權要求正義，要求統治者和國家的尊敬。」

「是的，你說的不錯，但是……」樓醫生意識到說得過多了，趕緊打住，他已經摸清了南守坤的精神狀態。行前，他指著桌上的一堆信紙：「不要再寫下去了，大熱天，用腦過度，要累病的。」

南守坤笑道：「樓醫生，你放心，不寫我心裏憋得慌，病更重了。」

　　南荃裕和南荃珍在客廳門口阢隉地等樓醫生，見他下樓，搶著問：「守坤沒變化吧？」樓醫生說，還好，不過守坤情緒有點躁動，要讓他盡量避免刺激。樓醫生又關照南荃珍，給南守坤臨睡前加服大瓶裏的一片藥。

十一

　　送走樓醫生，老哥妹倆各佔了一張籐椅坐下來，長長鬆了口氣。南荃珍輕拍前胸道：「謝天謝地，總算沒出意外，阿哥，這幾天我右眼皮跳得厲害。右眼跳災禍到，上次守乾出事前，我也這樣跳過。今天我去靜安寺香沒燒成，玉珊出門又被人剪了褲子，真讓人煩心。」

　　南荃裕說：「你不要相信迷信，盡講觸楣頭的話，玉珊的事過去就算了，今後叫她出門穿素色點好了，何必自己嚇自己？」

　　南荃珍壓低聲音說：「我不去管她，她現在象隻炮仗，一點就炸，我沒有精神跟她慪氣。我一直跟她講裁縫師傅上門時，要添的衣裳都做好，她嫌師傅做的過時，去霞飛路買時髦的，結果弄出這些事，她就是存心作賤南家幾張票子。」

　　「我一直跟你講，改改方法，她喜歡現鈔，就給她增加點，不然亂花亂用，實報實銷，不是反而浪費？」

　　南荃珍站起來，湊近南荃裕：「你又不是不知道，增加她的月份錢可以，要是她往娘家流，會有底嗎？」

　　「荃珍啊，想穿點吧，『百年土地轉三家』。阿爹怎會料到紗廠有今天的命運？我們也不能保證定息永遠拿下去。不要再斤斤計較了，她真要囥[1]點回去，也睜一隻眼閉一隻眼。生不帶來，死不帶去，到時我們腳一蹬，也是一雙空手去見閻王，東西不都是他們的，趁活著手頭鬆點，少生多少閑氣。」

------

1 囥：上海話，藏。

　　南荃珍雞嗉樣的頸囊搐動著說：「不是我喜歡結冤家，老祖宗撐這點家當不容易，現在就剩下這點鈔票了，平白無故流到她家，我氣不過。」說完，不快地走出去。

　　南荃裕摸著樓梯木欄，一格一格往上爬，他感到腳頭分外吃重。

　　回到自己的休息室，南荃裕扶著門失神佇立了好一會兒。剛才，他嘴上責備妹妹，心裏比妹妹更害怕。近來聽新聞，各種批判文章的火力愈來愈猛，今天玉珊碰到這種事，兇猛的政治運動果然來了。

　　四九年乾坤顛倒，南荃裕演算出一個「訟」卦，當時反復研究卦辭象辭，一時沒解通，直到大兒子南守乾遇難，才初見端倪，至小兒子南守坤罹禍，他終於解開了茅塞。他感喟不已，從守乾到守坤，這十幾年不就是一個「訟」字嗎？與官府抗命，筆戰爭訟，搭上一條半人命。從此他對卜筮更加敬畏。

　　南荃裕凈了手卜測，他先得了一陽爻，第二次得陰爻，……，最後排出一個震卦。

　　「一陽始生於二陰之下，震而動也。」震為龍，為雷，這些字眼馬上在南荃裕腦子裏映出來。他去翻《周易本義》，手有些顫，翻到震卦章，又把卦辭象辭逐條細讀了一遍。

　　萬般怪異總非祥。難道風雨飄搖得不夠烈？還要進入電閃雷鳴的大動蕩？南荃裕起身，在房間里蹀踱，最後停在牆中央的一幅對聯前：「榮枯地轉一春草，善惡天纏百年藤。」他默念著，心中淒涼。那次他去工商局在公私合營的文件上簽字，完事後坐三輪車回家，他讓車夫支起頂蓬，一路上腦子暈暈乎乎，紛亂的家事次第湧來，猛然記起，小時候在私塾陸先生家堂房裏看到這副楹聯。過後，南荃裕請白靈光手書裱好。

　　南家還會遭「震」災？南荃裕點上一根雪茄，用力吸了幾口。自己的工廠交給了國家，守坤帶病在家服罪，家裏沒人上班，也沒有單位，無論搞啥運動，還能在他家裏弄出啥名堂？這樣前後一想，他才略微放鬆下來。

第三章

一

一個禮拜六的上午，想在雜誌畫報的照片上找「敵情」，國福就去樓上林公公家。

對於國福來說，公寓樓上樓下有一道無形的分水嶺，但林公公林基山是個例外，國福沒把他劃入「樓上」，或者在國福心中他應該歸於「樓下」。論起來，林老夫婦和吳家作鄰居的年月最短。印尼排華那年他們憤然回國，搬進福民公寓後，里委在公寓大院舉行報告會，請林老夫婦做愛國主義演講，國福聽不懂老夫婦對印尼反華政府的控訴，只記得他們說到動情處聲淚俱下。

林老夫婦是退休教師，他們賦閑在家，把關心國家大事當工作，為此訂了好幾種報紙雜誌。中國第一顆原子彈爆炸，衝天的蘑菇雲照片登上報紙的頭版，林老夫婦捧著報紙流下了激動的眼淚。林基山把報紙貼在公寓門口的黑板上，自己加了一條通欄標題：「熱烈祝賀我國第一顆原子彈爆炸成功！」

老兩口很喜歡吳家孩子，常喚他們來家裏玩，讓他們看畫報雜誌，為他們講解上面的內容，要他們熱愛自己的國家。

國福上去時，林基山正靠在柳條椅子上讀報，他從搭在鼻翼的眼鏡上見到國福，忙說：「是國福啊，進來玩吧。」

國福走進去問：「林公公，新的『波蘭畫報』和『知識畫報』來了嗎？」

「前幾天接到出版社通知，『波蘭畫報』停刊了，『知識畫報』也沒來，不知怎麼回事，你可以看老畫報。」國福剛在一張方凳上坐下，林公公突然想起了什麼：「對了，國福，你能不能先替林公公去辦一件事，回來再看？」

國福正要找事做，趕緊說：「行，辦啥事？」

林公公指著《解放日報》的一則報導「各界群眾踴躍爭購《毛澤東選集》」說：「《毛澤東選集》你知道嗎？」

「毛選四卷，我看到過，我阿爸在單位里買過一套。」

「那好，你認識淮海路新華書店吧？你拿上兩元錢去幫我買一套，行嗎？」

國福好勝道：「我常去新華書店白相，沒問題。」林公公對著裏屋喊林婆婆，讓她拿兩元錢出來。林婆婆拿了錢放進國福的短褲後貼袋，叮囑他小心別丟了。他剛走到門口，又被林公公叫住，讓他經過郵筒時順便投一封信。

林公公把信交給國福時，林婆婆問：「老頭子，昨天提醒你的事，都寫進去了嗎？讓胥業下次不要託人帶哈密瓜，這麼遠的路，麻煩人家。」林家公公說寫了。林婆婆又說：「還有，胥業的婚事也該提一下，三十幾歲的人了，再拖下去，到哪年才成婚？」

林公公說：「這事多問也不好，胥業也是忙於工作顧不上。」

林婆婆急了：「作父母的不問，誰關心？積極工作是對的，也不必和生活對立起來呀，這事不解決，總是一椿心事。」

林公公說：「好了，這次信已封口了，下次再說吧。」林婆婆含嗔道：「你總說下次，真是有其父必有其子。」

國福拿了信下樓，林婆婆不放心地跟出來關照：「穿馬路時要走橫道線，注意左右的車輛，信塞進郵筒時，用手摸一下。」

那年，國家號召社會青年去新疆，里委會宣傳動員。老夫婦不顧自己年邁有病，鼓勵在大學工作的獨生兒子去報名。學校領導和里委幹部上門解釋，他們的兒子不屬於支邊對象，而且你們上了年紀，身邊不能沒有孩子。老夫婦說，家裏的事再大也是小事，孩子願意去邊疆工作，也是代表全家為國家作貢獻。組織上接受了他們的誠意。

國福在路口郵筒遞了信，就沿著瑞金路去淮海路。

二

街上的氣氛不同尋常，大、中學生模樣的人成群結隊地來來往往，他們拿著白紙、排筆、墨汁罐、漿糊桶，在牆上糊紙寫字。一路看過去，到處是標語口號：「掀起無產階級文化大革命的高潮！」「破除舊風俗、舊習慣、舊文化、舊道德！」「毛主席的無產階級革命路線勝利萬歲！」

國福加快了腳步，一進淮海路，大吃一驚，彷彿孫悟空在大鬧天街。石柱路牌上「淮海路」三個字換成了「反修路」，「興無滅資，破舊立新」等口號貼滿玻璃櫥窗。有人站在八腳梯子上拆凸字店招；有人用榔頭亂錘大理石上的店名；有人乾脆臨時寫一張新店名貼上去。全部商店舊貌換「新顏」，到處是「永紅」、「紅衛」、「大眾」、「工農」、「衛東」、「紅旗」之類的新名字，沒走多遠，國福就分不清張家李家了。

新華書店門上掛著條幅：「隆重祝賀《毛選》四卷公開發行！」人們在橫幅下排著長龍，國福挨在後面，等買到一套，背心已透濕了。

熱鬧沒看夠，國福回去時兜遠路往茂名南路繞。

許多人在國泰電影院門前翹首仰望，只見高大的碑狀門楣上掛著一條軟梯，一個人爬在軟梯上，「國泰電影院」上「國泰」兩字已被鏟去，他用紅漆塗「人民」來取代。塗完了，電影院的工作人員在下面拍手歡呼，圍觀者中一個戴瓶底般厚眼鏡的老頭自語了一句：「莫名其妙！」一個工作人員責問：「老頭，你講啥？」老頭說：「我講『莫名其妙』。」眾人把他團團圍住，「這話是啥意思？」老頭不緊不慢地反問：「你們把『國泰』改成『人民』是啥意思？」另一個工作人員振振有詞：「有人提倡階級鬥爭熄滅論，妄圖用『國泰民安』來麻痺人們的思想，瓦解人們的鬥志，達到復辟資本主義的目的，你連這點都不懂？」老頭從容道：「有史以來中國的皇帝換了幾百個，無論哪朝哪代嚮往的最高目標就是國泰民安，一旦國無寧日，民何以為生，何以為樂，你們把國泰和人民對立起來，豈不莫名其妙！」老頭不等他們反應過來，丟下一句：「變古亂常，不死則亡！」揚長而去。一個工作人員說：「勿要去理他，這個老頭，神經兮兮。」眾人哄笑。

國福走進電影院大廳，裏面已被砸得一塌糊塗。掛在牆上的影星鏡框都被扔在地下，趙丹、孫道臨、白揚、秦怡、張瑞芳、王丹鳳，破碎的玻璃把他們俊美的面容劃得傷痕纍纍。眼看自己崇拜的明星慘遭蹂躪，他非但沒有痛惜，反而感到洩鬱的暢快。他自己都奇怪，如果一個月前，有人不慎撕毀他精心保存的明星照，他會大打出手。顯然這些天的一系列變亂，剛才一路所見使他認定，這正是他心下期盼的大革命。他感到的不公平現狀，都將在這場革命中打破，這些明星們是打破的象徵，讓受膜拜的偶像感受遭踐踏的滋味。

經過錦江飯店時，國福不相信自己所見：穿水泥灰制服的門衛，像守不住窟的灰兔子，欲擋不能地望著一撥撥人進出。國福下意識地愣了一會兒。

雖然錦江飯店離福民公寓不足百步，高聳入雲的十三層、十八層大樓終日矗立在面前，卻是可望不可及的一座宮殿。除了貴賓來下榻時熱鬧幾天，飯店終年冷冷清清，連聚儀都只跟著他姨父進去過一次，倒為之吹了幾年牛，南家白家錢再多也進不去，更增加了它的神秘感。每次經過飯店大門，國福都忍不住好奇，會不由自主地停住腳，想看清窗簾厚實的轎車裏的中央首長和在院子裏面走動的高鼻子藍眼睛。可不容他站穩，威嚴的門衛趕小雞似地揮手驅趕他。

此時，門衛成了看守寺院的一具泥塑木雕的韋馱，國福大步跨進去。

錦江飯店已改為東方紅飯店。國福輕捷地沿露天樓梯走進二樓門廳。不料裏面擠滿了人，電梯已經停運，一夥人要往樓上衝，另一夥人堵在樓梯口不讓上，雙方高聲爭執互不相讓。國福站在遠處，陷在大人的身體中，被他們擠來擠去，啥也看不見，啥也聽不清。國福怕擠壞手上的書，滿心不情願地退出人群。

總算進過錦江飯店了，國福怡然自得地邁出大門。他饑腸轆轆，正欲快步回家，又聽對面錦江俱樂部里人聲匐然，禁不住誘惑，又跑過去。

一年級時，福民小學租俱樂部的室內游泳池組織冬泳，學生每周去一次，國福還不會水，就泡在溫水裏盡情嬉戲。可惜沒舒服幾次，冬泳突然中止。後來聚儀偷偷告訴他，毛主席來上海也常在這裏游泳，所以不能對外開放。國福不僅沒有怨言還為此自傲。

國福走進了美輪美奐的俱樂部舞廳。四九年前，這裏是名震上海灘的法國總會舞場，法租界的社交中心。在公寓老年人的嘴裏，這裏簡直是人間月宮。解放後因中央首長常來此翩躚起舞，這裏又成了聖地。他踏在這光滑的地板上了，彷彿是夢中，真想翻幾個跟鬥，打幾個滾，可惜人太多，不能放誕。他發現好多大人和他一樣，趁亂進來參觀游覽。

國福盡興地走出俱樂部，捧著「雄文四卷」回家。

三

國福走近公寓時，正巧古大姐馮大姐和戶籍警趙河竹堵住了大鐵門上洞開的子門，國福不敢硬「闖」進去，只得待在大門旁。

治保主任馮美珠馮大姐在「嘎嘎」地說著啥，看她慷慨激昂的樣子，國福就憶起她打麻雀時的瘋勁。

興起打麻雀運動時的一個禮拜天，福民公寓大清早就傳出女人尖利的叫聲。有人跑出去看，發現聲音來自樓頂平臺，不由毛骨悚然，南守乾跳樓後，公寓裏的人都忌諱上平臺，正唯恐出啥事的當兒，古大姐拿著手提喇叭出現在院子裏，她動員居民參加驅趕麻雀戰鬥，大家方知那是追殺麻雀的叫聲。國福跟著國平上四號樓頂看熱鬧，只見一個女人揮舞扯著被單的大竹竿，瘋子般繞平臺狂奔；嘴裏不停地喊叫，恰似母夜叉孫二娘舉著大旗從梁山泊殺將下來。國福只敢躲在國平的身後偷看。那天公寓里的老老少少跟著登上平臺，舊鐵皮畚箕當鐙鑼，破鉛桶作銅鼓，鋼精鍋子代鐃鈸，叮叮咣咣，乒乒嘭嘭，萬眾一心讓麻雀不得安生。許多麻雀被驚得撲翅亂飛，直至筋疲力盡，從半空中墜落……

馮大姐因此當上治保主任，不少居民背地里叫她麻雀主任或瘋大姐。

國福正想著，國慶大聲喚他，說林公公在焦急等他，還不快回去。國福乘機繞過古大姐他們，一頭鑽進門。

古大姐他們三人還在議論。

「我認為，公寓里不是資本家就是右派壞分子，『福民』兩字與居民的政治狀況不相稱，難道社會主義的新中國繼續造福他們？」馮大姐注意到古大姐臉掛下來了，趕緊補充：「當然也有古大姐這樣的革命家庭和其它勞動人民，我想是否改為『反資公寓』，表明這裏既集中著資產階級，又存在著堅強的反資力量。」

古大姐把摺扇頂在頭上遮太陽，右手拿酸了，換上左手狠命扇幾下，又擱到頭上，然後一字一句道：「『福民公寓』這名字是我和老方搬進來時從『福克公寓』改過來的，後來里委會成立，也命名為福民里委。如果現在改成『反資公寓』，福民里委就要跟著換。福民里委有全是勞動人民的『49弄』，整個里委還是無產階級占多數，按馮大姐的解釋改，在情理上就講不通了。」

「49弄」是公寓高牆後面的一條小弄堂，原來是兩條大弄堂之間的一塊空地，解放後政府臨時搭了一排簡易平房，讓住漕家浜邊上滾地龍的人般進去，馮大姐也住在其中。古大姐就以馮大姐的矛攻馮大姐的盾。

馮大姐不知福民公寓的來歷，想在改名問題上顯示分析水平，不料說過了頭，無意中得罪了古大姐，她識相地說：「我進里委會工作時間短，不知這段歷史，既然是方區長定的名，就不必改了。」

古大姐不理會馮大姐，只問趙河竹：「趙同志，你的意見呢？」

趙河竹頭戴大蓋帽，身穿長袖白制服，在日頭下熱得受不住，想儘快結束議論，直率道：「兩位大姐說的都有道理，我個人覺得『公寓』兩字給人一種享樂的印象，是不是這樣，『福民』兩字不動，『公寓』改為『新村』，福民里委也就勿需更名了。」

古大姐心裏說：「阿鄉總歸是阿鄉，把里弄當作生產隊！」她不便再反對，佯笑道：「就按趙同志講的改罷，過一歇，我先請白靈光寫『新村』兩字蓋在『公寓』上。」

嚴易真下班，注意到門柱上臨時貼上的新名字，還從南老爺嘴裏聽到古大姐們的議論，晚上在日記上寫到——

過了十七年，公寓又易名了，讓人想起老話「亂王年年改號，窮士日日更名。」自漢武帝在西元一四一年始立「建元」年號，歷代皇帝愈昏聵愈視年號為命根子，他們一手釀成亡國的人禍，卻妄信天祚不濟，企圖借改年號來扭轉國運，倒置了本末，必然緣木求魚。東漢末年，恆、靈兩帝重用宦官，製造「黨錮事件」，鎮壓批評朝政的知識份子，他們一再改年號，也沒能阻止漢朝衰亡。晉朝白癡皇帝司馬衷，留下一年三次改元的記錄，也留下貽笑大方的故事：疑問餓死的人為何不吃肉糜粥。東漢的獻帝劉協，三國的蜀後主劉禪都是在改元之年做了亡國之君的……

熱衷於改名的人是否回想四九年更名給人們帶來了什麼？這次更名又將帶來什麼？

玩弄名詞，掛羊頭賣狗肉是現代政治家的手腕，他們自詡「民主」而實質主民，號稱「共和」卻稱霸獨裁，不一而足。

古大姐吃了午飯上樓找白靈光。

在福民里委，唯有白靈光能贏得古大姐幾分尊重。他是區政協委員，古大姐又住著他交出的房子，老兩口又終年杜門卻掃，自禁在家裏種花養魚練書法，好似沒人住一樣，讓古大姐覺得她是這幢房子的真正主人。

客廳裏臨時支起一張竹床，白靈光躺在上面打盹，他穿著汗衫，肚子上搭了一條浴巾，聽到白錢氏在門口叫：古大姐來了，他忙翻身坐起。古大姐用手制止說，老白，不用起來了，我說幾句話就走。他說自己早該起來了。

白靈光和古大姐在紅木方桌的兩邊坐下，白錢氏給古大姐奉上一碗冰鎮百合湯，然後悄悄退進裏屋。古大姐把手上的兩張紙遞給白靈光：「老白，今天晚上召開文化大革命動員會，太陽落山時佈置會場，老規矩，煩勞您幫忙寫橫幅標語，內容都寫在紙上了。」

「哪裏談得上煩勞，承古大姐信任，付託我，我應該感激才是。再說，里委的工作也是大家的事，我幫這點忙算啥？」白靈光帶上老花鏡默讀完標語，顯得不經意地說：「在古大姐領導下，福民里委一向緊跟形勢，關於文化大革命，不知古大姐有啥高見？」

「老白，你太謙虛了，你是區政協委員，來問我這個里委幹部，不是出題目考我？」

「古大姐這樣說，我該當何罪。不瞞你說，最近參加了幾次政協會議，大家議論了半天，仍然莫衷一是，所以只得向古大姐討教。」

古大姐知道白靈光想探聽方長舟的口風，她不能說老方也沒弄懂，含混道：「這些年搞了這麼多運動，你還不曉得，我想這次不外乎聲勢規模更大一點。」

「古大姐說的是，反正每次運動都是我學習改造的機會，還望古大姐一如既往地賜教。」

　　古大姐不願留在難題上，拉起家常：「你兒子、女兒在那裏好嗎？最近有信來嗎？」

　　「好！好！他們在那裏都好，」白靈光像小學生搶答老師提問：「他們好久沒來信了。」說完，自覺前後矛盾，又道：「沒來信就說明一切都好。」

　　古大姐和白靈光不謀而合地用「那裏」代替「美國」，一個不喜歡，一個更怕提這兩個字。

　　古大姐走後，白錢氏急步出來：「哎，剛才古大姐提到信的事，現在搞運動，信件查得更嚴了，會不會正華、少華的來信被扣了。」

　　白靈光不吱聲，慢慢地去書櫃裏拿筆硯。

　　那年白靈光交出工廠，當了「紅色資本家」，鬆懈了戒備，給兒子寫信時談了公私合營的一些情況。不料，有關領導找他談話，提醒他寫信要「內外有別」，老夫婦嚇得靈魂出竅。從此白靈光寫信只報平安，而且愈寫愈少。兒子、女兒了解中國的巨變，知道「海外關係」對父母的意味，來信更少，也不涉及政治話題。

　　白靈光把那隻歙石硯放到桌上，他在硯池裏倒了水，一邊磨墨一邊思索著對白錢氏道：「你別神經過敏，古大姐請我去寫標語，順便問一聲罷了，不像有啥事。」嘴裏說沒事，喉嚨口就有東西堵上來，他打了兩個無聲的嗝，急忙拿起杯子喝幾口茶，再用手按摩上胸部。那次領導找他談話後他得了「梅核氣」，一緊張喉嚨就出現異物感，立即吞咽有礙。

　　「那正華他們為啥一年多不來信呢？」

　　「他們可能認為這個時候不便來信吧，我看最近還是不來信好。」

　　白錢氏拿出手絹抹淚揉眵：「一去十幾年，人不能回來探親，連信都不能寫，我們這把老骨頭，不知哪天奔了黃泉，到時通告也沒處發了。」

　　白靈光手不停地磨墨：「你啊，不要盡往壞處想，比起南家的守乾守坤，正華他們在美國太太平平就是造化，我們該知足了。」見老伴心氣平了，又道：「現在又搞運動了，今後少發牢騷為妙。」

「我大門不出，二門不邁，跟誰去說？你也不用太擔心，這些年你掛著政協委員的牌子，大小運動都平安無事的過來了，這次會過不去？」

「啊喲，我跟你講過多少次了，政協委員這塊牌子是共產黨的恩賜物，他給你，可以作護身符，一旦收回，我又是資本家，半個罪人了。這次文化大革命非同尋常，政協里許多高級知識份子至今說不出啥名堂，剛才問古大姐，她也沒講出眉目，可見老方這樣的副區長都沒吃透形勢，我們得更加小心才是。」

白錢氏不再多言。

白靈光往牆上那張照片看了看：那次去中蘇友好大廈參加申請公私合營大會，他戴著大紅花列隊步入會場，在前領頭走的是榮毅仁、胡厥文等知名工商業者，事後大家集體留影紀念。相框兩邊是北宋詩人劉筠的《鶴》中的句子：「養氣自憐雞善勝，全身卻許雁能鳴。」這是他當選政協委員後書下的。

白靈光鋪開宣紙準備練字，搦起筆，意念卻集中不上去，愣了半天，又打了幾個無聲嗝，狼毫才無知無覺地游出一個大大的「忍」字。

五

福民公寓（現在起該稱福民新村）二號樓和三號樓間有一方水泥高臺，一米高三十多平米大，正好是一個小舞臺，新村院子大，可容近千人，就成為一座露天劇場。它是福民里委的活動中心，居民大會、政治集會、街道文藝宣傳隊演出都在此舉行。

下午，太陽西斜，落到一號樓頂下，樓房的陰面生出一片微涼，白靈光在臨牆的一張條桌上寫標語，吳國慶幫忙把寫好的攤在地上晾墨汁。南延泠也被招引出來，她走近吳國慶，小孩樣說：「國慶，老鬧猛哦？」輕而細軟的聲音如水珠一顆顆落在綢緞上。吳國慶撩了撩粘在汗額上的劉海：「你沒出去，不知道，學校里還要鬧猛呢。」延泠不解：「學校不是停課了嗎？」吳國慶說：「正因為停課了，才熱鬧呀，大家有時間去搞運動。」南延泠天真地說：「是嗎？我只聽說男女學生都去當兵了。」國慶笑道：「不是當兵，是參加紅衛兵。」南延泠驚詫道：「女小囡也要去當兵啊，嚇人倒怪的。」吳國慶想你還不夠資格參加呢，知道她膽小，解釋：「你不用怕，不會要你參加。」正說著，南延泠看到趙河竹走過來，忙說：「說到兵，兵真的來了。」國慶忍住笑：「別瞎說，他是新來的戶籍警。」南延泠道：「真的？嚇死我了。」說完，低頭看白靈光寫字。

趙河竹走近來，對白靈光說：「老同志，請你停一停，你看臺上那條橫幅『無產階級文化大革命動員大會！』」吳國慶和南延泠跟著看，南延泠拉了拉吳國慶的手，捂住嘴「噗嗤」一笑：「真好白相，牆上的標語『毛主席萬歲！』『中國共產黨萬歲！』像電影裏地下黨貼宣傳標語。」吳國慶光顧晾標語，也沒在意，回頭一看也不由「咯咯」笑起來。趙河竹早就注意她們了，掃她們一眼，像賈寶玉初見黛玉寶釵，心想，好標緻的兩個姑娘。看到南延泠的臉，令他吃驚地想起另一個人。他的目光移到南延泠裸露的手臂，白晶晶水淩淩，通體閃著光，活脫脫兩根嫩蘆根。只有在福民新村的高牆中久居，才會焐出這樣病態的美，鄉下長大的趙河竹何曾見過？

趙河竹定洋洋看著，聽到白靈光不知所措地問：「趙同志，我寫錯字了？」他才回過神來：「老同志，你怎麼寫繁體字，你看，『破四舊，立四新』這個『舊』字看了多麼不舒服，繁體字本來就是四舊，用『四舊』破『四舊』不是變成自我諷刺了。」白靈光把筆擱在墨汁瓶蓋上，用手輕輕拍了拍額頭，謙和地笑道：「你看，真是老糊塗了，要不是趙同志指出，我還木知木覺。小時候讀書學的是繁體字，推廣簡化字時，我已毛六十了，想改也改不了，可見歲月不饒人，老了，跟不上時代了。」白靈光用掛在頸上的毛巾揩了一把汗，「趙同志說得對，這是非同小可的政治問題，不可造次，從今以後，寫標語的事，該讓年青人做了。」
趙河竹忙轉向吳國慶和南延泠：「你們倆誰會寫毛筆字？」吳國慶指
著南延泠說：「她每天在家畫畫，字肯定寫得好。」南延泠嬌羞地往
吳國慶身後躲，「不要亂說，我不行，我不行，你們去叫嚴軻好了，
他字寫得不錯。」吳國慶道：「延泠也會推薦人了，到底是學生，總
想著老師。」南延泠道：「別提這話，那是老皇曆了。」吳國慶說：「過
去的老師也還是老師麼。」

里委團支部表揚嚴軻「拾金不昧」，不料南延泠在失物招領處看
到皮夾子，她不知嚴軻作偽，隨口指認是嚴軻的。事後，嚴軻責問南
延泠為啥揭發他？南延泠說，她從來不讀黑板報。嚴軻見她一付傻大
姐樣子，只得心裏叫苦，想難怪喬玉珊說你「聰明面孔笨肚腸。」南
延泠唬得不敢再隨嚴軻補課，南荃裕一貫對日本「包打聽」有看法，
圖方便將就讓嚴軻給南延泠補習數理化，出了這事立即給南延泠換了
老師。

趙河竹追問：「誰是嚴軻？」國慶道：「就是臺上接麥克風的人。」
里委會雖然對嚴軻另眼相看，但安裝擴音器什麼的，還是非找他不可。

趙河竹走到臺前，讓嚴軻去接替白靈光寫標語。他自己接過麥克風，
一會兒用嘴「喔喔」，一會兒用手「啪啪」地試音。祝秋藝拿著竹掃
帚刷地，見到趙河竹，湊上去說：「趙同志，大熱天你親自動手啊！」
嗲溜溜的聲音又讓趙河竹一驚，他循聲看，又是一個美女，暗嘆，福
民新村真是納嬌的金窩啊。趙河竹仔細打量祝秋藝，一時分不清他是
社會青年，還是家庭婦女。

祝秋藝的打扮確實讓陌生人迷惑。她著一件碎花布對襟短袖衫，
把常燙的頭髮拉直瀉下來，用一根頭繩紮成一束，像一根活蹦蹦的松
鼠尾巴，顯盡小婦人的綽約豐姿。她用秋水漾波的紫葡萄眼湖探測趙
河竹，似乎要把他吸進去，見趙河竹被自己僵住了，再走近一步：「趙
同志真是多面手，還會弄無線電。」面對撩情撥意的女色，趙河竹有
點惶然，他想表現自謙，可惜記錯了成語：「捉蟲小技而已。」他覺

得在農村最容易捉蟈蟈蜻蜓。祝秋藝屏住笑，恭維道：「趙同志真謙虛。」趙河竹鎮定下來，「你是……」馮大姐早就在不遠處注意祝秋藝了，這時大聲喊：「趙同志，請你來一下。」趙河竹快快地走過去：「馮大姐，你叫我做啥？」馮大姐附著趙河竹的耳邊輕語：「她就是祝秋藝，解放前上海灘上有名的舞女。」趙河竹自語似地說：「怪不得看上去和一般人不一樣。」祝秋藝佯作沒聽見，用掃帚把一灘污水往高臺角下的陰溝推去。

會場裝飾好了，古大姐作最後巡查，她走到大門口，碰到國平進來，見他戴著紅衛兵袖章，略顯驚訝地招呼：「國平，你也參加紅衛兵了？」

「是的，大學里已經成立了許多紅衛兵組織。」

「到底是大學生，總是走在運動的前頭。」古大姐雖然還沒抹去對紅衛兵的壞印象，但老方說毛主席支持紅衛兵，又說不清它的組織性質。她靈機一動，何不讓國平在動員會上介紹紅衛兵，聽了可以作參考，無論今後對紅衛兵怎樣定性自己都不用擔責任。她換上笑臉：「國平，我有一件事求你，今天晚上里委開動員會，你能不能上臺談談紅衛兵？」

這一陣，國平到處串聯宣傳，辯論講演是家常便飯，但在自家門口還不太好意思，但他不能駁古大姐的面子，應道：「好吧，我試試看，也許說不好。」

「沒問題，里委哪裏比得了大學！」

六

馮大姐和趙河竹一起回到里委。

趙河竹去盥洗室洗了臉，用毛巾擦著頸項走出來。

馮大姐趕緊說：「趙同志忙了一天辛苦了，我想抽空向你彙報一下福民里委的治保工作。」

　　「好啊，」趙河竹拉了張椅子坐下來，想到剛才馮大姐緊盯那個舞女的情景，心說「果然名不虛傳」。來此前，所長告訴他，福民里委是街道治保工作的先進單位，治保主任馮美珠工作出色，里弄裏的壞分子「聞『馮』喪膽」。趙河竹說：「來這裏幾天了，沒騰出空向大姐了解情況。」

　　馮大姐先介紹里委政治狀況，列數：地主幾人，富農幾人，反革命分子多少，壞分子多少，右派分子多少，然後說：「因為緊鄰錦江飯店，我們不僅時刻提高革命警惕，嚴防階級敵人破壞，還採取各種措施對他們嚴加管制，規定他們每周報到受訓一次，掃大街通陰溝兩次，有重要外賓來還加特別警告。」

　　「有你這樣得力的治保主任，我們戶籍警的工作就好做了。」

　　「唉，也是不得已啊，這裏解放前屬法租界，魚龍混雜，除了五類分子，還有許多資本家和政歷不清的社會渣滓，剛才和你說話的舞女就是這類人，他們……」

　　「啊喲，馮大姐，居民食堂快關門了，我得去吃晚飯，下次抽空再談。」趙河竹打斷了馮大姐嘰裏呱啦的話頭，拿起大蓋帽，站起身。

　　「對不起，我光顧說話，忘了吃飯時間。」馮大姐關切地說：「趙同志還是單身漢？」趙河竹孩童般紅臉默認，她擺出老大姐的口吻說：「趙同志眼界太高了吧？」

　　趙河竹憨笑：「馮大姐還會嘲弄人呢！」

　　馮大姐跟在趙河竹身後走出里委：「你這樣的一表人才，真沒女朋友，包在我身上！」

　　去食堂的路上，趙河竹想著馮大姐的話，燥灼起來。

　　六三年，趙河竹從部隊復員回鄉，不久市公安局來郊縣招收農家子弟，他憑優越的政治條件中彩，還幸運地分到負責淮海路某段的派出所。淮海路是野心和浪漫的培育地，遠離了田埂阡陌，熟悉了摩登櫥窗，他先天的不安分開始茁壯成長。巡街時花容月貌看多了，他覺得唾手可得，看自己年輕的上海同事，不都倩男靚女地對相好了？

趙河竹有不安分的資本。排在一隊年青警察中間，他非常招眼：雖然皮膚黝黑，但配上方臉高額濃眉大眼，反顯粗獷俊美，再壓一頂大蓋帽，英氣逼人，應該是姑娘眼中的男子漢。

幸好趙河竹與農村的未婚妻還沒登記，他很容易解除婚約。

趙河竹請熱心的老同事介紹新人，他見過幾位上海姑娘，可惜願意和他談下去的，他嫌人家姿色平平，他認為漂亮的，女方不願和他再會面。

好久他才認識到問題的根由。與上海同事比較，他雖有外表等具象條件，但缺乏瀟灑得體等抽象因素。他開始糾正自己粗聲嚼食，當眾擤涕甩地動作。然而氣質是習慣的結晶，一月半月如何徹底改變？更別說無法抹去的鄉音，把握不好分寸反而婢學夫人，給同事們頻添笑料。

趙河竹自卑起來……

趙河竹一走進食堂，陳阿姨就從賣飯的窗口喚他：「趙同志，這麼晏啊，就等你了。」說完，把一盤菜一碗飯遞出窗臺，「這是你喜歡吃的走油肉菜底，給你留著。」

趙河竹端過碗盤，挑了張頭上有吊扇的桌子坐下，他無滋無味地嚼著走油肉。老掉牙的馬達奮力驅動剝了漆的電扇片「嘎吱，嘎吱」轉動，打出的風散不去他胸中的燠熱，在福民新村撞上的影子給他添火，尤其是那個南延泠，她多像芳芳！老天爺似乎專門捉弄他，剛拉走一個芳芳，又送來另一個擾亂他。

一年前，趙河竹在另一家居民食堂相識芳芳，她的美艷賽過他見過的所有女朋友，他不敢存非分之想，又情不自禁地摸准她的吃飯時間去「不期而遇」。兩人坐在一張飯桌，他如面對一塊碳火，想靠近取暖又怕被燙傷。到是芳芳落落大方，有一搭沒一搭地和他說話，他緊張得言訥語謇，站櫃臺的芳芳聽膩了油嘴滑舌，對他的朴真產生了好感。

趙河竹出去巡街，會特地饒到芳芳的服裝店，和她照個面說幾句閑話。一次，他見芳芳和一個人男青年隔著櫃檯說話，以為是她的男朋友，不免有點失意。下次他在食堂提這事，芳芳惱恨道：「還男朋友呢，是一個小阿飛！」原來是住在附近的人，沒事去芳芳的櫃檯糾纏，說些流裏流氣的話，當著其他顧客的面，她罵又罵不得，甩又甩不掉。趙河竹聽了，一有空就去她的店，幾天後當場抓住了那個小阿飛。

此事成了芳芳向趙河竹打開芳心的契機，他惶恐地不敢接受，芳芳問明瞭原由，坦然道，只要人好，她喜歡，她不在乎其它。經過一段甜蜜的戀期，他還去芳芳家見了未來的丈母娘，通過了揪心的「面試」。

終於走到了最後一步，芳芳去趙河竹家見他父母。如果不是一場災難性的雨，這個不算浪漫的故事可能劃上圓滿的句號。可是命運和他開了一個殘忍的玩笑。

平日喜歡吃的肥肉堵在趙河竹的喉嚨，他反胃難咽。

陳阿姨來收拾桌子，不解地問：「趙同志，怎麼只吃了半塊肉，是味道燒得不好？」

「不，天太熱，胃口不開。」

「趙同志該成家了。」

三個月前，芳芳提出中止戀愛關係保持同志友誼。趙河竹不聽她解釋，決定遠離她，從此死了對上海姑娘的心。

前不久，他調到管轄福民新村的派出所。

七

晚上，反正納涼，福民里委許多在職居民也端了凳子來新村，沒到七點，院子就差不多坐滿了。擴音喇叭在放送「大海航行靠舵手，萬物生長靠太陽……」

古大姐見勢頭不小，頗感意外，趕緊與趙河竹馮大姐商量。她說來了這麼多職工，說明大家非常想了解文化大革命，按我們預定的議程，可能無法滿足他們的要求，是否考慮充實些內容。

馮大姐為了彌補早上的過失，討好道：「我有一個建議，不知妥不妥，一時半刻也想不好出好方法，只有請方區長出馬，既為我們補臺，又可對福民里委的運動作指示。」

這話正中古大姐下懷，但她不能馬上應下來：「你知道，老方定過規矩，迴避里委會的任何活動，以免影響和干擾我的工作，十幾年沒破過例。」

趙河竹想見識一下古大姐的副區長丈夫，催促道：「這次文化大革命史無前例，方同志也應該破一次例。」

馮大姐知道古大姐半推半就，不願放棄頭功，詔言道：「趙同志說得對，再說，那麼多在職居民來，就是想知道文化大革命到底是怎麼回事，萬一有人提問，除了方區長誰解答得了？」

古大姐見是火候了，才趁風使舵道：「你們都這樣說，我就去試試。」

方長舟躲在書房裏準備發言稿。外面的廣播吵得他靜不下心，他打開電扇，在涼風前踱方步。前一陣，市委下指示，不承認黨領導之外的任何組織，他憑直覺斷定這條原則與毛主席的講話精神相左，但區委會上他還是按連襟瞿彬的意見表態。事後，他總像乘錯了飛機航班定不下心。

方長舟內心正亂著，古月琴又來節外生枝，他急道：「區裏的事都應付不過來，哪有時間參加居民大會。」他不願在里委出頭露面，一則不屑婆婆媽媽的事，二則想給鄰居們神龍見首不見尾的印象。

「這次情況不同，文化大革命已經鬧到街上了，我們還沒弄清運動的性質，上面部署開動員會，卻沒附加開會的內容，我們上臺重複報紙的宣傳，這會開的好嗎？」

「我不是跟你說過，我也在為這個問題犯難，你讓我去說啥？」

「可我已經答應馮大姐和趙同志了，你總得給我面子吧？」

「這種時候還講啥面子不面子，真是亂彈琴！」方長舟掂掇著慢慢呷茶，突然問：「里委有鋼絲錄音嗎？」

「有臺舊的，很少用，你問這做啥？」

「你先別管，趕快請人把鋼絲錄音接好，我去參加大會，到時錄下我的講話！」方長舟想利用這次機會，發表另一套見解，萬一在區委的表態出錯，可以借此彌補。

福民新村的高臺已佈置成主席臺：一張長條桌放在中央，上面鋪著白布，擱著一隻話筒，趙河竹方長舟古月琴吳國平依次入座。桌前的一張高幾上擱著鋼絲錄音。臺右側斜放一張秘書桌，馮美珠坐著領呼口號。

古大姐主持大會並做主題講話。趙河竹補充發言。吳國平介紹紅衛兵組織，說：紅衛兵是毛主席親自關懷成立的學生組織，是文化大革命的先鋒隊和生力軍；紅衛兵是毛主席的紅色衛兵，為捍衛毛主席為首的黨中央而戰鬥……

最後方長舟長篇大套地作形勢報告，講解文化大革命的目的和任務。他反復強調，運動的重點是打擊地、富、反、壞、右及一切資產階級分子，通過文化大革命，進一步鞏固社會主義江山。

方長舟硬語盤空的演講得到居民的陣陣掌聲。

方長舟矜笑著瞥一眼鋼絲錄音，很滿意自己不著痕跡的設計。

白熾燈照出古大姐臉上的愜意，丈夫果然有經天緯地的氣派，第一次亮相就鎮住了居民。十幾年來，她作為丈夫的影子在里委工作，丈夫的表現吻合了人們想像中的形象。她拉過話筒，自信道：「今天是文化大革命動員會，這次運動的一大特點是大鳴大放大辯論，在坐的革命群眾如有不明白的地方，趁老方同志在，可以向他提問，即使有不同的觀點，也可提出來討論，知無不言言無不盡，分清是非求得共識。」她停頓下來，大度地巡視眾人等待反應，「如果沒有……」話音未落，坐在一邊的吳國平舉起手：「我來講幾句。」她大方地說：「好啊。」說完把話筒挪過去。

　　吳國平先從容不迫地調節好話筒，然後說：「方副區長所談的問題涉及幾個重大原則，對此我提出一些不同看法。首先，方副區長說文化大革命進展順利，全國形勢一片大好，這個估計過於樂觀，不符合實際。最近，毛主席明確指出：從中央到地方，有一條與他的革命路線相對抗的黑線，兩條路線的鬥爭你死我活，可見形勢非常嚴峻。其次中央文件再三強調，運動的重點是『整黨內走資本主義道路的當權派』，而方副區長卻說，『重點是打擊地、富、反、壞、右。』試問，解放以來，對地富反壞的專政一天也沒停止過，一刻也沒鬆懈過，有必要專為他們發動聲勢浩大的運動嗎？而黨內走資本主義道路的當權派，既是修正主義分子，又是地富反壞右及一切資產階級在黨內的代理人，只有清除和打擊走資派，才能防止資本主義復辟，鞏固無產階級專政。認清這一點，才能牢牢把握鬥爭的大方向……」

八

　　往日，坐在家裏也能聽廣播，吳東旭很少出來，今天想聽國平解說紅衛兵，就隨鍾毓英坐進了會場。沒料到方長舟也破天荒地上了臺，看到國平和方長舟坐在一起，他生出國平取代自己的錯覺。

　　吳東旭和方長舟上高中時，接連發生「七・七」「八・一三」事變，上海各界掀起大規模的救亡運動，他倆參加學校的救亡宣傳隊。方長舟能說會道，在街頭宣講募捐，吳東旭筆頭快，幫他寫鼓動詞，兩人臺上臺下密切配合，是宣傳隊的活躍分子。不同的是，吳東旭出於民族正義和愛國熱忱，方長舟兼有政治理念，所以高中畢業後，一個去小學當教師，一個走上了革命道路。

國平不用講稿侃侃而談，猶如有豐富演說經驗的幹部，吳東旭沒從他身上看到自己的影子，他天生的政治氣度是遺傳的反叛。吳東旭頗感欣慰地轉臉看鍾毓英，鍾毓英早已滿目生輝，兩人會心一笑。

不料國平竟挑戰方長舟，吳東旭不由得駭然，國平啊，你得意忘形了，方長舟在政治舞臺上翻滾了三十年，你怎麼是他的對手。果然⋯⋯

古大姐眉高眼底地聽不下去了，一隻蚊子叮在她手上，她用收攏的扇子死命打去，心裏罵道：「蚊子叮菩薩，你認錯了人！」她想打斷國平的發言，見方長舟在太陽穴塗了點萬金油後作沉思狀，她不知如何是好，只得散開扇子猛刮，恨不能刮到國平臉上。國平一講完，她就搶奪般抓取國平面前的話筒，可握住話筒又不知說啥，她根本不明白國平說的和方長舟說的差別在哪裏？

還是丈夫救她場，伸手接過了話筒。

看著吳國平師心自是地糾正自己，方長舟想，這小子畢竟吃蘇州河水長大，不知太平洋的深淺，心裏冷笑，「老虎還沒打瞌睡，猴子就想造反，政治舞臺豈是兒戲之地？任你玩耍表演？」

方長舟吃了口茶，清了清嗓子說：「吳國平的發言非常好，不僅補充了我忽視的問題，也啟發了在座的同志全面理解文化大革命。但以我多年為黨工作的經驗，使我考慮到問題的另一面。在複雜的階級鬥爭中是不是存在這樣一股勢力，他們以整黨內走資本主義道路的當權派為名，全盤否定黨的領導，否定解放後十七年的社會主義建設成就。五七年就發生過這種情況，右派分子向黨猖狂進攻，圖謀讓共產黨下臺，由他們取而代之，最後他們自食其果。我們不要忘了這個教訓⋯⋯」

方長舟提到反右了，吳東旭替國平急出一身汗，你初生牛犢不畏虎，可知這是兇殘百倍的政治老虎！

吳東旭進區委不久就打了入黨報告，可惜年年發展新黨員，他都榜上無名。方長舟轉達黨組織對他的希望：「要關心政治；不要埋頭業務」。他聽了不得要領，他做的工作哪一項不涉及政治？他從入黨者身上找到了問題的癥結：自己不善在大會小會高談闊論，更不擅見風使舵迎合領導。而他和方長舟的「特殊關係」，反讓方長舟為「避嫌」
而取「公正」立場。那年春天，黨號召群眾幫助黨整風，區委裏熱火
朝天。吳東旭不願拋頭露面，方長舟鼓勵他積極行動，爭取在運動中
入黨。一次小組討論，同科的幾個青年提出，區委和區政府在人員和
職責上分工不明確，影響工作效率。吳東旭覺得意見切中要害，便附
議了幾句。會後，四個小青年就此寫了一張大字報《不能以黨代政》，
他們讓吳東旭簽名，吳東旭見大字報批評區委書記大權獨攬作風官僚，
超出了他發言的內容，沒有下筆。方長舟知道後說，不要太謹慎，搞
運動難免過火。吳東旭知道方長舟和區委書記素有嫌隙，報以一笑。

整風一夜間變成反右，方長舟當反右辦公室主任，他部署區委機
關到基層揪右派，四個青年被列為反黨小集團，全戴上右派帽子。吳
東旭惴惴不安，方長舟給他通「私情」：有人提到他的問題，方長舟
替他辯解，說他拒絕在大字報上簽字，就是不贊成大字報上的大部分
觀點。吳東旭心裏清楚，方長舟表白保護他，也是堵他的嘴，不要洩
露方長舟支持大字報的話。吳東旭不得不領方長舟的情，他在小組會
上的發言鐵證如山，而方長舟和他的私下談話口說無憑。吳東旭有驚
無險地通過了運動，卻終身留下一個污點，入黨的事也成為泡影。

國平竟然斗膽去闖這樣的火焰山？

方長舟的恫嚇激起了吳國平的造反精神。他曾讓進駐大學的市委
工作組鎩羽而歸，哪裏把一個副區長放在眼裏？魔高一尺，道高一丈。
方長舟一講完，他就盛氣地舉起手：「請允許我再說兩句。」方長舟
裝出大度地把話筒遞過去說：「請，請！」不料古大姐拉長了臉，伸
出手欲截話筒，方長舟趕緊在桌下用膝頭碰她一下，她才很不情願地
放手。臺下的聽眾第一次見到大辯論場面，都興奮地站起來，後面的
人伸長頸脖往前擠。

吳國平不看古大姐，徑自對著話筒講起來：「方副區長的話並不
新鮮，派到學校的工作組對參加造反的革命師生也這麼說過。結果怎
麼樣？毛主席一聲令下，工作組灰頭土臉地撤出了學校，這是鎮壓革

命小將的必然下場。方副區長理應知道這一幕，所以他說，『他們錯誤地估計了形勢』，這句話說的好，今天有鋼絲錄音備案，不用很長時間，事實就會告訴我們，誰錯誤地估計了形勢……」

直到這時，方長舟才意識到自己犯了一個大錯：只把吳國平看作吳東旭的兒子，忘了他是組建紅衛兵的造反頭頭，自己不知不覺登上了與他大辯論的擂臺，還說了在區委也沒發表過的真意，讓他抓到了把柄。方長舟一下子成了中箭之虎，吳國平的每句辯詞都令他顫栗，提到錄音，更使他熱汗冷凝，他又想抹點萬金油，手不知怎麼有點抖，半天沒打開盒蓋。

吊在主席臺半空的四隻電燈泡在微微晃動，把古大姐的臉翻得一道黑一道白，當著居民的面，她第一次下不了臺，還賠上丈夫的形象。吳國平算個啥東西，看著他長大的一個拖鼻涕的毛孩子，不過上了個大學，不過當了紅衛兵，就雞毛飛上天，抖起來了！給他面子上臺，他竟然不識抬舉，往你頭上扣糞。聯想起北京來的那些紅衛兵，她心裏恨道，啥紅衛兵的造反精神？簡直是無法無天。她一定要說點啥教訓他，可方長舟又用膝頭提醒她了，她只得作罷，其實連丈夫都駁不倒吳國平，她又能說啥。聽到丈夫在耳邊說：「儘快結束吧。」她只得悻悻宣布散會。

九

親眼看著哥哥戰勝方聚儀的爸爸，使國福第一次感受勝利的歡欣。哥哥簡直是李玉和智鬥鳩山[1]；許雲峰傲對徐鵬飛[2]。周圍的人在竊竊互問：「這個紅衛兵是誰？竟然駁倒了副區長。」國福真想大聲回答他們，這個紅衛兵就是我哥哥。

---

1 李玉和、鳩山：文革時流行的樣板戲之一《紅燈記》中的人物。
2 許雲峰、徐鵬飛：當時流行的革命小說《紅岩》中的人物。

　　國福第一次覺得，和自己在一張床上睡了十年的哥哥有點陌生了，他想去擁抱哥哥，悸動的心竟然「呼、呼」地跳到喉嚨口。

　　吳國平一下臺就被嚴軻等幾個青年圍住了，他們把他當英雄，向他問長問短。開會期間，嚴軻滿嘴啃石榴，說不出一腔酸澀。聽了吳國平和方長舟的辯論，他才明白，由於沒上大學，他和吳國平已有雲泥之別。他顧不上面子，拉住吳國平問大學的情況。

　　國福靠不近哥哥，只能隔著人堆聽哥哥說話，國慶匆匆走來，問他「國平在哪？」他說：「在裏面。」國慶大聲喚：「哥哥，快回家，阿爸有事叫你。」

　　鍾毓英端上一碗微涼的綠豆湯等國平，這是父母無聲的犒勞。依本心，他們想用讚許迎接兒子，但是不能，為了兒子的前途，必須把真情壓下去。

　　吳東旭不敢相信方長舟當眾輸給國平，難道天意讓兒子替父親作並非預謀的「復仇」？然而吳東旭寧可國平敗北。他沉下臉說：「國平，我問你，你當了幾天紅衛兵？」

　　「阿爸，你問這話是啥意思？」

　　「古大姐讓你介紹紅衛兵，你卻去糾正方長舟的講話。他在區委當了十幾年幹部，讀過的文件比你讀過的書還多，難道不如你高明？」

　　「既然他整天和文件打交道，怎麼會說出那樣的話。」

　　「那麼你更應該想一想，他為啥這樣講。下判斷前，你先要弄明白政治和搞政治的人。他們有一套言說方式，也許叫政治智慧，你懂嗎？」

　　「按你的解釋方長舟是別有用心的誤導。」

　　勸諭的效果適得其反，吳東旭只得換一種口吻：「我不聽你強詞奪理，不管怎樣，你不能把造反精神用在家門口，方長舟和我同事多年，也算你的長輩，不管你的話多麼有理，目無尊長就是無理。你還得考慮我和你姆媽的處境。」

　　鍾毓英插上一句：「古大姐臉都氣黑了。」

「阿爸，你提這話，我更加不服，搞文化大革命，就是大鳴大放大辯論，不論職位高低，大家擺事實講道理，不興以勢壓人。」

給奶奶說準了，國平這隻悶葫蘆一旦打開夠你看的。吳東旭看到「葫蘆」里貯藏著敏銳正義和自己缺乏的勇氣，但這些恰是生活在這個社會的危險因素。他說：「方長舟跟你提反右了，你知道這個含意嗎？」

「當然知道，當年他靠反右爭功邀賞，當上了副區長。現在錯把文化大革命當反右，想再撈一把政治稻草，他還要秋後算帳，我看他這次打錯了算盤。」

吳東旭冷笑：「你好本事！你辯贏了方長舟，怎麼收場？這十幾年搞了這麼多運動，有幾個幹部下臺的？再看看南家守乾守坤的遭遇，到時，像他們那樣，你叫冤也來不及了。」

「我不怕，從組織紅衛兵的那天起，我就想好了，文化大革命是一場革命，革命就會有犧牲！」

……

國福躺在床上，傾聽父親和哥哥在外屋爭執，怕錯過每句話，握著蒲扇忘了拍打。他完全站在哥哥的立場，與父親作無聲的反駁，哥哥把父親說瘋了，他差點放聲爲哥哥叫好。等到國平進屋在對頭躺下，他忍不住問：「哥哥，幾歲才可加入紅衛兵？」國平道：「你還沒睡？中學生以上都可以參加。」他一再誤了火車似地說：「我還要等兩年啊。」他真想哭，自己又錯過了一場革命。

第四章

一

里委專政隊成立了，抄家批鬥游街，南荃裕首當其衝，南守坤頑抗跳樓

仲夏的太陽日漸暴烈。

一天下午，國福在承恩堂邊的梧桐樹下觀人下棋。突見一輛大卡車開來，車頭直逼教堂大門，一隊紅衛兵跳下來，他們不按門鈴，幾雙拳掌同時在鐵門上擂鼓般亂捶。

好一會兒，才有人打開邊門上的一孔洞窗，一個老頭露出半脫的腦袋問：你們是啥人？要做啥？紅衛兵們一齊嚷道：「我們是紅衛兵，來抄查教堂，快把大門打開！」老頭不解道：「教堂五五年就關閉了，現在這裏是宗教事務所。」紅衛兵們不耐煩道：「叫你開門就開門，不要廢話。」老頭知道來者不善，趕緊開門，紅衛兵在前，卡車隨後，一涌而入。

國福也跟進去看熱鬧。

老頭誠惶誠恐引著紅衛兵往裏走。國福認識老頭，他每周來找樓醫生測血壓，樓醫生叫他金神父。

國福糊里糊塗跟進了教堂的禮拜大堂。

從國福記事起，這座羅馬式教堂終年緊閉，他常好奇地攀上禮拜堂臨街的窗戶，把臉貼在玻璃上，想窺視裏面的神秘，可惜玻璃上凹凸斑斕的圖案不透半點真相，引人臆測萬端。

禮拜堂的高敞堂皇超過國福的想像，它像一個劇場，比福民新村

的露天「劇場」漂亮百倍。他正在想禮拜堂作啥用，兩個紅衛兵的話嚇著了他。

他們站在一張桌子上，對著牆上的一隻壁龕議論，國福走上去。龕洞裏有一尊塑像，一位外國母親恬靜地抱著一個嬰兒，母親慈祥的目光穿過嬰兒投到國福身上，他喜歡這個母親和她懷裏的孩子。

「……」

「別費時間拆了，塑像的底座連在牆上，砸了算了！」

「最好先請示一下，可不可以砸？」

「請示啥，教堂是洋人毒害中國人民的場所，這些塑像是麻痹中國人民的道具，應該徹底砸爛！」

「好！那就砸吧！」

一語未了，「嘭嘭」「哐啷」幾聲，塑像破成幾塊掉到地上，碎骨粉身。國福不由憐惜，這位慈祥的母親和可愛的嬰兒犯了啥罪？但他堅信和國平一樣的紅衛兵做的事不會有錯。另外五個壁龕的塑像也全給他們砸爛了，他們越砸越痛快，國福越看越帶勁，這就是革命。

國福快意地走出大堂，又去花園盡頭的哥特式藏書樓。紅衛兵們抱著一捆捆書魚貫而出，他們一個個滿頭大汗，扔在空地上的書已堆成小山。國福一進去就聞到一股濃烈的黴味，一層樓是書庫，每個房間排滿了書架，紅衛兵們把書推到地上，再往外搬，書上的厚灰抖落下來，揚起一層煙霧。樓上傳來粗魯的訓斥聲，國福順梯上去，在二樓的一個房間里看到幾個紅衛兵圍住金神父。

「……你想抵賴，我們已查清你的檔案，一九四〇年以來，你在帝國主義教會當神父，披著宗教的外衣做特務勾當。」

金神父低著頭驚問：「特務？我如果是特務，解放初就伏法了，哪裏還活到今天。」

「當時給你滑腳了，但無產階級專政是天羅地網，你躲過初一，躲不過十五，隱藏得再深還是給挖了出來。」

「說我特務，總該有證據啊？」

「我們當然充分掌握了證據，現在給你一個坦白交代的機會，看你老實不老實。」

「我沒當過特務，交代啥呢？」

「交代你甘當帝國主義工具，迷惑同胞的罪行！」

「我當神父，宣講天主的義埋，僅服務於天主，不為任何主義工作。」

「你說不為主義工作，只是不為社會主義工作，為啥天主教愛國會一成立你就辭去神職，這不是向政府示威嗎？」

「新中國的人民不願接受天主的恩寵，我沒事可做了，只能辭職。」

「你做慣了洋人的狗，不會做中國的人了！」

「我想申訴一句，我是人，不是狗，請你們不要污蔑我的人格！」

「勿要跟他嚕嗦，把他押出去示眾！」

兩個高大的紅衛兵老鷹捉小雞似地押著金神父出去。近大門處放著一張方桌，金神父被拎了上去，頸上掛了一塊「特務」的牌子，一個紅衛兵站到旁邊歷數他的罪狀，路經教堂的行人不斷湧進來圍觀。突然，頭上傳來「嘣嘣」的響聲，人們舉頭仰望，不由轟嚷了起來。一個紅衛兵站在「介」形屋頂上，他拿著一把十八磅的大榔頭，打樁般錘十字架。紅衛兵上身赤裸，曬成棕褐色的皮膚裹著雄健的肌腱，在黃燦燦的夕陽下，像一尊塗了金箔的運動員雕塑，人們不由看呆了。

紅衛兵雙腳無法在「介」形斜面上站實，使不出全勁，十字架又是鋼筋澆鑄，他砸了十幾下才把十字架的脖子打歪一點。他開始氣惱，使出吃奶的勁狠命一擊，十字架的手臂被劈下一塊，他自己因用力過猛過偏，一下失去重心，滑倒在屋頂的坡底，差一點摔下來，鐵榔頭也失手落到下面半圓的穹頂，再彈到平臺上。「哎喲」，「噢……」觀者爆發出呼聲，混合著讚嘆和驚異。紅衛兵們慌亂起來，有的湧到牆邊，準備接住他，有人爬梯子上去救他。批鬥金神父的紅衛兵也暫時撤下他去幫忙。

金神父一直繃緊了神經應付，又在太陽底下站了近一小時，這時想歇口氣，不料身子往桌面蹲，屁股還沒坐穩，眼睛一黑，倒在桌子上。

這邊又亂起來。站在人堆中的樓醫生快步走上去，他把金神父的頭平放在桌子上，給他掐人中揉太陽穴，一分鐘後，金神父蒼白的臉上泛出了一點血色。

幾個批鬥金神父的紅衛兵又回來了，質問樓醫生，「你是誰？」樓醫生解釋說，自己是醫生，見金神父暈倒，上來救助。紅衛兵說，不要你多管閑事，快走開。看看天色晚了，紅衛兵宣佈批鬥會結束。

紅衛兵押著金神父回小樓。

樓醫生神色凝重地枯站了好一會兒。

時間真快啊，最後一次在此做禮拜是十一年前的事。此後，樓醫生每天祈禱，求主快來解救危機，沒料到等來更大的災難。把教堂歸為帝國主義，在教堂當神父就是特務，多麼荒謬地推斷！樓醫生了解金神父，他也是有人性的中國人，痛恨日本的對華侵略戰爭，痛恨國共兩黨內戰，每次彌撒，他不忘為和平祈禱，他怎麼會是特務？

樓醫生滿腹狐疑地走出承恩堂，走到福民新村門口又返身回望，缺了胳膊歪了頭的十字架終於沒倒下，它披著如血的殘陽仍然站在「介」型屋頂，當年耶穌為拯救人類被釘死在十字架上，今天他繼續為人類承受苦難。

樓醫生虔誠地對著它劃了一個十字，然後悵恍地回家。

二

入夜，紅衛兵在教堂放了一把火，書堆燃成一座小火山，火苗竄上兩層樓高。

國福旁觀這奇異的一幕：燒成灰燼的紙片，像不死的書魂，抗議著向上反撲，被瘋狂的火舌咬住，落下，又掙扎著躍起，最後變成更小的屑片，它們終於跳出了火口，跟著青煙飛向畢生嚮往的天國。他快慰莫名，這火是革命的象徵，它焚燒了反動派荼毒人民的書，也毀滅了夾藏罪惡的舊世界。

　　驀然，他想起奶奶說的那把火，當時奶奶全家對著大火哭泣，會不會有人像他一樣，在一邊為那把火暗喜呢？

　　大火燒燙了半條街，火光映紅了半邊天。

　　方長舟和古月琴站在陽臺上觀望，紅光一閃一閃地劃著他們的臉。

　　形勢如阪上走丸迅速發展，區委後院也開始失火。

　　「祖龍一炬啊！」方長舟自嘆了一聲。古月琴沒聽清，問丈夫說啥，他沒情緒向妻子解釋，反問街道對里委有啥新部署？見妻子搖頭，方長舟沉吟道：聽說北京的居委會開始成立專政隊，專門向五類分子和資本家開刀。福民里委應該仿效北京，在這件事上衝在前頭，五類分子是負擊鬼，打得再凶也有功無過，做出成績可以彌補過失。

　　古月琴問如何組織，方長舟一一作了建議，特別提到邀請吳東旭作為在職居民參加。古月琴不解道：「為啥，難道讓他跟我們唱反調？」她受吳國平的那肚子氣還沒出。方長舟只得再次提醒妻子：吳國平說出那番話，說明他非同一般。區裏也有人在醞釀成立造反組織，我和老吳私下講的話最多，萬一他加入進去後果不堪設想。讓老吳參加里委專政隊，既緩和了彼此的緊張關係，又把他納入我們的線上。古月琴不敢多言，遇事應付裕如的丈夫，這次也失了底氣，可見事態嚴重。

　　第二天晚上，古大姐來到吳家。國慶在門口的水斗裏汰碗，古大姐見她手臂上也套了一枚紅袖章，頗感訝然地問：「國慶，你也加入了紅衛兵？」國慶說：「學校裏的紅五類子女都積极參加，我不能落後。」古大姐讚道：「年青人就應該這樣，你爸爸媽媽在家嗎？」鍾毓英聽到聲音從屋裏迎出來：「古大姐，你找我們有事？」古大姐笑道：「無事不登三寶殿，有點事求你們。」鍾毓英忙請古大姐進屋坐。

　　動員大會後，吳東旭和鍾毓英認為國平闖了禍。吳東旭不好意思去方長舟的辦公室找他，在食堂候了幾天才與他搭上話，說國平年輕無知多有冒犯，望他海涵。方長舟不等吳東旭說完，打斷道：「你說到哪裏去了？這次文化大革命，是前所未有的新事物，國平能夠準確把握，說明後生可畏，我們應該為他高興才是。何況國平不是針對我個人，你一道歉反而混淆了矛盾，把我推到了國平的對立面。」吳東旭無言以對，總覺得事情還沒了結。鍾毓英在菜場見到古大姐，老遠招呼她，不知她真沒看見還是裝沒看見，一扭身走進菜場的里檔，弄得吳東旭和鍾毓英更加吳牛喘月。

古大姐笑彌彌進門，讓吳東旭吃不準她這是王熙鳳的笑，還是阿慶嫂的笑。[1]客套了一番，古大姐亮出主題：「里委會籌備成立無產階級專政隊，由戶籍警、里委幹部和革命居民代表組成。老方想參加，但分不出身，他推薦老吳支持里委的工作。」

吳東旭問明了專政隊的目的和任務，為難道：「按理老方推薦，古大姐信任，我不該推辭，好在老方了解我的性格，要寫個報告啥的，我可以湊合，但不適合專政隊這種工作。再說，每天下班已經很晏了，我也做不了啥實事。」

「你不必參加具體工作，專政隊開會，你出出主意，作些指點。」

「古大姐這樣一講，我更不敢領情了，我又不是大幹部能指點啥？掛個虛名，倒耽誤你們的工作。」

吳東旭堅辭不受。古大姐面子上下不去，見國慶回屋，又生出一計：「老吳說的有理，我不勉強，我想請你家國慶參加，今天大家議論時提到，專政隊應充實些年輕人，國慶再合適也沒有了。」

鍾毓英忙反對：「專政隊要批人鬥人，女小囡怎麼行？」古大姐用扇骨輕點鍾毓英的手臂，少有的親昵：「你的封建思想也該在文化大革命中破一破了，女小囡怎麼了，北京來的紅衛兵就有許多女小囡。毛主席夫人江青解放後很少露面，這次也出來了，還擔任了中央文革副組長。」

鍾毓英覺得不便再拒絕：「既然古大姐認為她行，我們沒意見。」

---

1 王熙鳳：古典小說《紅樓夢》中的人物；阿慶嫂：文革時流行的樣板戲之一《沙家濱》中的人物。

　　吳東旭忙說：「還要看她本人願意不願意，國慶，你自己想好了回答古大姐。」

　　不料國慶爽快地說：「古大姐讓我做，我就鍛煉鍛煉。」

　　古大姐樂道：「你們看，年輕人就是不　樣，敢說敢做，我們做長輩的要向他們學習了。」

　　事後，鍾毓英犯疑，吳東旭一向遷就方長舟夫婦，今天為啥頑固地拒絕古大姐，國慶答應後，又有點恍惚不安。待丈夫上床後，她試探地問：「今天你怎麼了？古大姐說到這地步，你自己不參加，還想阻止國慶，不是拖她後腿？」

　　「你不知道，參加紅衛兵專政隊，頭一條就是講成分。還要查三代出身。國平他爺爺是城市貧民，也還過得去，如從我算起，我的外公說不定劃入破落地主了。」

　　「所謂查三代，是像延清那樣，和爺爺在一起生活才受影響，祖孫連面都沒見過有啥可查的？」

　　「問題是，奶奶在世時，常對人提她爺爺的事，要是有人挑起這話，不就麻煩了。」

　　「奶奶都死了幾年了，奶奶的爺爺，更不知哪朝哪代的事，要掘墳挖墓查，哪一家能清白。如果去追南荃裕、白靈光的老祖宗，他們也許是貧雇農呢？」

　　「問題就在這裏，追究起來，不是說不清誰是純而又純的無產階級，誰是徹頭徹尾的資產階級了嗎？在這種情況下，憑父母的出身去革他人的命，是否站得住腳？」

　　……

　　國平加入紅衛兵後，奶奶的爺爺成了吳東旭的隱憂，國平鬧得越歡，他越疑心生暗鬼，又不能向國平國慶作丁點兒暗示。一旦承認自己的祖先有問題，就意味著不算「黑五類」，也是「非無產階級」，不僅當不了紅衛兵，還是劣等或次等公民。

　　福民里委無產階級專政隊成立了，古大姐當隊長，馮大姐當副隊長。

　　古大姐提議從南荃裕家下手，打響第一炮。專政隊制定了周密的行動計劃，採取突然襲擊，打他們一個措手不及。

　　那天上午九點，古大姐、馮大姐、趙河竹率領國慶等七八名專政隊員衝進南家，他們按部署分頭行動。

　　古大姐帶了國慶和另一個男隊員直奔四樓。

　　南荃裕剛用了早飯，正坐在自己休息室的太師椅上聽新聞。他隱約聽到淩亂的腳步聲，想去問南荃珍怎麼回事，身子還沒動，古大姐已領人破門而入。南荃裕腦子「嗡嗡」的鳴響，出事了！幸好早有預感，他很快鎮靜下來，關掉無線電，起身迎道：「古大姐登門，定有貴幹，請坐。」古大姐撤去往日的「和善」，版版六十四地說：「南荃裕，你坐著，不要動，現在不是客氣的時候。」她對南荃裕宣佈：「今天專政隊上門，沒收你靠剝削來的財產，你要仔細想想，有啥事和啥東西需要交代。黨的政策，我不說，你也知道，願意悔過自新就主動坦白，爭取寬大，如果由專政隊查出，就是故意隱瞞，性質就變了，你自己考慮吧。」古大姐先給南荃裕下一個套子，不管是否搜出東西，她都掌握主動。南荃裕苦起臉：「古大姐，您能不能給我指教，哪些事情和東西屬於交代的範圍？」古大姐心裏罵：老奸巨滑，想套我的話？沒門！她說：「我告訴你範圍，還要你交代啥，一時想不出來不要緊，慢慢想，想清爽再說。」正說著，古大姐聽到樓下傳來吵嚷聲，就對吳國慶等人交待了幾句，走出去。

　　吳國慶等人繞房間四周掃視，看如何下手。一個男隊員是高中畢業的社會青年，他對牆上的條幅發生了興趣，怪調念道：「『榮枯地轉一春草，善惡天纏百年藤』，南荃裕，這是誰寫的？」南荃裕輕聲道：「我請人寫的。」國慶問：「這兩句話表達啥意思？」南荃裕「唔……」

了一聲，裝糊塗解釋了字面含義。男隊員聽了，怒道：「你以為我們是文盲，連這兩句話都不懂？我問它背後蘊藏啥反動思想！」南荃裕垂頭不語，吳國慶道：「快老實坦白！」男隊員走上去，一把拉下條幅，往地上狠狠一摔，「四舊東西，統統拿走！」然後，又走近南荃裕，命令他站起來，說他屁股下的太師椅要抄走。南荃裕哀求：「我年紀大了，坐這椅子穩妥舒服，請你們手下留情。」男隊員罵：「老東西，你還想繼續享資產階級清福，勞動人民一輩子坐板凳就不活了！？」南荃裕知道無理可講，只能唯命是從，雙臂撐住椅子扶手費勁地起身，動作慢了些，男隊員抓住他的手臂往邊上一推，他跟蹌跌到一旁。

南荃裕扶牆站著，看著他們把太師椅抬出去。這兩隻椅子是祖傳物，他父親來上海時隨船帶上，有百年歷史了。原以為交出了工廠，已身無長物，不知還有傾家蕩產這一劫。他拉過一隻方凳放在屋角，背倚著牆，蜷腰坐下來。他認命了，默默地閉上眼，不去看國慶他們翻箱倒櫃。

喬玉珊聽到「嘭嘭」聲來開門，見馮大姐帶著幾個人橫眉怒眼地來抄家，「抄家？」她問：「抄誰的家？」馮大姐說當然是南荃裕的家羅。

「那好，告訴你們，我姓喬，是這間房的主人，你們找錯了門！」

馮大姐知道喬玉珊不好惹，先緩下口氣：「你住南荃裕的房子，就屬抄家的範圍。」

「你們專政隊是專資產階級的政，這個房間住著和你們一樣的無產階級，為啥也要抄？」

馮大姐沒耐心了：「喬玉珊，你不要一口一個無產階級掛在嘴上，你離開工廠近十年，長年在大資本家屋裏過寄生生活，還有啥資格自稱工人階級！」

喬玉珊一手叉腰，一手撐在門框上冷笑：「我講治保主任，你還沒有權利改我的成份，要追查祖宗三代，你怕不敢比，我爺爺打鐵時，中國還沒有工人階級這個詞呢？」

「你不要以為扛著三代工人的牌子，就可以為所欲為，你就是十代工人，也改變不了資本家媳婦、右派老婆的事實。」

喬玉珊雙手一拍：「好哇，那容易解決，我現在申明，與右派丈夫劃清界線，從現在起，關於南荃裕南守坤的事，我渾身不搭界，要查要抄，找他們去。」說完，她扭身欲關門。

馮大姐大喝一聲：「不要動，你宣佈與右派分子丈夫劃清界線，我們歡迎，可惜晚了，正式分家以前，這個房間還得抄！」

喬玉珊又轉過身，緊緊捏住銅頭門柄：「你憑啥說我房間里的東西都是南荃裕的，難道我結婚時沒有嫁妝，難道我的東西也要充公。」

馮大姐和另兩名專政隊員一時失了章法，不知怎麼辦才好。古大姐已在樓梯的半道上聽了一會兒：「馮大姐，喬玉珊說的對，是該把她陪嫁的東西和南荃裕的東西分分清，不然，萬一在喬玉珊的房間里查出南荃裕的東西，她要擔當窩藏贓物的罪名，不是讓她跳進黃浦江也洗不清？喬玉珊，你說是嗎？」她見喬玉珊的手從門柄滑落下來，斷然道：「馮大姐，喬玉珊已經鬆手了，你們還等啥？」

喬玉珊倚在門框上，眼睜睜看著馮大姐等人衝進去。強悍的人更輸不起，喬玉珊先「咯咯」爆發出一陣前奏，仿彿鋼管一根根斷裂，然後開始「嗚嗚」的悲鳴，這是她進南家後第一次在人前哭泣，猶如蓄怨積恨的大壩決口，淚水順勢傾瀉……

趙河竹帶人闖進屋時，南守坤並不慌亂，他鎮定地問明來意後說：「在你們動手以前，請允許我問幾個問題，如果合情合法，我主動配合你們，請問，你們的抄家依據是啥？有搜查證哦？」

趙河竹當了幾年戶籍警，上門搜查過不少人家，從沒遇到過這樣的質問。都說南守坤神經兮兮，果然不錯。他說：「你要依據？你是大資本家的兒子，本人是右派，又一貫抗拒改造，是雙料抄家對象。要搜查證，笑話！你沒看我身上的制服，不知道我是負責福民里委的戶籍警？」

　　「對不起，你並沒有回答我的問題，第一，我要問的是，我觸犯了哪條法律，構成抄家罪。第二，按法律程序，代表檢查機關執行搜索任務，必須持有搜查證，否則就不合法。」

　　趙河竹第一次聽到這種奇談怪論，竟然當面說他違法。他要看南守坤戇到啥程度，說：「你說我違法，你拿出依據來。」

　　南守坤隨手從寫字臺抽屜取出《中華人民共和國憲法》，翻到公民的基本權利處，遞給趙河竹：「請看！」

　　趙河竹一把抓過來，草草看了一眼，見南守坤在「公民有言論、通信、出版、集會、結社、游行、示威、罷工的自由。」「公民的人身自由和住宅不受侵犯」等條款下劃著紅杠杠。趙河竹只知道憲法兩個字，根本沒讀過憲法，也不知憲法到底是怎麼回事，他格外惱火：「難道我沒學過憲法，要你來教育我。告訴你，中華人民共和國的憲法和法律只保護無產階級，對地富反壞右資本家，不僅剝奪他們的權利，還要對他們實行專政，這就是我們今天行動的依據！」

　　「請你搞清公民這個概念，在我沒有被剝奪公民權以前，我就是中華人民共和國的公民，就應受到憲法的保護……」

　　趙河竹盛怒道：「你跟我胡攪蠻纏，向無產階級挑戰！今天我讓你領教啥是專政！」他對另兩名專政隊員手一揮：「按計劃行動，每一張紙都要仔細檢查，不要放過一句反動言論！」

　　南守坤看到自己心愛的書被亂扔一氣，提高嗓門：「你身為執法人員，用強權知法犯法，我要提出控告！」

　　趙河竹見南守坤氣歪了臉，覺得這個人真是戇到了極點，他竟不知道，當今是誰的天下！一個右派分子竟然抗議公安人員。趙河竹知道南守坤的病根就出在這堆書上，他指著專政隊員扔在桌子上的馬列、毛主席著作調侃：「我真弄不懂，你既然讀這些書，怎麼會當上右派？」

　　「沒有啥可奇怪的，真因為我讀通了這些書，講出了這些書的真諦才成了右面一派。」南守坤兀自認真解釋。

　　趙河竹又用腳撥地上一攤書，揶揄道：「啥黑格爾、亞里斯多德、柏拉圖，你讀這些亂七八糟的洋書上了癮，讀癡了，才會誤入歧途，成為反黨分子，是你崇洋媚外的結果。」

「告訴你，說我崇洋媚外，那整個中國都在崇洋媚外，我們信仰的馬恩列斯[1]都是外國人，共產主義、社會主義、無產階級專政也都是舶來品，被你們丟在地上的黑格爾，他的理論還是馬克思哲學的來源之一呢⋯⋯」南守坤講得忘乎所以，忘了聽者是戶籍警，忘了他正在被抄家。

趙河竹聽得雲裏霧裏，想，這個怪胚，說他正常，他思路顛顛倒倒，說他錯亂，他又說得頭頭是道。他不耐煩地打斷南守坤：「好了，好了，你不要跟我搬楦頭了，還是把自己的事想清爽吧！」

正說著，傳來喬玉珊敗陣后的哭聲，南守坤跳起來：「我去看看，你們在做啥。」

趙河竹喝道：「沒有允許，不准亂說亂動」

過了一會兒，一個專政隊員緊張地走進來，湊近趙河竹喟喟說了幾句，趙河竹吩咐專政隊員，看管好南守坤，然後走出房間。

趙河竹往樓上走，經過三四樓拐彎處的廁所間，聽到裏面有清細的「嚶嚶」聲，他推開虛掩的門，南延泠雙手掩面，額頭抵在牆上抽泣。南荃珍在一邊哄騙：「延泠，乖囡，不要怕，姑婆在這裏，噢。」南延泠淹涕不停：「他們為啥拿走我的畫？」姑婆輕拍南延泠：「他們把畫拿去審查，說不定挑好的送去展覽。」見趙河竹進來，忙說：「你看，趙同志來了，他是人民警察，不會騙你的。」趙河竹目及兩根鮮蘆根樣的手臂就不能自已，他機械地應道：「對，對，你應該相信人民政府，你上交的東西會處理好的。」一股無法遏止的慾望湧上來，他伸手在延泠的肩胛處似拍似摩地勸：「別哭了，你又不是小囡，多難為情啊。」因為心胸躁動，他的聲音失真打滑，竟然柔和下來。姑婆沒想到趙同

---

1 馬恩列斯：當時官方宣導流行的簡略說法，指馬克思、恩格斯、列寧、斯大林，被官方奉為共產主義革命的導師。

志也說出這麼富有人情的話，感動道：「延泠，乖囡，你聽聽，趙同志給你保證了，你該放心了吧。」趙河竹用身子擋住姑婆的視線，手滑到延泠的手臂上，一邊輕輕捏摸一邊說話，直到專政隊員在外面叫，他才戀戀不捨地鬆手。

四樓走廊盡頭有一條狹窄的樓梯，到底是通頂層平臺的一扇小門，旁邊有一間七八平方的貯藏室。趙河竹進去時，古大姐、馮大姐、吳國慶等人正在裏面議論。地上堆著幾卷布匹，上面放著一頂紙做的高帽子，白紙已變成糞黃，上面的字還十分清晰：「打倒土豪劣坤、反動地主南繼業。」古大姐異常嚴肅地對趙河竹說：「根據南荃裕的交代，一九二七年，他叔叔受到農會批鬥後，逃到上海避風頭。南荃裕留下高帽子藏在布匹中，準備有朝一日反攻倒算。南荃裕已變為反動資本家。我建議今晚召開現場批鬥會，讓廣大群眾認清南荃裕這樣的階級敵人。」趙河竹補充：「南荃裕可能藏有其它變天帳，要注意地板和牆壁的夾層，發現可疑立即撬開。」

四

從南家抄出的紅木家具，金銀器皿堆在二號樓前，五顏六色的綢緞花布一捆捆一卷卷壘成小金字塔。姚大桶全家和老爺圍著抄家物看，國福和阿七頭等孩子也興奮地轉來轉去。國福發自心底地欣喜，在他眼裏，國慶和專政隊員不是搬南家的東西，而是拆南延清腳下的玉階，使她一瞬間跌到泥地，從此和他腳碰腳平等了。

南老爺和姚大桶夫婦也站在一邊議論。

物傷其類，芝焚蕙嘆，樓上的人家想看又不敢伸出頭，只能撥開竹簾，從縫隙中往下偷覷。

祝秋藝壓不住好奇，壯了壯膽走下樓。

阿殷見到她，招呼道：「秋藝，你怎麼才來，你看南家，真是的，竟然囤這麼多布匹，好象可以帶進棺材永生永世用下去。」她一壁說，一壁手不停地摸摸這捆，擼擼那卷。

「是啊，這些織錦緞雙宮綢，質地多好，可惜幾十年囤下來，沒有骨子了。玉珊也想不穿，有這麼多料作還要去『大方布店』買。」

「你還不知道啊，姑婆囤起來的東西怎麼會讓她碰。不過，姑婆為人也太嗇刻，像把長命牌牙刷一毛不拔。那年我家阿大去江西，我知道她家有布，就去問她借布票，她不說我家布多，你剪幾尺去用，卻照樣拿出布票，一張張點給我。後來我還她，她還照收不誤，她真做得出！」

姚大桶搖著蒲扇附和：「這就叫為富不仁，十個財主九個扣，不扣哪能積金聚銀，老爺，你是南老闆的族兄，又為他開車，他對你總該大方點吧？」

南老爺正煩著，一聽這話，布滿擴張毛細血管的瘦凸顴骨像石榴皮暗下來，他慍怒道：「你這話是啥意思，我南路生在老闆手下，在共產黨手下都是靠賣力氣吃飯，一輩子人窮志不窮，沒揩過別人一寸布、一個銅板的便宜，更不做偷雞摸狗的事！」

姚大桶被搶白了一頓，知道南老爺真得動氣了，忙用扇子拍打自己的肚子，打著哈哈：「跟你開玩笑，何必當真。」

「現在是啥時候，你一身膘沒地方走油，還有心開玩笑！」

阿殷忙上來打圓場。

正說著，來運抄家物資的卡車開進福民新村，切斷了他們的爭論，四噸卡車開了二次，才把院子裡的東西全部裝走。

五

那天晚上里委召開第一場批鬥會，場面比電影《暴風驟雨》鬥地主精彩十倍。

古大姐主持大會，她宣佈：「把反動資本家南荃裕、右派分子南守坤帶上來！」國慶在秘書桌領呼：「打倒反動資本家南荃裕！」「打倒右派分子南守坤！」口號聲中，四名男專政隊員押著南荃裕南守坤從南家出來。

登場前南守坤拚命吼叫：「我抗議！你們違反憲法踐踏人權，迫害無辜天理不容！我抗議……」他反復說著，專政隊員對他拳打腳踢都無法阻止他，馮大姐命人給他嘴裏塞一條毛巾，他才成了啞殼鈴。

南荃裕被兩人反剪起雙手做成「噴氣式」，腰彎成九十度地往前跌走，人群讓出一條通道，他覺得自己成了黑色傳送帶上快速移行的物件，濃烈的汗臭味和眾人呼口號時吐出的熱浪，向他夾面撲來。他的腦袋「嗡嗡」發脹，當年叔叔逃到上海，向他描繪農會批鬥地主的情景，痛罵「那群痞子」，四十年後歷史重演，輪到他蹈覆轍。

南荃裕和南守坤被拽到高臺前低頭站定。

南荃裕偷眼往下看，在昏黑的夜色下，無數腦袋混成黑糊糊一片，似沼澤地里一團團油亮的淤泥；只有一對對眼珠在其中撲嘟撲嘟烏亮閃爍：欣快的、滿足的、狂奮的、癡迷的、瘋癲的、仇恨的、噬人的，發出同樣尖利的寒光射向他，和噩夢中陷於泥沼的情景一模一樣。守乾自殺後，他經常做這樣的夢，總感到大難臨頭。死並不可怕，他年已古稀，已經比父親多活了幾年。他猛然記起，父親被炸塌的房子壓得半死，抬到仁濟醫院時已近彌留，他聽到父親口齒不清地吐出最後幾個字：「……不善……家……有殃。」後來讀父親那本《周易大全》，他才知它的出處：「積善之家必有餘慶，積不善之家必有餘殃。」如今站在身邊的兒子發出「咿唔、咿唔」的掙扎聲，猶如兩把犁刀在他心坎上耕耙。這是怎樣一種報應，怎樣一種孽債啊。

主審的馮大姐已經講了許多話，南荃裕都沒聽進，直到馮大姐粗濁沙啞的嗓門劈面喝來，才驚醒他的胡思亂想。

「南荃裕——！當著革命群眾的面，徹底交代你的罪惡歷史！」

「大姐……」南荃裕低聲道。

馮大姐厲聲道：「呸！誰是你的大姐！」

「同志……」

「呸！誰是你的同志！」

「那我怎樣敬稱您？」

「少來這一套，交代你的罪行！」

「從啥地方交代起？」

「從解放前如何剝削工人開始。」

「哎，怎麼說呢，我開棉紗廠，招募工人，他們為我做工，我付他們工資，雙方自願建立雇傭關係，我沒有強迫誰。」

「聽你的口氣，你和工人關係和睦，真是說的比唱得還好聽，你忘了工人們鬧罷工的事，你不殘酷剝削，工人為啥鬧罷工？」

「工人們要增加工資，舉行罷工，我和工會代表談判，最後達成妥協。勞資雙方並非水火不容。不然我的工廠開不下去，工人們也要大批失業。」

馮大姐冷笑：「革命的居民同志們，你們聽聽，照南荃裕的意思，他開工廠是為工人提供飯碗，這哪裏是交代罪行？而是為自己評功擺好！南荃裕！我問你，你不剝削，哪來的錢住一大幢房子，一家六七口人不工作，照樣過花天酒地的寄生生活？」

「國家收去我的工廠，折成股給我固定利息，這是人民政府對我們資方人員的關懷。」

「既然你吃不完用不完國家的定息，為啥還在家裏囤積半卡車布匹？同志們，你們想一想，我們勞動人民靠配給的布票勤儉過日子，他卻囤這麼多布匹，居心何在？」

「解放前，遇上自然災害，棉花減產，工廠開工不足，引起布價上漲，我庫存一些，以備不測。新社會，毛主席英明、共產黨偉大，前幾年國家連續三年遭受特大自然災害，照常市場繁榮，物價穩定，我的布匹沒有機會貢獻社會，今天專政隊把它們運走，正好了卻我一樁心事。」

馮大姐一時想不出新詞，突然發現南荃裕耳朵上閃著金光，她不知是助聽器，一把扯下來，「同志們，你們看，一個男人竟然裝飾金塞子，真是糜爛透頂！」福民新村的人哄笑起來。馮大姐以為人們讚賞她的批鬥藝術，更加得意：「你這些金首飾，不是剝削來的，又是從啥地方米的？你說啊，怎麼裝聾作啞了！」

臺下哄笑得更響了。

古大姐暫時坐在國慶旁邊觀戰。她見馮大姐出了洋相，起身走近馮大姐耳語了幾句。馮大姐漲紅臉，把助聽器狠狠地塞回南荃裕的耳中，然後退到一邊，讓位給古大姐。古大姐成了登臺救場的演員，她自信地掃了全場一眼，提聲揚調問：「南荃裕，你剛才頭頭是道地講了布匹，怎麼忘了講布匹里園的東西？」

「唔……」

「你講呀，園了啥？」古大姐追問。

馮大姐從後面又追問一步：「快老實講出來！」

「唔……那是我叔叔的東西……」

「同志們，他的狗叔父是大地主土豪劣紳，一九二七年，他的狗叔父在鄉下受不了農會的批鬥游街，逃到上海南荃裕處避風頭。事後南荃裕把他狗叔父戴過的高帽子隱藏在家裏。」古大姐往國慶處示意了一下，國慶把桌子上的那頂高帽子輕輕舉起。古大姐往國慶處一指：「同志們，你們看！那就是南荃裕的罪證，他記下農會的賬，記下革命的賬，等待時機進行反攻倒算。是可忍，孰不可忍？打倒南荃裕！」

「打倒南荃裕！」臺下群眾義憤填膺，跟著高呼。有人大聲嚷:「把他的狗頭再擻下去點。」有人自發地振臂，「南荃裕罪該萬死！」

古大姐扇起了群眾的情緒，乘勝追擊：「南荃裕，你們南家有一條家規，叫『男不娶異族，女不嫁外姓』，今天，你給廣大群眾解釋一下，訂立這樣的封建宗法，出於啥動機？要達到啥目的？」

「……」南荃裕啞口無言。

古大姐緊逼：「怎麼不吱聲了，難道你的助聽器失靈了？我料你沒膽量坦白，我想還是讓南荃裕的媳婦，封建宗法的受害者喬玉珊來解答這個問題。」

六

喬玉珊沮喪地站在臺下第一排，不時對身邊的南荃珍斜一眼。

看到南荃裕拖著老命挨鬥，她心裏直罵活該。專政隊抄出許多她沒聽說過的東西，可見她進南家近十年了，南家始終沒把她當自己人，還防賊樣的防著她。你能防我喬玉珊，卻防不住共產黨，搜吧，搜得片瓦不留，大家乾淨。咒夠了，怨盡了，回到現實，讓她揪心的痛。專政隊抄走她的東西最少，而她的實際損失最大。南荃裕、南荃珍對她瞞得再牢，東西不生腳，早晏是她的。如今一場洗劫，水盡鵝飛，一切化為烏有。南荃裕被抄走的是眼前的財產，她被抄走的是未來的希望。

喬玉珊更恨古大姐等大小幹部。解放那年，在共產黨的鼓動下，她加入了青年團，成為工會積極分子。她和南守坤戀愛有顧慮，黨員幹部勉勵她，說和老闆兒子戀愛，可以幫助改造資產階級子女，使他們成為支持新政府的進步力量。誰知她和南守坤結婚後，她爭取入黨的事沒人提了。南守乾自殺身亡，她是壞分子的弟媳。南守坤成了右派，她又升了一級，變為右派老婆。當年和她一起追求進步的小姐妹，有的當了車間主任，有的當了車間黨支部書記。這一切，到底是誰的過錯？

喬玉珊正恨著，聽到古大姐叫她上臺揭發。她知道古大姐的歹毒用心，她撕下面皮批南荃裕，批到底，自己也一錢不值；不批，就和反動資本家沆瀣一氣，等於飛蛾撲火。為了不殃及女兒延清，她沿著古大姐催逼的目光一步一步走上臺。

站到南荃裕的旁邊，看著臺下亂哄哄的人群，喬玉珊不知從何說起，臺下的人以為她膽怯，起哄著慫恿：「別怕，大膽揭發！」「我們撐你腰！」被下面的人一促，她更加緊張，情急中，看過的電影中的一句臺詞脫口而出：「南荃裕，你也有今天！」這話一出，似扯斷了串珠的線，珠子嘩啦啦全滾下來。她從南荃裕不讓她進門講起，十幾年的苦水盡往外倒，觸到心靈深處，猶如祥林嫂[1]訴苦，白毛女[2]伸冤。隨後話題漸漸從南荃裕轉出來：「南守坤違背了祖訓家規，被南荃裕驅逐出門，從此他情緒變壞，在單位多管閑事批評領導，領導是可以隨便批評的嗎？果然，五七年反右，南守坤當了頭號右派，他是啄木鳥死在樹洞里，吃了嘴巴的虧。他被開除公職，下放農村，直到生病才回上海。從此生活的擔子全壓在我身上，裏裏外外弄得我焦頭爛額。南荃裕這才良心發現，讓我們住回家。我真恨啊，當初南荃裕不把南守坤趕出門，他會受刺激嗎？不受刺激他會向領導提意見嗎？不提意見他會成為右派嗎？……」

南守坤終於把嘴裏的毛巾吐出來，猛地「呸」了一聲：「你給我住口，胡言亂語講些啥東西，誰跟你講我有病，你才有病呢！」喬玉珊沒想到丈夫當眾駁斥她，等於把閨房裏的爭論端到大眾面前，她滿面羞紅，無言以對。

古大姐不滿喬玉珊顛三倒四的揭發，乘這個時機趕緊讓她下臺，然後轉向南守坤：「好啊，正要你交代，你自己跳了上來，你說你沒病，證明你是明目張膽的反黨反社會主義。」

「不要憑空捏造亂扣帽子，說我反黨反社會主義，請拿出證據來。」

古大姐料到南守坤不好對付，事前去他單位了解他的罪行，據此寫了幾張批判材料，她看著稿紙說：「居民同志們，解放初南守坤進一家出版社工作，社黨支書為強調團結，以過去鬧罷工做例子，說一個人就像一根筷子，一拗就斷，大家團結起來就是一把筷子，沒人輕易拗斷它。南守坤卻挑釁說，筷子是中國人的偉大發明，它延長了手的功能，讓兩根細小木棒的作用發揮到極致，把它們捆起來，就變成一塊僵硬的木頭，等於回到它的原始狀態，使它喪失個性，看似有力，

---

1 祥林嫂：魯迅小說《祝福》中的人物。
2 白毛女：電影《白毛女》（文革中改成流行的芭蕾舞劇）中的人物。

卻毫無價值。」古大姐眼睛離開紙：「南守坤自以為是，妄圖用資產階級個性反對黨的團結。今天，你睜開眼睛看看，福民里委這麼多革命居民自願來這裏批鬥你，就是團結的力量，說明人民群眾已經充分發動起來！」

「不，在場的人還沒弄清啥是文化大革命，為啥要搞文化大革命就湧到這裏，正好說明他們喪失了個性，不過是被人利用的工具。」

古大姐惱怒：「不許污蔑革命群眾！」

馮大姐也在後面吼：「不許放毒！」

兩個專政隊員給南守坤的「噴氣式」加壓，把他的頭幾乎撳到了地上。

國慶高呼：「誰反對文化大革命就打倒誰！」

群眾跟著怒吼。

國慶再呼：「誰污蔑人民群眾就讓他粉身碎骨！」

群眾跟著怒吼。

古大姐看了一下稿紙，繼續批判：「南守坤的哥哥南守乾以自殺對抗黨的公私合營政策，他對哥哥的死提出異議，說過早實行公私合營不符合毛主席的思想。」

馮大姐竄上來，叫道：「你講，毛主席在啥時候講過這樣的話！？」

南守坤鎮靜地說：「請看毛選第三卷第 961 頁倒數第 3 行，毛主席教導我們：『……我們共產黨人根據自己對於馬克思主義的社會發展規律的認識，明確的知道，在中國的條件下，在新民主義的國家制度下，除了國家自己的經濟、勞動人民的個體經濟和合作社經濟，一定要讓私人資本主義經濟在不能操縱國民生計的範圍內獲得發展的便利，才能有益於社會的向前發展……』」

南守坤一口氣背下來，全場的人目瞪口呆，馮大姐衝到南守坤身傍，卻不知如何是好。

古大姐瞪了馮大姐一眼，怪她挑這話頭。幸好她紙上有準備，便斷喝一聲：「你給我住口！告訴你！毛主席發展了馬列主義，因時因地創造新的理論，你用毛主席一九四五年的思想反對毛主席一九五五年的政策，正好暴露你詆毀毛主席的反動本質！」

「按古大姐的邏輯，毛主席的教導要分過時和合時兩類嘍？那麼你們剛才讀的幾條語錄都不宜指導現實！」

古大姐氣得臉上又滾出一層熱汗，便拿手絹去抹，順手把手絹當鞭子似地用到南守坤跟前：「你，你囂張透頂，難怪你當年受到了領導批評後，瘋狗一樣向黨反撲……」

「我是人，不許污蔑我的人格。」

國慶高呼：「打倒南守坤！」

臺下應呼：「打倒南守坤！」

國慶高呼：「南守坤不投降就叫他滅亡！」

臺下應呼：「南守坤不投降就叫他滅亡！」

七

國福站在近臺處不花錢看戲，聽到南守坤大聲喊：「我抗議，我抗議！」才想起南守坤是南延清阿爸。延清呢，南延泠躲在她姑婆身邊，卻沒見延清身影，自己光顧著高興，竟然把她忘了。

國福急切地擠出人群去找她。

南家客廳里的燈亮著，清光瀉到門廊。國福一走進去，腳頭就碰到兩塊花瓶碎片，房間像剛經過大地震。那幅《伊凡雷帝殺子》拿走了，鋼琴居然還在。蓋在琴頂的網眼白紗巾滑落在地，皺成一團。黑漆琴面蒙了一層剝落的牆粉，花瓶裏散落下來的一束夜來香，死前還釋放最後一縷幽香。國福不由自主地打開琴蓋，多美的琴鍵啊，高低音鍵如黑白玉條，閃著螢熒的光。回想延清揸開他的手指在上面測音度的情景，他把手輕輕放在琴鍵上，然後屏住呼吸，撐開手蹼試按，照延清的說法已達十度了。他恨自己這雙手，更恨顯出他「天才」的琴。

他想舉手擊碎琴鍵，讓它們同歸與盡。窗外兇猛的口號聲阻止了他，手一落下，就會招來專政隊員，他只能縮回伸出的手指。

走上三樓，一間一間挨門叫延清，黑洞洞的房間沒人回應，直到四樓盡頭，也沒發現她。也許延清在平臺上，國福沿著小扶梯急步上去，輕輕推開小木門，微涼的夜風撲面而來，他汗濕的身子頓時爽適下來，跨進平臺，四處掃了一眼，沒有人。

他失望著欲走，聽到有人喚：「國福，國福！」循聲望去，平臺盡頭的圍墢角下有一團黑影，是延清，原來她躲在那裏。「延清……」國福奔過去，只見她雙手抱膝坐在地上，「為啥一個人呆在這裏，讓我好找。」延清像一隻驚弓之鳥拳縮著，眼淚把她的眼睛泡小了。現在的延清，怯弱卑微，正是國福期望的，他終於優越於她，可以回報她了。

延清哭訴道：「專政隊為啥抄我家？」國福說：「你爺爺是資本家，你阿爸是右派，你家的東西全是剝削來的。」延清道：「剝削來的東西可以抄走，為啥要鬥我阿爸和爺爺？」國福說：「批鬥會上說你阿爸反黨，你爺爺隱藏了反動東西。」延清不滿：「你也這麼說，難怪國慶也來抄家，難道你也認為我阿爸和我爺爺是壞人？」國福不敢肯定，為難地頓了頓，反問：「你說，我阿爸姆媽是好人嗎？」延清道：「當然是好人！」國福說：「那好，為啥我阿爸姆媽每天辛辛苦苦，一年又一年，工資不增加，家裏的經濟情況愈來愈差，我姐姐因此上不起高中。而你家從爺爺起，全家不上班，卻吃好的，穿好的，這合理嗎？」延清爭辯：「你只知道我家吃好的穿好的，卻不知為了阿爸的事，我姆媽經常和阿爸吵，我躲在房裏哭，聚儀搶走你的大隊委員，你就氣不平，卻沒想到我遲遲戴不上紅領巾。我阿爸錯再大，跟我有啥關係？」

國福語塞。這些年，他只知延清彈鋼琴吃對蝦，卻不知她也有苦惱的事，見延清滴下淚來，陪小心地說：「好了，別難過了，我們不管大人的事，不再爭了，好嗎？」

延清低聲說：「這些年不都是你挑出話來嗎？」

　　「從今天起我們休戰，好嗎？」國福說著，依著延清坐下來，他們向天仰望。細碎的星點擁著一彎新月綴在幽暗的天穹，雲絮游魂般飄在半空。「延清，你看月亮從浮雲中鑽出來了，它離我們近了，好象舉手可摸，天真大啊，大得就像海，星星就像海浪的花沫。」

　　延清竭力反對：「不，不要像浪花，浪花在一起我推你、你壓我地兇狠厮打，太可怕了。星星是開在天上的小花，一朵一朵，默默地互相微笑欣賞。國福，我們今後也像兩顆星星一樣，好嗎？」

　　「好是好，可惜彼此隔著一段距離，看得見摸不著，永遠合不到一起，不是太孤單了？」國福笑道。

　　「那怎麼才好呢？」延清感到矛盾。

　　「好了，別去想了，你聽，下面批鬥會快結束了，我們該下去了。」說完，國福大哥哥樣拉起延清，兩人手拉手往樓裏走，進了小門，才意識到啥，兩人都紅起臉，鬆了手，只有溫熱還在身上竄流。

　　國福陪延清回到她的臥房。不知誰開了燈，延清唬得停在門口，國福大膽上去，見一個小囝正在翻東西：「是誰？」那人驚慌返身，國福和延清同時叫：「阿七頭，是你？」阿七頭捧著一隻小箱子舉足無措，延清質問：「你拿我的箱子做啥？」阿七頭賊忒嘻嘻道：「我看這隻小箱子好白相，拿了白相相。」延清氣道：「你怎麼可以拿別人家裏東西白相？」阿七頭道：「我又沒拿走，你大驚小怪啥？」國福說：「沒有人看見，你早就拿走了。」阿七頭道：「跟你搭啥界，要你多管閑事。」國福說「你面皮怎麼這麼厚，拿人家東西喉嚨還這麼響。」阿七頭道「你來充啥好人，你家國慶拿了人家那麼多東西，面皮更加厚。」國福憤然：「你把話講清爽，國慶是為專政隊工作，沒有往家裏拿一根筷子，你不要賊喊捉賊。」阿七頭暴眼突出：「你才是賊骨頭呢！」他把箱子往床上一扔：「你想相打？」國福和阿七頭半真半假交手過幾次，最後總是敗下陣來。但在延清面前，國福沒有半點畏怯，瞪眼對著阿七頭像他阿爸樣的肥胖身子，準備在他措不及防時，伺機給他重擊。

　　國福和阿七頭正劍拔弩張著，樓下傳來姚大桶的聲音：「阿七頭，你好了嗎？批鬥會快結束了。」阿七頭聽到阿爸叫，趕緊奪門而出。

姚大桶見人們把注意力集中在批鬥臺上，南家成了一座空城，就帶兒子來順手牽羊。

批鬥會很晚才散，臺上臺下，鬥人的人好似參加了一場精神會餐，酒足飯飽地走出福民新村。

嚴易真站在窗口看了批鬥會的全過程。當年反胡風反右，他參加各種批判會，也見過同事間的落井下石，但今天的批鬥會還是震撼了他。與會群眾自發湧來，大多數人根本不認識南家，但看他們發出來的狂熱，猶如和南家是八輩子的世仇。古大姐吳國慶和南家彼此都是鄰居，然而一夜間翻臉不認人地廝鬥。他照例又去對比「同文同種」，他們在中國殺了不少人，而他在日本期間，沒看到他們之間吵過架。

我們是一個怎樣的民族？我們的民族有著怎樣的人性！

嚴易真坐回寫字臺，從抽屜裏拿出日記簿，欲錄下這番感慨。嚴軻回來，在隔壁房間向母親繪聲繪影地描述批鬥場面。兒子的高聲打亂了嚴易真理好的思緒，他只得合上本子。

八

南守坤頑固不化，犯了眾怒，專政隊決定拉南家父子去游街。

這是暴烈的夏季，借後羿的神箭擊落了九個兄弟的太陽，一早就赫赫炎炎上了天，它滿口噴吐毒辣的火焰。日頭下，南荃裕頭戴一頂硬板紙做的塔型高帽子，上面寫著「反動資本家」。南荃裕一手拿銅鑼，一手拿蒙布的木槌，邊走邊說：「我是不法資本家南荃裕！我是反動資本家南荃裕！」兩名專政隊員走在他身後看押。

南守坤不肯游街，不願低頭，高帽子戴不住，頸上掛了一塊大牌子，上面寫「反動右派南守坤」，兩個年輕的專政隊員再次反剪他的手，推著他跟在南荃裕後面。面對強大的專政機器，南守坤明白自己即使是一枚鉚釘，也會被輾成齏粉，他決定暫時緘口。

　　馮大姐一面指揮游街，一面向圍觀的人講述南荃裕父子的罪行。馮大姐嚴懲他們在馬路中央行走，這裏沒有梧桐樹蔭庇，柏油路面在太陽灼烤下軟化還原，溢出一灘灘的漿液，這是城市的潰瘍胸口，滲出缺氧含毒的膏血。

　　走了半個小時，南荃裕的雙腿重得拖不動了，他愈走愈慢，氣愈來愈促，馮大姐趕牛般催著，專政隊員加緊推搡，逼得他磕頭磕腦往前趨。他口中的自白漸漸有聲無詞含混不清了，最後他支持不住，一頭栽倒在地，銅鑼和木槌失手滾落。他如一團泥一動不動，馮大姐走上來，用腳踹了他幾下，罵：「別裝死狗，快起來。」一個專政隊員說：「會不會中暑了？」南守坤在後邊喊：「你們用暴力體罰無辜，殘害生命，是嚴重的犯罪，我要控告你們。」馮大姐道：「這是你死硬對抗的下場。」一個專政隊員對馮大姐耳語：「不要弄出人性命。」馮大姐這才讓專政隊員先把他拖回福民新村。

　　這天，專政隊在福民新村貼滿了南荃裕和南守坤的大字報，其中有一張喬玉珊與南守坤劃清界線的聲明。

　　次日，南守坤在大門口貼了一張反擊的大字報哄動了里委。

　　大字報的題目是《我的聲訴》，大字報寫道：

　　　一九五七年，我以言獲罪橫遭迫害。幾年來我據理申訴，誰知今天招來更大的災難。這兩天我反復深思，解放後每天在實行無產階級專政，目下為啥突然升級，組織專政隊刮政治颱風？

　　　「馬克思主義的道理千條萬緒，歸根結底就是一句話『造反有理』。」這是專政隊掛在口頭上的毛主席語錄，它道出了他們沒認識的真諦。馬克思主義的道理是不是只歸為這句話，暫且不論，但它確為專政隊的造反行為作了註解。不過專政隊不知道馬克思曾為中國人的這種造反精神作過描述：「除了改朝換代，他們沒有給自己提出任何任務。……他們的全部使命，好象僅僅是用醜惡萬分的破壞與停滯腐朽對立，這種破壞沒有一點建設工作的苗頭。……顯然，太平軍就是中國人的幻想所描繪的那個魔鬼的化身。但是，只有在中國才有這類魔鬼，這類魔鬼是停止的社會生活的產物。」（馬克思全集第十五卷人民出版社 63 年版，548 頁）一百年後，由於中國社會依然處於停滯狀態，那類魔鬼便打著造反有理的旗號重新肆虐。

追究起來，這種造反精神早已有之，二千年前亞里斯多德就對它作過精闢的分析，「……造反情緒……一般主要起源於要求平等，即人們認為他們應該與比他們多得的人平等，或者起源於要求不平等及佔有優勢，即認為自己優越而與劣於他們的人相比所得不多，僅僅相等或者較少……在寡頭統治下，群眾起來造反是認為他們受到的待遇不公，因為如前所述，他們地位同等，但得不到同等的份額。」（亞里斯多德《政治學》）我父親的工廠已在一九五六年被沒收，他與工人就此結束了雇傭和被雇傭的關係，為啥十年後，有人還把我父親作為不平等的根源。結論只有一個：他們依然感到不平等。因為解放後，他們在政治（形式）上翻身當了主人，而經濟上並沒有根本改善，有些人因各種原因，生活水平反而下降。在這種社會狀況下，我父親雖然被剝奪了大部分財產，還凸顯出過多佔有財產的「不公」。政治寡頭便利用群眾的魔鬼心態去第二次掠奪「富有者」，以轉移民眾的視線，逃避造成「停滯」的當政過失。寡頭政治憑借暴力取得政權，也只能用暴力（目前稱無產階級專政）來維持，這種暴力在今天達到了登蜂造極的地步。它罔顧立國大法，踐踏基本人權，以獸性摧殘人性，以野蠻蹂躪文明……

魯迅先生說過：「暴君的臣民，只願暴政暴在他人的頭上，他卻看著高興，拿『殘酷』做娛樂，拿『他人的苦』做賞玩，做安慰。自己的本領只是『倖免』。從倖免里又選出犧牲，供給暴君治下的臣民的渴血的慾望，但誰也不明白。」

在此我提醒那些利用群眾的「革命激情」，與殘虐之道的強權者，古語道「水能載舟，亦能覆舟」，總有一天，激情的烈火也會撲向你們……

大字報署名是：南守坤（號：囚齋流麥士）。

古大姐接到報告後去看大字報，大字報的指向一目了然，但內容深奧古怪，她讀了兩遍沒讀懂。馮大姐在一邊問：「大字報里也講馬克思主義，到底是怎麼回事？」古大姐無力駁斥，只得籠統道：「南守坤向專政隊瘋狂反撲，污衊文化大革命，我們要把他鬥倒鬥垮。」她見圍觀的人多起來，怕再有人提問，對馮大姐說：「這張大字報是他的罪證，先小心揭下來，不能讓它貼在這裏繼續放毒。」

方長舟回家顧不上吃晚飯，讀完古大姐遞上的大字報抄稿，忿然作色說：「這張大字報反動透頂，它惡毒攻擊毛主席黨中央，攻擊社會主義，攻擊專政隊。這是一起惡性現行反革命事件，你抓緊與趙同志聯繫，考慮立即逮捕法辦。」

次日一早，驕狂的太陽暫時躲進墨雲，派出炸雷攪天擂地。雷聲隆隆滾來，衝破連日的悶熱，群魔似的黑雲團伴著雷樂亂舞，漸舞漸低，最後變成一口大鐵鍋倒扣住城市。閃電如焊槍，噴著火要把黑鍋切開。妖風左奔右突，滿街飛沙走石，昏暗如夜，兩邊的梧桐樹又伸出無數手臂相互扭纏撕打，知了攀住枝丫噤聲不語。雨點打下來了，稀疏碩大，一落地就濺起一個個水杯，「啪嗒，啪嗒」擲地有聲，盈千累萬的水杯濺起又破碎，密集的雨成串成珠成片成霧，一瞬間迷濛混沌了一個世界。

當年洋人選址造公寓，只注意地上環境，忽視了地下風水，這裏地勢偏低，早年鋪設的下水道又過於細窄。恣意汪洋的雨水不及排放，馬路上的大小陰溝倒流如墨的污水，連帶翻出積澱了千百年的惡臭垢物，污水一寸一寸往上長，漫過了人行道，很快淹沒了福民新村。

趙河竹帶著兩個警察蹚著過膝的大水走進新村。

古大姐、馮大姐引著趙河竹等人湧進南家。

他們把老老小小集中到客廳，卻不見南守坤的影子，問喬玉珊，她說，南守坤一早就去了書房，以後沒見過他。趙河竹從二樓到四樓，一個房間一個房間的細查，沒有發現他。古大姐提醒道，會不會在頂層。趙河竹率人奔上去，通平臺的小門給關死了，他打開插銷，用力推開小門探頭看，果然，南守坤站在平臺中央。

南守坤不打傘也不穿雨衣，瓢潑大雨如密箭向他亂射，他如一具雕像一動不動。

趙河竹等人穿著雨衣走向他，南守坤問：「你們要做啥？」趙河竹向他宣佈了逮捕令。「逮捕我？憑一張大字報逮捕我，妄想！」趙河竹和古大姐等人向南守坤逼近，南守坤便一步步往後邊退邊說：「難道你們可以用大字報誹謗，我不能用大字報申訴？」他退到了圍堞處：「告訴你們，今天休想把我抓走！」他瞋目相對，一副拼死的樣子。趙河竹威脅道：「你還是乖乖地跟我們走，負隅頑抗，罪加一等！」

南守坤見趙河竹又逼近一步，猛地轉身爬上一尺多寬的圍牆，叫道：「我死也不讓你們達到目的。」古大姐跨上一步，嚴詞道：「南守坤，你想以死拒捕？」趙河竹從南守坤的眼神中看出異樣，他擋了擋古大姐：「南守坤，你瘋了？爬到這麼高，不要命了？」南守坤仰天大笑，「是的，我瘋了，在這個一切顛倒的瘋狂世界里，我是瘋子，你們都是正常人，這個世界不容我，我也不容於這個世界。我學那魯仲連，寧可蹈海也不事秦。如果你們逼我下人間地獄，我就選擇上極樂天堂。」

趙河竹不懂南守坤說的意思，和另兩名警察使了一個眼色，三個人立即形成三角形向南守坤慢慢包抄過去，企圖趁他不在意時，一把抱住他。趙河竹一邊往南守坤處移動，一邊緩下口氣：「你下來，有話好好說。」南守坤早已識破趙河竹的計謀，眼珠一動不動地盯著他們，就在趙河竹躍起撲上來之際，他縱身跳了下去。「啊……」絕命的嚎叫聲在雨幕中震顫，閃電給天地這個大照相機打光，炸雷恰似快門破幕而出，攝下慘絕人寰的一刹那。趙河竹一夥人奔下院子，南守坤面朝地俯伏在積水中，趙河竹把手伸到水裏，摸到南守坤的後衣領，一把拎起來，南守坤滿臉淌血，雖然昏死過去，鼻子還在出氣，積水的緩衝使他免於斃命。

幾個人七手八腳把南守坤抬到里委會，打電話叫來救護車。南守坤以死對抗文化大革命，專政隊要求醫院盡力搶救，不讓他達到目的，要讓他活著接受專政機關的審查。

相隔十年，南家的二兒子南守坤又跳樓了。雨聲中隱隱傳出南荃珍喬玉珊的嗚咽，彷彿曠野墳塚裏悲狐的哀鳴。

災禍遠遠超過南荃裕的預料。游街後，他渾身酸痛，躺在床上動彈不得。荃珍告訴他，守坤去貼大字報，他無力起來阻止，就讓荃珍把大字報底稿拿來。他長嘆不已，啥家底都不知道的守坤，竟然在大字報中提到了太平軍，顯見得，一切都是天意。

一八六〇——一九六六，正好一百多年。

南荃裕七歲進莊裏的私塾讀書，一天他哼著兒歌回家，「長毛軍，洋教堂，大清朝，遭擾攘，天國從此不太平……」他爺爺聽到，喝住他問，哪裏學來的，他說先生教的，爺爺問他父親，先生姓啥？年齡多大？他父親說姓陸，六十多歲，爺爺當即變了臉色，命他父親換一位先生上門授課。

南荃裕不再去私塾，開始奇怪祖父為啥光火，從此多一個心眼，每次叔公和祖父吃茶談天，他就在一邊豎耳啼聽。他斷斷續續知道了曾祖父的一些事。太平軍佔領村莊期間曾祖父當鄉官，任負責莊里事務的卒長。南家就在那時發起來的。難怪祖父聽不得那兒歌。

祖父死於一九〇九年初。死前，他把南荃裕和其他幾個孫子孫女叫到跟前，讓他們先背家規再起誓。當時，南荃裕問父親，祖父立此家規的用意。問了幾次，父親才含糊其辭地解釋，當年光緒皇帝大婚，西太後把胞弟的女兒許配給他，光緒帝的母親是西太後的胞妹，西太後讓表兄妹結重親，意在讓愛新覺羅的血統裏，永遠混著那拉氏的血液。這件軼事在坊間傳揚，觸動了祖父和叔公的心思。他們一直憂心兒子守不住家財，尤其南家與同莊的陸氏宗族曾有齟齬爭鬥，萬一與陸氏人通婚，必定肥水流入他人田，遺患無窮。所以祖父和叔公們訂下協議，讓堂兄妹連姻，可永保家業無失。

照祖父遺囑，南荃裕父親帶著錢財來上海辦實業，叔父們留守老宅的田產，萬一鄉下有難，可去上海棲避。南荃裕追問，南陸兩姓為啥失和，父親拉下臉訓斥，祖宗立下的規矩，順服遵從便是，不必刨根問底。

南荃裕長大後才漸漸知道了南陸兩族糾葛的來由。

九

水漫福民新村，吳家成了澤國，床和桌子是小島，床上疊滿箱子器物，國福和國進坐在床上幫姆媽剝毛豆。南延清淒厲的一聲聲哭叫，如鈍刀一道道劃過國福胸口。

國進說：「小哥，延清阿爸會死嗎？要是真死了，她就沒阿爸了嗎？那多可憐！」這話正戳在國福心上：「人死了怎麼還會有呢？」國福有點後怕，雖然南守坤是壞人，但不該把他弄死，何況他是延清的阿爸啊，自己跟在後面起哄，多傷延清的心。國進說：「姐姐講延清阿爸是『畏罪自殺』，啥叫『畏罪自殺』？」國福說：「大概是為自己的罪而自殺吧！」國進問：「那麼人犯了罪都要自殺嗎？」國福更加煩亂：「我也說不清，等姐姐回來你問她吧。」

傍晚，滂沱的雨像喪婦的淚，淋瀝幹了，停息下來。

吃罷晚飯，吳東旭出門看水勢，姚大桶活象一隻木桶，搖搖擺擺地浮著水走來。

姚大桶老遠就招呼：「小吳，今天這場雨，要落塌天了，房間里進這麼深的水，我一家忙到現在剛收拾停當。」

「今年老天爺也喜怒無常，一歇暴熱，一歇暴雨，好幾年沒發這麼大的水了。」

姚大桶在吳東旭面前站定：「要不是填馬路，福民公寓不會發這麼大的水，我們也不會吃這麼多苦。不是我罵山門，想出這種餿主意的人，真是黃魚腦袋，連常識也不懂。根治水患，要在馬路下排大管子疏浚水道，增加泵水能力，靠填馬路頂屁用。結果治標不治本，積水反而一年比一年深。他們住樓上，死人不管，我們住樓下的遭罪。這種人，講得好聽點是吃汙，講得難聽點是缺德。」

姚大桶在罵方長舟。十年前，每逢暴雨，福民公寓積水半尺深，方長舟住樓上，進出門要涉水，他讓古大姐寫一份申訴信，爭得福民公寓和周圍近千戶居民的簽名，遞送區裏，區政府批文填高馬路。工事完成後的一二年內，積水次數少了。好景不長，周圍地區被壓低了，大水湧過去，那裏的居民也聯名投訴，也給他們填馬路。此起彼伏，大水再次湧到福民公寓門口，而且重於早年，於是再填馬路，公寓的底層高度有限，愈填房子愈低。

吳東旭與姚大桶同感，但他不願多說，只得打馬虎：「這麼多年克服下來了，再熬下去吧。」

「往年我發一通，不過出口氣，上海十幾年沒造幾幢房子，罵死也沒用。」姚大桶湊近吳東旭：「今年不一樣，我跟你商量一下，專政隊抄了南家，封了二樓的房子，你家國慶參加了專政隊，趁這次發大水，我們去借住，你進二樓客廳，我佔後樓，好哦？」

「專政隊封關的房子，政府會沒收，我們私自搶佔，不合法吧？」

「哎喲，我講小吳啊，論起來，你比我多喝幾年墨水，又在政府工作，這點事也看不透。現在是啥時候，搞文化大革命，革命啊，造反啊，圖啥，不就圖翻身，翻身不就是人下人翻上去做人上人？方長舟和你是高中同學，關鍵時刻他去鬧革命搏一記，現在當上了副區長。不然，我們這樣的房子他還住不上呢！這次趁亂先佔一間，機不可失，時不再來。」

吳東旭不會做潑皮事，婉轉地拒絕了，姚大桶失望地嘟噥：「你這個人啊，太……」說完又象一隻肥凫蹚著水回家，身後八字形的水紋帶著浮渣不斷擴張。

次日清早，大水剛退盡，姚大桶帶著兩個兒子來南家。阿二扛了張帆布床，阿四夾著一條被褥，阿殷裝著一瘸一拐跟在後面。

聽到敲門聲，喬玉珊神經又抽緊了。

昨天的變故，把喬玉珊驚呆了。十幾年來，南守坤性格怪異，夫妻倆無休止地鬧騰，把感情消磨殆盡。她怨南守坤，但不恨他，認定是古大姐們逼死了丈夫。

喬玉珊走下樓開門，見阿四佩著紅衛兵袖章，猛地以為專政隊又來了，待看清姚大桶夫婦，怒視著他們說：「大清早，你們來做啥？」

「樓下發大水，想借一間房子住住。」姚大桶道。

喬玉珊冷笑：「做啥？借房子？你們沒睡醒吧？告訴你們，這裏沒有空房子！」她用力關門，被阿二用腳頂住。

「我們借專政隊封門的二樓住，管你啥事。」阿殷說。

喬玉珊哼了一聲：「封掉的房子還在南家，輪不到你來軋一腳。」

「鴨屎臭，你還好意思『南家』長，『南家』短地說，當初厚皮賴臉挜上南守坤，不料吃了閉門羹。到丈夫成了老病鬼才擠進去，總算當了少奶奶。臨到南家父子遭殃，又翻過來揭發批判劃清界線，面孔要哦？」

「我再不要面孔還沒趁火打劫搶房子。再說，要翻底牌，先撒泡尿照照，自己是啥貨色。解放前牙縫裏嵌金夾銀出工場，解放後教唆兒子投機倒把吃官司，這種料作，還有資格講人家。真是牛不知角彎，馬不知臉長，曉得天下有羞恥兩字嗎？」說完，又用力推門，哪裏動得了。

姚大桶解放前在一家首飾作坊工作，因行竊被老闆開除，公寓裏盡人皆知，但沒人當面戳穿他們。阿殷惱羞發潑，一把揪住喬玉珊的襯衫前襟，猛推她：「你講清爽，誰牙縫裏嵌金夾銀，你講，你講。」

　　喬玉珊強壓了幾天的一腔怒火，終於爆發出來。她奮力扯住阿殷的頭髮，死勁拉，痛得阿殷「哇哇」叫。姚大桶衝上去幫腔，扳喬玉珊的手，阿二和阿四乘機湧進去，他們在客廳架好床放下被褥，再回頭來扭打喬玉珊。

　　南荃珍見狀步歪身斜地奔出去叫救命。

　　古人姐和南老爺聞聲趕來時，喬玉珊已敗下陣，她一屁股坐在地上罵「強盜坯！」南老爺聽南荃珍說了經過，連說「不像樣！」

　　古大姐走進客廳問：「怎麼回事？」

　　姚大桶和阿殷坐在張好的帆布床上，見到古大姐，一個捶腿一個揉胸。姚大桶訴苦說，昨天浸在水裏一天一夜，老婆關節炎發了，自己心臟不適，想借南家的房子臨時住幾天。

　　古大姐一向看不慣姚家的無賴相，不滿道：「老姚，南家封掉的房子由專政隊管理，你們怎麼能自說自話拆封條？」

　　姚大桶看了看阿四的紅衛兵袖章：「我們家發大水，臨時借幾天，又沒有搶房子，再說，我家阿四也是紅衛兵。」

　　古大姐肅然道：「要借房子必須到專政隊申請許可，不是阿狗阿貓套副紅袖章就可入居，家家都像你們，里委不亂了套。」

　　阿四頂撞道：「難道紅衛兵還分來頭？」

　　「有些話還是不挑明好，細究起來你家阿大是刑滿釋放分子，此話傳到你們學校去，你夠不夠當紅衛兵還是個問題呢？」

　　這話讓阿四一愣，他加入紅衛兵時，在申請表格上填阿大在農場，隱瞞了「勞改」兩字。阿二還不買帳：「住在樓上的人怎麼知道我們住樓下的苦處，發起大水來，性命交關，哪裏來得及去申請。再說，申請不申請，專政隊難道不代表勞動人民的利益？」

　　古大姐抬高一個音階說：「阿二，專政隊代表無產階級，不等於代表你一家，再說還要看是哪類勞動人民。好了，我還有事要忙，我把一條原則告訴你們，沒有專政隊同意，誰都不能私佔房子！」說完扭頭欲走。

　　姚大桶知道古大姐這話的份量，不敢再彎下去，便給阿殷遞了個眼色。阿殷縱身撲倒在古大姐腳前哀告：「古大姐，你可憐可憐我們吧，我的關節疼得站不住……」

　　古大姐鐵著臉毫不通融：「這幾年你們不都過來了，再說這種大事，要專政隊討論，該說的我都說了，你們自己看著辦吧！」

　　望著古大姐傲然而去的背影，姚家大小權衡了一番，似打了敗仗的兵痞，不得不捲起鋪蓋，嘴裏不幹不淨罵著走回去。

第五章

　　紅色颱風愈刮愈猛，黑幫分子無一倖免，鄉下也不例外，南守乾媳婦蒙羞飲毒

一

　　強颱風一號接一號侵襲大陸，抄家風一陣猛一陣席捲上海。

　　南家受衝擊後，福民新村成了著火的危山，樓上大多數人家都成了躲在洞裏的鼴鼠，他們焦慮不寧地注視著專政隊的動向，其他公寓的幾戶人家也接連被查抄，形勢日見吃緊，野火在向他們進逼。

　　當初樓上人家把吳家劃入「樓下」，今天國福一報還一報，也把他們一概劃入「樓上」，幸災樂禍地看他們惶惶不可終日。

　　那天白靈光對著一碗綠豆粥發呆，他的喉嚨堵得難以下咽，他懷疑梅核氣已經變成食道瘤，他想找樓醫生看看，但這般風聲下哪敢去多事？

　　白錢氏催道：「你不吃不喝幹著急有啥用？依我看，專政隊至今不上門，就是區別對待，你畢竟是政協委員……」

　　白靈光連打了兩個無聲嗝才說出話：「你還提政協委員哪，北京的名作家老舍投湖死了，上海的翻譯家傅雷吊纜自盡了，政協委員這塊護身符不管用了。」

　　「專政隊去南家，不就是沒收財產麼，乾脆我們再主動交些東西出去，可能大事化小，小事化了。」白錢氏不情願地說。

　　白靈光吃藥般咽了一口粥：「我早就想到這步棋了，只是不敢提。

解放以來，我們比南家少吃苦頭，不就是交出工廠交出樓下的房子買太平嗎？衡量南家抄走的東西，我們還有許多家當可上交，但我擔心僅靠這些抵擋不住專政隊，我有一個主意，不知你同意哦？」

「到了這地步，我還有啥不同意的。」

「那好，你知道古大姐一直嫌房子小，她每次上樓總是說，你們老倆口住兩層房子，要化許多時間收拾。言下之意我們住得太大了。如果我們再交出三樓，她就可尋機拿去，可能使她手下留情。」

「老頭子啊，你說啥都可以，房子可不能再交了，將來正華少華回來住哪兒？」白錢氏話沒說完眼圈就紅了。

白靈光放下筷子：「也是沒辦法的辦法，資本家加海外關係是兩條罪名，當初給正華寫信談了不該談的內容，又多一條罪名，古大姐那邊通不過，不僅抄家免不了，還可能上臺挨鬥，我這把老骨頭被鬥垮了，也等不到正華他們回來那天。」

說到這份上，白錢氏無話可辯，她帶著哭腔說：「活受這份罪，倒不如死了乾淨！」

……

白靈光決定給專政隊寫信，他拿起鋼筆，手有點抖，將交出去的這些東西，每一件都沾著自己的心血。當年接過父親的小作坊，為攻克膠鞋拋光技術，他去圖書館查資料，去請教大學化學老師，自己配料反復試驗，手上脫了一層又一層皮，終於攻下難關，生產出物廉價美的膠鞋，暢銷國內外。

他一次次慷慨交出物產，旁人誇他視「富貴如浮雲」，連南荃裕也欽慕他「不背祖宗包袱」，他們哪裏知道，正因為自己含辛茹苦地掙來，失去一份，就如挖掉身上一塊肉，那傷痛只有自己知道。

他覺得眼睛有點潮，用手一摸，竟然下了淚。解放以來，他一直自欺欺人地滿足自己識時務的「高明」，此刻才明白，自己沒有一刻甘受屈辱。但文化大革命是非同尋常的烈焰，鳳凰也罷，脫毛的雞也罷，要麼涅槃，要麼苟活，別無他途。

他開始寫信。

福民里委專政隊長古大姐暨全體隊員：

史無前例的文化大革命興起以來，你們緊跟毛主席的戰略部署，高舉無產階級專政的鐵拳，採取抄家批鬥等革命行為，日夜辛勞，戰果累累，大長了無產階級的志氣，大減了資產階級的威風。

你們的革命行動教育了我，啟發我深入反省。

我是一個工商業者，解放前靠剝削工人為生。解放後，我遵循毛主席的教導，響應黨的各項號召，交出多餘的房子，參加公私合營，讓自己脫胎換骨，做社會主義新人。黨和政府也給予我嘉賞和勉勵，讓我擔任區政協委員。有一段時間，我產生了自滿情緒，以為自己改造的差不多了。你們從反動分子家裏抄出的罪證，使我覺悟到自己的改造還遠沒結束。我至今拿政府的定息過不勞而獲的生活，與艱苦樸素的勞動人民相比，令我慚愧汗顏。

真是不想不知道，一想嚇一跳。

經過思想鬥爭，我看清了自己的問題，決心在這次運動中再次接受革命洗禮，進一步改造世界觀，活到老，學到老，跟上時代的步伐。為此，我向專政隊作出如下請求：

一、鑒於我和老伴兩人居住兩層房子，過於奢侈，我們決定再交一層給國家，供需房人使用。

二、我家裏至今還有一些屬封資修的書籍、字畫、金銀玉器及家具等物，懇請專政隊撥冗來寒舍甄別查收。

偉大領袖毛主席萬歲！

無產階級文化大革命勝利萬歲！

此致

無產階級的革命敬禮！

白靈光一停筆就呆了，自己是資本家，怎麼有資格自稱「無產階級」呢？他嚇地又打了兩個無聲嗝，好不容易寫到底，竟出這樣的錯！他仰倒在椅子上，累得長嗟短嘆。

必須儘快寫好交出去，白靈光艱難地站起來，去盥洗間洗了把臉，又抖擻精神展紙重寫……

白靈光「老謀深算」的「苦肉計」解度了他。

白靈光的信來的正是時候，古大姐正不知如何對他下手，讓房那條尤其中她的下懷，這場運動下來，方長舟能升級增房最好，如果無望，至少可以吃下白靈光的房子。

這是福民里委唯一一次「文明」抄家。白靈光夫婦自己把東西放在客廳里，再開箱敞櫥讓古大姐、馮大姐們查收。古大姐們對古籍、字畫一竅不通，又沒有鑒定「封資修」的標準，就照單全收。最後，把東西堆進白靈光讓出的三層，另加了一把鎖，古大姐拿了鑰匙，遂心稱意地走了。

二

古大姐毫無顧忌地向牛鬼蛇神一路殺過去，卻在樓醫生處停頓了一下……

馮大姐催了幾次。最後，古月琴找借口去街道彙報工作，讓馮大姐帶隊去樓醫生家，她關照馮大姐，不要放過任何證明間諜的蛛絲馬跡。

馮大姐和專政隊員花了半天，篦子梳頭般清查樓家，樓醫生有許多醫學書和不少宗教書，其中一半是洋文，對馮大姐來說是天書，她判別不了便全部裝走。

樓醫生夫婦被馮大姐羈押在廚房，他們低頭向天主默禱，求天主給他們力量抵禦災難。

馮大姐帶人呼拉拉走了，樓醫生夫婦巡視遭劫的屋子，從二層樓到三層樓，每間屋子都一片狼藉，樓醫生嘆道：「沒想到家裏出現銅駝荆棘景象。」

　　來到三樓客廳，樓太太不安地問：「馮大姐留下話，勒令我們交待在英國做過的勾當，還質問為啥入教，啥時候入的教，你說，她到底懷疑我們啥？」

　　「我們這種背景逃不了『間諜』的嫌疑。」樓醫生說完，慢慢扶起倒地的一張置花瓶的烏木几。

　　「間諜？」樓太太自辯似地說：「哪這麼容易當間諜？但真被專政隊懷疑上了，生十張嘴也辯不清啊！」

　　樓醫生從地上拾起一本撕壞的醫書，胡亂翻了幾下：「哎，你想過沒有，今天古大姐為啥不來？」

　　「還不是忙得顧不上。」樓太太掃著垃圾。

　　樓醫生在一張沙發上坐下，沉默了一會兒說：「不，公寓裏抄家，她還沒缺席過。你還記得那年他家聚儀患小兒麻痺症的事嗎？」

　　「怎麼會忘呢？你及時診斷用藥，聚儀沒落下後遺症，事後，古大姐夫婦買了禮物上門道謝，稱你為聚儀的救命恩人。」

　　「這就對了，當時她這麼說，現在怕落下『忘恩負義』的話柄，所以她不出面。」

　　「哎，依我說，」樓太太停住手上的掃把，「既有這層原因，你何不利用古大姐的心理去探探口風，乘機作些解釋。」

　　「你不要想得太簡單，如果古大姐『知恩圖報』，網開一面還好，萬一她礙於情面不出場卻躲在幕後指揮，那麼去找她，就是此地無銀了。」樓醫生用手支頭沉吟：「再說，我做了一輩子醫生，沒為自己的事低聲下氣求過人。」

　　當年樓醫生在英國開業行醫，剛開始，附近的人捨近求遠去找英國醫生，他毫不介意，盡力在找他的病人身上顯示醫術，很快贏得了信譽。解放後這十幾年的艱難時世，他的自尊早已磨鈍了，他本人不自覺，還以為一如既往。樓太太憐惜地看著丈夫花白的頭髮，不願說穿，體貼地說：「馮大姐不是叫你寫交代材料嗎？你寫好後交到古大姐家裏，到時根據她的態度相機詢問。」

「也只有這麼辦了。」樓醫生滿臉委頓地說。

樓太太走出了房間。樓醫生閉眼靠在沙發上：他彷彿回到英國那個十八世紀的老城：周圍是一坡坡四季常青的草甸，牛羊在悠閑吃草，遠處的教堂定時為它們打鐘，樓醫生攜妻來此放牧自己。然而田園風光留不住他們，熬到休戰他們立即回國。他在福克公寓開診所，嘗試英國式的醫療體系，探索提高中國醫療水平的方法。然而先是內戰，隨後解放……現在退休了，一生的事業就此完結了。如今不得不含羞蒙辱去保老命。

樓醫生去古大姐家交在英國的履歷，囉哩囉嗦解釋完了還坐著不走，心思重重地垂著頭。

古大姐知道樓醫生有難言之隱，開解道：「你還有啥話，儘管說。你知道黨的政策，再大的問題只要說出來，就沒事了。」

「唔……古大姐，既然你這麼說，我就斗膽說一下，我們是十幾年的老鄰居了，你是了解我的……」樓醫生欲言又止。

「我不是跟你講了，你相信我古月琴，就儘管直說，不必顧前慮後。」

事先想好的話全塞住了，樓醫生轉彎抹角地說：「是這麼回事，馮大姐抄走許多封資修的書籍，其中有我開診所時的病歷卡。病歷卡是病史，就像一個人的檔案，要為病人保留一輩子。不恰當的假設，萬一你家聚儀或方區長有頭疼腦熱，查他們過去的病卡，對照當時的情況，就可知道現在的病情變化，不然……」樓醫生沒敢提間諜的話，卻巴三攬四地提聚儀患病的事．

古大姐不明白病史的價值，打斷他：「你的意思，不應該抄走？」

「不，古大姐，你別誤會。」樓醫生一聽古大姐的口氣不對，忙申辯：「我怕病歷卡隨抄家物資送往別處，今後附近病人就無法查病史了。我的意思，可以把病歷卡保留在居委會……」

古大姐說會考慮這個問題的。等樓醫生走了，古大姐才慢慢琢磨出樓醫生的用意。她和方長舟提這事，氣道：「臭知識份子就是喜歡九曲橋上兜圈子，彎來彎去提聚儀的事，這不是上門討情？」

「知道就行了，樓醫生是堂堂醫學博士，厚著老臉說這些話，夠難為他了，樓醫生和南荃裕不同，他在附近人緣好，我們又受過他的恩惠，要區別對待。」方長舟寬宏地說。

「我就是顧惜這點才沒親自上門，可你給他面子，他還要襯裏。」

「也難怪他，沾上『間諜』嫌疑誰不怕。」

「現在你說怎麼辦？」古大姐為難道：「馮大姐催著給樓醫生戴帽子，開批鬥會。」

「不能聽她的，家庭婦女見識，不能憑幾本外文書下結論。鬧的過分，如同兒戲。」

樓醫生暫時躲過了專政隊的鋒芒。

三

一個悶熱的晚上，國福躺在門口的一張竹床上納涼，迷迷糊糊盹到半夜，突然聽到「國福，國福」的叫聲。國福睜開眼，見嚴軻附在耳邊，他剛要說話，嚴軻用食指堵他的嘴，「噓」著阻止。嚴軻往四周看了看，輕聲說：「國福，我求你一件事！」

嚴柯是國平的同齡朋友，屬哥哥輩，國福不解道：「求我？我能幫你啥？」

「你肯定能，不過，你必須答應我一個條件。」

「啥條件？」

「你要向我起誓，決不把我托你的事告訴任何人。」嚴軻說得詭秘，國福急於知道謎底，全應了下來。嚴軻說，他爹爹單位可能來抄家，他自己的書也會被帶走，讓國福幫他藏起來。一聽這事，國福立即想到教堂裏燒毀的書，樓醫生家抄走的書，嚴軻要藏的肯定也是這類書。嚴軻看出國福的心思，說你害怕就算了。國福已經作了許諾，不能反悔，就咬牙答應下來。再說，國福只有解救他，才能向他顯示「樓下」的優越。

嚴軻偷偷搬來捆好的兩扎書，國福不多問，接過手，抱在懷裏溜進屋，放到自己的床底下，跑了兩次。嚴軻又叮囑國福，萬一被人發現，就說在垃圾箱邊拾到的，你是小囝，沒人怪罪你，也不會牽連你父母。

安妥了心愛的書，嚴軻躡手躡腳的回家。

敞開的窗戶招不進一絲風，嚴軻躺在床上，熱得睡不著，粘濕的身子在涼席上泥鰍樣滑來滑去，他要做一件石破天驚的事，轟動福民里委。

動員會後，嚴軻再也自持不住了。此前，他受父親的牽連喪失了許多權利，這次是狂飆突起的大革命，必定會打破框框超越階級。如今的共產黨領袖多數出身非無產階級，是軍閥混戰的亂世成全了他們的英雄事業。自己不能錯過這次機會。

他興衝衝地去母校了解紅衛兵組織。豈料，紅衛兵盛行「老子英雄兒好漢，老子反動兒混蛋。」像他這種出身，非但入不了紅衛兵，還是紅衛兵的整治對象。他如一個倒楣的足球守門員，沒接住飛來的球，反被當胸重重一擊。

嚴軻不能出門革命，就在家裏惡聲惡氣尋父母洩憤，簡直是鐵籠裏的一頭困獸。

兒子一鬧，在嚴易真虛弱的心臟上加了一隻重砝。研究所里的造反隊，割韭菜般一批批打倒學術權威，圖書館的人開始貼他的大字報，給他的歷史問題栽上漢奸罪名。

抄家在所難免，嚴易真本無所懼。研究所是事業單位，家屬不享有勞保，慧芬患肺結核，十幾年來吃藥吃營養，家裏貴重的東西都填進了「無底洞」，造反隊沒啥可抄。唯有那些日記是他的禍胎，一旦搜出來，就是引火燒身的罪證。但他實在不忍心毀棄它，這是他唯一的知心朋友，他的靈魂附在裏面。

嚴易真決定不惜一切保住日記簿。

　　為瞞住嚴軻，嚴易真和慧芬半夜悄悄起床。嚴易真抬起棕棚，用鑿子撬開床下的一條地板，把日記一本一本塞進地板隔層，然後重新合上，再掃上點灰，一切天衣無縫。地板有幾十條，除非全部撬開，否則無法發現它們。

　　完事後，嚴易真又感到胸悶。他去醫院查明了冠心病，經常服用硝酸甘油。這些日子，坐臥不寧心身疲憊，再加這一忙心絞痛又犯了，他很熟練地服了一片藥，長長籲了一口氣，躺下來。

　　嚴易真自以為神不知鬼不覺，不料還是驚醒了嚴軻。這些天他特別警覺，一聽隔壁房裏有響動，以為抄家的人半夜來了，趕緊起床。走廊裏沒人，他走近父母臥室的門，從廢用的葫蘆形鑰匙孔窺望，剛巧看見爹爹在釘地板。他不由一驚，爹爹一定在囥東西，為啥偷偷摸摸，難道是見不得人的罪證？

　　第二天早上，嚴軻裝作若無其事地問母親，半夜裏聽到「嘭嘭」聲，爹爹在做啥？

　　慧芬慌亂吱唔說，她摸黑起床小便，撞倒了一張椅子。母親的謊言反而證實了他的懷疑。

　　這些年他嘴上抱怨父親，心裏還是把一切歸於社會不公，而眼見的事實推翻了他的判斷，也許一切事出有因。自己尊敬的父親真的是壞人？嚴軻想否定。從小學到高中，父親下班和星期天都在陪他做作業，他的優良成績，一半得於天分，一半也浸透父親的心血。但用階級鬥爭的眼光分析，慈父不等於好人，對自己孩子充滿親情，可能對黨和毛主席冷酷無情，文化大革命中揪出了許多這樣的敵人。

　　自己怎麼辦？已為父親犧牲到今，難道繼續殉道下去？不！應該走出父親的陰影，不再當劣等公民。他記起大官僚出身的周總理對礦工的兒子赫魯曉夫說過一句名言：「我們都背叛了自己的階級。」「背叛！」對，只有背叛才能跳出絕境。

　　嚴軻決定告發父親，立功贖罪。

　　他翻了個身。他想通過吳國慶去專政隊告發，等於先看她對這件事的態度。

　　第二天，嚴軻一早就來吳家找國慶，他游移不定地說出準備揭露父親的想法。國慶以為嚴軻來尋求支持，高聲贊道：「你做得對，你總算勇敢邁出了這一步。」她說話的口氣像老大姐，在專政隊幹了不滿一月，她就變了樣，想起嚴軻落榜的事又說：「當初如有『和家庭劃清界限』的政策，你早就上名牌大學了。」

　　嚴軻有點失落，吳國慶的快語與他的期待相反，內心裏他希望吳國慶勸阻他不要「絕情」。他只得訥訥地說：「過去的事不提了，關鍵是處理好眼前的事。」

　　「眼前的事很簡單，按你的決斷，和你的父親一刀兩斷。你就自己解放自己了，專政隊會支持你的。」

　　嚴軻想，終究是旁觀者，說起來輕鬆，但他已經沒有退路了。

四

　　專政隊不管在職人員，嚴軻的舉報給了他們動手的充足依據。當晚專政隊俟嚴易真一回家就衝進去。嚴易真和嚴軻的臉同時慘白，嚴易真沒料到里委專政隊上門，吃驚地望著他們，嚴軻後怕的望著父親。

　　專政隊一反常規，古大姐等人先圍著嚴易真審訊，面對古大姐們目標明確的質問，嚴易真默然無語，他不知道嚴軻發現了秘密，更想不到兒子告發他。古大姐一步步逼到問題的核心，他仍然守口如瓶。「一切後果由你負責！」古大姐向嚴易真下了最後通牒，跟著帶人徑自闖進嚴易真的臥室，掀開大床的棕棚，撬開地板……

　　嚴易真終於明白家裏出了叛徒，他哆嗦著嘴唇去尋找，嚴軻遠遠地靠牆站著，垂頭不敢正視他。他心裏剛想罵：「逆子！」「鐺——鐺——鐺」座鐘突然打響，鐘聲裏，他聽到一個童稚的聲音：「爹爹，送你一個鐘。」聲震屋宇……「鐺——鐺——」的鐘聲又幻出激烈的槍聲，在他的胸膛里炸開，他一陣怔忡……雙手放到背後抵住牆，不讓自己倒下。「命數！」他知道自己已成砧板上的一砣肉，只得任人宰割了。

專政隊搜出日記，打了個漂亮的勝仗回里委。

古大姐命吳國慶等有文化的年輕人連夜看日記。日記中的反動言論比比皆是，一抓一大把罪證，他們越讀越來勁。吳國慶和另一個隊員還發現了密碼。古大姐、馮大姐立即湊上去看，見一行行的中文夾著許多蝌蚪似的符號。古大姐如獲至寶：「這就是嚴易真隱藏日記的原因。」

不料，方長舟看後說，你們不要鬧笑話，這是日文。不過要查清爽這些日文寫的啥。方長舟讓古大姐帶上日記去嚴易真的研究所，與那裏的造反隊聯繫，並請他們把日文翻譯出來。

次日方長舟收到兩份譯成了中文的答案。

一則是嚴易真一九六〇年某月某日的日記中譯抄芥川龍之介的一段話：

一次又一次革命，除了少數受選者，普通人的生活始終處於暗淡中，而且所謂受選者不過是「蠢人和惡棍」的代名詞。

另一則寫於不久前：

南XX跳樓了，在他家和福民公寓都不是第一次，事後，有人說他在精神不正常的狀態下自盡的，從他出事前一天寫的大字報可見事實真相。是不是應了夏目漱石《我是貓》裏的名句：

……ことによると社会はみんな気狂いの寄り合いかもしれない。……その中で多少理屈が分かって、分別のある奴はかえって邪魔になるから、ふうでん院というものを作って、ここへ押し込めて出られないようにするのではないかしらん。すると

ふうでん院に幽閉されているものは普通の人で、院外にあばれ
ているものはかえって気狂いである。気狂いも孤立している間
はどこまでも気狂いにされてしまうが、団体となって勢力が出
ると、健全の人間になってしまうのかも知れない。大きな気狂
いが金力や威力を濫用して多くの小気狂いを使役して乱暴を働
いて、人から立派な男だと言われている例は少なくない。

譯出的中文是：

> ……看樣子整個社會便是瘋人的群體。……當其中有些人略
> 辯是非，通情達理，反而成為障礙，於是創建了瘋人院，把那些
> 人關了進去，不叫他們再見天日。如此說來，被幽禁在瘋人院裏
> 的才是正常人，而在院外的倒是些瘋子了。說不定當瘋人孤立時，
> 到處都把他們看成瘋子，但是當他們成為一個群體，有了力量之後，
> 便成為健全的人了。大瘋子濫用金錢和勢力，指使眾多的小瘋子，
> 亂逞淫威，還被誇為傑出的人，這種事並不鮮見。

方長舟看罷，一拍桌子：「憑這兩篇日記，雖不能構成日本間諜
的罪證，但嚴易真當過漢奸，如今又借日本反動文人的言論來影射社
會主義中國，刻毒發洩對現實的不滿，罪行非常嚴重。他寫的內容比
較深奧，你們要與他單位造反隊一起採取行動！」

專政隊據此和研究所聯合在福民新村召開現場批鬥會。

研究所造反隊代表和古大姐的批判都是老套頭，直到大義滅親的
嚴軻上臺才奇峰突起。

無論嚴軻在臺下鼓足多少勇氣，站到父親身邊，看著父親雙手被
專政隊員反剪起吃「噴氣式」，頭差不多碰到地，他也不由得栗然，
這是自己的父親啊！他思緒亂了，打好的腹稿全忘了，臺下黑壓壓的
人群都盯著他，這是宣佈自己新生的唯一機會，沒有餘地彷徨了。「雙

手劈開生死路，一刀斬斷是非根。」他以壯士斷臂的意志咬著牙迸出：

「革命的居民同志們，今天我終於站上高臺，站到無產階級的立場揭批嚴易真。他雖然是我的生身父親，但他給我的所謂生命，不過是一隻臭皮囊，裏面沒有最基本的人格和尊嚴。因為有這樣一個父親，從小學起，我就受盡同學們的白眼和歧視，最後被大學拒之門外。

「長久以來，我認為父親，不，認為嚴易真受了不白之冤，直到這次親眼目睹他隱藏反動日記，才認清他的反動本質。」

押著嚴易真的專政隊員厲聲問：「嚴易真！你知罪嗎？」

獨生兒子絕情絕義的出賣，徹底擊倒了嚴易真，他帶著死滅的心境上臺，行屍走肉般站著，機械地「唔、唔」應著。

「我當了社會青年後，他硬逼我學日語，妄圖讓我繼承他的反動衣缽，做日本人的忠實走狗。殘酷的現實使我真正體會到『天大地大不如黨的恩情大，爹親娘親不如毛主席親。』」嚴軻轉向父親：「今天，當著全體革命居民的面，我鄭重宣佈，和嚴易真脫離父子關係，爭取成為毛主席的一名紅衛兵！」

臺上臺下一齊叫好。嚴軻振作鬥志逼近父親，大聲喝道：「嚴易真，你聽清了嗎？」

嚴易真聽不到兒子的控訴，只聽到「小洋人」敲擊的鐘聲和槍聲，他的胸部又開始一陣陣的疼痛，「我……」他因痛苦而疼痛，因疼痛而痛苦。

臺上臺下一齊叫：「快說！」「快說！」

「我……」嚴易真吐不出一句話，頹然耷下腦袋。

專政隊員揪住嚴易真的頭髮，把他的頭用力往上翻，白熾燈下，他臉色蠟黃，虛汗蠟油樣一顆一顆往下滾，他雙膝癱軟，全憑兩邊的人挾持著才沒倒下。

樓醫生被傳喚來受教育，他站在第一排，聽到嚴易真微弱的呻吟，偷偷抬眼張望，不由大驚。他知道嚴易真的心絞痛發作了，禁不住脫口叫出聲：「要出人命了。」

古大姐走到臺前，質問：「誰大叫大嚷？」

樓醫生上前一步，輕語道：「古大姐，嚴易真昏迷過去了。」

馮大姐竄上來：「誰讓你多管閑事，想搗亂會場？」

古大姐知道樓醫生不敢亂說，走上去看嚴易真，果然，他已經翻白眼了，古大姐讓專政隊員放手，嚴易真像被屠宰後的一隻狗，「撲嗵」墜倒在地。

站在臺下的慧芬撲向水泥臺，「易真，易真」地哭叫。

輪到嚴軻面色煞白了。他知道父親危在旦夕，但他必須在眾人面前表現對「敵人」——儘管曾經是他的父親——要像秋風掃落葉一樣冷酷無情。然而，這「敵人」畢竟「當」過他的父親，聽著母親的哭喊，看著臺上七手八腳地抬嚴易真，他欲幫不能，欲棄不忍。幸好，古大姐叫他去里委打電話叫救護車，他得到赦令，跳下臺，向里委飛跑。

嚴易真被救護車送到醫院時，醫生已回天乏術。他是福民新村當場鬥死的第一個人。他帶著漢奸的帽子死去，「死有餘辜」。

五

南守坤因內臟沒有大傷，經醫院搶救治療，一周後清醒過來，一月後能起床了。

那天南守坤正在掛鹽水，一個箍著造反隊紅袖章的清潔工進病房，繞著他的床拖地板，臂上的紅布在他的眼前一晃一晃，他的眼睛漸漸紅起來……忽然他目露凶光，狠狠拔去自己臂上的針頭，用那隻滴血的手取下鹽水瓶高高舉起，對著清潔工的背後猛撲過去，瓶子擊在清潔工的肩上。清潔工是個壯實的年青漢子，又在造反得志的勢頭上，如惡狼被綿羊咬了一口，一邊罵「你這個反革命分子，竟敢階級報復，我砸爛你的狗頭！」一邊操起拖把就向他打來，沒料到他往邊上一躲，拖把撲空戳在床架上。他順手抄起一桿掛鹽水用的鐵架，拿它當一支長矛反撲過去。清潔工見他充血的眼睛里，有一股瘋癲的殺氣，就用拖把抵擋著往走廊里退，他見狀，狂吼「衝啊，殺啊！」緊追出門。

清潔工跑遠了，一個臂上也有紅袖章的護士從辦公室走出來，南守坤又叫著向護士衝去，護士嚇得扔下藥盤，邊逃邊叫救命。南守坤窮追不捨，快追上時，他用「鐵矛」向護士奮力刺去。結果，沒扎上護士，他自己趔趄幾步蹞僕倒地，鹽水架被摔到很遠。

南守坤在病床上躺了一個多月，身體處於衰竭狀態，哪裏真的能打鬥，憑一股狂氣亂鬧了一陣，不打自倒。

清潔工折回來，把南守坤攍在地上痛揍一頓後押往造反隊。醫院造反隊請趙河竹古大姐來討論案情。古大姐說南守坤行兇傷人應送公安局。一位造反隊員醫生說，根據南守坤以往的精神病史，可先送精神病醫院檢查。

南守坤最終還是去了精神病醫院。喬玉珊呆了，她寧做死鬼的未亡人，也不願做神經病的妻子。她空洞的眼窩望著空洞的屋子，不再懷疑，南家有鬼，下一個輪到誰？為了女兒她要逃離這個可怕的家。

喬玉珊決定帶南延清回娘家避難。

為了生活費，喬玉珊去向南荃裕辭行。她和延清已經獨自舉炊。不分也維持不下去了，政府取消了定息制度，南家每人每月發十五元生活費，姑婆辭退阿殷買菜的差事，阿殷多此一舉地在南家門口貼了一張小字報：今後不再為資本家買菜。

喬玉珊上樓時，南荃裕正倚在床上養神。太師椅搬走了，他方凳上坐不長，大部分時間就這樣半躺著。在這樣的情勢下，養神只是一句空話。

喬玉珊和南荃裕簡省地談妥了，喬玉珊每月回家來拿三十元錢的生活費。南荃裕附言說，守坤進精神病院也好，進公安局也好，由政府收容照管了，你不用為他操心。要盡力照看好延清，她是守坤唯一的骨血。幾句話，說得喬玉珊差點掉下淚。

喬玉珊連夜準備行李，翻到出嫁時做的那件旗袍，她拎起來，明知身子已不再配它，還是比了比。風風雨雨的歲月，把一個端莊秀麗的女子，泡成臃腫的中年婦女。她又恨起南荃裕、南荃珍，還有當年的廠工會幹部，當今的古大姐、馮大姐之流，最後恨到自己頭上。當年隱而不宣攀附老闆二公子的計算，終究沒有逃過菩薩的法眼，她得到了報應，現在如何回娘家？

原指望嫁個小開，對娘家有個幫襯。可先是入不了南家門，後來拉下面孔才住進，也得不到多少現錢，每月不過從零用錢中省出十元、八塊給父母。如今倒運了，讓父母跟著受累。最為難的是，家裏還是解放前住的兩間破瓦房，弟弟結婚佔去一間，她和延清回去，如何對付。

喬玉珊把南延清叫到跟前，給她打預防針說，這次去外婆家，不比往常，過去是作客，這次是長住，你事事要遷讓表妹，外婆家房子小，你不能處處拿這裏比，要將就些，忍耐些……

南延清只顧「嗯嗯」地點頭，根本不去細想姆媽說的事情，她只有一個念頭，趕快逃離福民新村。阿爸進了瘋人院後，面對如刀似劍的嗤笑和側目，她沒臉見人，不敢出門，眼睛哭成了核桃。現在跟她說，外婆家是火海，她也願跳。

南延清整理書包，先放進語文、算術書和鉛筆盒等文具，再壓上折好的紅領巾，她用手輕撫，回想入隊儀式上吳國福幫她系上頸的那一刻，她的心亂了。不知學校啥時候再開學，到時還回福民小學嗎？這一去不知啥時候再回來，萬一不回來，就不再和國福坐一個教室了。她想出發前應該向國福道別。

南延清在臥室窗下放一張小凳，然後踏上去趴在窗臺往下望，國福家門口沒有人影，已經過白露了，白露身不露，很少有人出來乘涼了，她沒勇氣來國福家敲門。

南延清焦躁地在屋裏轉了一圈，見到寫字臺上一隻三色羽毛毽子，有了主意。她拿起毽子走下樓，在國福家門口叫：「國進，國進！」她想把國福一起叫出來，可惜只有吳國進一個人出來。

　　南延清對國進說，她明天去外婆家，在那裏住一陣，兩隻毽子用不了，送她一隻。國進常和延清一起踢毽子，一直眼饞延清有兩隻從店裏買來的毽子，沒想到延清送她一隻，國進不好意思地接過來，用手摸著真皮做的兩層底子，「你走了，我和誰一道踢呢？」

　　南延清趕緊抓住話頭：「你不可以和國福一道踢白相？」國進道：「他才不願意和找白相這種東西呢。」延清忍不住問：「國福不在家？」國進說：「你不知道啊，光明裏有一個人上吊自殺，他去看熱鬧了，我也想跟去，姆媽不讓，說怪嚇人的，看了要做噩夢。」延清聽了，心裏「卜咚卜咚」跳，又想起了自己阿爸跳樓發瘋的恐怖場景，不敢扯這話題，讓國進轉告國福，學校開學時，去通知她姑婆。

　　翌日，南延清一起床又踏上小凳，再次從窗臺往下望，期盼國福一早等在門口，可惜沒見國福的影子。她失望了，誰願意理反革命神經病的女兒？

　　南延清圇圇吃了早飯，然後背上書包，拎一隻小旅行袋，憮然地跟姆媽出門。她默默祈念國福等在新村大門口，然而沒有。她不甘心，快出大門時，突然止步，對喬玉珊說，好象忘了帶紅領巾，要返回去拿。走到離國福家最近處，她故意大聲說：「姆媽，你先走，我會趕來的。」她回家兜了一圈，再出門時，仍沒見國福，只得死心。

　　喬玉珊在大門口抱怨：「磨磨蹭蹭，這麼牽絲！」南延清回嘴道：「我不是讓你先走，我會趕上來的嗎？」喬玉珊氣道：「你能幹死了，你知道坐幾路車去，迷了路，看你向誰去哭。」聽到一個「哭」字，南延清強抑著的淚水，乘機「嘩嘩」流下來。

　　南老爺見了，問明原由，勸慰著送母女倆出門。

　　昨晚國福回家時，國進已經睡了，早上起來，國進又把南延清的話忘了，直到國福看見延清的三色毽子，問國進，才搭上那話。國福知道，延清的用意全給妹妹疏忽了，他真想痛罵妹妹一頓，看她天真把玩毽子的稚態，又不忍心，妹妹怎能穿透延清和他的心思？

　　國福去門衛問南老爺，果然延清一清早就走了。

他猜想延清一定誤解了，為此自怨自艾了好幾天。

六

一天下午，天花板上傳來「呼呼嘭嘭」的響聲，一向悄無聲息的林公公家出了啥事？國福生疑著走出門，林家窗戶傳出清晰可聞的喝罵聲，他趕緊上樓。

林家客房裏，桌翻椅倒，周圍散亂著書籍，林公公和林婆婆被幾個紅衛兵圍著，低頭站在屋中央，林婆婆不停地用手絹抹眼淚，一個男紅衛兵瞪眼厲聲責問林公公。國福見狀，氣壞了，他不相信林公公和阿婆會是壞人，這伙人一定是假冒紅衛兵，趁亂來混水摸魚！他扭身奔去里委會叫國慶。

吳國慶走進林家，向紅衛兵說明自己的身份，問他們來自何方。帶隊的頭兒說，他們是林公公兒子林胥業工作過的大學里的造反隊。國慶問他們，憑啥鬥林公公。頭兒說林基山一九六零年回國後，一直與國外通訊聯絡，一九六四年中國第一顆原子彈爆炸，他買了許多報紙剪下來寄往國外，向外國提供軍事情報。林胥業還把父親的事當愛國行為在學校宣講。過不多久，林胥業還奉父命去原子彈試驗地新疆工作，妄圖竊取更多的軍事情報。

國慶見他們說得有鼻子有眼的，一時弄糊塗了，只得問：「林公公，你真的做過這些事嗎？」林公公說：「哎，我寄報紙給在國外的朋友，讓他們分享祖國的成就，原子彈爆炸是大新聞，中國一廣播，全世界都知道，這怎麼是軍事秘密？」這一說提醒了國慶，她喚紅衛兵到隔壁房間，說你們僅憑這一條來鬥人，不是違背常識嗎？林公公是里弄裏有名的愛國華僑，你們不要搞錯對象。一個女紅衛兵反駁：「這次文化大革命，揪出了不少『老好人』，『老實人』，他們是深藏的老狐狸，不要被他們的偽裝所欺騙。」國慶說：「你們說林胥業在新疆做間諜，為啥不逮捕他。」負責人說：「只要林基山承認，我們就有了證據，可以和新疆方面聯繫逮捕他。」國慶終於搞清這夥人在胡鬧，既然林胥業在新疆沒有間諜行為，怎麼能說林基山讓兒子去新疆偵察基地，完全是捕風捉影。國慶不再與他們糾纏：「林基山回國後，一直住在福民新村，屬里委管，你們要查抄批鬥他，必須帶介紹信去里委專政隊聯繫，由我們配合你們行動。」

這些紅衛兵是剛成立的一支小隊伍，大的牛鬼蛇神鬥得差不多了，他們就搜索枯腸找到林基山頭上。見國慶的要求有理有節，而他們的推斷荒誕不經，只好打道回府。

國慶和國福幫忙整理好家具，然後扶林公公、林婆婆到椅子上坐下，林婆婆蒼白的嘴唇哆嗦著：「怎麼鬧成這樣，過去在國外，因為忍受不了排擠才回國。沒想到在自己的祖國，又遭這樣侮辱，竟然把我們的一片愛國熱情當作間諜行為，真是豬八戒照鏡子——裏外不是人了。」

林公公緩過氣，打斷林婆婆長長短短的訴說：「你別這麼說，雖然事情類似，感情還是不一樣，在國外我們背負國家的榮辱，今天是我們個人受冤，不能相提並論，我們要相信黨相信政府。」

得益於國慶助力，林老夫婦避過了大禍。這些年林公公林婆婆喜歡吳家的孩子，國福一直心想有朝一日，好好答謝他們，沒料到他們也在文革中遭難，讓國慶和他得到回報的機會。國慶帶著勝利和滿足走下樓，國福對她佩服極了，剛才她在林公公家的一舉一動，活似《紅燈記》中的李鐵梅。

國平在大學當了風雲人物，國慶成了專政隊的女幹將，只有自己沒趕上時機，國福懊慨透了。

林公公的事讓國福第一次對文革打出問號，為啥林公公林婆婆這樣的好人也挨鬥呢？

那天南老爺的兒子南興文從鄉下趕來，時值黃昏，南老爺鎖了門出去買東西。事情緊急，南興文轉而直奔樓上，見到南荃珍就說，鄉下出事了，要見伯伯。南荃珍領他上去。南荃裕歪在床上，說身體不適，免禮了。南興文自己拉著張凳子，靠床坐下，冒冒失失一五一十地講敘鄉下的變亂。

鄉下的農民也造反了。陸莊貧雇農為頭的造反隊在陸南生產大隊成立。造反隊首先殺進世襲大戶南家，查抄一天後當晚在打穀場開批鬥會，一直鬥到夜半更深。次日造反隊又湧來，把奄奄一息的南荃裕的兩個堂兄弟拎上拖拉機游鄉，他們的兒子抗辯幾句，被打得傷痕纍纍。在鄉下養病的南守乾媳婦死命不肯上車，襯衣全給撕破，最後乳頭掛出來，上身近乎赤裸著站在車上。她不堪淩辱，回家後，抱起五百毫升一瓶農藥就吃，當即昏死過去，靠南興文兄弟幫忙才送進醫院，現在生死難卜。造反隊還佔了南荃裕的房子作辦公室。南興文嘆惜說，如果當初讓他們兄弟倆住進去，今天造反隊就沒理由強佔……

南興文只顧自己滔滔不絕，沒注意南荃裕的表情。直到南荃裕很響地「啊……」了一聲，他才發現南荃裕面色蒼白，口角流涎，兩眼翻白，左臂綿軟地耷下來。南荃珍撲上去哭叫：「阿哥，阿哥！」南興文以為南荃裕死了，大驚失色地往樓下奔。

南老爺已回家，又張惶無措去請樓醫生。樓醫生讓父子倆別吱聲，三人分頭悄悄回到南家。樓醫生檢查後說南荃裕得了腦卒中[1]，應立即送醫院。

南守坤在醫院發瘋後，南荃珍聽到醫院就變色。她對樓醫生說，南荃裕七十了，俗話說：藥醫不死病，佛度有緣人。不必讓他去醫院折騰，求您盡力搭救，活過來，託您的福是他命大，真過不了閻王關，是他壽數盡了。樓醫生低頭思忖了一會說，他會盡力。樓醫生請南老爺辛

---

1 腦卒中：腦中風。

苦一趟，去地段醫院找他認識的一位藥劑師配藥。樓醫生還叮囑要暫時保密。半小時後，南老爺帶興文拿回了藥和輸液管，樓醫生給南荃裕用上藥，還教會南荃珍拔針，並約定每天夜深無人時來為南荃裕注射。

南荃珍千恩萬謝送走樓醫生，又和南老爺商量，請南興文帶南延泠回鄉一次，最後看她姆媽一眼。南老爺說他親自去。兩天後，南延泠跟南老爺回來。這些年，暑寒假跟姑婆去鄉下看母親，逢到母親病情緩和，她小住幾天，碰上母親神志不清，她見一面就走。所以母親的死，在感情上對她的衝擊並不大，只是被母親死時的形象嚇壞了。母親躺在停屍房裏，披頭散髮面目浮腫，活像夢魘中的鬼。延泠受了驚嚇，她要抹去母親最後的形象，一回家就在自己屋裏對著母親遺像呆坐。那是她周歲時母親抱著她拍的照。那時的母親是個多麼美麗的少婦啊！南老爺先去告知姑婆守乾媳婦的死訊，回頭一起來安撫延泠。姑婆雙手撫摸著延泠微顫的肩頭說：「乖囡，一切都過去了，你姆媽不再受罪了。」延泠這才「哇」地哭出聲來，姑婆也禁不住抱住延泠痛哭。南老爺勸她們克制點，別讓南荃裕聽到。

幸虧樓醫生及時治療，南荃裕撿回了一條命，沉沉昏睡中他不但聽到了哭聲，還把它放大，南興文的話在其間翻滾：陸莊的造反派頭頭說了，不要看南荃盛可憐，這叫報應，是子孫替祖宗贖罪，比起他家先輩造的孽，他們罪該萬死。

南荃裕的淺反射遲鈍了，深層意識反而活躍了，一個世紀模模糊糊沒弄明白的事情，都在夢境中串起來，在他溢血的腦屏上積聚。

上世紀初年，陸南莊裏有家陸姓大戶，財勢煊赫，稱雄幾代人，到一八四〇年左右，由陸貫寶掌門，家業發展到鼎盛。他家不僅佔幾百畝良田，還擁有幾百艘船隻跑運輸。大樹底下好乘涼，陸氏同宗鄉鄰都有人在船隊幹活。後來光陸氏族人不夠了，陸貫寶決定在南氏人中招募幫手。陸南莊裏，陸南兩宗彼此雖存戒心，但尚能和平相處，陸貫寶此舉也有消弭成見的用意。

南荃裕的曾祖父南根發由此入了陸家船隊。

南根發從小聰明過人，他父親又勒緊褲帶讓他讀了幾年私塾，使他在莊裏顯得與眾不同。南根發先在船隊做押貨搬運，他能記住整個船隊的貨量貨種運貨地點，每當負責的小幫頭髮錯貨，他都能及時糾正。陸貫寶獲知了此事，立即把南根發升為小幫頭，同樣的貨，由他帶隊運，總比別人省三分之一的時間，陸貫寶又提他一級，讓他負責上百隻船的船隊。這事在陸氏人中引起議論。他們不知陸貫寶的苦心。

陸貫寶年逾六十，大兒子跟他掌管家業好幾年了，卻對繁雜的業務不勝其煩，至今接不上班。另幾個兒子侄子各分管一部分田產和船隊，他們中也挑不出勝任總管的人。陸貫寶一眼就看出南根發是這樣的人才，不由哀嘆，難道陸家發到頭了，怎麼生不出這樣的子孫？萬般無奈，他才考慮一個下策，利用南根發協助大兒子保住陸家的江山。陸貫寶在考驗南根發。

整整兩年，南根發負責的船隊，年收入比同樣船隻多百分之二十，陸貫寶放心了，決定調南根發到身邊試用。他和兄弟侄子商量後，訂出章法約束南根發：（一）協助陸慣寶的大兒子掌管船隊的調度運輸。（二）不參與陸家田產、房產的事務。（三）船隊的收銀和支出由帳房先生專管。

南根發沒有辜負陸貫寶的期望，上任後把幾百艘船的航運調度得井井有條，他精巧安排，讓返航的船盡量沿路帶運物資，為船隊額外增加一筆收益，連陸貫寶都自嘆弗如。而南根發做得愈好，陸貫寶愈不敢任命他當管家，陸貫寶本能的警覺，對南根發只能利用不能信用。

人算不如天算，那年太平軍南征江南，逼進陸南莊一帶。清朝官軍要借陸貫寶的民船去抵禦叛軍，太平軍也向他求助船隻運給養。強權霸道的官府和勢如破竹的叛軍前後夾擊，陸貫寶左右為難一籌莫展。他和家人商議，也拿不出對策。最後他問南根發，南根發胸有成竹地說，這事不難，如果陸大人信任，由他出面去周旋，保證平安無事。為了度過難關，陸貫寶只得讓南根發臨時當總管。

　　南根發先去官府交涉，說生為大清天朝子民，盡效犬馬責無旁貸，陸家船隊本應傾其所有，船隊如數交官家徵用。惜運輸早已預定，違約將負債賠償，船隊將破產，承望官大人施恩，讓船隊留一部分苟延殘喘。官大人收了南根發巨大的賄賂，又聽他說得在情在埋，就同意了他的請求。

　　南根發撥了一半的船隻給官軍征討叛軍，官府給陸貫寶封了一個六品的官爵，讓他戴上一個藍頂子，陸貫寶沾沾自喜，船隊保住了一半收益，又贏得了官府的嘉獎。他不知道南根發抬高另一半船隻的運輸費，還從給官府的船隻中扣出幾十艘，在外鄉雇人組成小船隊跑運輸，在戰亂中發了一筆橫材。

　　另一頭，南根發又撥出一百多艘船給太平軍運貨，在太平軍中買下人情。憑著南根發的高招，陸家船隊化險為夷。

　　一八六〇年夏天，太平軍壓境，清軍放棄了陸南莊所屬的地區，敗退而走。清軍撤走時，搜刮一批錢財，老百姓前門送虎；太平軍到來，又是一番搶掠，老百姓後門迎狼。

　　陸南莊人如驚弓之鳥。長毛軍沒到，地痞流氓先趁亂打家劫舍。一天半夜，嚴加防範的陸貫寶家宅突然起火，東南西北四處同時燃燒，由浸過燈油的乾柴樹枝焚火堵門，外面的人進不去，裏面的人逃不出，陸貫寶一家老小被活活燒死。

　　長毛軍在陸家的火光中開進陸南莊。

　　南根發當太平軍的鄉官任卒長。陸貫寶兄弟侄子雖然對南根發心生疑竇，卻不敢多言，只能向他要陸貫寶的船隊。沒等他們來找，南根發主動上門。他對陸家人說，交還船隊之前，先結清帳目。他嗶嗶剝剝一撥算盤，解釋船隊借給清軍和太平軍幾個月靠貸款維持，如今欠下一萬多大洋的債。這筆錢還清了，他把船隊交還陸家。陸貫寶兄弟跳起來，怎麼沒餘款反而欠一屁股債？南根發拿出各種借據，陸貫寶兄弟傻眼了，明知有詐，但死無對證，南根發背後又有太平軍，只得忍聲。最後他們為保田產賣去三分之二的船隊。

　　為免陸家懷疑，南根發在南氏宗族興了一個會公開集資，贖下了陸家的船隊，當然大部分資金出自他的口袋，從此陸家船隊變成了南家船隊。百年風水輪流轉，陸氏家族盛極而衰，沒有多久，南根發把陸家剩下的船隻也吞併了，到了陸貫寶孫子手上，陸家大部分田產也轉到了南根發的兒子、南荃裕的爺爺手上，南家成了名聞百里的高門大戶。

　　……

　　到了本世紀二十年代，風向又轉了，鄉下鬧農會，陸氏宗族的人組織農協鬥爭南荃裕的叔叔們。骨牌翻到四九年，陸莊貧協瓜分完南家的田產和宅院。南荃裕在鄉下沒地，免戴地主帽子，屬於他的五六間房子保留下來。

　　誰知還沒有完，輪到五六、六六年，還有巢毀鳥亡這一劫。

　　「宿命啊，宿命，一切都是宿命！」昏睡的日子裏，南荃裕不斷夢囈著這句話。南荃珍對南老爺說，阿哥有救了，他想吃「素麵」。

第六章

一

熬過秋老虎，入夜涼下來。一天快十點了，吳國平穿了一身綠軍裝，背了一個大包回家，說明天去北京，鍾毓英吃驚道：「突然去北京做啥？」

「去串聯。」見母親一臉疑雲，國平解釋，串聯就是去外地的大學交流文化大革命的經驗。

「那要花很大一筆路費？」沒等國平說完，鍾毓英擔心地問。

「我作為上海高校紅衛兵代表去首都，坐火車吃住全部免費。」國平輕鬆地說。

吳東旭在一邊看《解放日報》，聽到這話插上來：「現在機關學校處於癱瘓狀況，你們再去串聯，白吃白住，一個國家能這樣搞下去嗎？」

「這次文化大革命史無前例，要取得成功總要付學費，待運動結束理順一切，就可以一心一意搞建設。」

「解放後一個接一個運動，何時靜下心來建設過？」

「文化大革命就是要徹底解決歷次運動沒有解決的問題。」

靠這種方法怎能徹底解決？吳東旭心裏嘀咕，國平啊，你雖然當了紅衛兵的幹部，但畢竟還年輕，不當家不知柴米貴，不知國計民生是大問題。他不能說出口，這次文化大革命打破一切人倫關係，父親的話，不符合「正確的政治觀點」也要挨批。他只得應道：「好吧，你等著徹底解決吧。」

　　鍾毓英打開布錢包，拿出兩元錢遞給國平。國平說自己身上還有一元多，足夠了。

　　「帶上吧，窮家富路，雖然一切免費，一天一夜的路程，難免要喝口茶，吃碗麵，再說萬一碰到意外，也要用錢。」鍾毓英說完，把錢塞進國平的上衣口袋。

　　第二天，日頭一上福民新村，國平就出發了。他行李不多，國福也要送他到汽車站，幫他拎一隻小帆布旅行袋，像送他出征遠方，挺胸走在一邊。

　　他們在大門口碰上嚴軻，他去公園鍛煉身體回來。嚴軻見國平背著包裹出門，問清了來由，洩氣道：「國平，你不愧為弄潮兒，又趕在頭裏。」

　　「你已經和家庭劃清了界限，也可以迎頭趕上來。」國平鼓勵他。

　　「哎——」嚴軻想說啥又頓住，就拖著沉重的步子伴國平走到路口，妒羨地目送國平去車站。

　　吳國平走後半個月，大串聯風行全國，因為一切免費，由單純的交流經驗，變相成公費旅游，條條鐵路擠滿了南來北往、東游西竄的紅衛兵。

　　吳國慶要去北京會國平。母親說，不行，你是女小囡，一個人怎麼能跑那麼遠，國平又沒來信留地址，去哪裏找他？母女倆爭了半天，互相說服不了，最後達成妥協，允許國慶去杭州。

　　嚴易真慘死後的一段時間里，嚴軻幾乎足不出門，父親永遠地走了，父親在房子中的位置空出來，他才承認嚴易真是自己的父親，但一切都晚了。嚴軻一面自責，是自己親手弒了父親，一面掙扎著自辯，父親罪有應得，自己只是鐵面無私地站在人民的立場。然而這個狡辯還是被心內「弒父兒」的吼聲吞噬了。

　　嚴軻嚴重的憂鬱下來，顴骨和下巴也瘦得尖起來。

　　里弄里的社會青年也紛紛去串聯了。嚴軻坐不住了，他也想去開開眼界，但又不放心母親。羸弱不堪的慧芬遭此打擊完全垮了，她幾乎不吃不喝地終日躺在床上。嚴軻每次去勸都被罵個狗血淋頭，她還揚言要尋短見，過了好久才漸漸平息下來。直到母親服藥吃粥了，嚴軻才提串聯的事，慧分知道他不出去一趟不會死心，只得同意。

嚴軻背了大包小包出門。慧芬對兒子的怨艾沒消，可兒子第一次出遠門，她又捨不得，就默默地跟著。母子倆走到大門口，嚴軻回頭說：「你回去吧。」慧芬說：「外面亂，不要瞎闖，無論到哪裏，寄封信，給我個音訊。」

慧芬扶著大理石門柱，呆呆望著兒子的背影，眼淚一串串下來，突然一陣猛咳，嗆出不少血星子，她忙用手絹捂嘴。南老爺見了，關切地請她去門衛室歇腳。慧芬嗟嘆連連地向南老爺吐苦衷：「老爺，你看著嚴軻長大，我不怕你見笑，自從成了社會青年，他一天比一天忤逆，橫不稱心，豎不滿意，不是尋他爹爹鬧，就是跟我慪氣，家裏沒一日太平。這次竟然活活鬥死自己的親爹。你講，中國哪朝哪代有過這樣的事，當了皇帝也要認討飯爹呢。」慧芬說著，又傷心滴淚。

「想開點，這種事不光你一家，明德坊一份人家，兒子也為參加紅衛兵鬥父母，當著眾人嘩嘩啪啪打父母耳光，做娘的想不通，用破碗口割了手脈。」

「講實話，我也想這樣，一了百了。他爹爹死了，我的肺病又好不了，活著也是受罪，倒不如死了。就是不忍心這個『孽種』。你看，他長到這麼大沒出過遠路，出去串聯萬一出事怎麼辦？」

「嗨，你還去操這份心，現在年輕人都在走南闖北，你怕他吃西北風，出去闖闖也好，吃點苦碰幾個鼻頭，才會知道不在父母身邊的滋味。」老爺又說了些安慰話，把慧芬勸走了。

時近中午，南老爺見嚴軻背著大包小包回來了，以為他「浪子回頭」，笑臉相迎著說：「嚴軻，你回心轉意不出去了？」

「北站人山人海，早上開往北京的車發了，我沒擠上。」嚴軻吱唔以對。

「去不成好，你姆媽為你急死了。」

嚴軻不再多解釋，他不願讓人看到他的狼狽相，應付了幾句，躲閃著回家。

原來嚴軻去北站，見到紅旗招展人頭攢動，興匆匆地找開往北京的月臺。好不容易擠到入口處，兩個魁梧的紅衛兵把關，見他沒有紅衛兵袖章，劈面攔住他：「你是啥成份？」

嚴軻斗膽說了自己出身，並註明已經與父親劃清界線。

「什麼？你這個狗崽子，『老子反動兒混蛋』，哪個紅衛兵組織承認你的叛逆？」

嚴軻解釋向里委專政隊揭發父親的經過。紅衛兵說，你拿出里委造反隊證明來。嚴軻哪裏拿得出證明，還想解釋，見兩人滿臉敵視的鄙夷，趕緊拖著包懊喪地打回票。

二

上海紅衛兵走向全國，全國的紅衛兵湧進上海。所有高等院校開設接待站都應付不了源源不斷的紅衛兵潮。

上級指示社會支助，各區紛紛成立接待站。

古大姐勒令南荃裕再交出三樓的半層房子，南家的一層半加白家的三樓，辟出了福民里委的接待用房，從抄家物資倉庫運來棉墊被褥。福民新村門上掛起「熱烈歡迎紅衛兵小將」的橫幅，門口的黑板上抄了一條語錄：「我們都是來自五湖四海，為了一個共同的革命目標，走到一起來了。」

第一批人馬蜂擁著開進福民新村，古大姐帶人夾道歡迎，她不停地說：「小將們辛苦了，我代表上海人民歡迎你們。」馮大姐發放用物，來人在登記簿上填姓名和單位，然後憑臂上的紅衛兵袖章領一套被褥。

接待站不到一周就住滿了上百號人，古大姐調居民食堂的陳阿姨幫廚，每餐煮幾大鍋飯菜。接待房像游樂場，福民新村從來沒這麼熱鬧過。

嚴軻整天在接待站轉，拉上一個外地紅衛兵能聊半天。

國福沒事也去那裏聽紅衛兵的南腔北調。

一天晚上，國福走進南家客廳，一群紅衛兵盤腿坐在印花被上，一邊吃著老城隍廟的五香豆，一邊講鬥人的故事，他們在比誰的故事更聳人聽聞。

一位成都來的紅衛兵正在講：「……那個女人是個騷貨，解放前當過特務，解放後鑽入革命隊伍，以色相腐蝕幹部。她站在批鬥臺上，任人打耳光揪頭髮就是不認罪。我們發火了，正巧附近在修馬路，有熬瀝青的大鐵鍋，我說，把她放進大鐵鍋，這叫油煎女妖精，眾人一片贊同。我們把臭女人五花大綁後扔進瀝青鍋，怕她亂嚷，事先在她嘴裏塞了兩隻臭襪子，這下她乖乖地不出氣了，你們沒看到，她像蘸了黑面漿的活鯉魚在鍋里翻滾……」

一個廣西來的紅衛兵聽了，爭強地說：「油煎不稀奇，我告訴你們的事，肯定把你們嚇著。」

眾人牛氣道：「別把我們當小孩了，怕鬼的人會坐在這裏嗎？」

「好，那你們就聽著。話說文化大革命開始後，我們鄉里也拉出各類財主和壞分子游鄉。鬥完了，造反隊長說，每次來運動，都忙於鬥這些壞分子，煩死人，不如把他們全部槍斃了，可以一勞永逸。眾人都稱這條主意好。有人說，用一顆子彈要陪上一毛五分錢，不如用刀砍，不少人附和說，對，過去反動派用鍘刀殺害革命者，今天我們以血還血，砍下他們的頭顱。第一次執行時，許多人趕去看熱鬧，那天砍下四個人的頭。斷頭的頸上噴出幾米高的血柱子，頭落地後，眼睛還眨巴了幾下。其中有兩個頭死不瞑目，瞪著眼珠看青天，一個造反隊員氣得大罵，拿出小刀把四個眼珠全挖了出來。死者的家屬怕造反派說他們孝子賢孫，不敢去收屍。造反隊員說，把屍體拉到山溝里喂狗，有人大膽說，喂狗，為何我們自己不剝了吃，這輩子什麼肉都吃過，還沒有吃過人肉，都說人肉是酸的，今天嘗嘗，到底是什麼味道。有人攢眉搖頭，連說噁心；有人積極響應，說《水滸》里張青開店賣人肉饅頭，可見中國自古就吃人肉。如今買肉要憑票，把這些肉白白扔掉太可惜。於是眾人就開始分割人肉了……」

有人叫道：「別說了，別說了，我要嘔吐了！」

「我早說你們聽了要受不了！」

有人追問：「那人肉到底是什麼味道？」

「據說香著呢！」

一開始國福像聽南老爺講《聊齋》裏的鬼故事，既怕又不捨地諦聽，講到吃人，他的胃直反，最後受不住，呃逆著走出去。他生理上受了刺激，精神上卻得到了安撫。前一陣，南守坤自殺發瘋，南延清被迫逃去外婆家，南荃裕又偏癱了，他開始疑問，是否鬥過頭了？外地紅衛兵的故事把南家的事稀釋了，比起他們，南家的事是小巫見大巫，他泰然了。

三

次日晚上，接待站的紅衛兵近半數上吐下瀉，爭先恐後去廁所。馮大姐在專政隊值班，接到報告去看，一個個不是盤膝抵腹坐著，就是雙手捂肚躺著。馮大姐趕緊打電話去醫院叫救護車，問了幾家醫院都說派不出這麼多救護車，急診室也收不了這麼多病人。馮大姐只得去請示古大姐。

古大姐說，這麼多人出現一樣癥狀，應該是同一個病因，不會太複雜，讓樓醫生來看一下，去藥店配藥，問題就解決了。

馮大姐說，樓醫生的問題還沒查清，讓他這樣的人給紅衛兵小將看病合適嗎？

古大姐說，讓樓醫生去檢查，是監督利用，正好通過他的診治效果來考察他。再說，不及時把紅衛兵小將治好，不是釀成更大的政治事件？她不快地反問，除此之外，你還有啥高明辦法？

馮大姐不再吱聲。

樓醫生看過病人後，對古大姐和馮大姐說，紅衛兵小將是食物中毒。他開了幾種藥，請馮大姐派人去藥店買。樓醫生給紅衛兵分發了藥，並看著他們服下。他整夜呆在接待站觀察，怕出差錯擔政治責任．

年輕力壯的紅衛兵們藥到病除，第二天早上差不多都緩解了。

馮大姐一早打電話去派出所，說福民里委接待站發生了下毒事件。趙河竹聽了彙報，立即找陳阿姨調查。

陳阿姨說，為改善紅衛兵小將的生活，她昨天去菜場買帶魚，攤上的魚不夠，營業員去倉庫里拉出一些來添上，不少是爛肚皮魚，因為魚多，沒有油煎，直接紅燒。

趙河竹問，燒魚時，你離開過鍋子嗎？

陳阿姨說，魚燒得時間不長，我沒離開過。

馮大姐問，你發現過啥可疑的人走近鍋子嗎？

「沒有啊，」陳阿姨想了想，「對了，昨天燒到一半，醬油接不上，我看見嚴軻在一邊和外地紅衛兵說話，就請他去家裏拿醬油來應急。」

趙河竹說，這就對了，問題可能就出在那瓶醬油上。

「陳阿姨，你太麻痹大意了，福民新村的大多數居民政歷複雜，你放鬆警惕，階級敵人就會鑽空子。」馮大姐責備道。

嚴軻被趙河竹叫到專政隊，不知出了啥事，嚇得面色慘白。趙河竹問他，昨天做了啥事？他語無倫次地解釋沒做啥。直到馮大姐兇巴巴點出醬油。他才鎮靜下來敘說昨天的經過，並說那隻醬油瓶還在，可以拿去化驗。

趙河竹追問不出啥，只得跟嚴軻回家，取了那隻醬油瓶，讓陳阿姨確認後帶走了。

嚴軻立即貼出一張緊急聲明，寫上「我向毛主席保證，如果醬油瓶裏查出點滴毒素，我願承擔一切政治責任。」他在大字報下籤了字，還按了一個血手印。

樓醫生覺得事情太離譜，又不敢去正面指出，就補寫了一份治療報告交給古大姐。對食物中毒原因提出醫學分析，強調爛肚皮的魚攜帶大量大腸桿菌，如果沒煮透，食後可以引起細菌性胃腸炎（俗稱食物中毒），與化學品中毒截然不同。古大姐還有這點常識，認為馮大姐愈來愈自以為是，有意不去糾正，讓她顯示家庭婦女的無知。接到樓醫生報告，她不能繼續裝糊塗，對馮大姐談了實情，還用樓醫生的治療結果數落她說，對這種事要調查後下結論。

四

母親死了，爺爺癱了，南延泠驚魂還未定，家裏又突然開進大批紅衛兵，一下子成了兵營。樓下整日傳來高亢的歌聲，鏗鏘的說話聲，嘈雜的爭論聲，她嚇得躲在爺爺的房裏。過些日子，她習慣了這氣氛，就壯了膽出門，趴在樓道拐彎處往下張望，穿綠軍裝帶紅袖章的青年不停地進出。看熟了就不再怕，她想去自己的房間畫畫，常趁姑婆不注意時偷偷溜下三樓。

南延泠房間的隔壁是五六平方的衣帽間，被接待站用作油印室，從早到晚有人在裏面寫稿子、刻鋼板、印傳單。

南延泠沒事又開始繪畫。一天晚上，她注意到隔壁靜下來，以為紅衛兵都回鋪了，就放下畫筆走出門。不料油印室還透出一線光，受好奇心驅使，她走過去，輕輕推開門，把頭伸進去看。裏面竟然有人，他正在滾油印墨筒。那人二十歲左右，投給她一個棱角分明的側影，因緊張和說不清的情由，她耳熱心跳，竟癡癡看了一會兒。突然，姑婆在樓上叫她，她一驚慌，下意識地「噢」了一聲，嚇了自己，也嚇了油印的人。

「誰！？」那人警覺地轉頭問。

南延泠想，自己一溜走，那人肯定把她當壞人來追了，只得細聲細氣說：「對不起我想看看這麼晚了，誰還在辛苦。」

那人正欲罵「賊頭賊腦」，卻見一個水靈靈的少女站在面前，柔黃的燈光下，少女纖眉俏鼻元宵樣粉白，尤其那聲音，絲絲縷縷，飄飄忽忽，彷彿仙女下凡。他雖然來自北京，也沒見過這般嬌美文弱的病西施。他立即改變調門：「你不是來串聯的紅衛兵吧？」他想，這裏不接待女生，她從哪裏來？

「串聯？我可不敢去，再說我也不是紅衛兵。」

「你會說普通話嗎？我聽不懂上海話。」

「我可說不好普通話。」南延泠開始說上海味的普通話，夾生而甜糯。

「你不是說的很標準麼？」

「真的？」南延泠撩了一把短髮嬌澀道。

「聽不懂我怎麼能回答你？」

南延泠添了點信心。

「阿拉也會講幾句上海話。」

聽了怪腔怪調的上海話，南延泠不由掩住嘴「咯咯」癡笑，想這個人倒很發噱。姑婆又在叫了，她不敢久留，告辭走了。

北京人知道了南延泠的底細，就常一個人滯留在印刷室。只要無旁人，南延泠就走進去和他聊幾句，聽他講有趣的事情。北京人和她差不多年紀，不僅登過長城，這次從北京到上海，一路上爬泰山，過南京，玩無錫、蘇州，多了不起，她對他敬佩極了。

一天下午，紅衛兵們去交大集會，北京人謊稱頭暈留下來。他待人走盡後去油印室，耳朵貼著牆聽，隔壁有聲響，知道南延泠在裏面，就走出去，輕輕敲她的門。

南延泠嚇得停住畫筆，聽到北京人壓低的金屬嗓音，才抖索著手去開門。她扭開水畢靈鎖[1]，拉開一條門縫：「你找我有事？」

北京人瞥見延泠身後有一個畫架，上面擱著用木條框繃住的畫布，

---

1 水畢靈鎖：即彈簧鎖，上海話，水畢靈是英文彈簧 Spring 的音譯。

沒看清畫著啥，便順口說：「沒事，只想看你作畫。」

「不行，不行，你不能進我屋，我姑婆要罵的。」南延泠用力去關門，北京人早有準備，一隻腳嵌進門縫，春柳樣的南延泠如何抵擋松柏樣的北京人。她推不動，反被他壓進來，呢喃著：「我要叫我姑婆了」。結果，她沒叫，反而放了手，北京人擠進了她的閨房，用後背押上了門。

北京人進屋了，南延泠漲紅臉一步步退到畫架前，她用身子擋住北京人的視線，欲遮還顯地說：「不能看，不能看。」

北京人一邊說：「不看，不看」，一邊耍猴般在南延泠面前左一蹦，右一跳，要看那幅畫。他讓南延泠跟著轉，順勢掖住她的袖子往邊上一拉，畫架全露出來了。這次輪到北京人紅臉了，畫板上是他的半身像：穿著草綠色軍裝，束著寬皮帶，戴著紅衛兵袖章。北京人大喜過望，激動道：「畫得太好了，真像我的相片，至今我去過幾次照相館，卻從沒上過畫。」

「你別得意，我可沒畫你。」南延泠竭力掩飾。

「好，好，你沒畫我，是我自己跳到你畫布上去的。」北京人調皮道。

「真的不是畫你，我是畫一件草綠色的軍裝，可總不能畫一件軍裝啊，好比服裝店需要人體模型展示時裝。」

北京人自信地自嘲：「在你眼中我只是一個衣架啊，我這樣不值錢，太可憐了。」

「也不是這個意思，唉，你不知道我多想有一套綠軍裝，那些穿綠軍裝，勒寬皮帶的女學生多神氣啊。」

「綠軍裝有什麼稀罕，我這套是從接待站領來的。」

「我哪有資格去領軍裝。」

「你想要，我把身上這套送你。」

「我可不敢要，不過我真想穿一次。」

「那還不容易，我現在就脫下給你穿。」北京人邊說邊解腰上的寬皮帶，他脫下軍裝軍褲遞給南延泠，自己只穿一件背心和褲衩站在屋子中央。

猶如小時候在小組會上和男生嬉戲，南延泠樂顛顛地脫下兩用衫，對著小衣櫥的鏡子換軍裝系皮帶，二號軍裝裹在她「三號」身上，肥大得鬆鬆垮垮。她自己都覺得滑稽，對著鏡子「咯咯」瘋笑，笑得捂肚彎腰，「我終於當上了紅衛兵，可哪裏像啊。咯咯……」白說自話了一番，見沒人回應，覺得奇怪，難道北京人走了？她直起身，回頭一看，呆鵠樣站住了。

北京人死死瞅著她，高闊的岩額下，看似失神的黑眸裏，閃著奇異的光澤。他雙手抱胸，架住隆起的胸肌，像給人練素描的一具石膏像，又和石膏像絕然不同，這是一尊活的，在蠕動、在彈跳、在游走的俊美生命體。

南延泠這才意識到，眼前不是穿平腳褲的小男生，而是近乎全裸的一個大男人。潮熱湧上來，她逃避什麼似地快速脫下軍裝，遠遠伸長手遞還給北京人。

北京人接過軍裝不穿上，卻一步一步走向延泠，他把南延泠逼到衣櫥上，軍裝失手扔在地上，他雙手戰抖地捏住南延泠隆起的乳峰，夢幻般地說：「你這裏怎麼會高出來的，啊，怎麼這麼軟呢？」

南延泠也在驚奇，北京人下體的褲衩撐出一頂小傘，她甚至生出觸摸它的欲念。但她必須躲避鷹爪樣的雙手，它正抓白鴿似地在她的胸脯上追逐，她扭轉身，被逼退到了棕繃床邊，雙腿被床沿絆住，身不由己地仰面躺倒。

南延泠喘著粗氣，雙手亂舞著抵擋北京人，「別，別……別……」北京人怔縮了一下，然而本能衝上來，他不顧一切地撲上去。不斷膨脹的體熱，使延泠無力抵御，到北京人那面小傘頂到她的大腿根時，她全身癱軟徹底崩潰了……

那天方聚儀從學校回來，直奔國福家。他眉花眼笑地告訴國福，他們可以參加紅衛兵，不，是紅小兵了。聽說可以參加紅小兵，國福顧不上計較聚儀大幹部般拍他的肩膀，歡跳著右手握緊拳頭直揮：「我們總算趕上了！」

國福去學校參加郭校長召開的會議。

王昌鑫組織的教工造反隊，寫了許多批判郭校長的大字報和標語貼在樓道，郭校長受到沉重的壓力。他失去往日利落，用好似害了大病後的委頓聲音宣讀中央文件，內容是取消共產主義少年先鋒隊，成立紅小兵，讓革命的小學生也參加文化大革命。他說，在座的都是出身紅五類的原少先隊幹部，挑選你們當第一批紅小兵，組成福民小學紅小兵團。因事情緊迫，沒時間讓大家討論和選舉，由學校領導任命紅小兵幹部：方聚儀任團長，一位六年級的同學任副團長，國福和另外三人任委員。

怪不得方聚儀說話的調門又高了一檔，原來他當了團長。郭校長處境不佳，指望聚儀爸爸這個硬後臺靠一下。國福自己也當了宣傳委員，緩解了對他的妒意。

吳國福和方聚儀套上鮮紅的紅小兵袖章，挺著胸昂藏回家。

聚儀說：「做夢也沒想到真的當上團長，像小兵張嘎了。」

國福潑冷水說：「小兵張嘎拿真刀真槍，我們連紅纓槍都不拿，怎麼能和他比。」

「聽我爸爸說，外地有人拿刀拿槍地干，說不定，我們真有舉起紅纓槍的那一天。」

「外地的事不能比，聽來串聯來的人說，他們那裏還有吃人的事呢，先別異想天開，郭校長說得很明確，我們目前的任務是組織毛澤東思想宣傳隊。」

「是啊，暫時只能這樣了。」

　　他倆十分珍惜這份榮譽，兩天後就組織好一支七八人的紅小兵毛澤東思想宣傳隊，方聚儀舉著一面小旗幟領頭，列隊莊嚴出發。

　　宣傳隊員們擠上公共汽車，夾在乘客中虔誠地讀語錄唱語錄歌。不料因車太擠，售票員一臉的不歡迎，有些乘客也不客氣地說：「軋啥鬧猛！」也難怪，每天在單位讀語錄唱語錄歌，坐上車還得聽一幫孩子喜鵲般聒噪，哪裏能忍受。好似活蹦亂跳的小鯉魚掉進冰河，大人們的冷言冷語消散了他們的熱情，他們漸漸把興趣轉入市內觀光。每人提一個建議，每天去一個地方玩，西郊公園、龍華、老城隍廟、真如、南翔，想得出的地方全跑遍了。方聚儀又建議每次去一個人的親戚家玩，得到了大家贊成。他首先提出去他姨父家，他要向小戰友炫示住市委大院的姨父家。

　　那地方果然氣派，大門口有當兵的站崗，大院裏面有五六幢二層樓的小洋房，方聚儀走到第一幢樓。他正欲領人進門，突然發現了啥，趕緊收住腳。他說自己先上樓看看阿姨在不在，讓大家在下面等一下。國福見露天臺階的兩根石柱子上，一邊貼著「搗毀瞿彬的黑窩！」另一邊貼著「砸爛瞿彬的狗頭！」瞿彬的名字上還打著紅叉叉。剛才方聚儀神色遽變，顯然瞿彬就是他姨父了，大院裏一戶一樓，不會把別人的大字報貼到他家門口。國福不動聲色地走進門廊，裏面牆上貼滿了大字報：「瞿彬在市委宣傳部充當什麼角色？」「瞿彬的臭婆娘古月萍到底是什麼貨色」。國福正欲讀大標題下的內容，方聚儀慌不擇路地從樓上衝下來，他表哥送他，嘴裏操著滬式國語罵道：「這幫兔崽子瞎了眼，到時候跟他們算總帳，讓他們吃不了兜著走。不送了，問阿姨、姨父好！」

　　方聚儀見國福在看大字報，強裝親密地擁著他往外走，「我阿姨不在，我們走吧。」回家路上，他沒話找話地跟國福說，說得文不對題。

　　下一次，方聚儀稱病缺席，他的病顯然與他姨父的挨批有關。

　　國福帶隊去表叔家，在離表叔家不遠的馬路上就碰到了他，他拿著一把掃帚在掃馬路，國福以為他在義務勞動。表叔見一群「紅袖章」

衝自己走來，握竹把的手不由顫抖，聽人叫「叔叔」，才認出國福，他狐疑地盯著國福的紅袖章，緊張地問：「國福，你也加入了紅衛兵？你來做啥？」

國福感到表叔言行反常，臉色也不對，春節來拜年時，他面膛十分紅潤，現在灰暗蒼白瘦了一圈，還生出不少淡褐色的老年斑，一看就知是愁斑，不是壽斑。國福猜度他一定受了衝擊，忙解釋自己宣傳毛澤東思想路過，來叔叔家喝杯茶。

表叔繃緊的臉鬆弛下來，說，你嬸嬸在家，你去吧。

表叔家在一條小河邊，後門有青石板路伸入河床，河上終年停著烏篷船，是都市裏的村莊，比起周圍底矮的平房，表叔的那幢兩層樓磚房很顯眼。

表嬸正在納鞋底，見國福領著幾個「紅袖章」進來，也是一番惶悚。國福向她解釋登門原因，她才搬凳挪椅招呼他們坐，又忙著拿糖果倒茶，開水不夠了，抱歉著去後屋灶間燒水。

國福跟進去。

表嬸用長鐵火鉗戳碎封在爐子上的煤塊，爐堂裏紅光一閃，竄出一團嗆人的濃煙，表嬸咳了兩聲，問：「你也當紅衛兵了？」

「不，是紅小兵。」

「反正都一樣。」表嬸固執道。

「叔叔怎麼去掃馬路了？」國福憂心問。

「是和你一樣的紅袖章叫他做的！」

「為啥？」

表嬸壓低嗓門氣不忿地說：「你叔叔年輕時跑遠洋，積了點錢買了一艘小火輪自己跑運輸，忙起來僱用一兩個幫手，解放後劃為小業主。文化大革命剛開始還沒事。前一陣，樓上房客突然鬧起來，說我們房子的租金太高，要減價。我們說，你們搬進來時，講定每月八塊錢，都十五年了，我們沒增加你一分錢，你反倒嫌貴，這說得過去嗎？他告到里委專政隊，說解放十幾年了，我們還出租私房剝削勞動人民。

我們里委除幾個壞分子，沒有夠格的資本家，專政隊嫌自己清閑，抓住房客的告狀大做文章，把你叔叔劃為剝削階級分子，家被抄了，人被鬥了。現在圈入牛鬼蛇神，每天監督勞動掃馬路。表嬸用手指了指天花板，「樓上已經兩個月拒付房租了。哎，好人做不得啊，說起來還是一個遠親，當初來上海，叫化子樣到處流竄，後來找到我們，幫他們夫婦安生，如今好心得惡報，弄到這種下場。這世道沒理可講，這些日子，你叔叔整天生悶氣，沒吃上一頓舒心飯。」

國福為表叔的境遇不平，更怕其他人知道自己有一個壞分子親戚，不敢在表叔家久留，匆匆喝了茶，告辭而去。

晚上，國福把表叔的事告訴父母。

鍾毓英慨然：「那房客不是把人往火坑裏推嗎？」

吳東旭嘆道：「表哥為人厚道，過去船上用幫工，每天讓表嫂煮一大碗紅燒肉，說做氣力活，沒葷腥油水不行。房客當初搬進表哥家時，連床也沒有，表哥表嫂把自己的家具送給他們用，這下好，等於引狼入室，房子讓他白住，一言一行還受他監督。」

「我搞不懂，里委沒有資本家，專政隊把表哥從小業主『提拔』上去，這不是笑話嗎？哎，我說，多年來表叔對我家小囝不錯，你應該通過區委去里弄干涉一下，怎能不按黨的政策胡搞。」

「你不知道，當年按比例劃右派，還有中央文件作依據。這次搞文化大革命，沒有統一的標準，各單位八仙過海各顯神通，搞成一鍋粥。再說區政府處於癱瘓狀態，當權派們自己都泥菩薩過河，哪裏顧得上去管下面的事？」

「方長舟怎麼樣？」

「看樣子這次也難過關。」

……

難怪方聚儀不參加宣傳隊了，原來事出有因，不僅他姨父出事了，他爸爸也有問題了。

國平和國慶先後從北京、杭州回來，給國福和國進帶回北京蜜餞，杭州小蒲桃，聽他們講北京的天安門、長城，杭州的西湖、靈隱寺。國福吃著蜜餞，嘴甜心酸，比起哥哥姐姐大開眼界的大串聯，自己坐電車在市內兜，實在小兒科。他再也提不起精神帶隊出巡，毛澤東思想宣傳隊無形解散了。

六

入冬了，來上海串聯的紅衛兵去多來少，區裏決定撤銷里委會接待站。

北京人要回北京了，南延泠哭得眼圈紅腫，她買了一本日記本送給北京人留念。她準備在扉頁上題詞時，才想起還沒問過他姓名。

「怎麼突然想到問我姓名？」北京人聽了笑道。

「難道你不留下姓名就走？」

北京人大眼珠骨碌一轉：「我是說，你早該問了。」他哈哈了兩聲：「我的名字，說一遍你就能記住。我姓毛，毛主席的毛，叫文革，容易記吧。」

南延泠寫上：「贈毛文革同志：革命的友誼萬古常青！」

毛文革接過日記：「我也應該回贈你一件禮物。」

「如果你捨得，我想要你的綠軍裝。」南延泠羞答答地說。

「你喜歡，就送你。」毛文革朗聲說。

南延泠嬉笑著手舞足蹈：「太好了，我也有一件綠軍裝了，謝謝你，太謝謝你了。」

「另外，」毛文革拍了拍左胸口的毛主席像章：「這枚像章也送給你，請你紅心永向毛主席。」

「真的？」南延泠伸手撫摸像章：「這麼大啊，直徑有兩寸吧，毛主席年青時真英武。」她低下頭，不好意思地說：「你還真像年輕時的毛主席。」

「是嗎？那我太偉大了！」毛文革一手抓延泠的手掌親吻；一手

捏牢她嫩蘆根樣的手臂：「你過獎了，我哪敢跟毛主席比，我能有毛主席的萬萬分之一就心滿意足了。」

「我不管，在我眼裏，你就是小毛澤東，就是英雄。」

毛文革一把抱起南延泠打轉：「那你也叫我萬歲。」轉了一會兒，他把南延泠放倒在床上：「現在舉行綠軍裝交付儀式。」說完，他脫下了軍裝，趁機脫得精光，然後熟稔地撲到南延泠身上……

行前，南延泠領毛文革上頂層平臺，晴和的初冬，天際無雲，澄清高遠，南延泠和毛文革面對面站在埠堍的角上。南延泠真想隨毛文革去遠方遨游，她懇切道：「你再看看上海，千萬別忘了福民新村，下次一定要再來啊。」

毛文革指天發誓：「我向偉大領袖毛主席保證，我一定會再來的，我們再見的日子不會太遠的，請你等著這一天。」

「回到北京，要經常給我來信，繼續保持聯繫，以免我牽掛。」南延泠懇求道。

「一定的，我一到北京就給你寫信。」

南延泠傷懷的眼淚早已「噗噗」掉下來了……

第六章

第七章

> 鬥爭白熱化，炮轟火燒，把走資派殺下馬，方長舟古大姐夫婦黯然下臺

一

時近年末，一九六六年的最後一場颱風狂嘯了一夜，福民新村裏家家戶戶沒關緊的鋼窗發出「嘎吱，嘎吱」的響聲。

早上，鍾毓英買菜回家，對吳東旭說，怪事，大門口那棵梧桐樹，今年夏天八級颱風吹過都沒事，昨夜不過六級颱風，怎麼說倒就倒了。

吳東旭推著腳踏車出門，說經過時看看。

國福一丟下飯碗也跑出去。

大門左邊的人行道上，一棵直經一尺多粗的梧桐樹倒在四號樓，半邊的樹根帶泥翻出，撬起幾塊水泥方磚，枝叢帶著稀疏的枯葉壓在二樓的陽臺上，嚴嚴實實地封住了方長舟家。

大風後的老天爺，彷彿服了鎮靜劑的病人，恢復了平靜，太陽傻笑著，帶幾分溫煦觀賞著自己的「傑作」。

南老爺和姚大桶站在歪斜的樹幹前。

「今年奇出怪樣的事特別多。」姚大桶披一件草綠色軍用棉大衣，他家阿四秋天著單衣去串聯，入冬裹著這件大衣回來，尺寸偏小，讓給他穿。

南老爺手托煙斗，一邊嗆著一邊吸著：「我看這事不吉利，我這個人迷信，門前大樹倒，災禍隨後到。小時候，鄰莊一戶人家仗著小舅子當知縣，在鄉里橫行霸道，後來滿清垮臺，知縣解職法辦，鄉里

人洗劫這戶人家。出事前一天，滾過一場龍捲風，拔起他家門口一棵銀杏樹，落下時砸坍他家的門牆。所以我說啊……」他見姚大桶對他直擠眼，料知背後有人，忙打住話頭。

古大姐的聲音已到了：「南老爺，你在這裏，我正在找你，」她兩片薄嘴唇嘟噘著，神情黯然，「你看能不能扳正這棵樹，讓它活下去。」

「這棵樹的根莖已斷了一半，復活的可能性不大，要麼把樹叉砍去，只留樹幹，可能免於一死，或者乾脆連根拔去，重栽一棵。」

古大姐蹙眉：「光禿禿的留根樹幹，看了多喪氣，還是先扶正試試，救不活再植新的。」

「行，得找幾個有力氣的小夥子幫助。」

「沒問題，接待站還有幾個紅衛兵，可以請他們來。」

南老爺扛來「人」字梯和一卷麻繩，讓一個紅衛兵爬上梯子，用繩子套住樹脖子，然後七八個小夥子一排列抓住繩子，把馬路橫斷攔住，國福和方聚藝也拉住繩梢拔河般湊熱鬧。南老爺猶如指揮官，舉著煙斗叫：「一、二、三！一、二、三！」梧桐樹慢慢豎直起來，五十度、六十度，到七十度左右時，南老爺叫「停！」見古大姐發蒙，解釋：「俗話說『移樹無時，莫教樹知』，如把樹完全拉回正常位置，就會矯枉過正，把內側沒受傷的根也扯斷，所以要在這個位置過渡一下。」

老爺又找來兩根木椿，托成「X」型，砥住樹幹，固定好。

擺弄停當，眾人圍著樹看，立即發現倒牆的背側樹幹上，貼著一條標語：「打倒中國的赫魯曉夫！」

「中國的赫魯曉夫，這指的是誰啊！」姚大桶問。

「這還用問，指劉少奇唄，我去北京接受毛主席檢閱時，他的名字已經排到了第十一位。」一個紅衛兵說。

「我坐火車路經北京，就見到『打倒劉少奇！』，『打倒鄧小平！』的標語了。」另一個紅衛兵說。

紅衛兵們議論著回接待站。

南老爺見古大姐看著標語發愣，小心地問：「古大姐，紅衛兵說的話可信嗎？」

「歪談亂道，要以中央文件為準，不要傳小道消息。」古大姐說完，叫方聚儀一起回家。

望著古大姐的背影，姚大桶低聲說：「老爺，今天古大姐吃相難看，好像出啥事了。」

「這有啥奇怪，如果大樹倒在我門口，蓋住我家窗戶，我也會感到晦氣。」

「依你看，劉少奇會不會被打倒？」

「中央裏的事，我們小老百姓說不準。不過無風不起浪，外地紅衛兵都這麼說，事情難免了，講句觸楣頭的話，可能就是這條標語讓大樹倒塌的。」

「要我講啊，打倒劉少奇也有道理，你記得嗎？是六三年還是六四年，前面紅房子周圍封鎖了半天，說劉主席在裏面吃大菜[1]，當時三年自然災害剛過去，我們平民百姓還在為一日三餐發愁，他倒好意思去大吃大喝。我們離紅房子這麼近，至今還不知它門朝南還是朝北，最好笑的是，聽到劉少奇在隔壁紅房子吃飯，里委幹部和有些家庭婦女奔相相告，自豪地傳說劉少奇稱讚廚師手藝高超，好像劉少奇到她們家裏做客誇獎她們，想想真是現世。」

南老爺感嘆一聲：「小老百姓就是這副樣子，你忘記啦，當年蔣光頭做五十大壽，風光的掀天掀地，飛機撒祝賀條幅，許多人在馬路上奔跑爭搶，還三呼萬歲。待蔣光頭逃到臺灣，又舉起拳頭喊打倒。總之顛來倒去，最後受害的還是平頭百姓。就像昨天夜裏的颱風，大樹倒一棵，小花小草倒一片。」

---

1 吃大菜：就是吃西餐，上海老輩人的說法。紅房子是當時有名的西餐廳。

二

一九六七年元旦到了。

新年第一天，各種宣傳車一早就開上馬路，你來我往地馳騁，此起彼伏地播放充滿火藥味的《元旦社論》：「把文化大革命進行到底」，鼓導人們尋求更大的宣洩。

方長舟疲倦地倒在沙發上。昨夜，他心勞意攘一宿難眠，他兩眼呆望著天花板，上面似乎跳躍著擾人的《社論》。去年的動亂使他看出了問題癥結，四九年後共產黨禁止其他黨派的活動，壓制民眾的言路，中國如堵塞了源頭的一潭死水，人民壓抑住個性逆來順受。如今領袖翻江攪海，鼓勵人民「自由發揮」。於是抑鬱者吶喊了，受壓者反抗了，混合著斯巴達克斯砸碎枷鎖的狂憤和梁山泊好漢替天行道的勇武。

襟兄瞿彬被打倒了，這並不意外。瞿彬是市委宣傳部的負責人之一，長期和文教部長張春橋意見相左，如今張春橋竄到中央當文革小組副組長，怎麼會放他過門？瞿彬和市委書記陳丕顯、市長曹荻秋關係密切，他們非但保不了他，自己都被逼到火山口，外灘刷滿了打倒他們的大標語。經過幾個月的對峙，壁壘分明了，毛主席抨擊的資產階級司令部，就是劉少奇、鄧小平及陳丕顯、曹荻秋等從中央到地方的幹部。

自己歸屬哪個司令部，方長舟回顧自己的言行，無論如何擠不上毛主席那條線。區委已有人貼他的大字報了，《社論》一出，鬥爭還要升級。這些年他春風得意馬蹄疾，不料絆倒在文化大革命這一坎，他認定新年有兇煞。

古月琴進來，催他：「芝麻湯糰都冷了，你還不去吃。」

「我不餓，先放著吧。」

「虧你還當了這麼些年的副區長，一篇文章就讓你沉不住氣，要是碰上我姐夫那樣事，你大概要學南守坤了。」

「別提你姐夫了，區裏的大字報已經把他的事扯到我身上了。」

「你說這話像男子漢大丈夫嗎，事到如今不想法對付，先互相埋怨起來！依你的意思，當初他也不該助你一臂之力讓你當副區長，那樣，今天你也不會受牽連了？」

「我說這話，不是軟骨無膽，這次文化大革命非同以往，連姐夫這樣的大幹部，一旦打倒也抄家挨鬥，遭地富反壞右資本家的同樣下場，還抱蔓摘瓜株連九族。萬一我出事你們怎麼辦？我是為你和聚儀著想。」

「是禍躲不過，怕也沒用。不管怎樣，今天我得去姐姐家看看。」古月琴走去拿圍巾，穿黑毛呢大衣。

方長舟急得坐起身：「說了半天，你還是要去姐姐家啊。」

「姐夫出事後，姐姐怕連累我們，讓阿明來關照我別去，過元旦，我總該去慰問一下吧。」

「你不想想，現在是啥時候，姐夫家周圍耳目多，到時落下暗中串聯，訂立攻守同盟的罪名，讓你吃不了兜著走。」

「我不管，坐牢還允許人去探監呢，節日裏能不許妹妹去看姐姐。」

「哎，你這人啊，啥時候才學會審時度勢？」

古月琴帶上絨線手套，拎起小皮包走了。

三

元月中旬，上海下了一場大雪，雪還沒化，一輛兩噸卡車壓著積雪「軋軋」地滾進福民新村，車頭的《追窮寇》隊旗在寒風中獵獵作響。

車停在四號樓前，造反隊長下車，早就等在門口的趙河竹和馮大姐迎上去，雙方交換情況後，由馮大姐引路，直奔方長舟家。

幾個造反隊員從車上拿下準備好的大字報，從新村門口一直糊到四號樓下。一個造反隊員用擴音喇叭宣講大字報：「剝下國民黨特務方長舟的畫皮！」還對圍觀的群眾說，今天下午文化廣場召開《徹底打倒以陳丕顯、曹荻秋為首的上海市委》大會，方長舟作為他們的黑爪牙將被押去陪鬥。

　　三小時後，造反隊抄完家把方長舟押上車，他的頸上掛了一塊「走資派、特務方長舟」的牌子。

　　南老爺正犯著氣管炎，看著汽車遠去，猛咳了幾聲，吐了一口黃膿痰：「老姚，你看靈光哦？果然應驗了，那棵梧桐樹一倒上去，方家就完了。」

　　姚大桶雙手攏進草綠色軍用棉大衣的袖筒，活像馬路口的一隻綠色郵筒。他恨恨地說：「迷信，講來講去就是報應。原來我就想不通，三年自然災害，我家大人小囝吃不飽肚皮，阿大去販點雞鴨賣，吃五年官司。方家不但有銅鈿買聽頭，還常有人送聽頭。我如果有他的條件，作死啊，讓大棺材去販雞鴨，大米飯不吃，去吃高粱飯。還是毛主席英明，發動文化大革命，不然他們還要作威作福下去。」

　　阿殷附和道：「是啊，古月琴不過一個芝麻綠豆官，仗著丈夫是副區長，指手劃腳說一不二。現在老公倒臺了，看她還神氣？」

　　姚大桶還不盡興：「連最革命的方長舟也出問題了，果然給我講中了，樓上人家沒好人了。」

　　祝秋藝欲湊趣數落古月琴，一聽這話，不悅道：「老姚，你講古月琴就講古月琴，何必打刺毛蟲帶上知了，東拉西扯刮三刮四，打擊一大片。」

　　「祝秋藝，你要多心，我就挑明講，解放前不做剝削、賣身等缺德事，誰買得起福克公寓樓上的房子。」

　　祝秋藝凍紅的臉紫下來：「姚大桶，你挑明講，我也不怕，解放前我為生活所迫當舞女，一不偷二不搶，光明正大。不像有的人攀牆鑽窗撈不清不白的鈔票。」

　　阿殷跳上去：「賣身坯，你講清爽，誰撈不清不白的鈔票？」

　　祝秋藝哼了一聲：「福民公寓無人不曉的事，還用我講。」

　　姚大桶也緊逼一步：「你今天不講清，我不放你過門！」

　　南老爺看不下去，勸道：「別吵了，你們這是做啥，都一把年紀的人了，沒人來鬥你們，你們找麻煩，自己鬥自己啊，你們看，趙同志來了。」

趙河竹和馮大姐從古月琴家下樓，正欲進里委，聽到門外吵吵嚷嚷，走出來。

「這裏在鬧啥？」趙河竹大聲問。

祝秋藝見趙河竹的男人眼光「嚴肅」注視自己，搶先迎上一步：「趙同志，你評評理，我解放前當舞女，是萬惡的舊社會的受害者，現在搞文化大革命，鬥爭地、富、反、壞、右、資本家、走資派，你說，我算哪一類？」

馮大姐見祝秋藝裝腔作勢，厭惡道：「舊社會當舞女，不屬於黑八類，也不是光榮歷史吧，你在大庭廣眾大叫大嚷，想做啥？」

趙同志見祝秋藝低頭不語：「今晚召開重大批鬥會，我沒空來調解糾紛，你們都先回去，抽空我向你們了解情況。」

姚大桶、阿殷不敢再多言，見祝秋藝屁股一扭走了，也乖乖地跟著溜了。

將午，豎著《反到底》旗子的又一輛卡車開進新村，車旁的擋板上，一面寫著「炮轟陳丕顯！」另一面寫著「火燒曹荻秋！」。

吳國平領著十幾個戰友跳下車，他走進家，見母親不在，就從皮夾子裏翻出六斤糧票和一塊五毛錢，讓國福幫他去買回切面。國平自己動手，加大白菜煮了兩大鍋菜湯麵，他的戰友們每人撈了一大碗麵，加上辣火醬，「呼啦呼啦」吃起來，凳子不夠，有幾個人站著邊吃邊說「好香！」「辯論了一夜，水也沒喝上一口！」「餓壞了！」一碗麵下肚，一張張冷得結冰的臉，立刻抹上辣油般光亮起來，年輕人像新機器，一加油就轟轟隆隆地吼起來。

「這次《解放日報》事件，是一次關鍵戰役，整整一個多月，我們《反到底》和《紅革會》頂住保皇派的多次進攻，守住了報社陣地。」

「那天好險，要不是吳國平帶人及時衝出去，搶走幾桶汽油，報社大樓會被火攻破。」

「那幫該死的保皇派，火攻不成，又用十幾磅重的鐵榔頭砸門窗，好幾位戰友受了傷，這筆血債一定要記下。」

「上海到底是工人階級的英雄城市，工人一出場，上海黑市委就垮了，今天的大會將宣告陳丕顯、曹荻秋徹底滅亡。」

國平和戰友們登車去文化廣場，國福吵著要跟去，國平說，他們去參加萬人批判大會，不是去公園白相。國福說，自己是紅小兵了，國平的兩個戰友說情，讓國福去增長見識，把他拉上車。

車近文化廣場時，各路紅衛兵和造反隊填滿了四周的馬路，國平從副駕駛座上伸出頭，使勁拍車門：「對不起，請讓條路，我們是《反到底》戰鬥隊，去執行緊急任務，同志們幫幫忙，請讓條路。」人們聞聲向後閃開一條道，汽車繞永嘉路從後門開進去。下車後國平一行人從靠舞臺的安全門進入廣場。國平讓國福站在前排的一角別動，自己帶人進了後臺。

國福的心怦怦亂跳，回頭看，整個廣場擠得水泄不通，連走廊也站滿了人。

大會開始時，市紅衛兵和工人造反隊的頭頭登上了主席臺，國福不相信自己的眼睛，國平也在其中！原來他也是全市紅衛兵領袖之一。國福瞪大眼看坐在臺上的哥哥，他時而表情莊重地和左側的紅衛兵交談，時而含笑和右首的工總司頭頭說話。哥哥英俊瀟灑，天生一派大幹部的風度，國福為他榮幸，更為自己抱屈，要是早生幾年，也可以如此風光。

主持人宣佈把黑幫分子押上臺，昔日的市委書記、副書記、市長、副市長被反剪著雙手押上來，陳丕顯、曹荻秋、王少庸、楊西光、楊永直、孟波、瞿彬在臺前站成一排，他們每人頸上掛著一塊牌子，上面寫著他們打了紅叉的名字和新頭銜：走資派、叛徒、特務、反革命分子……

國福想找方長舟，從舞臺這一頭到另一頭，巡查了兩遍也沒發現，直到主持人宣佈把黑市委在區，縣的代理人走卒壓上來，才見掛著牌子的四，五十個人站到舞臺下。他們分列前後兩排，頭低成九十度，不是遮去牌子就是看不清臉，他還是沒找到方長舟，畢竟只是副區長，在全市性的大場面，即使挨鬥也上不了臺。

　　會後，舉行黑幫分子全市大游街，國福擠出門外，馬路兩邊已經堵滿看游街的群眾。

　　半小時後，從廣場裏面到街上，滾雷般傳出一片「打倒」聲，一輛接一輛的卡車緩緩開出來。第一輛車上，陳丕顯由兩個紅衛兵押著，低頭站在車頭的一張桌子上，四個陪鬥的黑幫分子低頭站在兩邊的擋板處；第二輛車由曹獲秋領頭，也有四個人陪鬥。國福看見國平坐在曹荻秋這輛的副駕駛座上，他的戰友們都在車上押人。國福欲叫國平，車一晃開過去了。國福撒腿跟著跑，從永嘉路跟到陝西南路，又拐到淮海路，跑得心慌氣促，還是追不上國平的車。到茂名路口時，他再也跑不動了，站定下來，想看方長舟的醜態，車隊已過大半……

　　圍觀的人群散去了，國福還呆呆地站在人民電影院門口，亢奮的心一時收不回，印象有點迷幻。

　　過去每有外國貴賓來，市政府都組織群眾夾道歡迎，因下榻在錦江飯店，這裏是入口，安排得最隆重。兩年前劉少奇陪同奈溫和夫人來上海，在鏗鏘的鼓樂聲和「歡迎」「萬歲」的歡呼聲中，劉少奇和奈溫站在第一輛敞蓬車上；王光美和奈溫夫人站在第二輛；陳毅和曹荻秋陪第二位貴賓是第三輛；第四輛是張茜和曹荻秋夫人陪貴賓夫人。那天陽光燦爛，春風吹拂，夫人們的服飾華貴鮮豔，王光美、張茜頭上的小草帽尤其精巧，帽頂上的緞帶讓她們飄飄欲仙，仿彿連環畫上奔月的嫦娥。如此漂亮的草帽，國福在淮海路的商店裏也沒見過，夫人們身上的打扮，即使追求時髦的喬玉珊、衣著考究的祝秋藝也無法相比。

　　如今那個美麗世界的擁有者都成了階下囚。

　　國福快意地哼著語錄歌回家。

四

　　馮美珠馮大姐取代古月琴古大姐當專政隊長了。

　　馮大姐繃緊臉指揮人佈置會場，完了，吊起雙眉凝視掛在高臺半空的橫幅：「徹底清算方長舟古月琴在福民里委的滔天罪行！」她在強化自己的意識，推翻方長舟是黨的化身的既定思維。

　　潛意識裏馮大姐早就盼望這一切了。

　　馮大姐剛進里委工作，對古月琴感激涕零，不介意當古月琴的隨從。隨著工作經驗的增加，她開始有自己的主張，其中難免與古月琴相左，古月琴常譏誚她，令她下不了臺。她畢竟是治保主任，也需要面子。可古月琴從不知道，福民里委其他人也要尊嚴。

　　看了方長舟的大字報，馮大姐憤懣難抑，古月琴就憑這樣一個丈夫不可一世？每次跟古月琴去街道開會，她總見街道黨委書記和古月琴說話非常拘謹，並用商量的口吻佈置工作。古月琴也常常顯出「早已知道」的傲態，副區長把工作秘密洩露給妻子，黨的組織原則哪裏去了？

　　出頭的日子來得太猝然，馮大姐缺乏思想準備，對晚上的批鬥會也無把握。她正焦炙著，見吳國慶從里委出來，想到了一個主意。

　　「國慶，你等一下，」她急步過去說：「你現在是專政隊副隊長了，我得跟你商量如何開好今晚的批判會。」

　　吳國慶剛取代馮大姐當副隊長，心想，馮大姐和古大姐到底不一樣，遇事不獨斷專行，就說：「批鬥會開過幾十場，按老方法就是了。」

　　「方長舟古月琴不是四類分子，沒那麼好對付。」

　　「方長舟的罪行一條條一椿椿列得清清爽爽，他賴得了嗎？」

　　「他們不會乖乖認罪，我有一個想法，剛才，我看見你哥哥國平回家，我想請他參加批鬥會。上次動員會，他駁倒了方長舟，現在他當了全市紅衛兵頭頭，他一出場可以鎮住方長舟。」

　　馮大姐說得很誠懇，吳國慶為難道：「你這個主意不錯，可我哥哥這一陣忙得好久沒回家了，今天在文化廣場開會路過家門，不知晚上抽得出空嗎？」

「知道他忙才讓你出面，就是請他給批鬥大會壓陣。」

吳國慶聽了，十分受用，就說去試試。

國慶回家一提，國平說吃了飯要趕回學校。國慶說，今天是她當專政隊副隊長後的第一次批鬥會，殺不下方長舟、古月琴的威風，也影響她的威信。

鍾毓英在一邊聽了說：「馮大姐怕自己吃不住，讓國平去助威吧。」鍾毓英和馮大姐一起在生產組工作過，了解馮大姐的底細，當年馮大姐揭發會計貪污五十元公款得到古大姐賞識，調她進里委工作。鍾毓英瞧不上馮大姐當上里委主任：「不管古月琴有多少不是，總是她把馮大姐從昏暗的小工場提拔出來，馮大姐也願意做小服低，現在怎麼好意思鬥古月琴．」

國慶說：「古月琴提拔馮大姐，目的是大小事由她定，得罪人的事往馮大姐處推，結果，居民們認為古月琴比較掌握政策，馮大姐蠻不講理。」

「誰讓她不量自己的尺寸，只會用砂皮打木頭燈座的家庭婦女，當得好治保主任嗎？光想入黨做官，當然給古月琴小看了。」

「古月琴看得起誰？方長舟叫阿爸替他趕稿子，她也來插一腳，讓你為她翻絲棉棉襖，要不是奶奶擋住，她還要得寸進尺呢！」

鍾毓英無言以對，只得提醒說：「古月琴的錯不去講了，我擔心馮大姐鬥不過古月琴，國平出場就跟著坍臺，他現在是大幹部了，在里弄里失面子值得嗎？」今天熟人都對鍾毓英提國平的事，她為兒子驕傲，話也比平日多。

母親的話反而激將了國平的好勝性：「今晚我去參加批鬥會，我就不信鬥不倒方長舟古月琴。」

國平一說，鍾毓英不再多言，聽到門外傳來停腳踏車的聲音，趕緊說：「你阿爸回來了。」

五

　　吳東旭剛才蹬著車急吼吼往家趕，踏腳板帶著寒風翻卷著他的焦慮。

　　下午他坐區委的車也去了文化廣場。區委的運動已鬧得白熱化，造反和保皇兩派楚漢分明，鬥得你死我活。他至今頂著壓力沒加入造反隊，既有「成分不硬」的顧慮，又怕跌入五七年的陷阱，更懷疑幾個無根的造反隊能夠推翻領導。

　　吳東旭在文化廣場看真切了。表面上，是國平幾個嘴上無毛的紅衛兵和工人大老粗在威風凜凜地審判市、區領導，但冷靜一想就明白，他們哪有力量打倒這些當權派？不過是幕後指揮者的幾桿槍，卻自以為了不起地在臺前衝鋒陷陣。

　　同去的造反派同事讚揚國平年輕有為，吳東旭卻有苦說不出。

　　他為國平著急，你可知道自己坐在充滿陰謀陽謀的政治大舞臺上？不說現在倒地的人日後可能東山再起，讓你成階下囚；利用你們得勢的人也可能隨時把你們當祭品。

　　他後悔文革以來顧忌太多，放棄了作父親的責任，甚至還為國平的「出類拔萃」而竊喜，放縱國平走到這一步。

　　他恨不能把國平拉下臺。

　　吳東旭用鞋底狠壓腳踏車的撐腳彈簧，粗聲大氣地衝屋裏問：「國平回來了嗎？」

　　「在家。」鍾毓英代國平答道。

　　吳東旭進門，見國平伏在桌上寫東西，臉帶慍色道：「國平，今天，你當上大英雄了！？」

　　「阿爸，又怎麼啦？」國平聽出父親的諷刺口氣。

吳東旭把棉手套往桌子上一扔，在國平的對面坐下來，「這還用問，你坐在臺上鬥市委書記、市長，還不英雄？」

「阿爸，我不明白，你到底是啥意思？」

「文化大革命以來，你參加紅衛兵，造學校領導的反，貼市委的大字報，我不干涉你。今天，你鬥市裏領導，這麼大的事，事先不跟我通一下氣，你以為自己啥都懂了？」

吳東旭第一次對國平發這麼大的脾氣，鍾毓英知道事態嚴重，趕緊倒了一杯熱茶遞到丈夫面前，壓壓他的火氣：「你先喝杯熱茶，暖暖身，又不是吵架，有話慢慢說。」

「我昨晚才得知上主席臺的事，哪有時間回家商量。何況是十八家紅衛兵組織和工總司聯席會議決定的，我個人也不能違背組織安排。」

「好，就算你沒錯。你們寫市委的大字報，還屬於思想鬥爭，但今天批鬥市領導是啥性質？是推翻上海的共產黨政權！你知道嗎？」

「不是推翻共產黨的政權，而是以黨的正確路線代替錯誤路線，嚴重官僚化的政府已成為社會發展的障礙，不破不立，只有打破舊機器，才能建立新機構。」

「我問你，誰代表黨的正確路線？誰去取代陳丕顯、曹荻秋？就是你們幾個乳臭未乾的學生和拿榔頭的工人？你想過嗎？你飛得再高也是一隻沒有實力的風箏，牽在別人手上，受別人控制，斷了線立即叫你身首異處。」

國平正充滿睥睨天下的雄心，他真的以為自己可以取代陳丕顯、曹荻秋之流。在父親連珠炮般責問下，他懵住了。自己真能當大上海的領導？沒想到畏首畏尾的父親竟然洞若觀火，擊中了問題的要害。國平心理發虛，又不願認輸，強辯道：「無論如何，新生力量總要代替舊官僚體制，並勝過他們！」

「好吧，我等著看你們的『新生力量』吧，告訴你，後患無窮！」

鍾毓英怕父子傷了和氣，拿了塊揩布上來：「好了，別在家搞文化大革命了，你們爭累了，該吃飯了，國平，快收起你的稿子。」

　　吃完飯，鍾毓英在水斗裏用竹筅[1]刷鍋子，祝秋藝拉著來龍下樓來：「吳家姆媽，國慶在嗎？」

　　「在屋裏，你尋她有事？」

　　「我想問問她，批鬥會幾點開始？」

　　鍾毓英衝半開的門高聲說：「國慶，祝阿姨問你，批鬥會幾點開始？」

　　「新村門口的通告上貼著，她自己可以去看。」國慶在屋裏杵頭杵腦地答道。

　　祝秋藝聽出國慶沒好氣，知趣道：「噢，我想起來了，是七點開始。」

　　來龍在她身後說：「我講你太積極了吧，才六點半！」

　　鍾毓英這才注意到來龍，返身道：「來龍也去參加批鬥會？難得，難得。」文化大革命以來，家門口三天兩頭開批鬥會，來龍沒下過樓。

　　來龍被說得不好意思了，嘿嘿笑了兩聲：「去軋軋鬧猛，……喔，也去受受教育。」

　　祝秋藝親昵地拍了他一下：「吳家姆媽，你知道他一向不管閑事，我同他講，這次運動不比以往，是一場觸及每個人靈魂的大革命，逍遙不得，我橫勸豎勸，他總算加入了造反隊。」

　　鍾毓英這才看清來龍穿一件新的靛藍色帆布工裝，臂上套著一隻造反隊的紅袖章，驚訝道：「來龍也參加了工人造反隊？」

　　「是祝秋藝挑我，逼我上梁山。」

　　祝秋藝明白，這次文革是四九後的又一次大變革，吳家因孩子嶄露頭角，已不是原來的樣子，從現在起要高看他們一眼，便借機表白：「吳家姆媽，不能跟你家小囡比，國平上臺鬥市長了，聽說方長舟連上臺陪鬥的資格都沒有，跽在臺下，要尋他也尋不到。」

　　「現在青年人個個爭著鬧革命，連來龍也出場了，國平當然不能落後了。」

　　祝秋藝達到了介紹來龍的目的，又搭訕了幾句，和來龍走出去。

---

1 竹筅：一把細竹做成的竹筅，是過去家用的刷鍋工具。

有線廣播在朗讀煽動性的毛主席語錄：「革命不是請客吃飯，不是做文章，不是繪畫繡花，……革命是暴動，是一個階級推翻另一個階級的暴烈的行動。」

趙河竹在高臺上指揮人佈置批鬥臺，吊在半空的白熾燈在西北風中亂晃，把忙碌的人影拉扯得更加忙碌，像大世界的哈哈鏡上映出來，時而伸長，時而縮短，時而放大，時而壓扁。

祝秋藝引著來龍走近趙河竹，來龍一向不喜歡與「穿制服的人」打交道，大姑娘見公婆般畏縮著，無奈老婆的手指輕輕抵著他的腰，他不得不勉強伴隨。

祝秋藝貼近高臺，大聲招呼：「趙同志，您在忙啊？」

趙河竹轉身往下看，見是祝秋藝，立即睜大雙眼：「是啊，正忙著，你來幫忙？」他見祝秋藝硬作一身女工打扮，禁不住想笑。

祝秋藝剪一溜齊耳短髮，一件藍布對襟衫罩在緞子棉襖外，像穿戲裝。「我怎麼行，我家來龍也參加了工人革命造反隊，有事可以找他，不要客氣，」她拉了丈夫一把：「來龍，這位是新來的戶籍警趙同志。」

來龍象徵性地往高臺湊了湊。

趙河竹這才看清祝秋藝身旁有個男人，凍成洋蔥色的臉沉下來：「不麻煩了，弄得差不多了。」祝秋藝捕捉住趙河竹的隱隱不快，以風月場的經驗，她反而自得。她用自己的男人測出了趙河竹的心態。

六

在吳國慶領呼的口號聲中，趙河竹率人把方長舟、古月琴解押到臺上，福民里委的牛鬼蛇神在臺下陪鬥，南荃裕支著拐杖挪一步停一下地走到樓醫生身旁，白靈光也被馮大姐拉出來。

馮大姐主持大會，首先請區委造反隊代表揭批。

區代表說：「長期以來，方長舟以地下黨員自居，竊取區政府要職，經過調查，真相大白。當年方長舟先加入國民黨三青團，後參加共產黨，他去區公所工作，名曰打入國民黨的地下黨，實是潛入共產黨的國民黨分子。也可以說他是腳踏兩頭船，哪裏得勢往哪裏跳。今天，我們終於剝下他地下黨員的偽裝，還他老牌特務、反革命分子的真面目。方長舟——！當著廣大革命群眾的面，徹底交代為國民黨幹了哪些反共反人民的勾當。」

方長舟不吱聲。

臺下有人高叫「快講！」「老實交待！」

吳國慶領呼：「坦白從寬、抗拒從嚴！頑抗到底、死路一條！」

方長舟不情願地說：「我已經在區裏反復解釋了，當時我奉地下黨的指示入區公所，通過專人與黨聯繫。我告訴了你們上級的名字，你們可以查實。」

區代表冷笑道：「我們早就查實了，你那個上級也是被國民黨抓去後變節自首的叛徒，他證明與否都改不了你的特務身份。」

「既然如此，我全身長嘴也講不清，跳到黃浦江也洗不淨，還有啥可說的。」

「方長舟『吃魚口腥』，當然『講不清、洗不淨』了。解放後，他隱瞞反動歷史，潛伏黨內，伺機破壞革命。他擔任反右辦公室主任，主動增加區委到基層的右派名額，一石二鳥，既可沽名釣譽撈政治資本，又借機把寫大字報的人劃入右派，扼殺群眾的民主訴求，打擊革命力量，做了國民黨想做而做不到的事。文化大革命開始後，他以為又一次鎮壓群眾的機會來臨，與他在黑市委宣傳部的連襟瞿彬上串下聯，甘當陳丕顯、曹荻秋的走卒，公然對抗毛主席的無產階級革命路線……」

「說我對抗毛主席的無產階級革命路線，不符合事實。文化大革命開始時，因為我覺悟低，分不清哪條是毛主席的無產階級革命路線，哪條是資產階級反動路線，所以站錯了隊，但不是故意對抗。」

「你真『謙虛』啊，堂堂副區長，毛主席在《我的一張大字報》里，關於兩個司令部的鬥爭講得這麼明白，你竟不能理解？」

「《大字報》裏沒有明確指出從中央到地方哪些人、哪些事屬於資產階級反動路線，我水平有限，沒能辨別。再說《大字報》不是正式中央文件，具體執行也有困難。」

區代表以他在區裏工作的習慣思維，被方長舟的辯言卡住，一時找不到批駁的話。

吳國慶怕冷場，趕緊高呼：「誰反對毛主席就打倒誰！」「……」「毛主席的無產階級革命路線勝利萬歲！」「……」

吳國平雖然坐在批判臺上，卻始終意識到臺下黑濛濛的人群中，有一雙犀利的眸子在逼審自己，銼減著他的銳氣。但方長舟的詭辯使他回到自己的角色，他漸漸無法控制自己的情緒，看到區代表卡殼了，「霍」地站起來：

「方長舟，暫且不提你貶低毛主席寫大字報的意義，就按你說的照中央文件辦，你是如何執行指導文化大革命的綱領性文件《十六條》的？幾個月前，你站在這裏作形勢報告，竟然把文化大革命的重點是『整黨內那些走資本主義道路的當權派』篡改成『打擊地富反壞右和一切資產階級分子。』方長舟，難道你的水平理解不了《十六條》？」

方長舟默然。

「今天，方長舟作為走資派站在這裏，其歪曲文件的用心昭然若揭。他想以批鬥地富反壞右轉移鬥爭大方向，讓他這樣的走資派蒙混過關。當有人指出他的錯誤時，他用反右的教訓來威脅群眾，埋下秋後算帳的殺機。同志們想一想，要不是毛主席的革命路線摧垮上海黑市委，揪出從陳丕顯、曹荻秋到方長舟等大大小小走資派，一旦讓他們陰謀得逞，不知又有多少革命群眾，被他們扣上反黨、反社會主義的罪名打成右派或什麼分子。所以我們對方長舟之類的走資派要有清醒的認識，要發揚魯迅『痛打落水狗』精神，把他們徹底批倒批臭，不獲全勝，決不收兵。」

馮大姐慶幸讓吳國平出場，一錘擊中方長舟的要害，她接上話頭：「那次古月琴錄下方長舟的講話，今天抄家追查這盤磁帶，古月琴說遺失了，可見他們做賊心虛，銷毀了罪證。」

　　馮大姐掉轉火力：「長久以來，方長舟利用他的臭婆娘古月琴在里委推行資產階級反動路線。」她曆數了古月琴稱王稱霸的種種罪行後說：「北京紅衛兵來福民里委點火後，我建議里委會應該考慮呼應，古月琴抬出她的總後臺說，『老方講了，區委還沒正式得到指示，先等一下。』說穿了，等一下是假，抵制文化大革命是真。破四舊時，我提議資產階級遺老遺少集中的福民公寓應該更名，古月琴強調是方長舟命的名。今天終於真相大白，方長舟是老牌特務、走資派，和地富反壞右本來就是一丘之狐，是福民里委牛鬼蛇神的代言人……」臺下有人失笑，馮大姐不知自己說錯了啥，緊張地停下來……

　　陪鬥的牛鬼蛇神也憋不住「噗嗤」笑出聲。

　　馮大姐不敢得罪臺下的革命群眾，氣急敗壞地衝陪鬥的人吼道：「誰在嗤笑？小孫，你把嗤笑的人揪出來。」

　　看押牛鬼蛇神的小孫把站在白靈光旁邊的一個壞分子揪上了臺。

　　馮大姐叱道：「鄭阿強，你笑誰？」

　　鄭阿強不吭聲，他哪敢說是「貉」不是「狐」。

　　「快說！」

　　「因為高興才笑。」

　　「在這樣嚴肅的批鬥會上，啥事讓你這麼高興？」

　　「聽了您剛才的講話，我知道我們牛鬼蛇神也有了領導，因為至今，我們一直群龍無首，不！是群牛無頭，群鬼無首。」

　　臺下又起哄笑。

　　馮大姐氣歪了臉，卻找不到詞。

　　趙河竹上臺，一把揪住鄭阿強，喝道：「你狗膽包天，竟然恥笑專政隊幹部，你給我滾下去。」說完把他推下臺。

　　古月琴突然大叫：「我抗議！我家老方一九四〇年參加革命，為建立新中國出生入死，解放後長期擔任區委領導。我一九五三年入黨，一直擔任里委黨支書，十幾年來我們忠心耿耿為黨工作，沒有功勞也有苦勞，沒有苦勞還有疲勞。即使我們犯了錯誤，可以接受革命群眾的批評幫助，但不能忍受和地富反壞右資本家列在一隊，還讓他們恥笑我們，你們的階級立場到哪裏去了？」

馮大姐冷笑一聲「古月琴，我問你，福民公寓裏的牛鬼蛇神白靈光、樓思禮難道不是在你的庇護下逃避了批鬥。你還有資格抗議，你抗議啥？」

「就抗議你這種背槽拋糞的小人。」

話音未落，「啪——」的一聲脆響，馮大姐狠狠抽了古月琴一記耳光：「你竟敢污蔑我！」

古月琴狂呼：「要文鬥，不要武鬥！」

會場亂騰起來，趙河竹覺得古月琴畢竟是下臺的里委主任，打她太過分。他走上去說：「大家靜下來，繼續批判。古月琴願意接受群眾批判，那麼就讓臺下的群眾來控訴方長舟、古月琴推行資反路線的罪行。」

話音剛落臺下就站起一個人：「我先來說幾句。」那人著一件油烏烏的灰棉襖，袖上掛隻造反隊的紅袖章，他叫柳大寶，是馮大姐的鄰居。他「噔、噔」上臺走近方長舟，用手拎起方長舟的耳朵：「姓方的，伸長你的狗耳朵聽聽一個老工人的話：

「讓你們走資派和地富反壞右資本家站在一起，你們叫怨，照我看，你們比資本家還厲害。解放前，我在碼頭扛大包，雖然受工頭老闆二重盤剝，可每年多少要增加一點工資，碰到老闆拖延、欠款，我們工人兄弟還可以聯合起來罷工抗爭，直到老闆妥協。解放後第一次定工資，我每月六十元，當時我小女兒剛出生，現在我小女兒都十二歲了，我還是這點工資，我如何維持一家八口的生計。我綽號叫柳大炮，難免要為這事發點牢騷，你們這些做官當老爺的，是高高在上面朝南坐的菩薩，說不得，碰不得，講我對現實不滿，給我穿小鞋，還常找借口扣克我的幾塊錢獎金。過去鬧罷工後，照樣上班拿工資，工頭和老闆不敢拿我們怎麼樣，你們不是比資本家還兇狠？你們嘴上講工人階級是領導階級，我們連講話權利都沒有了，還成啥屁領導階級。毛主席說走資派上臺，就是資本主義復辟，我們工人要吃二遍苦，真是血淋淋的事實。多虧毛主席發動文化大革命，給我們工人說話的權利，我們要珍惜來之不易的機會，把走資派鬥臭鬥垮。」

「方長舟，你明白了嗎？」柳大寶說完，用勁狠甩方長舟的耳朵，然而又「噔、噔」走下臺。

臺下許多人拍手叫好。

「徹底清算資反路線！」

「真正實現勞動人民當家作主！」

姚大桶早就忍不住了，舉手道：「我也來揭發。」他高腆的大肚子擦著別人的身子擠出人群登上臺。他站到古月琴身邊，粗短肥腴的手指直戳她腦門：「古月琴，你還好意思講功勞苦勞，你的所作所為就是功勞你拿，苦勞由我們勞動人民承受。」他把古月琴動員居民簽字申請填馬路的事說了一遍，「我雖然是工人老大粗，還懂這點常識。解放後上海人口不斷增長，城市像隻老黃牛，馬路下面還是解放前外國人鋪的排水管道，像小雞肚腸。如今牛吃下去的水，讓雞肚腸怎麼消化？下大雨時只好吐出來，造成馬路積水。方長舟，你身為副區長，吃國家的皇糧，像吃汙的人，為自己搭轎車方便，不顧我們樓下老百姓的死活，想出填高馬路這種挖肉補瘡的缺德辦法。去年夏天發大水，我老婆生關節炎，我本人高血壓心藏病復發，浸在大水裏吃不消，想搬到樓上資本家屋裏去避難，古月琴急資本家所急，跳出來不准我搬入。解放初，方長舟搬進公寓，定規要把福克改成福民，象煞有介事，要造福人民，到頭來，只造福了你們一家。馮大姐講得不錯，古月琴與資產階級穿連襠褲，一個屁眼出氣，是他們的總後臺……」姚大桶過於激憤，暴眼的白晶體上擴張的血絲閃著紅光。

姚大桶出了氣，大肚子縮小了，步履輕快地走下臺。

國福靠在近高臺的牆上，這裏可以看見方聚儀的家。批鬥會間，他不時往聚儀家瞄上一眼，開始方家的窗幔緊閉著，隨著批鬥激烈進行，窗角的帷簾一開一合，肯定是方聚儀在偷看。看吧，國福心想，看你父母低頭站在臺上的狼狽相吧，你必定嚇得發抖了，傷心地哭泣了。哭吧，當初老師包庇你，讓你當大隊委員，你臉不紅心不跳，還向人賣弄三道紅杠杠，你會料到有今天嗎？你坐著你姨父的轎車去看戲時，你會想到有今天嗎？

當初看著樓上一家家挨整雖然解氣，國福總覺得不過癮不徹底，還應做點啥，做啥呢？他不曉得，直到方家倒臺，方知這就是他期望的。比起樓上其他人家，方家不僅有錢有勢，還比任何人都更加自命不凡。現在當然比誰都更應該打倒了。

他像感冒時喝麻黃湯，胸中鬱懣消解，通體舒泰。

國福正暢想著，喧鬧的批鬥會場突然殺入唱戲的聲音，從天上飛來。人們不由舉起頭仰望，見二號樓頂平臺上站著一個人，人們驚呆了，一陣騷動後，臺上臺下靜下來，似乎想聽清那個人唱啥，「……，本——是——同根——生，相煎——何——太急。」「煮豆——燃——豆箕，豆——在——釜中——泣——」用二黃原版唱，京戲迷立即聽出是《海瑞上疏》裏的段子，音質不純，仿彿破瓦罐裏傳出來，卻不乏高亢昂揚，借西北風從頂上倒卷下來……

「是瘋子南守坤。」

「是神經病南守坤。」

認識他的人紛紛叫嚷。

趙河竹忙制止：「別驚動他，逼急了，再跳樓就麻煩了，先把牛鬼蛇神押下去，趕快散去。」

瘋子南守坤、神經病南守坤，巍然屹立在牆垛上，氣衝霄漢地唱著，一團薄雲散去，月光放大他渺小的身影，壓到人們的頭上。靠近二號樓的人忽然大叫：「怎麼落雨了？」有人往淋濕的頭上抹一把，聞到一股臊味，「不好了，他在撒尿！」人們看到了黑影在抖動，他在使用下體向人們「澆水」。人群立即譁哄鳥亂起來，那些老頭老太啥也沒看見，一聽那話，就羞得抱頭遮眼地跟蹌往外跑。

文化大革命後，精神病院人滿為患，醫院只留躁狂型病人，南守坤病情一穩定就被送出醫院。南荃裕、南荃珍管不了他，又怕他出去闖禍，就請人在三四樓道間裝了一扇鐵門，加上鐵栓鐵鎖，讓他只能待在四樓。今天下面批鬥會開得熱鬧，他出不了門，就竄到了屋頂平臺去自演自樂。

國福回家躺進暖暖的被窩還欣快不已，一時無法入眠。

隔牆那邊傳來父母的說話聲，他豎起耳朵聽：

「……」

「依你看，方長舟到底是埋伏在共產黨的國民黨特務，還是潛入國民黨的共產黨特務。」

「當年我們一起投入救亡運動，方長舟對我提過黨派問題，我沒興趣，他也不便多談。我知道他在蔣介石領導抗日時加入了三青團，直到他逃離上海，才知他已秘密加入了共產黨。真實情況只有地下黨清楚。你知道，當初共產黨在上海處於非正統地位，一般規矩人不敢沾邊，不少有遠見抱負的人秘密加入，也有膽大妄為的進去闖一下，其中難免有人在國民黨和共產黨之間周旋。」

「我在想，現在學生參加紅衛兵，工人參加造反隊，很像過去鬧學潮工潮，國平他們鬥倒了市長，難道也要改朝換代。」

「你別牛頭不對馬嘴，過去共產黨策劃學潮工潮要搞垮國民黨政權，這次毛主席親自發動文化大革命，不過是讓學生、工人打倒黨內走資派，性質完全不同。」

「那麼國平他們鬥來鬥去，會鬥出啥結果呢？」

「無論上面最後誰掌權，國平這批學生不會有好結果。」

「方長舟二十幾年前的老賬給人翻出來了，我擔心幾年後形勢一變，國平他們也給人拉出來清洗。」

「所以我對他發這麼大的火，他以為啥都懂，哪裏知道政治鬥爭的險惡。」

……

八

那幾天，荒閉了很久的承恩堂又熱鬧起來，上海藝苑雕塑室鳩佔鵲巢地搬了進去。

雕塑室造反隊拆除臨街的竹籬笆圍墙，砌上同樣高的磚牆，辟出一塊大字報專欄。第一批大字報都是從清華《井岡山》、新北大《北京公社》、《誓死衛東》等刊物上摘抄來，大字報的主題是：徹底揭開劉家王朝的黑幕。報頭上寫著毛主席的一首詞：「小小寰球，有幾個蒼蠅碰壁，嗡嗡叫，幾聲淒厲，幾聲抽泣……」大字報一貼出就哄動了整條街。

國福去看大字報，看一張生一回氣。

揭發劉少奇的大字報說：「王光美頭上的草帽用很細的草特別精製，草帽上的絲帶用外匯從香港買來。」原來如此，國福找到了王光美漂亮草帽的注解。劉少奇還對大資本家哥哥王光英說，「工商界有幾個參加共產黨好不好？要點榜樣，可以搞幾個，但對國外就沒影響了，我看為了有利工作，暫時不必入黨，（資本家）帽子還可以再戴一個時期。時勢造英雄，這個時候要這樣的資本家(代表)，才提你出來……」原來入黨可以由劉少奇安排，也不根據他們的政治表現，而是服從工作需要，還讓資本家給國家擺門面，豈有此理！父親打了入黨報告後，不知寫了多少思想彙報，至今還入不了黨。難怪張怡和老師包庇方聚儀當大隊委員。還有讓人吃驚的事，王光美竟是劉少奇的第六任老婆，荒唐透頂！

　　批判鄧小平的大字報說：「鄧小平工作時間很少，每周有三次法定的打橋牌時間，每次都打到凌晨二三點。鄧小平去外地視察，飛機、火車、輪船走到哪裏，他的橋牌就打到哪裏，從天上打到地下，從海上打到陸地。」鄧小平還讓北京市委在養蜂夾道專設俱樂部供他打橋牌、打麻將、打檯球。」國福恍然大悟，原來官愈大，工作愈少，鄧小平是頂級高官，可以熱衷於打牌，方長舟是副區長，上班時間可以帶著老婆、兒子去看戲，而父親這樣稱不上幹部的行政辦事員，卻十幾年如一日，不得遲到早退，還常連夜替方長舟起草公文。

　　賀龍的「故事」最觸目驚心，原來「一把菜刀鬧革命」，只是一樁土匪的搶劫行為。大字報寫道：「北洋軍閥統治時期，賀龍十四歲，他過厭了馬販子生活，想到拉杆子當武裝土匪。他糾集二十幾個人帶了三把菜刀，在月黑夜深時破了八毛溪鹽局大門，殺死排長，奪了十二支槍，編成了一個『獨立營』，自封營長。」「加入共產黨後，他匪性不改，一九三〇年至一九三三年肅反時錯殺許多幹部，從蘇聯留學回來的五十幾個人，被殺得沒剩幾個。」「解放後賀龍佔據高位，過著酒池肉林的生活，每年帶著全家老小夏天往北戴河避暑，冬天去南方過冬。在廣州賀龍從香港租黃色電影看，為了打獵，他專門從外國進口兩條良種狼犬，設專人馴養。在成都，為了賀龍跳舞，公安局從學校物色一批女學生專陪。賀龍辦家宴，一桌就得幾百元，專吃熊掌燕窩魚翅等珍品。」

　　這些所謂的國家領導人，官比方長舟大幾倍，做的壞事也多幾倍。由他們掌權，國家怎能不蛻化變質。

　　只有一張批判陳雲的大字報，國福讀了不以為然：「一九六一年陳雲去青浦縣小燕公社調查，在調查報告中，陳雲借所謂『群眾之口』惡毒攻擊黨和社會主義，講農民們發牢騷說『蔣介石手裏受難、吃飯，毛主席手裏蒙福、吃粥。』『共產黨政策條條好，十條有十一條辦不到。』胡說：『黨的農業政策挫傷了農民的積極性，使農民不關心集體經濟。』」陳雲引用的話非常耳熟。三年自然災害時，國福還沒上學，奶奶規定他每天吃兩頓粥，他整天盯著奶奶叫「肚皮餓」，奶奶聽了嘆息，「解放前再窮，飯還能吃飽，解放後反倒整天喝稀粥了！」吳東旭聽了，嚇得提醒奶奶，「關起門可以發幾句牢騷，出了門千萬不能到處亂說，讓人聽到，要坐牢的。」陳雲講得沒錯啊，當時不少人都是這麼想的。

那天吳國平回家經過門衛，南老爺從半開的門裏叫住他，神秘地向他小招手。吳國平一進去，南老爺就嘭緊門，問他：「你說，對面貼出的大字報都是真的？」

「這算啥新聞，我去北京串聯，這些事盡人皆知。」

南老爺雙手捂著紫砂茶壺，默然了一歇：「國平，你是大學生，現在出頭露面做大事，我有一個想法，萬一說得不對，你別見怪。照大字報上講的，那些大官僚腐敗墮落，跟過去國民黨沒有啥兩樣了？」

「就是麼，所以毛主席說，走資派掌權，就是國民黨上臺，資本主義復辟。要不是毛主席英明偉大，把隱藏在身邊幾十年的那麼多壞人挖出來，後果不堪設想。」

「方長舟為了升官，增加右派名額，多少人像守坤一樣走上死路。再看劉少奇等人的所作所為，真是一分權勢造一分孽。唉，他們做了這麼多壞事，毛主席為啥不早點發現些呢？」

「老爺，你不知道，這些人非常狡猾，對毛主席陽奉陰違，盡背著毛主席做壞事。」

「是啊，多虧了毛主席，解放前，報紙上可讀到國民黨官員的大小醜聞，解放後禁止報道當官的事，老百姓全被蒙在鼓裏。」

九

鬥倒方長舟的次日，國福一早就去學校。

郭樹仁校長和張怡和已經靠邊，王昌鑫奪了學校的領導權。國福去紅小兵團部辦公室，正在刻鋼板的一個委員說，王老師正在找你。

王昌鑫慣用體罰，國福總有點怕他。他帶學生去錦江俱樂部游泳，不管你會不會水，都得排隊往深水裏跳，稍一猶豫，他就推你下去，再伸出長竹竿把你打撈上來，國福每次爬上岸，鼻子刺疼得像被灌了辣椒水。兩年前傳出他犯了對女學生行為不軌的錯誤。國福讀過他的大字報，他申訴自己因敢於直言長期遭領導打擊，卻沒提這事。

王昌鑫在乒乓室帶文藝宣傳隊排練節目，他穿一套運動衫站在屋子中央，正在幫宣傳隊長盧飛燕練「倒踢紫金冠」。盧飛燕著一套緊身棉毛衫，他左手托她的腰，右手掰住她豎起的右腿往一百八十度繃，其她女隊員都坐在地上看。王老師見到國福，翹了一下下巴，示意他去門外等一會兒。

國福靠在一張豎起的乒乓桌上，王老師幫所有的女隊員練完走出來，他用一塊白毛巾擦著汗說：「吳國福，你來得正好，我正要派人去叫你。」他簡單談了學校文化大革命的形勢，說紅小兵團成立時，郭樹仁為蒙混過關，讓你們上街宣傳毛澤東思想，轉移你們的視線，紅小兵應該參加校內的鬥爭。你們班是重災區，郭樹仁和張怡和文革前讓方聚儀當大隊委員，文革後又讓他當紅小兵團長，通過一個小學生串起一根修正主義黑線。你要組織紅小兵批判張怡和和郭樹仁。

這正是國福一直等待做的事。

國福花了一天時間，寫出《張怡和為何包庇方聚儀》的文稿，次日去學校抄出張貼在校門醒目處。這是福民小學第一張由紅小兵寫的大字報，引起了不小的震動。國福成了學校裏的造反小英雄。王昌鑫適時追加一張《郭樹仁投靠方長舟鐵證如山》。由此掀起新一輪批判郭樹仁、張怡和的高潮，許多紅小兵也紛紛仿效，貼自己老師的大字報。

王昌鑫老師召集紅小兵幹部開會，撤去方聚儀的職務，改選紅小兵團長，因國福在大字報裏批判了張怡和不尊重選票的事，王老師決定無記名投票選舉。結果，國福憑那張大字報的聲譽以最高票當選。

國福終於從方聚儀手中奪回了權力和尊嚴。

王老師為正式推翻郭校長，讓國福組織紅小兵對郭樹仁等人車輪戰。

　　國福帶了兩個紅小兵先審張怡和。他們把課桌椅推到四周，中間留出一方空地，放上一張審判桌，教室成了小審訊室。國福當審判官，往桌前一坐。兩個紅小兵拉拽張怡和到桌前低頭受審。她丈夫解放前有三十幾畝地，劃入地主，她便成了地主婆。

　　國福無數次旁觀國慶審訊壞分子，也參加過數不清的批鬥會，當審判官無師自通。他兜頭質問：「張怡和，先交待自己的罪行！」

　　張怡和苦惱道：「吳國福，不，革命小將，你們要我交待啥呢？我多次向造反隊談過，我是無罪的，毛主席一貫教導我們要實事求是，我不能亂說一氣。」

　　「照你的意思，造反隊老師冤枉了你？」

　　「小將同志，請別誤會，我不敢這麼想，我僅僅希望組織上根據當時的實際情況，複查我的成份問題。」

　　「難道你不是地主婆？」

　　「唉，有些話跟你們解釋不清。」

　　國福一拍桌子，喝道：「你放肆！難怪你一口否認，你把我們當不懂事的小人。」他朝兩個小戰友說：「再揿低她的頭，讓她放老實點。」

　　兩人立即扯住張怡和的頭髮用力往下摁，嘴裏高叫「坦白從寬，抗拒從嚴！」

　　張怡和的頭掙扎著向上伸：「小將們，你們鬆鬆手，讓我說啊。」

　　國福說：「你們先放一放手，看她說啥。」

　　張怡和用手整了整散亂的頭髮：「小將們，我丈夫一九四五年到上海讀高中，一九四八年他父親在鄉下患病，怕自己突然死去，急急忙忙把地產、房產的戶主換成我丈夫的名字。後來他父親病癒了，名字沒改回來，開始搞土改了，把我丈夫劃為地主。他成人後一直在上海讀書，沒當過一天真正的地主，也沒剝削過一個人，怎麼算地主呢？我五五年和他結婚，他父親的土地早就分給了貧雇農，我怎麼能算地主婆呢？」

國福搞不清張怡和說的事，覺得她丈夫的事和南守坤類似：「你丈夫不是靠地主父親剝削來的錢讀的大學？和地主有啥兩樣？」

「這怎麼一樣呢？他至多是地主的兒子吧了。」

國福不願糾纏在搞不懂的問題上，轉向自己的目標：「我問你，當初班裏選舉少先隊幹部，方聚儀得票第二，你為啥推薦他當大隊委員？」

張怡和萎靡下來：「吳國福小將，我讀了你的大字報，這件事對你確實不公平，但我也沒違反原則，學校規定每班無記名選出五名幹部，至於分工，不拘泥得票多寡，由班主任根據當選者的特長安排。」

「那麼你認為選出來的人中，方聚儀能力最強，或者學習成績最好囉？」

張怡和被逼到了死角，默然無語。

國福站起來，走到張怡和面前，用手指點著她的額頭，厲聲問：「你說啊，在關鍵問題上變啞巴了？」

「嗯，郭校長有指示，對方聚儀要重點培養。」張怡和吱唔道。

「為啥？」

「因為，當然，你們也知道，他爸爸是副區長。」

「好！現在你就給我把這些情況全寫下來！」

國福鬆了口氣，他迫不及待地逼張怡和承認周知的事實，是為自己的大字報作明證，使自己在道義上站住腳，也藉此掩蓋宣洩私憤的隱秘心理。

一次，王昌鑫老師對國福說，他帶造反隊抄郭樹仁的家時，沒有找到他認為存在著的整他的黑材料。他懷疑郭樹仁窩藏著這些材料，並伺機轉移出去。他讓國福帶人去郭家監視，發現郭樹仁出門就去跟蹤。

郭樹仁的家在上海電影院附近的一幢房子裏。入夜，國福帶領三個紅小兵潛伏在對面弄堂裏。殘冬季節，穿堂而過的西北風彷彿夾帶玻璃渣，刺得他們細嫩的面頰點點血紅，但他們全不在意地堅守哨位。這種盯稍和偵察正是他們想像中的革命形式，猶如《野火春風鬥古城》

中的地下黨員。誰也不去推敲這項任務是否荒謬：郭將材料轉移到哪裏去？王昌鑫怎麼知道他在這幾天夜裏帶走，而不是一周前或一周後？

為了縮小自己的目標，他們警覺地把身子貼在牆壁上。牆上的大字報，因一層層往上糊，粘結成一塊塊厚紙板，重得掛不住了，從角上一點一點垂下來，在風中一來一去，一上一下拍打他們，他們閃開，大字報便顧自空拍，越拍越響，好似在追打他們。進出的行人絕跡後，這聲音顯得十分可怕，他們硬著頭皮堅持到預定時間十二點。

埋伏了一周，一無所獲。這不影響王昌鑫按計劃奪權。福民小學革命委員會成立了，王昌鑫當上了校革會主任。

十

一天，國福從學校回家，在大門口看到南老爺衝姚大桶在罵誰的山門。

南老爺的氣管炎還沒清，咳喘著說：「……，沒見識的家庭婦女，你革命，造反，鬥古月琴，升你的官，發你的財，我沒意見，你為啥跟一堵牆過不去！」南老爺嗆出一口黃膿痰，對準陰溝狠勁「呸」去。

姚大桶勸道：「犯不著跟這種人慪氣，人家現在是里弄革命委員會主任，第一把手了，你得罪不起。」

「她早就熬不得福民公寓了，過去古月琴在，她不敢打主意，古月琴一倒她趁勢把牆一起推倒。」

「一門和尚念一道經，如今『瘋大姐』掌權，只好由她胡鬧了。」

「反正牆一倒，這兩扇鐵門不管用了，我這門衛成了聾子的耳朵——擺設！今後失竊失火，我一概不負責了！」

南老爺和姚大桶說話時，裏面傳出很響的「嘭、嘭」聲，國福循聲進去，連接一、二號樓與49弄相隔的那堵牆被砸去了三分之二，柳大寶拿著十八鎊鐵榔頭在錘最後一段殘垣。

　　早先，這道牆只有一米多高，49弄的孩子喜歡翻牆進來玩，他們相互打架，還擾亂住家，老門衛經常為趕走他們爭吵。後來公寓失竊事件多起來了，古大姐根據公寓住民的意見，把牆加高到二米多，並宣佈再違禁攀牆作小偷處理，才杜絕了49弄的騷擾。

　　這道牆是福民公寓和49弄的屏障，加高了它，也加深了兩邊的隔閡。

　　牛鬼蛇神在馮大姐的監視下搬運倒地的碎牆磚。

　　古月琴推一輛獨輪車運磚，她頸上扎一條白毛巾，汗濕的一綹劉海網在前額。她掛下俏媚的三角眼，躲避馮大姐的目光。古月琴定不上牛鬼蛇神，馮大姐讓兩個專政隊員強押古月琴來勞動，讓她看著自己加高的牆如何倒塌。

　　49弄的孩子已經越過磚堆來玩了，有兩三個孩子撿起碴磚扔向牛鬼蛇神們，他們在比命中率。帶頭的是柳大寶的兒子柳小寶。他留級兩年落到國福的班級，比同班同學高出一頭，又長著一對鬥雞眼，一臉兇相，是學校裏的「一隻鼎」。國福當班長，最怕管他。張怡和每年去他家造訪幾次，事後他照例吃父親一頓皮帶，他恨死了張怡和。

　　柳小寶見到國福，迎上來，摺掉手上的石子，老大哥似地拍了拍國福的肩胛，熱絡道：「吳國福，過去我入不了少先隊，現在你當紅小兵團長，可以批准我加入紅小兵了。」

　　「可以啊，你寫一張申請表，交團部審議。」

　　「那好，過幾天我就交給你，」柳小寶又習慣性地用手撩了國福後腦勺一把，「到時你可要幫幫忙啊。」

　　按過去的標準，柳小寶到小學畢業也入不了少先隊。現今他以硬當當的工人成份，倒不難加入紅小兵。

　　國福本能地反感柳大寶的十八鎊榔頭和柳小寶的親昵，覺得他們侵犯了福民新村的利益和權力，這權力包含著福民新村的優越意識。國福第一次感到糾結，如果自己對「樓上意識」的反抗是追求平等，49弄人的行動應該同樣合理；反之，49弄人是破壞和掠奪，國平和國慶的造反也有類似性質。

國福理不清這團思緒，去問國平，國平想了想說，最近他也在思考這些問題，等想清楚了回答他。國福看出國平近來情緒有點低落，他在打倒舊市委的鬥爭中立下汗馬功勞，但市革會[1]成立時，他勉強當上一名委員。在自己的大學，因不是黨員，他也只能擔任革委會副主任。最終，他不過是奪權鬥爭的馬前卒，一切都被父親不幸言中。

---

1 市革會：即市革命委員會，文革時的地方政府名稱。

第八章

一

打通福民新村後，49弄的居民從此穿進穿出，作為方便的近道，也為了顯示勝利和佔有。柳小寶們把大院當游樂場，每天來此玩耍，阿七頭也和他們混在一起。

南老爺拉長了臉，隻眼開隻眼閉看著終日敞開的大門。

一天，方聚儀從四號樓出來，柳小寶和兩個小嘍囉耳語了幾句，然後猛地撲到方聚儀背後，蒙住他的眼睛，兩個小嘍囉把陰溝邊上抓來的冰渣塞進他的棉襖領子。方聚儀凍得「哇、哇」怪叫，柳小寶、阿七頭等人圍堵住他，他欲找空擋鑽出去，逃到這頭，被柳小寶揪住推到另一邊，對面阿七頭又抓住他摔過來。方聚儀發急了，一頭撲向阿七頭，扭住他廝打，方聚儀哪裏是對手，反被他摜倒在地。柳小寶等人一齊湧上去，拳腳相加，七嘴八舌地罵「小特務，小走資派，看你還硬」，一頓猛揍，方聚儀只得抱頭哭喊，柳小寶逼他說：「我是小特務，小……」。

國福聞聲從屋裏出來，見狀，也想上去湊熱鬧。國福當了團長後，遇上方聚儀，他嫌惡地扭過頭，今天正好借柳小寶的手殺方聚儀的倔勁。方聚儀你自討苦吃，活該！國福心中想著，朝他們走了幾步，又停住。不行，不能走上去，柳小寶阿七頭出手狠，一旦與他們混在一起，被他們視為同道，福民新村的人就更把自己當「野蠻小鬼」了。國福又退回家門口，遠遠看著方聚儀哀嚎，不無惻隱地想，方聚儀啊，如果你低頭服輸，我會不計前嫌拉你一把。其實國福根本沒自信能規勸柳小寶和阿七頭，站著看白戲是唯一選擇。

古月琴聽到兒子的哭喊，從樓上奔下來，她把方聚儀拉出來，衝向柳小寶怒問：「你們憑啥打人？」

柳小寶白眼往上一翻：「憑啥？『老子反動兒混蛋，』他不老實認罪就該打？」

「這就是你們打人的理由？你們這幫野蠻小鬼，跟我到里委會去評理。」古月琴氣得三角眼梢倒掛。

柳小寶帶人起哄道：「去就去，怕啥！」

古月琴拉著方聚儀走進里委會，衝馮大姐嚷道：「請你管管你們49弄的小囝，他們憑啥隨便打人？」

還沒等古月琴說完，馮大姐兩眼一瞪：「『你們49弄』，你這話是啥意思，想借題發揮，發洩對我的不滿，對文革的不滿？」

「沒有人放縱，這些小鬼頭敢強凶霸道地打人，別說我的問題組織上還沒下結論，即使父母有錯，也不允許牽累無故的小囝。」

馮大姐一拍桌子：「怪不得你狠聲惡氣，你以為暫時沒定性，就不是牛鬼蛇神了，就可以張狂了，告訴你，即使不上綱上線，你黑幫分子家屬的身份，是棺材板上的釘子，想拔掉，沒門！」

古月琴推著方聚儀的肩膀往外走：「聚儀，回家去，這裏沒理可講，打死了，看他們不償命。」

柳小寶見古月琴敗走了，得勝地「嗷嗷」嚷叫。

有馮大姐撐腰，柳小寶們有恃無恐。一天，他們撿了一大堆石子，往樓頂平臺扔，比賽誰扔得高。一顆石子砸到祝秋藝的窗戶上，打破了一塊玻璃，碎了一地。祝秋藝收起石子，忍下來。

候到趙河竹值夜班，祝秋藝拿了石子去找他。她走到里委辦公室門口，見趙河竹一個人坐在裏面，她微低頭，嗲溜溜地叫了一聲：「趙同志。」

　　趙河竹沒料到祝秋藝上門找他，又見她少女初見男朋友般站在門口，洋蔥色的臉不由臊紅了：「祝……」他想不出恰當的稱呼。

　　祝秋藝看出了趙河竹的窘態，提示道：「叫我小祝好了。」

　　「噢、噢，小祝。」趙河竹覺得這叫法彆扭，又想不出恰當的稱呼，只能順著，「你找我有事？」

　　「嗯，有一點小事打擾您。」

　　「請進來。」

　　祝秋藝一步一搖地走到趙河竹對面，把半個屁股擱在椅子上，前傾著身子坐下來，趙河竹立即聞到一股百雀靈面油香味。祝秋藝把手上的石子往桌子上一放，哀婉道：「趙同志，有人把這麼大的石子扔進我屋裏，窗戶砸破了，散了一地碎玻璃，還差點打破我的頭。」

　　你知道是誰扔的嗎？」

　　祝秋藝細聲道：「自從圍牆砸倒後，49 弄的小囝整天來這裏白相，像我這種人，知道是誰也不敢提。」說完，她埋下頭，從口袋裏掏出手帕用食指戳起，點拭眼圈。

　　趙河竹有點意外：「小祝，有話慢慢說，別這樣。」

　　這口吻反而鼓舞了祝秋藝，她假癡假呆伏在桌子上乾抽噎。

　　「小祝，小祝，別這樣……」趙河竹慌亂地直搓手。

　　勸了半天，祝秋藝才抬起頭，壓紅的眼眶裏紫葡萄樣水靈的眸子蕩漾著趙河竹的春心。「趙同志，這日子叫我怎麼過哦。」她一古腦兒傾倒自己的苦衷：「解放前，你年齡小，不了解當時的社會情況，三言二語說不清，總之，當舞女不是妓女……」

　　「你那時做啥？」

　　「我們受雇於舞廳，陪客人跳舞，但決不陪客人過夜。」祝秋藝炒回鍋肉似地講述她浪漫又「清白」的故事，見趙河竹聽得心醉神迷，又突然打住，哭喪道：「就為此，解放後我受劉鄧路線迫害，遭多少歧視侮辱喲？」

　　這和劉鄧路線扯得上嗎？趙河竹的心緒被祝秋藝絆住了，他顧不上糾正，同情道：「你不必太悲觀，政府對你們一貫採取拯救的政策，從沒把你們歸為四類分子，這次文化大革命不是也沒有衝擊你們嗎？」

「有趙同志這些話，我就安心了，可你都看見了，從里委的一些幹部到有些群眾，專門找我叉頭。」

「好了，今後在適當的場合，我會為你解釋的，我們要按黨的政策團結一切可以團結的力量。」

「沒想到趙同志年紀輕輕，這樣懂政策，看上去嚴肅得讓人嚇絲絲，其實很通情達理。幹部都像你一樣，我們可少受多少冤枉氣啊！」

事後趙河竹讓馮大姐管教 49 弄的小孩，強調在激烈的鬥爭中更應保持秩序。

二

上海又到了迷亂人心的季節，仲春的風似無形的小手，帶著塗塗抹抹的暖意，去撩撥窗楞裏的夢魘。

一天很晏了，鐘毓英正欲鎖門睡覺，卻聽到很輕的敲門聲，她開了門問：「誰啊？」

「吳家姆媽，是我。」

鐘毓英見南荃珍縮著身子卑畏地站在外面，不由吃驚，同住一個院子這麼多年，南荃珍還是第一次上門，「南家姑婆，你有事？」

「你家國慶姑娘在嗎？」南荃珍怯聲說。

「在，在，有事進來談吧。」

「延泠和我一起來的。」南荃珍依著門說。

「那就一起進來吧。」

南延泠離門遠遠地躲著，姑婆回頭輕喚，她還呆立不動，姑婆只得走上去拉她，她往後退縮，姑婆只抓住袖管，繩子牽牛似地拖南延泠。

國慶已習慣類似的情況。她坐下來，雙手指交叉成網地擱在桌上，儼然一位經驗豐富的審判官，但一看南延泠的打扮，也屏忍不住地「噗嗤」笑出聲。

南延泠的裝束實在古怪，她穿著草綠色軍裝，上面別著毛主席的特大像章，還系著寬皮帶。軍裝過大，套在她身上，像水仙花植在漬鹹菜的瓦甕裏，不知誰配不上誰。南延泠在國慶對面垂首坐下，消瘦了的臉更顯蒼白，幾綹烏絲掛在額上，形成令人觸目的對比。

國慶一向同情延泠，關切地詢問：「延泠，你找我有啥事？」

南延泠雙手絞著軍裝前襟的下角，久久不語，姑婆用手輕輕推她的肩胛：「囡囡，你講呀，國慶是老鄰居了，會幫你的。」過了一會兒見南延泠依然不敢開口，嘆道：「也難怪，她哪能講得出口？」

國慶道：「既然相信我，就不用怕，把事情說出來。」

「吳家姆媽，國慶妹妹，前世作孽啊⋯⋯」姑婆突然抽泣起來。

鍾毓英憐惘起這個高傲的老太婆了。過去，南荃珍總是昂頭吊起頷下的贅囊進進出出，如今頸囊下墜嘴角耷拉，整個人佝傴下來。鍾毓英溫婉地說：「南家姑婆，別難過，有話慢慢說。」

國慶看不慣南荃珍，又在專政隊練出一副鐵石心腸，不滿道：「有話快講，哭有啥用。」

南荃珍苦起臉：「前世作孽啊，這事實在難張口啊，延泠她，唉，怎麼講呢？她有喜了！」

「姑婆，你講，誰有喜了？」鍾毓英驚地前傾身子。

南荃珍一拍額頭：「我急昏了頭，還說啥『喜』不『喜』的。這哪是斷命的『喜』啊。吳家姆媽，這種醜事，我說不出口，延泠她，懷孕了！」

南延泠忍不住伏在桌子上哭起來。

國慶先不懂「喜」字，待弄明白了，自己先臉紅了，愕然地瞪眼看南延泠，一句話也問不出。

鍾毓英忙從方桌下拉出一張凳子：「南家姑婆，你也坐下，慢慢說。」

南荃珍坐下來，抹著淚把毛文革的事敘了一遍：「吳家姆媽，國慶妹妹，我們在一個公寓住了幾十年，你們了解延泠，她從小沒爹娘照看，長到十七八歲，去淮海路還要我帶，她不見市面，不懂人情。我問她，為啥喜歡那個紅衛兵，她講，他穿一身軍裝，英武神氣，像電影裏的雷鋒，又像年輕時的毛主席，是當代的紅衛兵，樣樣事情都懂，她相信他了。現在怎麼辦，我沒有了主意，只好來找國慶商量，不，來向國慶妹妹彙報。」

「延泠，叫毛文革的人給你留地址了嗎？」國慶抑住難堪，一本正經道。

南延泠從軍裝口袋裏拿出一本《毛主席語錄》，抬起淚眼，把扉頁展示給國慶，低吟：「他把地址寫在上面，給我留念。」

國慶接過來，念道：「北京天安門一號！？」

「我照這地址寫過幾封信，都退了回來。」

「當然退回來，北京哪有這個地址啊，他還給你留下其它東西嗎？」

南延泠指著自己的上衣：「他留下這件軍裝，還給我一隻紅衛兵袖章和這枚像章作紀念。」她很小心地從上貼袋裏抽出折好的袖章，用手抹著。

鍾毓英急切道：「延泠，你上當了，這個人一定是流氓騙子。」

南荃珍連忙搖手：「吳家姆媽，說不得啊，我們可不敢這麼說，他是來串聯的紅衛兵小將啊。只是，延泠怎麼辦啊，我帶她去醫院，醫生說打胎要里弄革命委員會的證明，所以我們來求國慶妹妹。吳家姆媽，國慶妹妹，看在老鄰居的份上，救救延泠啊，她還未滿十八歲，做人的日子還長著哪……」

鍾毓英忙對國慶說：「得讓組織出面，把北京那個流氓找出來。」

國慶說：「這事我得先和趙同志和馮大姐商量，看怎麼解決。」

南荃珍拉起延泠，小雞啄米似地向國慶和鍾毓英點頭稱謝，走到門口，又不放心地回頭：「國慶妹妹，請你們千萬為延泠保密啊，」她又抹了一把淚，「她還未滿十八歲，做人的日子還長著哪。」

國慶關上門對母親說：「想不到延泠這麼下作。」

鍾毓英同情道:「我看這事不能怪延泠，她悶在房子裏不接觸社會，碰到一個青年紅衛兵，又把他當雷鋒，當年輕時的毛主席，聽他花言巧語，難免上當。」

「再怎樣，也不能做這種醜事啊！」

……

國福剛上床，把外面的話聽得一清二楚，南延泠走後，他對著泛黃的白色天花板發呆。他由南延泠想到了南延清。他一刻也沒有忘記她，惦念她在外婆家是否快樂。從方聚儀手上奪過權力時，他遺憾沒能讓南延清分享喜悅，彷彿演員歷盡艱辛終於成名時，卻失去了自己的戲迷。

這一夜，國福跌入惡夢，毛文革在追趕南延泠，南延泠逃進了一條死弄堂，被類似間隔福民新村和49弄的高牆擋住，南延泠翻轉身，變成了南延清。南延清倒在牆上，面對一步一步逼近的毛文革，心顫膽落地瞪大眼，長長的睫毛一根根豎起來，猶如兩面小黑扇的骨架，突然，毛文革惡狼捉兔子般撲向她，她絕命地呼叫：「國福……」

國福醒來，出了一身虛汗，那些天裏，他難以排遣好似無來由的鬱悶。

三

兩天後，趙河竹值班，他讓吳國慶去通知南延泠來談話。

等南延泠的時候，趙河竹禁不住嚼咂他和芳芳以斷腸結束的故事……

芳芳要去趙河竹家。趙河竹事先打電話去氣象局問了幾次，挑了一個晴天陪她。那日，芳芳穿一件新卡其兩用衫，一雙簇新絲襪和皮鞋。去趙家要坐近兩個小時的長途汽車，這期間天氣由晴而陰而雨。趙河竹貼著車窗往外看，迷蒙的雨一點一滴打在他臉上，彷彿麥芒一撮一撮扎在他心頭。

芳芳帶著渾身泥漿走進趙家。趙河竹的母親和姐妹手忙腳亂地打水讓芳芳洗搽，芳芳嘴上說沒關係，眼淚卻泊落泊落下來了，她不明白自己難過的原因。直到換上趙河竹妹妹的花格子土布褂子，看到老式梳妝臺裏自己變成鄉下妹子，她方醒悟哭泣的情由——自己是半個農家媳婦，但還沒這種心理準備。

……

南延泠由姑婆領著來到里委，趙河竹在門口擋住姑婆：「這種事讓南延泠自己談比較客觀，你先回去吧，有問題我再叫你。」

南延泠抓住南荃珍的手哀求：「姑婆，你陪我一道進去。」

南荃珍哄道：「跟趙同志談話怕啥，和趙同志談過，問題就解決了。」

趙河竹盯著南延清嫩豆腐樣的臉，和藹道：「難怪你上當受騙，這麼大的人還像在託兒所，到東到西要姑婆帶著，進來吧，我趙同志不是老虎，不會吃了你。」

姑婆怕趙河竹生氣，趕緊掰開南延泠的手，把她往房間裏推：「囡囡，跟趙同志進去吧，噢，聽趙同志的話，趙同志叫你講啥就講啥。」

姑婆走後，趙河竹把南延泠領進裏面的小間，他關上門，水畢靈鎖自動彈上，他輕輕按上保險鈕。

趙河竹讓南延泠在一尺寬的條桌對面坐下，南延泠縮著身子僵硬地坐著，雙手緊張地捏出了汗。

趙河竹仔細打量南延泠，把她身上像芳芳的東西放大出來。

……芳芳決定和趙河竹分手，她一再向他解釋，她不是嫌他鄉下人，不是看不起他農村的家，是她不具備做農家媳婦的素質。趙河竹無法接受城市姑娘七曲八彎的「文明思維」，芳芳愈解釋，他愈認為她看不起他的鄉下人出身，趙河竹帶著恨和芳芳不歡而散。

從此，趙河竹在對上海姑娘的愛和恨中煎熬。

此刻，南延泠綿羊般坐在他面前，她單純得像小孩，又是半個罪人，而且懷孕在身，讓趙河竹難得一個發洩愛恨和欲火的對象。他雙手交叉攔胸前靠在牆上，恰如獵人品賞意外捕獲的珍稀動物。

　　南延泠悶頭坐了一會兒，見趙河竹遲遲不發問，躲閃著抬起頭，她嚇得心狂跳起來，趙河竹目光灼灼地看著她，表情竟然和毛文革那次頂著「小傘」時一模一樣，看似呆愣的黑眸裏，閃著奇異的光。她像面對黃鼠狼的雛雞，趕緊重新埋頭桌下。

　　趙河竹讓南延泠詳敘和毛文革認識的過程。南延泠說到毛文革第一次雙手觸摸她的乳房時，他雙手抖索著伸過去，隔著那件鮮豔奪目的紅絨線衫，揉捏她高凸的雙蜂：「他是這樣摸你的嗎」？他聲音發顫，雙腿發軟。

　　「嗯——」南延泠雙手護胸，身子本能地往後退，又不敢退得太遠，她以為這是調查必需的。

　　衝動似脫轆的野馬，趙河竹無法自製，他走到桌子對面，撥開延泠緊縮的雙手，邊問邊動：「他是這樣脫你的絨線衫嗎？」

　　「後來呢？」趙河竹問南延泠。

　　……他拉著芳芳頂風冒雨地走在拖拉機車道上。

　　「再後來呢？」趙河竹問南延泠。

　　……他和芳芳雙雙滑倒在鄉間田埂上。

　　南延泠慘叫幾聲，趙河竹捂住她的嘴……他奮不顧身地抱住「芳芳」在泥濘中翻滾……

　　　　……

　　南荃珍對手插進絲綿夾襖袖管在二號樓前轉，兩眼緊張地望著里委大門。過一會兒，見南老爺提著熱水瓶從門衛過來，怕被他追問，只得慌慌張張先回家。

　　到打夜鈴時間，南老爺去巡邏，他繞著福民新村和周圍住宅，邊搖鈴邊唱：「注意關好門窗，防火防賊。」經過里委會臨街的一扇小窗時，他隱約聽到裏面傳出低低的呻吟聲，他駐足細聽，聲音沉悶下去，又很快消失了。文化大革命以來，這個小房間作審訓用，又是臨時羈留室，經常發生辱罵毆打，已見怪不怪。南老爺知道今晚趙河竹值班，不知又在拷問誰，獨自嘆息地搖著頭搖著鈴走了。

四

　　翌日，南老爺一大早就見樓醫生從樓上下來，以為南荃裕又犯病了，緊追幾步問，南荃裕怎麼了？樓醫生說，不是南荃裕，是延泠，她昨夜受風寒，高燒發到四十度，得了肺炎。樓醫生建議立即送醫院，南荃裕堅持在家裏治療，樓醫生擔心光靠吃藥打針壓不住。

　　南老爺嘆道：「哎，南老闆現在弄得像犯人，毛病都不敢去看了。」

　　「再怎麼樣，小囡沒有罪孽，在家硬拖下去要出事。」

　　兩人站在院子里說著。鍾毓英去上班，和樓醫生、南老爺點頭招呼，聽到議論，關切地問：「誰得了重病？」聽說是延泠，驚詫道：「昨天夜裏她去里委時，還好好的，怎麼一下子病得這麼重？」

　　這次輪到老爺受驚了：「她夜裏去里委了？」

　　「是啊，趙同志值班，讓國慶叫她去里委談話。」

　　南老爺揣度著：「原來是這麼回事？」

　　「你說啥？」樓醫生警覺地問。

　　「我說怪不得昨夜姑婆在門口等延泠。」南老爺裝作沒事。

　　「……」

　　南老爺明白了八九分，他要證實這件事。

　　午飯後，南老爺去找南荃裕，直言問：「阿哥，聽樓醫生說，延泠病得不輕，你們為啥不送她去醫院？」

　　南荃裕很平靜地歪在床榻上。半身不遂後，他讓意識也隨之麻木，把不幸歸於命數，可以減輕折磨。南延泠事發，他只當災樹上又生出一隻惡果，彷彿一艘即將傾覆的沉船船長，絕望地面對即將同歸於盡的乘客，木然地看待他們的任何傷痛。

　　南荃裕用正常的右手費力地支起身子，南老爺上去扶他坐穩。南荃裕道：「現在醫院裏很混亂，還不如讓樓醫生配點針藥在家治療。」

「延泠的事，你們不該瞞我，吳家姆媽都告訴我了。」

南荃珍以為鍾毓英說了南延泠懷孕的事，悲嘆：「老爺，不是瞞你，實在是見不得人啊。」她簡略說了南延泠懷孕的事。

「這事雖不宜張揚，但延泠上當受騙，是無辜的受害者，你們不用怕，她沒爹沒娘，夠可憐了，不能再傷害她。」

南荃珍更加傷悲，她在一張凳子上坐下，啜泣起來。

「沒有里弄革命委員會的證明，送她去醫院看肺炎，到時發現她身孕怎麼辦？」南荃裕犯難地說。

南荃珍說：「昨天趙同志說，得調查後才下結論。」

南老爺追問：「延泠回家後說了啥？昨天我見她還好好的，怎麼突然得了肺炎？」

南荃珍扭頭，避開南老爺抹淚。南荃裕見狀，趕緊解釋：「都是荃珍，昨夜熱水沒燒足，延泠洗澡，受了風寒，發起高燒來。」

南老爺見南荃裕不願坦言，不便再問，起身說去看看南延泠。

南延泠閉眼躺在床上，因發高燒，兩頰似塗了過量的胭脂，緋紅得怕人，床頭櫃上放著半碗吃剩的粥。

南老爺站在床邊對南荃珍說：「作孽，小小年紀，受這種罪。」南延泠聽到聲音，微弱地睜開眼，茫然地望著南老爺。

「延泠，吃了藥你好點了嗎？老爺來看你。」南荃珍用手摸了摸她的額頭，「還燙得厲害，你要吃茶嗎？」

南延泠點點頭，姑婆給她倒茶。

南老爺問延泠：「昨日夜裏，你去里委，趙同志跟你講啥？」

聽到這話，南延泠黯然的雙眸閃出微光：「啥趙同志，他就是毛文革啊。」

「延泠，不要亂說，快點吃茶，」南荃珍坐在南延泠床邊扶起她的頭，給她餵水，「還好是老爺，讓其他人聽到，要闖禍了。」

南延泠喝了幾口水，撅起嘴咕唧：「是毛文革麼……」她還要說啥，姑婆用杯子堵住她的嘴。

餵完茶，姑婆起身對老爺說：「你走吧，她燒得厲害，別聽她講昏話。」

南老爺搞清了一切。下樓時，他對南荃珍說，自己是南延泠的叔公，不能見死不管，他去找馮大姐要證明。南荃珍連忙勸阻，說去不得，這是拿雞毛撣帚撲火，弄不好，連你也受牽連。南老爺不應。

南老爺為南延泠說情，馮大姐果然不悅，但一時駁不下南老爺的面子，便說，正在調查毛文革這個人，福民里委接待站的登記簿找不到了，趙同志已去函與北京市公安聯繫了。

「公安局處於癱瘓狀態，北京這麼大，又亂作一團，要確證化名毛文革的人是大海裏撈針，南延泠的病拖不起啊。」

馮大姐粗眉一挑：「依你說怎麼辦？」

我想先開了證明讓她去治病，並不妨礙事件的調查。」

「那怎麼行，她是資產階級臭小姐，到底是來串聯的小將姦污了她，還是她腐蝕了紅衛兵，現在又反咬一口，嫁禍於人，這麼重大的問題不搞清爽，怎麼能輕易開證明？」

南老爺盡力說軟話：「她不過是資本家的孫女，屬於教育幫助的對象，又沒成人，即使犯錯誤也要給一條生路。」

「老南同志，我知道你是南荃裕的族兄，又為他開過車，有私人感情，但在大是大非面前，要站穩階級立場啊！」

「馮大姐，你不用上綱上線，搞文化大革命可以不講良心，難道人性也不要了？一個十七八歲的姑娘受人糟蹋，又得了肺炎，病勢嚴重，我多一句嘴就是立場不穩，真的出了人命你們不負責了？」老爺氣呼呼地走了。

生氣解決不了問題，文革以來死了多少人，誰負過責。冷靜下來，老爺只好又生一計。

次日下午，老爺終於在門口候到了幾天沒來的趙河竹，他招呼趙同志說有急事彙報。聽老爺說南延泠受風寒得了肺炎，趙河竹神色陡變。南老爺心裏罵「畜生」，嘴上說，問南荃珍為啥不送醫院，她說要里弄革命委員會的證明，他搞不清是怎麼回事，只怕拖下去要出人命。

趙同志說去問馮大姐。

趙河竹怕事情鬧大，讓馮大姐開出了打胎證明。

一切都晚了。南延泠被抬進醫院時，重症肺炎已引發淺昏迷，搶救了三天才醒過來，經過一個多月的治療才控制病情，然後去婦產科做人工流產，在醫院住了兩個多月。南延泠經受不住精神肉體的雙重打擊，病愈後精神失常了。按樓醫生的解釋，她在劫難逃。

南延泠一反常態，姑婆一不留神她就溜出門。她穿上別著毛主席像章的綠軍裝，套上紅衛兵袖章，束上寬皮帶，一身英姿颯爽的女紅衛兵打扮。她喜歡跑到熱鬧的地方攔住人問：「你們知道天安門一號在哪？」猛然聽到這話，人們以為這個眉清目秀的女孩在開玩笑，跟她搭訕才看出她異樣。有人糾纏說，知道天安門在啥地方，她臉上立即放出紅光請人帶她去。有人問，你找誰？她柔情道，找我男朋友毛文革。

花癡南延泠在福民里委附近出了名。她在馬路上到處游蕩，一壁走一壁咭咕，不懷好意的人主動兜搭，說領她去天安門一號，她滿面春風地跟上去，常被人帶到暗處，免不了受一番凌辱。

許多十幾歲半懂不懂的男孩子，公開在路上圍截她，調笑說，他們知道天安門一號在哪，毛文革在哪，並趁機在她身上亂摸亂捏，她喊叫著奔逃，他們就用石子追她。

南延泠總是披頭散髮回家，還常常撕落了紐扣半敞前襟。百病可治，相思難醫。姑婆無力管束，南延泠遭一次罪她抹一次淚，「前世作孽啊，前世作孽！」

南延泠整天在街上游走，病懨懨的身子開始豐腴，綠軍裝也撐合體了，到綠軍裝隨她走一圈濕一片的時候，文化大革命進入了第二個火熱的夏天。

來龍竟然也成了新村的矚目人物。

過去，來龍在廠里開會打瞌睡，下班任前鋒；在家裏兩耳不問鄰里事，管它春夏與秋冬。文革鬧騰起來後，廠裏工人組織造反隊，他照例漠不關心，反正鬥不到他頭上，他也沒精力去鬥別人。倒是祝秋藝沉不住氣了，公寓裏今天這個被抄，明天那個被鬥，四類分子，五類分子，增加到黑八類了，舞女雖然沒排進，她總覺得離他們不遠了。社會上流行紅袖章，戴上它，就證明你是紅衛兵或造反隊，就是一頂保護傘。如果來龍有了，她就成了造反隊員的家屬，就等於有了驅邪的魔布。為了保駕祝秋藝，來龍就在本廠(上海柴油機廠)的一派組織「工人聯合造反司令部」注了冊。

誰知禍起蕭牆，「聯司」去挑戰全市工人造反總部，「工總司」仗勢反擊，抓走二百多名「聯司」成員，引發「上柴聯司」事件。許多市民同情「聯司」的遭遇，組成「支聯站」，每天晚上，支持和反對「聯司」的兩派在人民廣場大辯論，成千上萬的市民湧去觀戰。在弄堂和馬路上乘涼的人也分兩種觀點議論。

福民新村的人都向來龍打聽「聯司」動向，讓來龍生出當英雄的感覺。為應付別人的詢問，他開始參與「聯司」的一些活動，不知不覺成了「聯司」的正式一員。祝秋藝沒料到來龍跟著「聯司」風光，真是打魚網意外地帶上一隻金甕，解放後，她第一次揚眉吐氣。

一天晚上，夕陽還在西邊散著餘熱，來龍該下班時沒回家，祝秋藝以為他又被公事拖住了。她不著急，點上一支「大前門」，端了張小凳子篤姍姍下樓。回想去年這個時候，自己為來龍的尖頭皮鞋擔心，風水輪流轉，現在輪到來龍造他人反革他人命了，她從沒有過的舒暢。

吳東旭夫婦在門口坐著乘涼，祝秋藝扭擺著屁股湊上去，擱了凳子坐下來：「房間裏悶死人，一分鐘也坐不住。」她誇張地抱怨。

鍾毓英問：「來龍又晏回來？」

「你們知道，這一陣，我那冤家多事，三天二頭晏回來，我也慣了。」

吳東旭問：「來龍在廠裏忙啥？」

「我不去過問他做的事，有時聽他講為聯司分送傳單。」

「聽說人民廣場辯論的兩派常發生武鬥，提醒來龍要小心啊。」

「嗨，只要不動真刀真槍，出不了事。來龍過去不出道，這次機會難得，再不去闖一下，還算啥男子漢？」

鍾毓英道：「這次如果來龍立了功，當上英雄，你就當英雄嫂嫂了。」

「啥英雄狗熊，『聯司』，『斷絲』，這次文化大革命，我躲過批鬥就算大幸。」豁達低調的口氣嘆出了祝秋藝的苦境。

說說笑笑，祝秋藝坐到晚也沒把來龍等回來，直到翌日。

結婚以來，來龍第一次通宵莫歸。

早上祝秋藝起晚了，去菜場時，見人們三三倆倆站在一起議論，她也不當回事。她走走買買，突然耳邊刮過「血洗聯司」的話，她驚懼起來，湊近人堆，聽了幾處，弄清了頭緒：昨天工總司十萬人從水陸兩路圍攻上柴廠，「聯司」工人在廠裏堅守對抗，雙方動用棍棒鐵器作戰。原來出事了，祝秋藝的臉像籃裏的茄子暗紫下來。

她匆匆回家，放下籃子就往廠裏奔。

這天來龍和祝秋藝都沒回家。

次日黃昏，公寓的人們都在忙晚飯，一陣撼天動地的哭喊，衝進門窗敞開的家家戶戶。樓上的人探出腦袋往下看，樓下的南老爺姚大桶夫婦和鍾毓英都放下手上的活走出來。只見祝秋藝由大姑子扶著一路走，一路哭著進來。

南老爺和鍾毓英預感不詳，迎上去問：「來龍出事了？」

這一問，祝秋藝好似竇娥訴冤，大放悲詞：「啊喲，冤家啊，你怎麼不對我說一聲就走了，陰曹地府的門怎麼這麼寬啊，你才四十歲啊，就這麼輕易被招去了。啊喲喲，冤家啊，千錯萬錯，只怪我趕潮流逼你參加造反隊，天塌下來照樣困死覺的人啊，你哪是搞斷命革命的料啊。親人啊，是我推你入火坑，成了你真正的冤家。啊喲喲，老天爺你睜開眼，看看這世道喲，我那冤家到底犯了哪條忌啊……」

　　來龍無病無災的橫死，震呆了南老爺和鍾毓英等鄰居，慰唁死者家屬的套話用不上。鍾毓英問祝秋藝大姑子怎麼回事，她抹著淚說了個大概。

　　那天，來龍下班晚了被圍困在廠裏，他沒參加防衛械鬥，工廠被攻破後，他作為聯司一員當了俘虜。一個負傷的工總司隊員拿來龍出氣，用鐵棍對他的頭猛擊了一下，當時傷口不大，過了兩個小時他突然昏倒，被送去醫院搶救。醫生說，棍子碰巧擊破顱內血管，造成大出血，不治而亡。

　　祝秋藝哭訴著，看熱鬧的人愈來愈多，趙河竹和馮大姐從里委出來，他們不知發生了啥事。馮大姐聽不下去了，責難道：「祝秋藝，你有事應去里委彙報，在大庭廣眾哭鬧，造成啥影響？」

　　文革以來，祝秋藝在馮大姐面前忍氣吞聲。今天借著死人，她放膽回敬：「啊唷，我的裏革會主任、專政隊長喲，你真是鐵石心腸啊，我聽說過朝朝代代有限制笑活人的，可沒聽說過禁止哭死人，我死了男人還不能哭兩聲，他可是跟著毛主席造反，為文化大革命而戰死的噢！」

　　馮大姐哼了一聲說：「怪不得你呼天搶地，借死人咒活人，你以為你男人參加造反隊，在武鬥中死了，就可以當烈士了，告訴你吧，今天市革會下了緊急通知，『聯司』是反動組織，你丈夫算啥，還等著下結論呢？」

　　祝秋藝沒料到有這一著，心裏一驚，眼珠一轉，爽性橫下來撒潑，她一屁股坐在地上號啕起來：「啊呀，老天爺啊，不，毛主席你老人家啊，我家來龍可是為你去革命，為你去死的喲，你可得主持公道明斷是非啊。親愛的毛主席啊，這日子沒法過喲，你也讓我一腳去吧……」

　　趙河竹眼見馮大姐棗目怒凸又欲說啥，搶先道：「祝秋藝，死了人哭幾聲情有可原，但引來這麼多人圍觀影響不好，你先回家，等事情有了結論再找你談。」趙河竹示意祝秋藝的大姑子和他一起拉她，兩人托祝秋藝的手臂，她順勢站起來，由大姑子扶著跳腳蹬地往家走。

趙河竹揮著手驅趕圍觀的人群：「都散了，回家吃飯吧。」

南延泠不知從啥地方冒出來，站到趙河竹面前，她照例穿著綠軍裝，箍著紅袖章，滿面帶笑，微含羞暈，纖纖玉指點著趙河竹：「你不是毛文革嗎？你原來在這裏啊，讓我尋死了。」

趙河竹一臉窘相：「南延泠，你怎麼又出來亂闖？快回家去。」

南延泠「咯咯」笑起來：「毛文革，你真無情無義啊，我們不是見面不久，你怎麼忘了？」

趙河竹慌亂道：「她又發相思病了，快叫南家的人把她領回去，怎麼不看護好她？」說完，招呼馮大姐一起急步走開。

49 弄的一幫孩子趁機圍住南延泠，推推搡搡地逗引她：「你要找毛文革，我們知道，帶你去好嗎？」

南延泠喜形於色，「真的嗎？你們肯帶我去嗎？」

南老爺見趙河竹還沒進里委，用讓他聽得見的聲音瞋怒地喝道「你們這些小赤佬，弄慫生病人，做這種缺德事，不怕傷陰騭！」他罵散小孩，對南延泠說：「姑婆等你吃夜飯，回去吧。」

南延泠依然傻笑：「嘻嘻，剛才我找到毛文革了，他為啥不來？我不管，我要去天安門一號找到他。」

鍾毓英也上去相幫，和南老爺兩人費了好大勁才把她牽回家。

六

死了來龍，祝秋藝失魂落魄。

來龍是她依傍的鎮山石。每次來政治運動，人們必定翻舊社會的老賬，揭舊社會的瘡疤，而她就是瘡疤上的疥癬。祝秋藝提心吊膽，生怕運動一擴大，人們就把她扔進四類分子的垃圾箱。那種時候，總是來龍寬解她，說不用怕，要坐牢我替你去。猶如兩人去黃山，來龍牽著她的手渡過峭壁「鯽魚背」，在來龍的呵護下，她有驚無險地度過一場又一場政治運動。生活上，他們沒有孩子，來龍作為丈夫和男人，滿足了她作為妻子和女人的一切。來龍走了，她如何活下去。

馮大姐留下的話最可怕，「聯司」是反動組織。照此推斷，可能定來龍反革命分子，她就成反革命家屬。祝秋藝又怨來龍了，你這個死鬼啊，讓你去加入造反隊，你也得軋準苗頭，去投那個後臺硬的「東方紅造反司令部」，你怎麼闖入和工總司唱對臺戲的「聯司」呢？再一想能怪他麼，他懂啥政治，文化大革命中拉幾個人就是一支造反隊，派別林立，組織縱橫，他哪裏分得清孰是孰非，誰強誰弱。該怨的是自己，千不該萬不該逼來龍掛造反隊牌子，結果護身符成了他的催命符。

那些天裏，像拘留所裏等開庭的罪犯，祝秋藝既盼有關部門下政治結論，又怕接到定罪通知。十天過去了，半月過去了，沒有消息。她想找馮大姐，又不願自討沒趣。祝秋藝成了熱地上的蜓蚰，苦挨著日子。

對了，光圍於愁城，為何不去找趙河竹。第一次見面，祝秋藝就看出那張威嚴的公安臉上潛出來的慾望，說話時，他著火的眼鋒不停地磨擦她的身子。只要略施魅力，趙河竹很容易倒下來。祝秋藝一起這個念頭就打寒噤，這可是玩火啊。出於生存的本能，她要冒險一試。來龍死後，她需要新的依靠。

候到趙河竹值勤的一個晚上，見他帶著兩個專政隊員去巡邏，祝秋藝迎上去招呼，說有事向趙同志彙報。趙河竹說，現在正忙，十點鐘到里委辦公室找他。祝秋藝讓人聽到是趙河竹安排她們見面的。

趙河竹提前結束值班，打發兩名專政隊員先回家。他沏了杯茶，坐下來，雙腳翹到桌子上悠悠地抖著。來龍死後，他對那雙滴溜溜轉的紫葡萄眼睛的渴望變現實了。他明白祝秋藝不是無知的學生南延泠，必須讓事情水到渠成。

聽到敲門聲，趙河竹慌忙把腳抽下來，去拿桌子上的大蓋帽，又覺大熱天在室內戴帽子不自然，忙摘下擱回原處，然後用手絹擤了一把汗濡濡的頭髮才去開門。

　　祝秋藝一進門就讓趙河竹眼睛一亮，她與剛才在門口「偶遇」時判若兩人。祝秋藝作了精心打扮：身子在浴缸裏泡過了，淺棕色的皮膚油滑閃亮，套上與膚色混然一體的米黃色短袖襯衫，顯出朦朧的肉感，她照例巧用那把齊肩的長髮，蓬蓬地束住它們，如松鼠尾巴掛在腦後，以此模糊自己的年齡。文化大革命後，口紅香水禁絕，祝秋藝潑灑小兒爽身粉，馥鬱的香味糅進女人獨特的氣息，熏昏了趙河竹。按照祝秋藝的履歷，她至少該三十七八歲了，可看上去最多三十出頭，著實讓趙河竹吃驚，他心裏嘆道：「上海女人啊，終究是上海女人，戴花插草一樣美。」

　　祝秋藝得到了預期的效果，一反大庭廣眾時在趙河竹面前的低姿態，揚頭挑眉道：「趙同志，我可以坐嗎？」不等應允，她已走到趙河竹對面一張椅子上坐下來，她給趙河竹一個感覺，沒把他僅僅當作戶籍警。

　　趙河竹覺悟到：他和祝秋藝一旦從戶籍警和負咎舞女變成男人和女人的關係，他肯定不是她的對手。不能讓這個女人輕易得手。但祝秋藝雪白的羽毛扇在他面前一左一右地翻動，如一隻撲翅的天鵝，使他神思恍惚。祝秋藝為來龍申訴，他愣愣地沒聽進多少。直到祝秋藝追問：「來龍在『血洗聯司』中犧牲了，到底如何定性？」他才記起祝秋藝的來意。

　　祝秋藝是來求他的，趙河竹回到應處的位置。他已經得知，市革委處理「聯司」的原則是「首惡者必辦，脅從者不問，受蒙蔽者無罪。」來龍屬於後者。趙河竹決定暫時不告訴祝秋藝，他要再拖一陣，留下他找祝秋藝或祝秋藝找他的借口，恰似在貓的頭上懸晃一塊腥魚作誘餌，讓它跟著騰躍。

　　趙河竹正了正身子道：「你急著追問結論，是為你去世的丈夫，還是為你自己。」

　　「當然為我丈夫，死得不名不白的。」祝秋藝不假思索的回答，反讓趙河竹看出她言不由衷。

「你對丈夫真是一往情深啊。」

祝秋藝知道肯定或否定都對自己不利，忙用扇子半遮面，讓趙河竹猜度她是悲戚還是羞赧。

趙河竹心裏暗笑，卻不點破她：「我一直記著你這件事，有關一個人的政治生命，當然要認真對待。我與有關部門聯繫過了，通知很快就下來。」

祝秋藝也跌回自己的處境，垂下頭輕語：「這件事讓你多費心，望趙同志多指教。」

「既然你信任我，在不違反原則的情況下，我會盡力。」

祝秋藝已回不到先前的嬌情，趙河竹只得隨之收斂自己。祝秋藝走後，她的影子還晃忽著不肯離去，扇誘著他的炎炎欲火。這晚，他只能在夢中和祝秋藝淫樂了一番。

趙河竹以為為那個結論，祝秋藝會馬上再來找他。可過了兩個輪值日，還不見她的動靜。到第三個輪值日，他終於熬不住，自己去叩她的門。

祝秋藝心裏暗喜，嘴上卻說：「趙同志親自登門，不敢當。」邊說邊去窗口的桌子為他倒酸梅湯，順手輕輕放下捲起的遮陽竹簾。

趙河竹十分羞惱，自己的心數全被這個女人摸透了，她布好圈套等著他鑽，他無心計較她的伎倆。趙河竹說了來意，表白在他的努力下，得到了來龍的處理結論。

「來龍是受蒙蔽的群眾，不追究其政治責任。」祝秋藝煎心熬肺等到的竟是這樣的判詞，她伏在桌上「哇哇」哭起來。她樂極而泣，所有不詳的猜測都沒出現，只是虛驚，彷彿只為捉弄她；她悲極而泣，啥也不追究了，她又不滿足，「受蒙蔽的群眾」，說得多麼輕飄，多麼荒唐，一條人命啊，就這麼完了，等於一條狗迷了路摔死在溝裏。要不是為自己，她寧可判來龍武鬥禍首、造錯反的勇士，當不了岳飛，也當個秦檜，死也死出個人樣來。

　　祝秋藝著一件無袖汗背心，赤裸的臂膀傷心地搐動，趙河竹伸長手，試探著輕拍過去，「祝秋藝，小祝，怎麼啦？」她滑潤的肌膚上抹著興奮劑似的，他汗濡的手一沾上去，就不受控制地蠕動起來，手掌像小時候摸捏滑膩的黃鱔。祝秋藝不僅沒抗議，身子還迎合著趙河竹的動作平息下來。趙河竹起身走過去，靠近她，雙手摩挲她的背脊，「小祝，冷靜些。」這話也是鎮定他自己，他已渾身漲熱，舌頭打顫，說出來的話細弱變調。

　　祝秋藝抽抽嗒嗒地抬起頭，微欹在趙河竹堅韌的小腹上，哽咽道：「趙同志，一條人命啊，一條人命，就這麼完了。」

　　趙河竹已急不可耐，不再敷衍地說：「好了，你總算沒為他背黑鍋。」停了停，又別有深意地補一句：「今後你不必再為他擔驚受怕了。」

　　祝秋藝知道他的言外之意，她扭轉身，雙手握拳，少女撒嬌般輕捶他豐實的胸肌，半真半假地排揎：「都是你們，都是你們害死了他啊，嗚嗚，他死得冤枉啊……」

　　趙河竹不再聽她絮叨，雙手把她的拳頭摁定在自己的胸脯，讓它們揉擦自己，祝秋藝的拳頭鬆下來，開始很靈巧地解他草綠色制服上的膠木紐扣，一顆又一顆……

　　四海翻騰雲水怒，五洲震蕩風雷激。

　　祝秋藝領著趙河竹升天墜地地雲雨，銷魂吸髓地料理了他一場。

　　事後，祝秋藝又「嗚嗚」哭起來，她的頭埋在繡著死鴛鴦的雙人長枕頭上，她和來龍在上面共臥了十七年。應該說這是她第一次賣身，而且到了這把年紀。當年她偶爾也和個別舞客上床，那些都是她中意的有身分地位的男人，她從不收他們的錢，只接受他們的禮物，遇上高雅上品的，她還會「倒貼」。和來龍結婚，雖然吃他的工人成分，兩人畢竟還談了半年多戀愛。這個趙河竹算啥，論到過去，他非單進不了百樂門，還准被門衛當小癟三趕走。

　　祝秋藝等著趙河竹來撫慰，不想等來比她還刺耳的「哭嚎」聲。她嚇壞了，抬起淚眼看，趙河竹額頭枕在曲起的雙膝上啜泣，她爬起來撲在他熱汗淋淋的裸背上：「怎麼啦，趙同志？」她覺得再叫「同志」太生分，糾正道：「小趙，怎麼啦？」

趙河竹不能對祝秋藝解釋。他是喜極而泣，涕淚像剛才開閘的情慾噴湧而出。上次強佔南延泠，他只是偷吃禁果，草草泄欲。今天，他跟著祝秋藝物我兩忘地仙游，抵達了快樂的絕境。就為這樣的一瞬，幾年來為上海姑娘所受的折磨都補償了。

第九章

一

那年十月，小學又突然重新開學，讓國福精神昂奮，當然不是為回教室上課。這些日子，他在空蕩蕩的校樓裏當紅小兵團長，稀稀拉拉帶著幾個小幹部奔忙，好像只有十幾個人、七八條槍的胡傳魁[1]司令，毫無威風可言。只有全部學生來校，他才能真正統領全軍。

按校革會的要求，紅小兵幹部去通知同學們複校。

國福終於撈到機會去問南延清的事了。南延清去外婆家後沒回來過，國福對她縈懷系念，不知她生活得怎樣。

國福去告訴南家姑婆開學的事。因國慶的關係，南荃珍對他客氣了，她和順道：「我想辦法去通知延清。」國福追問道：「開學日，延清能按時回來嗎？」南荃珍頓了頓說：「你跟我來，去問她爺爺。」

南荃裕正拄著拐杖在屋內踱步練腿力，秋日的陽光從窗戶切入房間，斜照在他站立不穩的三條腿上，聽到妹妹在門口叫，他猛回頭，用震耳的聲音說：「做啥？」把國福嚇了一跳，他聾得更厲害了。

聽到南延清開學的事，南荃裕說：「等玉珊來拿生活費時告訴她好了。」

「前幾天她剛來過，學校下星期一就開學，等她下次來就趕不及了。」南荃珍一肚子怨氣，像盈滿的一鍋水，一沸就溢出來：「既然

---

1 胡傳魁：文革時的樣板戲之一《沙家濱》中的人物。

劃清界線，就不要用南家的一分洋鈿，這才叫爭氣，鈔票要拿的，自己男人的事死人不管，有點良心的人早該回來了。」

「這種年頭，你還講良心？」

「這種年頭怎麼啦？人的良心都被狗吃掉了，變成狼心狗肺了！」

「好了，妹妹，不要節外生枝講這些無用的話了，延清回來讀書，她總要跟著回來，不必多煩了，我抽空寫封信通知她。」

南荃珍記起國福在門口，不再多語，轉身對國福說：「吳家弟弟，你跟老師講一聲，延清爺爺會寫信叫她儘快去學堂的。」

國福跟著姑婆下樓，出門時，終於忍不住問：「延清在外婆家好嗎？」

「當然好，不好怎麼會一年多不回家？」

國福不理會姑婆的冷諷，兀自失望，顯然南延清在外婆家很快活，也已經忘了他。

國福去方聚儀家，古月琴來開門，一見是他，立即板起臉，聽說開學，想到了啥，馬上換一付面孔說：「國福，你長遠不來了，進來白相啊。」國福不動，她又衝裏面喊：「聚儀，快出來，國福來尋你白相。」

方聚儀看了看國福，不知說啥。遭柳小寶毆打後，他盡量躲在家裏，偶爾出門，先看柳小寶們在不在。比起柳小寶的暴力，他暫時容忍了國福的奪權。他衝國福一笑。國福說了開學的事後問他：「你按時去報到嗎？」

方聚儀繃著臉，半天不吱聲。

「你整天叫一個人呆在屋裏悶死了，去上學不是有事做了？」古月琴不解。

「我不想去學校？」

「這是為啥？」

「我去上學，柳小寶他們又要罵我『狗崽子』『小牛鬼蛇神』了，喔喔……」方聚儀撲到桌子上哭起來。

古月琴眼圈紅了：「不要怕，我去學校跟老師說，就算你爸爸有錯，也不能讓你受累。」她轉向國福，「再說，國福和你同班，他是紅小兵團長，看在你們多年好朋友的面子上，他不會坐視不管，國福，你說對嗎？」

倨傲的古月琴說這話，等於承認方聚儀的失敗，國福心下稱意，樓下人終於戰勝了樓上人。何況自卑還在意識深處，明知是高帽子，還是不動聲色地戴上。他用保護人的口吻寬慰方聚儀：「你媽媽說得對，重在本人表現，你放心大膽去學校，只要我在，總會幫助你的。」說話間，國福忘了不再進他家的自戒，踏著勝利的步伐跨進去。方聚儀乘機拿出象棋請他玩，以示和好如初，國福給他恩賜般應下來。這盤棋使方聚儀和文革前的國福換了腳色，聚儀體驗到了國福承受過的屈辱。

二

開學一周各教室才踢踢沓沓坐滿一半學生，其中不少人來學校找人玩。語文課改成學《毛主席語錄》課，算術課前老師也先領讀《語錄》。參加造反隊的老師能堂堂正正教學生，其他帶職改造的老師上講臺，只能戰戰兢兢照本宣科。柳小寶阿七頭等搗蛋鬼如入無人之地地進出教室，還當著老師的面在教室裏打鬥玩耍。

開學不久，校革會召開全校廣播批判會，清算郭樹仁推行修正主義教育路線的罪行。會後郭樹仁等牛鬼蛇神被押往各班現場批鬥。

張怡和被解回國福的班級，王昌鑫親自督戰。會剛開不久，一個紅小兵奔來，說批判郭樹仁的班級鬥不下去了，王昌鑫讓國福主持批鬥，自己趕去救場。

國福讓紅小兵們上臺批判，十二三歲的孩子，講不出多少批判詞，就把挨張老師批評的事當靶子，輪流上陣亂說一通。

國福反復斟酌，決定不再提張怡和包庇方聚儀的事。豈料柳小寶覺得光批張怡和不熱鬧，突然狂叫：「我們應該揪出張怡和的紅人！」

大家還沒反映過來，他的手下已抓住方聚儀衣領往臺上拽。方聚儀嚇得面色青灰，挣揣著往後犟，柳小寶們撲上去，把他押到張怡和跟前。

「張怡和！這個人是誰？」柳小寶喝問。

「方聚儀同學。」

「他爸爸是誰，你知道嗎？」柳小寶追詰。

「過去是副區長。」

「現在呢？」

「不知道。」

「哈哈，你裝糊塗了，因為現在這個副區長變成了特務、走資派，當不了你的靠山了。當初你拍副區長的馬屁，事事包庇方聚儀，讓他去市少年宮當迎賓隊員，當大隊委員，像我這種工人子弟連少先隊也參加不了。方聚儀是你的大紅人，你應該叫他方紅人。」柳小寶為自己說了這番話而得意洋洋。

阿七頭站在一邊出鬼主意：「應該把他畫成紅人。」

「對，把他畫成紅人。」其他人跟著起哄。

柳小寶打開講臺下的櫃門，拿出一瓶紅墨水，旁邊的人七手八腳強行捆住方聚儀，在他身後的阿七頭，一把攥住他的頭髮使勁往後扯，讓他仰面朝天，動彈不得。柳小寶用揩布蘸上紅墨水在方聚儀的額頭、鼻樑、顴骨處亂抹。方聚儀哭喊道：「放開我，放開我！」他的面孔已經紅得關公不像關公、孫悟空不像孫悟空了。

柳小寶笑道：「張怡和，你看現在這個人是誰？」

「方聚儀。」

「他面孔上塗了啥？」

「塗了紅顏色。」

「那麼他現在是紅人了。」

「是塗了紅顏色的人。」

全班同學哄堂大笑，國福差不多放棄了主持權，也在一旁禁不住笑出了聲。方聚儀被迫仰視的眼珠猛地轉向國福。四目交織，國福記起對古月琴下的保證。他沒有忘記自己的諾言，是柳小寶的控訴又挑起他的舊恨。再說鬧到這地步，他的勸阻非但無濟於事，還會折了團長的堂堂尊嚴。

柳小寶越鬥勁越大，儼然是個頭頭，大聲宣佈，押著張怡和和她的紅人方聚儀去全校游鬥。十幾個同學齊聲起哄贊成。

柳小寶帶兩個人扭住張怡和往教室外衝，阿七頭和另兩個人揪住方聚儀跟上，全班同學蜂湧在後，一行走一行喊口號，經過其它教室，把別班的同學也吸引了出來。從三樓巡游了一圈，又湧到二樓，人愈擠愈多，走道狹小，前面的人被後面的推著，身不由己，步子變急變亂，下一樓時，上面的人壓下來，柳小寶想剎剎不住，拐彎時，張怡和被推著踩空一格樓梯，她屈腿向下倒去，柳小寶等人順勢壓下去，隨著「嗑嚓」一聲，是撕人心肺的慘叫「喲哇——!」所有亂轟轟的聲音都被它吞噬了，整個樓道像一群吵鬧的麻雀遽然靜下來，待柳小寶等人從張怡和身上爬起來，她面色蒼白，痛得蜷曲身子抱住腿哀嚎，「我的腿，我的腿!」柳小寶們把批鬥會當兒戲，真的出事了，也慌得失去了反應，直到王昌鑫等老師趕來，鬧劇才收場。

張怡和被送去醫院，醫生診斷為腓骨骨折。校革委會調查事情經過，作出結論：地主婆張怡和不老實接受學生批判，引起革命學生的公憤，導致意外事故，是咎由自取。

古月琴去找王昌鑫說理，學校批鬥十二歲小囝，違背了黨的政策，小囝是國家的財產，不是父母的私有物，即使方聚儀父親有問題，他可以走自己的道路，做無產階級革命事業的接班人。為了祖國的未來，她暫時不讓方聚儀上學了。

文革以來，跳樓上吊司空見慣，但親眼看著自己的老師致殘還是觸動了國福善良的天性。在紅小兵團幹部會議上，國福對王昌鑫老師吐露自己的疑問，王昌鑫馬上用劉少奇被鬥得一塌糊塗的例子給國福打氣，還引用毛主席的話說，既然革命是暴力，就難免出現傷亡。

那年臨近毛主席生日，造神運動拉開序幕，神州各地興起跳忠字舞的熱潮。

王昌鑫增補盧飛燕當紅小兵副團長，派她和吳國福一起去區紅小兵總部學跳忠字舞。

吳國福和盧飛燕回校後，操場上搭出一個小舞臺，兩人站在臺上示範，各班學生輪流出場學舞。「敬愛的毛主席，我們心中的紅太陽，敬愛的毛主席，我們心中的紅太陽……」伴著歌聲，吳國福在舞臺邊上手揮語錄，盧飛燕甩著一根紅綢滿臺翻騰，還不時插入倒踢紫金冠等漂亮動作。

整整一周，國福雙腳踏在臺上，少年的心駕輕風直上雲霄，在初冬清澄舒朗的天宇上歡翔。他的眼光巡覓臺下的每一行每一排，期望南延清從人群中冒出來，見賞他的矯健英姿，可惜沒有，是他快意中的唯一缺憾。

那些日子，承恩堂最繁忙，禮拜堂的座椅已被拆除，裏面搭著大小腳手架，雕塑師日夜鑄塑毛主席像，每天都有單位來請寶像。承恩堂大門左旁有一方高三米、寬二米的壁牆，一位年輕畫師在上面畫油畫《毛主席去安源》，他踏在一架八腳梯子上忙了半個多月。完工的那天晚上，雕塑室舉行隆重的揭幕儀式，請來一隊紅衛兵助興，他們在油畫前的馬路上載歌載舞，三呼毛主席萬壽無疆，人群雍塞了一條馬路。

國福爬到對面的梧桐樹上俯瞰。冬至將近，梧桐樹的最後一層蓑衣，在蕩滌一切的風中掙扎，一片片蠟黃的葉子哀嘆著告別母體，在人流的腳下發出微弱的苦吟。

樓醫生夫婦也站在梧桐樹下，他們靜觀著教堂換上新偶像，在天主教近二千年的歷史上，這不是第一次。

　　會後，人群散去，油畫上的一盞燈投照著青年毛澤東：那是幾十年前的事，他身著傳統的長袍，手拿油布傘炯炯有神地眺望遠方。

　　樓醫生愀然站著。他的目光從油畫慢慢上移，那尊打歪的十字架支撐著冷月，凌亂的黑雲不斷包圍它，又不斷被它驅散，一灘白一灘黑地塗在它身上。半明半暗中十字架像一個人，昂首肅立在密雲飄拂的峰巔，嚴峻注視著腳下發生的一切。

　　災難早晚要降臨到崇拜偶像的人和偶像本身。

　　樓醫生向著十字架劃了十字。

　　十二月二十五日，馮大姐在福民新村教忠字舞。她站在高臺上，手揮語錄邊舞邊解釋：「兩手往左舉，手指舉到頭頂，不對，方向反了，不是往右，你們要聽我的口令……還是不對……」

　　臺下都是四五十歲的家庭婦女和六七十歲的退休老頭，馮大姐和他們面對面站著，大家依葫蘆畫瓢地模仿，方向全反了，做出的動作也亂了，有的像打太極拳，有的像做廣播操。

　　只有舞女祝秋藝例外。她穿一件印花黑段子夾襖，雙手斜舉時，左手翹出蘭花指，襯托右手上的紅寶書，手掌像停在紅花上的蝴蝶，微微抖動著羽翼，活脫脫一隻黑彩蝶，把乾巴巴的忠字舞翻出不少花色。

　　趙河竹站在臺角下，緊貼著第一排的祝秋藝，盯著她看癡了。

　　趙河竹看了看表，快十一點了，照馮大姐的教法，不知什麼時候能收場。他想出一個主意，走上臺貼近馮大姐咕嚕了幾句。

　　「趙同志，這合適嗎？」馮大姐驚道：「讓過去的舞女教忠字舞？」

　　「跳忠字舞是人人參加的獻忠心活動，發揮祝秋藝的特長，說明文化大革命改造舞女的力量。」

　　馮大姐語含不悅道：「那就讓她試試吧。」說完退往一邊去。

　　趙河竹對臺下的人說：「馮大姐教了一個多小時，累了，現在她下去休息一會兒，由福民新村的祝秋藝來接替她。」

　　讓她出頭？墜入情網的趙河竹昏頭了？祝秋藝不相信地抬頭看趙

河竹，他雄赳赳地站在臺中央，含情的目光信任地等著她，她兩腮少女似地泅紅了。不能辜負趙河竹的厚意，她欲跨步出隊，又本能地瞄馮大姐一眼。馮大姐的顴骨鼓起來，猶如兩塊發得很暄的麵糰，一雙怒目是點在麵團上的黑棗。她前傾的身子趕緊縮回來。趙河竹第二次催她了，她深吸一口氣，鎮定自己。解放以來她低三下四地做人，因趙河竹眷顧才有這千載難逢的良機，不管馮大姐還是瘋大姐，她豁出去了。她不再朝馮大姐看，鼓足勇氣邁出一小步，然後一步比一步大地踏上臺。

祝秋藝早已看出老頭老太們沒學好的原因。她在高臺中央站定後，把身子一轉，背對臺下，和他們方向一致，臺下的人只要跟著她動就可以了。她還把每個動作做得很機械，雙手上舉下垂像受人牽制的木偶，很適應手腳僵硬的老人，這一改效果奇佳，不到半小時，下面的人就學得差不多了。

馮大姐氣得看不下去了，她忿忿地衝下臺，怨悔自己怎麼就沒想到轉個身。她更恨祝秋藝不知高低，竟敢上臺當眾把自己比下去。

馮大姐欲看不忍，欲罷不能地走進里委，咕嚕咕嚕咽了幾口茶，又走出來。她在大門口煩燥不安地轉。這當兒，民德坊的一個天主教徒悄悄地沿牆跟走進一號樓，過一會兒金神父也默不做聲地進去。她知道樓醫生是天主教徒，他們湊到樓醫生家做啥？一有敵情，她就顧不上個人情緒，或者說個人情緒加強了她的警惕。福民新村的人都不是好東西。偏偏還有人袒護他們，去年古月琴保樓醫生過關，今天趙河竹竟賞識起祝秋藝來了，真是活見鬼。

馮大姐決定突襲樓醫生家，剛往一號樓走，趙河竹在話筒裏喚她：「現在請馮大姐再上臺領大家從頭到尾跳一遍。」這是趙河竹給她面子，她也不願意放棄挽回形象的機會，裝作由她最後定調的姿態，大步流星地返回臺上。

祝秋藝彷彿回到了解放前，此刻剛在百樂門彈簧地板上跳完吉特巴，下臺前，使出舞女謝幕的習慣動作：一手搭胸，一手橫展，向臺下微微一鞠躬。站了近兩小時的群眾累得沒了耐心，因跳忠字舞，沒有人敢發半句怨言，看到祝秋藝的「怪模怪樣」，趁機大聲哄笑。

只有趙河竹意外地見識一次「風雅」。

馮大姐恨不得一腳把祝秋藝蹬下臺。她在高臺上挺足胸，欲在氣勢上壓過祝秋藝，粗吭道：「現在讓我們最後重複一遍。」

「一、二、三，敬愛的毛主席，我們心中的紅太陽，敬愛的⋯⋯」

「人人都唱人神好，唯有功名忘不了，載歌載舞祝萬壽，英雄成了天仙佬⋯⋯」熟悉的京腔又橫刺殺入⋯⋯

跳累的人反應遲鈍繼續慣性地唱：「我們有多少熱情地話兒要對您說，我們有多少熱情的歌兒要對您唱⋯⋯」

「人人都唱人神好，唯有鬥爭忘不了，天翻地覆慨而慷，不滅中華志不了⋯⋯」

趙河竹急得從高臺上跳下來，這個南守坤，又亂彈琴了，瘋人院怎麼關不長他？」

馮大姐借機宣佈：「今天的忠字舞學到這裏，現在散場，同志們趕緊離開福民新村。」

臺下許多人已知道是怎麼回事，被瘟疫追趕似地擠擠挨挨往外湧，陽光下，銀鞭樣一道尿從半空甩下，被風斬碎，來不及走避的人，淅淅瀝瀝淋了一頭。

「羞死人了。」

「臭死人了。」

南守坤不怕文化大革命了。精神病院一直超員，南守坤進去後，治療幾天又放了出來，趙河竹馮大姐也拿不出對付瘋子的辦法，只得被動應付，只要南守坤在群眾面前一出現，就趕忙「疏散」，讓他一個人盡興收場。

回到里委，馮大姐向趙河竹抱怨，福民新村的牛鬼蛇神，不管瘋的還是沒瘋的，都不安分，一有風吹草動就肇事搗亂，剛才金神父等人去樓醫生家，不知搞啥名堂。

趙河竹聽出馮大姐話裏的不滿。剛才他頭腦發脹，事後意識到難堪了馮大姐，作為彌補，他馬上說：「馮大姐，你發現的事很重要了，不能麻痹大意，走，我們現在就去查看。」

四

樓醫生家的客廳裏，窗幔重垂，光線昏暗，壁爐的桃花心木架上，兩支蠟燭躲躲閃閃地亮著，映出樓醫生夫婦等六個人的身影，他們圍坐在壁爐前的一張長方桌上，雙手合掌雙目微閉，正在低吟聖歌，彌撒進入尾聲。

不去教堂後，每年聖誕日，樓醫生夫婦約幾位教友在家舉行紀念，屬地下活動，文化大革命後他們冒險堅持。

唱完聖歌，金神父站起來說最後的頌詞，去年他連番挨鬥，只剩半條命，今天他硬撐著來聚會。他剛開口，就聽到急促的敲門聲，一屋子的人都愣住了，金神父停下來。樓醫生走去開門，先拉出一條縫，見是趙河竹，捏水畢靈鎖鈕的手僵住了，他機械地說：「哦，是趙同志，馮大姐也來了，大駕光臨。」

趙河竹不客氣地用力推門，衝進來，指著一桌子人問：「樓思禮！你們在做啥？」

在場的人沒料到趙同志馮大姐來，不知如何應對，個個受了定身法似地直立著。金神父欠了欠身，不卑不亢地說：「趙同志，您來了。」樓太太也低聲說：「馮大姐，您辛苦了。」一個教徒舌頭有點打結，只說了一個「趙……」字。

這是一幅活的《最後的晚餐》。

趙河竹繞著他們後背踱方步，審判式地問：「你們在開會？」

跟在他後面的樓醫生笨拙地說：「今天是聖誕節，來了幾個教會的朋友，大家聚一下。」

　　「聖誕節？」趙同志回身睇了樓醫生一眼說：「我長這麼大怎麼沒聽說過這個節？馮大姐，你聽說過嗎？」

　　「我不懂啥『聖誕節』，只知它和教會一樣，是帝國主義帶入中國的壞東西。」馮大姐嫉惡如仇地說。

　　趙河竹質問樓醫生：「聖誕節慶祝啥？」

　　「耶穌的誕生。」

　　「耶穌是誰？」

　　「天主的兒子。」

　　「天主是誰？」

　　「造物主。」

　　「他創造了啥？」

　　「世界上的一切。」

　　「難道我們偉大的中華人民共和國也是天主締造的？」

　　「不，這是政體。天主創造自然界萬物，包括所有的人。」

　　「所有的人？難道也包括偉大領袖毛主席？」

　　樓醫生不敢點頭，也不願欺心地搖頭，默認著。

　　馮大姐跳到樓醫生面前吼叫：「你敢說，我們心中最紅最紅的紅太陽、我們最最最最敬愛的偉大導師、偉大領袖、偉大統帥、偉大舵手毛主席是天主創造的？」

　　樓太太走到馮大姐面前解釋：「馮大姐，請您別誤解，老樓說的是天主教的基本教義，絲毫沒有否定毛主席的含意。」

　　「哼，啥基本教義，這是你們的反動綱領，要說世界上有造物主，他就是我們偉大領袖毛主席，他締造了偉大的中國共產黨，締造了偉大的中華人民共和國，沒有毛主席，就沒有新中國，就沒有今天的文化大革命。毛主席也是世界人民心中的紅太陽。你們用天主取代毛主席，還胡說他創造了毛主席，言下之意他是毛主席的父親，你們竟敢如此污蔑偉大領袖！」

　　金神父和另三個人紛紛弱聲申辯：「趙同志，馮大姐，這不是政治問題，不能把宗教和政治合二為一。」

趙河竹斷喝一聲：「都給我住口，當前正值毛主席生日，你們組織小集團搞宗教迷信，與轟轟烈烈的『三忠於四無限』[1] 活動相對抗，性質十分嚴重，你們等待發落吧！」說完，和馮大姐一陣風似地走了，壁爐架上的燭火驚得東倒西歪。

馮大姐記著去年古月琴包庇樓醫生這筆賬，這次抓到了罪證，她決定開會批鬥樓思禮，新賬老賬一起算。

五

次日，按不成文的規定，各單位食堂和居民必須為毛主席吃壽麵。糧店門口一早排起了買面的長龍。

想吃母親做的鹹菜肉絲麵，國福一下課就往家裏奔。鍾毓英正在廚房忙，國福前腳進門，南老爺端了滿滿一大碗麵跟著進來。

鍾毓英迎出來，不解道：「老爺你這是做啥？」

「吳家姆媽，吃毛主席壽麵前，先賞光吃我老爺一碗。」南老爺喜滋滋地說，面頰上的石榴紅斑樂得化開來。「今天陰曆十一月十六日，是我六十六歲生日，今年算我高運，中了頭彩，跟毛主席生日碰到一道，是雙喜臨門。」

「老爺六十六歲了，恭喜恭喜，這碗麵定規要吃。不過，不好意思，一點禮都沒有送。」

「談啥禮不禮的，要不是搞文革提倡『移風易俗』，我至少在家擺一兩桌請請幾十年的老鄰居。現在只好免了。」南老爺笑呵呵地走了。

鍾毓英把大碗麵撈進兩隻小碗，把大排骨一撕為二分放上去，讓國福和國進吃。國福面還沒吃完，就聽外面傳來很響的吵架聲，有老

---

1 文革時政治術語：忠于毛主席、忠于毛澤東思想、忠于毛主席的無產階級革命路綫；對毛主席、毛澤東思想、毛主席的無產階級革命路綫，要無限崇拜、無限熱愛、無限信仰、無限忠誠。

爺的聲音。鍾毓英怕又出事，關了煤氣走出門，國福也幾口狼吞完跟上去。

南老爺的老妻兩天前就帶兒孫來上海忙生日，全家備了不少酒菜慶賀。按理應請南荃裕兄妹，現在老爺不敢多事，就讓兒子南興文端了兩碗面送上樓。不巧在南家的大門口撞上馮大姐，她來通知南荃裕今晚陪鬥。

馮大姐不認識南興文，生疑地問，你是啥人？今天是毛主席生日，你為啥給南家送面。南興文說，我阿爸生日，給南家伯伯送壽麵。馮大姐搞清他是南老爺的兒子，火就翻上來了，這幾天一波未平一波又起，福民新村的人臭氣相投。想起南老爺為南延泠說情的事，她覺得該教育南老爺一下。

馮大姐拉著南興文來找南老爺，這不該那不該地說個沒完，南老爺聽了這些喪門星的話，氣得大罵山門。鍾毓英趕到時，老爺余怒未消，正在說：「……我送兩碗麵，是圖自己吉利，不是為南荃裕祝壽，再說資本家也好，反革命也好，小囡有啥罪，延泠從小叫我爺爺，我生日送一碗麵給她吃，也犯法了。」南老爺掃帚眉倒豎，面孔暗成一塊紅燒排骨。

「送碗面不犯法，但親不親階級分，總有個階級立場問題吧。何況，文化大革命破四舊，大家都不做生日了，你揚鈴打鼓，給東家西家送壽麵，影響好哦？」

南老爺頸上青筋弩張，「你不愧是喝黃浦江水長大的主任，管得實在寬啊，不但管頭管腳，還管吃管拉。我問你，啥人規定做生日是四舊，今天家家戶戶為毛主席拜壽，難道也是四舊？」

「好哇，難怪你頭頸直硬，原來在跟毛主席攀比。」

南老爺吼起來：「我南路生一輩子不偷不搶，老老實實做人，安安分分過日子，活到六十六歲做個壽，你也不讓我太平，賴我反對毛主席。我知道，你是想折我壽數，告訴你，我活了一個花甲，還超額了六年，沒指望過第二個花甲，我橫豎橫了。」說完，他抓起兒子盤子上的一碗面往地上狠狠砸去，「你有本事把我抓去，殺頭坐牢我奉陪。」

南老爺的老妻撲上去勸他，他的幾個孫子、孫女嚇得「哇哇」亂叫，南興文兄弟捋起袖管往馮大姐衝：「你是啥東西，管我們的閑事？」

馮大姐也氣得棗眼怒突：「你們想武鬥？」

鍾毓英怕事情鬧大，一面勸老爺息氣，一面拉馮大姐回里委休息。

六

馮大姐洶湧的心火上又添了一捆柴，她屏足了勁，要借晚上的批鬥會出一口惡氣。

到時，寒風陡起，馮大姐用絨線圍巾在頸上打個結，像農村大嫂威嚴地站在臺上。她數說階級鬥爭的新動向：有人利用跳忠字舞粉墨登場，有人借毛主席生日復辟舊風俗，為自己祝壽，最嚴重的莫過於樓思禮，糾集一夥人搞地下宗教迷信，並公然污蔑毛主席，是可忍，孰不可忍。

樓醫生由柳大寶押上臺，一些陪鬥的人也被拖到了臺下，古月琴至今沒定性，她拒絕來陪鬥。馮大姐只能在嘴上咬她說，福民里委的許多牛鬼蛇神在古月琴這頂保護傘下蒙混過關，樓思禮就是其中之一。在革命群眾無限崇敬毛主席的今天，他竟說他們信仰的那個天主創造了毛主席，真是反了天了！

柳大寶一把拎起樓醫生的罩衫後領，吊起他的脖子：「樓思禮，你老實坦白，說過這種反動話嗎？」

樓醫生的喉節被卡住了，暗著嗓子：「我說過，這是基本教義。」

馮大姐「哼」了一聲：「你想用教義來抵賴，無論啥教義，只要違反馬列主義、毛澤東思想就是反動綱領。」

樓醫生心裏默念，「主啊，饒恕他們吧，魔鬼遮障了他們的眼睛，使他們無法認識你……」

「今天，當著廣大群眾的面，你要講清爽，到底是天主創造了毛主席，還是毛主席創造了天主？」

樓醫生不回答，繼續祈禱：「主啊，饒恕他們褻瀆你的聖名，因為他們喝了魔鬼的迷魂湯，不知道自己在做啥。主啊，你要給我勇氣，給我力量，面對強暴，讓我敢於說出真理，主啊⋯⋯」

批鬥會開得太多，參加會議的人不再興頭，只想知道樓醫生說了啥反動話，反動到啥程度。近臺的幾個人跟著柳大寶起哄：「說啊，敢做敢為，有本事就說出來。」

樓醫生明白，只有承認毛主席創造了天主，他才能過關，多麼荒誕啊，天理不容！他知道一旦說出真理，等待他的將是什麼。樓醫生不再猶豫，堅定地說：「我說的是教義，是宗教問題，不是政治學社會學人類學問題。」

「你不要跟我這個學那個學地兜圈子，我要你直截了當地回答。」柳大寶開始發怒了，「快說。」

「我說的是基本教義，天主創造了所有的人，我們所有人的祖先都是天主創造的。」

「你還是堅持偉大領袖毛主席也是天主創造的？」

「我不能違背教義說謊。」

「你喪心病狂！真的敢說，中國幾千年、世界一百年才出一個的天才領袖，我們最最最最敬愛的毛主席是天主創造的？」柳大寶怒火中燒，他伸出長滿老繭竹板似的手，對準樓醫生的臉「啪」地狠狠抽了一記。

樓醫生的身子搖晃了一下，一縷血從他的口角滴下來。樓醫生穩住自己，用手抹了一把血，泰然地把右臉湊到柳大寶跟前：「還有另一面，請你打吧！」

柳大寶正欲再打，一聽這話，高舉在半空中的手突然停住了，他在單位里弄參加過無數批鬥會，打過許多壞人，遇到過不少求饒和躲閃的人，卻還沒碰到過討打的。他好奇地責問：「你是啥意思？」

「天主告誡我們，當有人打你的左臉時，你應該把右臉也伸過去。」樓醫生平靜地說。

柳大寶的手失去神經支配似地垂下來，他認為男子漢不應打毫無反抗意識的人。他有點敬畏這個天主，他教育的信徒，竟然和毛主席培育的戰士一樣堅強。他束手無策了。

臺下紛亂起來，樓醫生在福民里委頗有人緣，聽說他反對毛主席，大家趕來看熱鬧，見他如此迂腐，又可憐他了。懂點宗教的人說：「樓醫生不過是書鐸頭，認死理罷了。」

馮大姐措手不及，見柳大寶退下來，趕緊舉起拳頭領呼口號，她已煽動不起臺下的激情，只能自己唱獨腳戲鬧了一通。

今天國慶思慮一番後，找了個借口沒上批鬥臺。小時候，吳家兄妹有病都找樓醫生，樓醫生知道吳家經濟不寬裕，收費時客氣地說，實在拮据可以不付診費。吳東旭夫婦不願接受施捨，但碰上月底只得向樓醫生賒帳。到預定的日子不去還款，樓太太就會登門催取。鍾毓英疑心，樓醫生夫婦純粹是虛偽。吳東旭解釋說，樓醫生夫婦按西洋人的規矩，借是借，送是送，慈善是慈善，買賣是買賣。

國福雖然覺得樓醫生有點怪，又有點同情他。不明白樓醫生為啥說天主創造了毛主席。搞不清到底誰是人，誰是神，啥是人，啥是神，於是他去問父親。

「神是看不見，摸不著的。」吳東旭剛才在會場站了一會兒，覺得像在愚人節裏看演出，半途退回家吃茶，聽國福提問，便不無諷喻地回答。

「那毛主席是神了，我日思夜想，夢中好幾次見到他，可一醒就看不到摸不著了。」

吳東旭被兒子的話逗樂了：「你看不見，不等於別人看不見，國平去北京在天安門廣場見到了毛主席，你在電影上也看到毛主席接見紅衛兵了。」

　　國慶困惑道：「毛主席不是神，又不是普通的人，那算啥東西？樓醫生為啥講毛主席也是天主造的。」

　　「這是複雜的宗教問題，涉及彼此相對的有神論和無神論，現在只允許說無神論，又成了政治問題，你搞不清別亂問，更別亂說。」

　　那天晚上，參加聚會的其他幾個人也在自己所屬的里委挨鬥，金神父腦溢血發作，當場死在批鬥臺上。

第九章

第十章

　　工軍宣隊收拾殘局，宋代表住進公寓，忻大姐統治里委，揭開戶籍警姦情

一

　　六八年春節到了，這是文革後唯一沒有破除的舊習俗，當然也貼上了革命的標籤。「聽毛主席的話，跟共產黨走」，「宜將勝勇追窮寇，不可沽名學霸王」等時髦的標語代替春聯貼在我們新村各戶的門框兩邊。

　　年初三早上，國福在家裏聽到南延清風鈴似的笑聲，以為是幻覺，到門口張望，竟然真的是她，她和表妹在院子裏踢毽子。看她忘情的樣子，國福又喜又惱。整整一年，國福等她盼她，她總算回來了，卻不和自己打一聲招呼。

　　國福決定也不理她。可呆在屋裏，又擋不住外面聲音的誘惑。國進坐在桌子旁吃長生果，國福走上去說：「國進，外面太陽暖洋洋，你為啥不出去白相，延清送給你的那隻三色毽子呢？拿出來踢吧！」

　　「這麼冷的天，有啥好白相的？」國進雙眼不離果盤，過年每家配給一斤半長生果，留著待客，初一初二不準孩子們動，今天剛部分解禁。

　　「你不把這盤長生果吃了，屁股不會動。」國福氣道。

　　「你今天興致這麼好，要白相你自己去，硬拖我做啥。」國進繼續剝花生。

　　國福只得抓了幾粒玻璃彈子硬著頭皮去找阿七頭。

看到國福和阿七頭打彈子，南延清特意背過身，國福忍不住偷偷瞟她一眼。這一年南延清長高長胖了，搪瓷白的瓜子臉彷彿落土受了肥，長成一隻又白又大的生梨瓜。文靜的一溜短髮，扎成兩隻翹起的羊角辮。三色鴨毛毽子一會兒在她的燈芯絨棉鞋上翻得上天入地，一會兒在她的膝頭踮得撲朔迷離。國福有意把彈子往她那兒打，阿七頭緊追不捨，兩人向她進逼，南延清冷傲地揚起頭，弄出凜然不可侵犯的樣子。阿七頭突然走近國福，附在他耳朵上說：「南延清的大屁股一扭一擺，像隻快下蛋的老母雞了，哈哈……」

國福滿臉燥熱，罵道：「下作坯！」

「你不下作，為啥拼命往她那邊打彈子？」

「是你往她那邊打，我才跟過去的。」國福死要面子。

阿七頭嘩笑：「你以為我不知道，她不在這裏踢毽子，你會喊我打彈子？」

西洋鏡給阿七頭拆穿了，國福羞慚道：「你瞎講，不跟你白相了！」

寒假結束了。新學期的第一天，國福吃完早飯背上書包卻不出門。國進已上二年級了，和國福同校，她催哥哥，國福說有點事，讓她自己找小朋友先去。

眼看要遲到了，南延清才姍姍出門，國福遠遠地尾隨她，拐過上海藝術劇場，才猛地追上去。

國福喘著氣走到南延清的面前，裝作碰巧在路上遇到：「延清，是你啊，我今天睡過了頭，你為啥也這麼晏？」

「遲到怕啥？反正去學校也是這麼回事。」

「你外婆家那邊的小朋友不上學？」

「說是開學，可一半學生不去。」

「你跟他們一起白相瘋了，不想回福民新村了。」

南延清纖眉一揚：「我和他們打打鬧鬧，無拘無束，真開心，要不是戶口在這裏，我早在那裏上學了。」

「難怪你姑婆說你忘了福民新村，回來了也不露一下面。」

「我離開福民新村時，你不是也裝糊塗嗎？」

國福以為這是南延清冷落自己的原因，忙道出那天國進忘事陰錯陽差的經過。可惜不是一年前的南延清了，她毫不動容，淡淡地說：「講這些有啥意思，我早把這事忘了，更沒有怪過你。」

像做夢踏空路梯，國福的心直往下墜，可還想抓撈些東西。他告訴南延清學校這一年多的變化。南延清雙手摀住耳朵往前小跑：「不要對我說這些，我聽了心煩，聚儀也好，你也好，誰當紅小兵團長和我有啥關係？不管你們誰當，我總是壞分子……」

國福追上去，見她眼圈紅了，詞不達意的說：「我並不是對你誇口，因為你阿爸的關係，你在學校可能會遇到麻煩，到時我要盡力幫助你。」

南延清不鬆口：「我不怕，我外公外婆說了，姆媽已經和阿爸劃清了界線，我是工人階級的女兒，誰罵我，打我，就和他們對罵對打。」

「和自己的阿爸哪能劃得清界線，你姑婆不帶你去醫院看你阿爸？」國福盡戳她的軟處。

南延請硬撐出來的剛毅，擋不住這痛擊，晶瑩的淚一串串滾下來。

南延清一示弱，國福又來了精神，他就喜歡這樣的延清。國福走近她，溫和地說：「別擔心，無論你遇到啥事，我決不會旁觀。」

南延清用手絹抹去淚，恢復了傲氣，冷漠道：「謝謝你的好意，我已經說過，」她一字一頓，「從今以後，我誰也不靠，靠——自——己。」說完衝學校大門徑自跑去。

國福一個人呆立著，好久沒回過神。那些年，因南延清在他的周圍，他才對尊嚴那麼敏感，對貧寒那麼在意，對失去大隊委員那麼介懷。一年來，他一直想著，有這麼一天，自己像英武的將軍站在臺上，接受南延清公主樣的膜拜。豈料這一天來到時，她卻不屑一顧。

往日婀娜嫻雅的南延清，長成了野性好鬥的壯實丫頭，翹起挑戰的羊角辮遠去……

二

　　這年八月中旬的一天，馮大姐領著一男一女來南家看房子。

　　方長舟倒臺後，古大姐交出了白家三樓的鑰匙，後來市革會的一位新貴要去給親戚，人不來住，空佔著。南家的二樓仍由專政隊保管。

　　馮大姐撕下封條讓兩人看房子，完了，他們又去南家老小住的三樓、四樓丈量。

　　兩天後，馮大姐再次登門。她叫來南荃裕南荃珍和喬玉珊，說來看房的是區委軍宣隊[1]的宋代表和夫人，他們相中了這裏的房子，不過他們喜歡頂層四樓的房子，讓我和你們說一聲，希望你們能換下來。

　　南荃裕南荃珍不敢吱聲，喬玉珊哪裏能忍：「馮大姐，請你代我謝謝這位軍代表，他願意住進來，真是賞光了。這些年，這幢房子陰氣森森，有軍代表的好風水衝喜，我求之不得。不過，讓我們換下去，軍代表講一句話容易，南守坤關在醫院，家裏老的老小的小，都是沒腳蟹，雖說家具抄得沒剩幾件，但沒個男人怎麼搬？南家老頭老太由政府『包管』，不必我操心，我那兩間屋怎麼辦？請你把我們的困難轉告軍代表。」

　　馮大姐估計喬玉珊不同意換，見她只提搬家的事，覺得問題解決了一半，好言相勸：「喬玉珊，你不要給我出難題，遇事要顧全大局。」

　　「馮大姐，你這樣說，太抬舉我了，沒把我們掃地出門就是共產黨的大恩大德，我自己的方寸之地都顧不全，哪有能力顧大局。我只告訴你實情，到時影響軍代表搬家，我們擔待不起。」

　　「所以我事先來，就是讓你們克服一切困難，保證軍代表順利搬家。」

　　「馮大姐，我不知道如何克服克服不了的困難。軍代表是區裏的新領導，有權有勢，他該知道如何保證人民群眾的基本生活，哪有倒

---

1 軍宣隊：軍人毛澤東思想宣傳隊的簡稱，文革時進駐政府和文教單位當領導。

過來，讓我們手無寸鐵的老百姓去保障他們？」

「你的意思，我們沒保障你的基本生活？」

「當然保障了，有一間房，每月有十五塊生活費，我還敢不滿。該說的我都說了，你們自己看著辦吧。」

南荃珍送馮大姐到門口，怯生生地說：「馮大姐，有個事不知該不該提。」馮大姐停住問：「啥事？」南荃珍說：「您知道，守坤生病後一直住四層樓，我們在樓梯口加了一道門關牢他。如果軍代表住四層樓，守坤回來住哪裏？關不牢他出去闖禍怎麼辦？」馮大姐說：「為這事啊，告訴你吧，軍代表正是為那道門選擇四樓的，可以多一份安全。至於南守坤，他在群眾跳忠字舞時污蔑毛主席，性質十分嚴重，這次進了特殊病房，不會讓他輕易出來，所以我們也沒和軍代表提這事，你也不必操這份閑心。」

喬玉珊是刁難說的也是實情。馮大姐只得如實向宋代表彙報。不料宋代表大度道，南家的事由他幫忙解決。

禮拜天的早上，日頭還沒升高，兩部裝滿家具的軍用大卡車，由一個班的戰士解押，浩浩蕩蕩開進福民新村。車一停，戰士們跳下來，分兩排站好，宋代表的夫人忻大姐從駕駛室下來，她走到戰士面前，部署戰鬥任務似地講解搬家步驟。正副班長奉命去南家上下的樓道偵察地形，狹窄的拐彎處還量了尺寸。

戰士們先把南家四樓、三樓的東西搬到三樓、二樓，知道是資本家為首長騰地方，他們快速麻利，弄得磕磕碰碰，氣得喬玉珊跟在屁股後面叫「當心！」四樓挪空後，他們徹底打掃一遍，每件家具用軍用毛毯裹著，輕手輕腳往上搬，因為過分緊張，戰士們個個大汗淋漓。

南延泠聽到門外有說普通話的嚷嚷聲，以為又來了大串聯的紅衛兵，毛文革也一定在裏面。她按捺不住要出去，被姑婆看守著。一個戰士來問姑婆要水喝，她不敢怠慢，忙去廚房，南延泠乘機溜出來。她去樓梯口看上上下下的戰士，他們沒戴帽子，袖口挽得很高，和紅衛兵沒啥兩樣。一個戰士很像毛文革，她走上去一把抓住他的袖口：「你不是毛文革嗎？」

　　戰士突然被一個年青女子親熱地拉住，熱汪汪的臉燒得煊紅，他想甩掉那隻手，期期艾艾地說：「你找誰？不要拽住我。」

　　「毛文革，你好狠心啊，一去不回，來了還裝作不認識我……」南延泠嘮三叨四跟著戰士出門。

　　戰士怕被人看到，從她手中抽出自己的袖子，粗率道：「我不是毛文革，你認錯人了。」

　　南延泠緊迫不捨：「那你是毛文革的兄弟」

　　戰士往車上爬，南延泠扯住他的衣襟：「你知道毛文革在哪兒？」

　　忻大姐正在指揮戰士們工作，見冒出個姑娘拉扯戰士，厲聲問：「你是誰？在這裏做啥？」

　　南延泠見這個女人好凶，有點像馮大姐，嚇得縮回手，嘻嘻癡笑了兩聲：「我找毛文革。」

　　「啥毛文革，劉文革，戰士們正忙著搬家，別添亂。」忻大姐說完，走近南延泠，趕鴨子般揮手：「去去去……」

　　南荃珍趕來，拉住南延泠的手，對忻大姐連聲致歉。

　　忻大姐顰眉：「她是你孫女？怎麼對戰士動手動腳。」

　　南荃珍用手點了點自己的太陽穴：「她這裏有點毛病，請你不要見怪。」

　　南荃珍用死力把南延泠往家裏拖，忻大姐覺得不吉利，暗責自己急於搬家，對福民新村的環境了解得不仔細。

　　宋代表來上海十多年，一直住虹口區一個空軍家屬院，他是副團級，攀附著擠在師團幹部中，像個小兵嘍囉，回家也得看左鄰右舍的眼色。忻大姐資歷比其她夫人高，但婦隨夫賤，她也只得低眉順眼。這次宋代表來地方臨時工作，本可以不搬家，但忻大姐要跳出家屬院，以路遠為由搬過來，她還想通過住福民新村認識上海市民。不料剛搬進來就撞上一個資本家的花癡女兒。

　　南老爺和姚大桶坐在樓陰下看閑。南老爺去年生日與馮大姐大吵後，氣管炎發作，纏磨了他一個冬天，病後，人又瘦了一層，褐色的皮膚把骨頭勒得更緊了。

「福民公寓真是風水寶地，一有錢一得道就搬進來。」姚大桶拿自己的大肚皮出氣，用大蒲扇重重地拍它。

「哎，一朝天子一朝臣，中國幾千年的老規矩。現在搞一次運動，升一批官，佔一攤房子。解放初，方長舟住進白家讓出的房子，鬧文革，這位宋代表又挖走南家的房子。」

「變來變去，我們住樓下的，是翻不了身的墊腳石，永遠被壓在最底層，叫福民公寓也好，叫福民新村也好，我們沒過上一天好日子。」

「要過好日子，也要有魄力，看人家宋代表，當初沒有飯吃，就去當兵鬧革命，這叫欲求生快樂，須下死工夫。」

姚大桶丟了寶貝般遺憾：「是啊，講起來，我們這種人腦子不活絡，當初有份小工，填飽肚皮不敢想當兵那擋事，不然今天也可謀一官半職。」

「也不能看人挑擔不吃力，不少人腦袋掛在褲帶上戰場，要有亡命之徒的膽魄。」

說話間，一輛小吉普開進來。宋代表輕捷地跳下車，他面堂黎黑粗短身材，一看就知年青時是個猴子般的靈巧戰士。

姚大桶不平道：「原來這副賣相，在農村當生產大隊長的料子，到區政府能做啥？」

南老爺「噓」了一聲：「當心他們聽到」。」

「這種阿木令，聽不懂上海話。」

「現在求太平為妙。」

那邊宋代表招呼兩個小戰士從吉普車後座上抬出兩筐西瓜，忻大姐拿了幾條白毛巾鋪在一張桌子上。宋代表拿了瓜在桌子上切，先慰勞戰士，然後捧了兩塊走近老爺和姚大桶說：「老同志請賞光嘗一塊。」

南老爺和姚大桶趕緊起身辭謝。南老爺說：「我們剛吃過午飯。」

宋代表笑道：「嗨，老同志，吃塊瓜不就是喝碗涼茶，哪有裝不下的，來來，不用客氣，往後我們住一個院子，就是鄰居，許多事還望你們照應。」

姚大桶道：「要說照應，我們平民百姓還望宋代表照應呢。」。

宋代表訪貧問苦似地問他倆的姓名，姚大桶代南老爺一起回答了。宋代表朗聲說：「南老爺，這名字好，咱們分工，我做官，你當老爺，在福民新村，我屬你管。」

南老爺難得聽這種話，窩心地堆笑。

宋代表盡力平民化地方化，說的是北方上海話，南老爺姚大桶努力靠攏宋代表，說出來的是江浙普通話。

宋代表回到戰士中去了。

南老爺和姚大桶又重新坐回小凳子，他們猶猶豫豫剛咬了口瓜，就不約而同詫道：「哎喲，這西瓜蜜甜！」

「解放後還是第一次吃這麼甜的瓜！」南老爺嘆著，托起瓜，看文物樣觀賞。粗看這瓜與平湖瓜沒啥兩樣，細辨才見出不同。墨綠的瓜皮閃著黯光，好像油漆過，薄薄的內皮護著嫩紅的瓜瓤，肌理纖細剔透，點點小黑籽隱隱鑲嵌其間，秀色可餐。瓜入口中，滑爽潤甜，毫無牽絆。」這種瓜，在市面上花錢也買不到哇！」

姚大桶往手上吐了一口籽：「沒想到現在部隊當官更闊氣，這瓜不去說了，你看宋代表搬家，呼奴使婢地叫一兩個班的戰士，一陣風似地搬完這麼多家具。要是我們，沒幾件家具，求親戚告朋友，至少折騰一天。」

「不是我吃一塊瓜講好話，宋代表看上去沒有架子，還算平易近人。」

「話不能說得太早，新官上任不僅有三把火，還常帶三分笑，日久才能見真性。方長舟搬進來時也很謙虛，和古月琴雙雙去各家打招呼，後來呢，夾著公文包上下轎車，鼻子差不多衝天了。」

南老爺認同地點了點頭。

古月琴站在臥室敞開的窗前。

她鷹隼般的目光穿過竹簾，俯瞰一部不喜歡看又忍不住不看的活劇。軍宣隊進駐區委後，比造反隊「慈悲」些，允許方長舟每周放「牛棚」回家一天，所以她還沒恨上宋代表。

她是以老道的上海女人饒有興趣地秤量忻大姐，她發現忻大姐身上還透出農村大嫂的老底。她自以為比過了忻大姐，可以坐山觀虎鬥了，讓這個忻大姐去殺馮美珠的威勢。

古月琴回頭看丈夫，方長舟還面朝裏賴在床上，長期的牛棚生活擊垮了他。古月琴理解丈夫，自己從里委主任下來都不甘心，何況他堂堂副區長一夜間成階下囚，從山巔跌入谷底，能不傷筋斷骨？古月琴同情地走過去，在床沿坐下。她體己地推了推丈夫的肩頭：「哎，已經十二點多了，你還不起來？」

「我胃不舒服。」方長舟悶聲悶氣說。在牛棚裏，造反派得不到滿意的口供，就罰他餓飯，加上情緒憂鬱，他生出了胃疾。

古大姐明知胃病也是丈夫心病的託詞，仍然勸道：「你胃不好，更應注意飲食，要利用禮拜天回家的機會，好好調理，這樣不吃不喝幹躺半天，能好嗎？」丈夫不語，她又尋出話來：「哎，那個姓宋的搬進來了，我看他那張臉，一半像人，一半像猴子，這樣的人也能當軍代表？」

「不管猴子還是猩猩，人家現在是區委委員。」方長舟悲鳴道。

「他有那份能耐嗎？」

「現在講啥能耐，阿狗阿貓造了反，當了頭頭，就是領導，就是古人說的羊胃羊頭式的濫官。你不用去管這份閑事，宋代表不當，也輪不上你。」方長舟自暴自棄道。

古月琴的苦心沒有被丈夫接受，不悅道：「我說你啊，整日煨灶貓樣唉聲嘆氣有啥用。現在像你這樣的人成千上萬，姐夫比你慘得多，卻比你樂觀。姐夫說了，這樣的日子長不了。你該向他學，振作精神，該吃就吃，該睡就睡，挺過這道難關，等待時局的變遷。」

方長舟翻過身：「造反派勒令我交待罪行，至今寫的檢查已超過十七年中起草的文件了，還沒通過。這關過不了，哪裏還有以後。」

「你不承認是國民黨特務，造反派就永遠不會死心，只好聽天由命，你愁死了倒合造反派的意。」

「話是不錯，可一天一天這日子可不是好挨的。」

「你在牛棚難挨，我和聚儀在家日子好過了？聚儀不敢去學校，躲在家裏自己跟自己下象棋，都快悶出病了。好不容易盼你回家，大家可以苦中作樂，你倒好，滿臉愁雲慘霧的，這不是把一家子往死路上引⋯⋯」古大姐眼圈漲紅，說不下去了。

方長舟也不忍聽：「好了，別說了，你去備早飯吧，我起床了。」

「還吃早飯？都幾點了？」

「那就吃中飯吧。」

古月琴去廚房。方長舟坐起身，腦袋攤在松木床架上。他想塗萬金油，伸手拿床頭櫃上的小鐵罐，他用指甲費了好大的勁剔開蓋子，裏面已罄盡了。

方長舟苦苦自省：當年加入地下黨時就準備坐國民黨牢吃老虎凳，現在何以受不了牛棚的「考驗」？因受自己人誣陷感到冤屈？黨史上累累記錄著草菅人命的政治運動，不乏王實味[1]這樣的冤死鬼；是上了年紀，受不了肉體的折磨？可現在垮倒的是意志而不是身子。

最近他才依稀捫到了癥結。

當時自己是小店員，光身赤腳漢，成王敗寇，不怕坐牢殺頭。如今當過副區長，做過人上人，地位權勢已成生活的支柱和基石。現在支柱被砍斷，基石被砸碎，他失去了生命骨架。他的一半楚痛就是對這一切的追念和依戀。

---

1 王實味：中共延安時期的理論工作者，系中共史上因言獲罪被殺害的第一人。

如果違心承認「自己是國民黨特務」，以「坦白」獲「從寬」，他真願一試。

荒誕啊，他竟被懷疑是潛入共產黨的國民黨特務。

西安事變後，蔣介石被迫領導抗日。三八年三月國民黨召開臨時代表大會，提出「抗戰建國」的口號，通過一些有利抗日的提案，挽回不少民心。這次會上成立三民主義青年團，不久蔣介石親任團長。方長舟把抗日的希望寄託於國民黨，不無盲目地加入了進去。

高中畢業後，他去一家書店當店員，店老闆是共產黨員，向他講解共產黨的組織性質抗日方針，方長舟早就對共產黨心嚮往之，與他一拍即合。方長舟向店老闆提出退出三青團，店老闆卻讓他保留身份。抗戰勝利後，他奉地下黨之命進國民黨區公所，四六年由於叛徒出賣，他的身份暴露，上級讓他連夜逃離上海。

這些經歷，他已經寫了無數次。但是，造反派斥他是潛入共產黨的國民黨特務，他否定得斬釘截鐵，但一提他在國共兩黨間搖擺，是投機分子，他總是掠過一陣悸搐。

難道當時自己的潛意識裏真有過「騎牆」的意念？在造反派的威逼下，方長舟對自己都不敢肯定了。

四

古月琴眼力不錯，忻大姐確實是為子弟兵送過軍糧的老黨員，她的組織關係轉到里委黨支部，讓馮大姐唬了一跳。忻大姐在，馮大姐在支書的位子上坐不實，無論是黨員會議，還是居民大會，作決定前，她總得先去徵求忻大姐的意見，時間一長，忻大姐成了不是書記的書記，她只得主動提出讓賢，有兩個本來就瞧不起她的黨員趁機附和。忻大姐是見過世面的巾幗，根本不把里弄黨支書放在眼裏，不過在軍屬大院，她還輪不上這個職務，這次就算過癮。忻大姐接受了支書的頭銜，讓馮大姐繼續擔任革委會主任和專政隊長。

馮大姐是小幹部做超能力的大事，生怕人家說不稱職，便事事費神盡心。忻大姐自以為放下身架做小事情，生怕做得太稱職，被居民當作正宗的家庭婦女。再說忻大姐不熟悉里委的社會狀況，遇到批人鬥人之類的重頭戲，也只能讓馮大姐唱主角，她蜻蜓點水地做值班巡夜等浮面工作。

一天晚上，輪到忻大姐值班，一陣鋼琴聲衝出里委，在新村沉悶的空氣中飄散。彈的是語錄歌：「世界是你們的，也是我們的，但是歸根到底是你們的……」這是劫夫譜寫的一首「流行」歌曲，直到敲打在鋼琴上，才知道這不叫音樂，而是標上音符的口號。鋼琴與口號格格不入，猶如刀劍無法描繪圖畫。

一日竹笛十日笙，百日胡琴殺雞聲，鋼琴強奏語錄歌，一曲末了驚人魂。

國福不由詫異，是南延清那架消聲了兩年多的鋼琴，誰在亂彈？他從家裏奔出來，下意識地往南家走，走了幾步，才記起鋼琴早就搬入里委。

他去里委看究竟。

里委會的門大喇叭樣張著。國福悄悄地貼近門，立即認出坐在鋼琴上的是忻大姐的女兒宋秀娥，前幾天她來找過國福，她和國福同年，下學期轉到福民小學，她來問轉紅小兵組織關係的事。她滿口普通官話，讓國福生疑，難道她不在上海長大？

國福欲返身，宋秀娥背後生眼睛般回過頭：「是吳國福啊，不進來玩一會兒？」

宋秀娥大大咧咧的口吻令國福不快，但他決定像個男子漢坦蕩走過去：「不影響你彈琴？」

宋秀娥翻手用指甲在琴鍵上重重的刮了一道，發出紮人的聲音：「我一個人寂寞，趁我媽媽值班，隨便彈了玩，哪裏當真！」

「不是任何人可以來此彈鋼琴解懨氣的。」國福一出口就懊悔，說得可憐兮兮。

他們一個說國語寂寞，一個說上海話懨氣，互不遷就，也互不妨礙。

宋秀娥不了解國福的性情，滿不在乎地說：「鋼琴有啥稀奇，我媽媽有一個在文工團的戰友，小時候，我每次去她家玩，她就教我彈鋼琴，還讓我媽媽給我買一架。我媽媽老腦筋，說女孩子不合適學吹拉彈唱，要不我早就有一架了。」

國福盯著她粗胖的手，對比著南延清的玉指，不無譏諷地說：「你現在開始學也來得及。」

「現在去向誰學，再說我媽媽還是不同意。」她突然轉過話頭：「聽說這架鋼琴是從我家樓下大資本家家裏抄來，那個叫南延清的人一定彈得不錯吧。」

「沒話說了，她接受正規訓練，過去音樂學院的鋼琴老師每周教她兩次，要不是文化大革命，她肯定會成為鋼琴家。」

宋秀娥酸溜溜地說：「看來你很喜歡聽她的琴聲。」

「那當然囉，她彈得那麼好，現在聽不到這樣的曲子了。」國福用南延清剎住了宋秀娥的狂勁，兩手掌得意地搓弄蒲扇的柄骨。

宋秀娥有點洩氣，但學她媽媽的話，不肯服輸地哼道：「可惜人無千日好，不然我也可以飽飽耳福。」她看國福旋轉扇柄的手，突然叫起來：「哎喲，你的手指這樣細長，倒是天生一副彈鋼琴的手，文工團的阿姨那樣說過。」

抄走南延清的鋼琴，等於取走照國福手指的魔鏡，國福一面為南延清惋惜，一面為自己慶幸，從此天生彈鋼琴的手不復給他壓力。

誰知兩年後再受重創。

在同一個坑裏跌到兩次是傻瓜；在同一件事上被第二次擊中便是倒楣蛋。國福剛衝破南延清富有的重壓，又面對宋秀娥權勢的緊逼。

宋秀娥不知國福心底的波瀾，見他半天不言，站起身說：「你要來試試嗎？」

國福的背脊滾出難堪的汗珠，宋秀娥不是南延靖，他只能用力扇扇子熄自己的火，木無表情地說：「房間裏悶死了，你慢慢彈吧，我走了。」

國福往外走時，沒料到宋秀娥跟上來：「我媽去拿西瓜，怎麼還沒來，我回家去看看。」

他倆並肩往外走，跨出四號樓的一刹那，國福立即遭遇一雙虎視耽耽的眼睛，隔著昏暗的院子，他依直覺認清了對方。

宋家佔領南家後，南延清視宋秀娥為掠奪者，宋秀娥當南延清是賤民。樓上樓下，雙鳳相鬥，戰雲密佈。聽到宋秀娥肆無忌憚的琴聲，南延清憤恨地坐到樓下，她雙目噴火地咬著四號樓大門，對彈鋼琴的宋秀娥發出無聲的抗議。

宋秀娥故意氣南延清，裝出很熟識地和國福道別。

南延清把國福和宋秀娥熱絡的「罪證」逮個正著，國福料她一定誤以為他在向宋秀娥獻殷勤，還可「戳穿」他不喜歡彈鋼琴的謊言。

國福後悔去里委，更恨宋秀娥跟著他出來。他不敢回家，那樣等於逃跑，等於默認南延清的懷疑，他只得在門口站定。隔著深沉的夜色，國福瞥望南延清，她也同樣回敬國福。國進好心遞給哥哥一張小板凳，國福負氣說：「我不要坐！」他像士兵緊張地堅守陣地，渾然不顧汗粒小蟲般爬向腳跟；蚊子「嗡嗡」地對他空襲。兩人對峙了一個多小時，直到喬玉珊把延清叫回家，彼此才不分輸贏地收場。

國福在小凳子上坐下來，長長籲了口氣，心還沒完全放下，又見南延清拿著一隻畚箕去倒垃圾，經過國福面前時，她特意揚起頭，別過臉以示厭惡。倒空垃圾後，她在垃圾箱上猛叩鐵皮畚箕，「嘭！嘭！」敲得兇狠扎人，全公寓的人都聽到了這聲音，以為她的畚箕粘了啥下不去的汙物。「嘭！嘭！」每一下都擊在國福心坎上，把他擊垮。

最終他還是輸了。

南延清消失在黑咚咚的門洞裏，國福呆坐在空蕩蕩的院子，腦海中一片空白。

天上看不見一顆星，層層濃雲低低壓下來，卻不願輕易化成雨。國福又想起奶奶說過的那把劫火，妄想來一道閃電，點燃通天的雲，燒卻整個新村連同他承受的羞辱。

然而沉鬱靄靄深不見底的夜依然如故。

五

從那以後，每逢忻大姐值班，宋秀娥就去彈鋼琴，彈語錄歌，彈京劇《紅燈記》。

宋代表恃勢搬入南家後，一家人上樓下樓，一步一格樓梯，步步踏在喬玉珊心尖。如今忻大姐讓女兒亂彈南延清的鋼琴，雖然這琴已不屬於她家，但一音一律還是撥拉著她的神經，她如何忍得下？

到了立秋時節，部隊照例往宋代表家送一筐一筐西瓜，舊瓜沒吃完，新瓜又疊上去，時間一長，瓜爛了，破了，瓜瓤變成一汪汪水從地板縫往下滲，又從樓下的天花板滴下去，腌臢的水一滴滴落下。喬玉珊以為樓上水管出了毛病，她上去查看，弄清出處，氣得胸湧怒濤，她找到了發洩的因頭。她盛了一碗白米飯去接污水，然後捧著蓋滿黑斑的飯直奔里委。

喬玉珊不敲門直闖里委，讓正在開會的幹部們一愣。忻大姐了解她的底細，一向擺出不和她一般見識的高姿態，見喬玉珊嘴噘得能掛住油瓶，還沒料到和自己有關，就把鋼筆擱在本子上，身子靠在椅背上，矜持地望著。

馮大姐知道喬玉珊來者不善，先控制住嗓門說：「喬玉珊，我們在開會，你怎麼不打招呼就進來？」

「馮大姐，要不是碰上人命關天的事，我長十個膽也不敢打擾你們開重要會議啊。」

「人命關天？出了啥事？」

「事關忻書記，當著大家的面，不知能不能說。」

忻大姐身板一挺：「事關我，啥事？」

「難怪你啊，部隊大筐小筐的西瓜往你家送，你吃忘了，西瓜爛成一灘水，從你家淌到我家都不知道。」喬玉珊把飯碗往忻大姐面前一放：「你看看這碗飯，要是吃下去，不中毒出人性命？」

「這點事怎麼談得上『人命關天』？你拿雞毛當扇子用，刮得出大風嗎？」忻大姐冷靜道。

喬玉珊指著飯碗說「忻書記阿，你隔著蘇州河看火災，燙不著身子，盡說風涼話，說我無故造事，那請你把這碗飯吃了試試。」

忻大姐沉不住氣了，質疑道：「你不是拔草尋蛇存心鬧事，你不能把吃的東西挪一挪？」

「你不去處理吃不了的瓜，卻讓我搬東西，我能拿走一隻碗，能搬走一個廚房？」

不把喬玉珊的勢頭壓下去，今後沒完沒了，忻大姐盛怒道「喬玉珊，告訴你，我不能中斷重要會議去辦私事，現在請你出去，我開完會去處理！」

「等你們開完會，我家糟蹋成啥樣子了？毛主席說，『為人民服務』，你們開會不就是解決居民的問題麼？」喬玉珊不依不饒。

忻大姐哼了一聲：「我們是為整個福民里委的革命居民服務，不是為你一個人服務，再說你算不算革命居民還要打個問號呢。」

喬玉珊跳上一步：「好啊，怪不得你讓爛西瓜汁往我家流，你認為我們是壞分子，不配活，是吧？我說，你乾脆送一瓶『敵敵畏』好了，不是更稱心？」

往常馮大姐早就出頭了，今天她要看忻大姐處理問題的能力，見忻大姐對喬玉珊的無賴沒轍了，才說：「喬玉珊，忻大姐答應你會後去解決，你還不罷休，不是無理取鬧麼？」

「馮大姐，你把話講清爽，難道只許當官的害人，不許老百姓申冤？她家爛西瓜汁淌到我飯碗裏，還不許我提意見，天下有這個理？」

「喬玉珊，依我說，你找錯了地方，你應該去找房管所，如果地板不漏，別說忻大姐家的爛西瓜，就是一盆水翻了，也去不了你家。」

喬玉珊沒想到這一層，給馮大姐一挑破，便不佔理了，給自己臺階地說：「地板漏水也是上下兩家人的事，我可以先去房管所，過後請忻大姐也辛苦一趟。」

六

宋秀娥一進福民小學就掀起風波。先是她的一口普通「官話」，觸動了其他同學的上海人意識，引發不滿; 接著校革會憑她父親的背景，增補她當紅小兵團委員，挑起盧飛燕等一批小幹部的妒忌。

每逢團幹部開會，宋秀娥一開口，盧飛燕就說聽不懂，宋秀娥說，難道語文課上你沒學過普通話？盧飛燕道，學過普通話，沒學過官腔，再說少數服從多數，開會不能讓六個人候你一個人，現在是你學上海話的時候了。

每次吳國福總要費口舌調解說話問題。

盧飛燕的後面跟著一幫女生，宋秀娥一開口就衝她哄笑，南延清混在裏面，給她起了一個「北方包子」的綽號。

過去，宋秀娥和軍人大院的孩子們，為抬高自己的身階，在學校互說普通話，不料在福民小學碰了釘子，她孤掌難鳴，被迫開始說上海話。她心裏雖恨盧飛燕，但強龍遇上地頭蛇，只能暫拜下風。

時來運轉，還有下一個回合。

不久，毛主席將泰國客人饋贈的幾隻芒果，轉送駐北京幾所大學的工人毛澤東思想宣傳隊。消息一廣播，人們湧上街頭慶賀，國福領著福民小學的紅小兵也星夜去區教育局報喜。

歡呼聲中，福民小學也迎進了一支工宣隊。

工宣隊的首要任務是促進造反派的大聯合。福民小學有兩個造反隊，王昌鑫領頭的《紅旗》佔造反教工的百分之八十; 另一個造反隊《東方紅》只有五六個人。成立校革會時，五個委員全是《紅旗》的人。

工宣隊進校後，隊長兼了革委會主任，根據革命大聯合的原則，隊長又提出革委會中應該有《東方紅》的代表。王昌鑫私下直吐怨言，說工宣隊的任務是結束派性，福民小學的工宣隊卻挑起派性。

這話種下了禍根。《東方紅》的人趁勢而上。向工宣隊遞上進攻的炮彈：文藝宣傳隊的一個女紅小兵向《東方紅》的一位老師透露，王昌鑫幫她壓腿時，總是碰到她的大腿根。還附上王昌鑫文革前猥褻女學生的舊帳。

工宣隊成立專案組調查女宣傳隊員，有人提供線索，王昌鑫和盧飛燕關係特別，排練時兩人嘻哈打鬧，還常單獨在一起談話。工宣隊長親自找盧飛燕，鼓勵她大膽揭發。盧飛燕解釋說王昌鑫幫她鬆大腿的韌帶，但否認有越軌行為。隊長認為她執迷不悟。

王昌鑫被解職，盧飛燕也不適合當副團長，工宣隊讓宋秀娥取代她。

王昌鑫和盧飛燕同時失職，他們的醜事便坐實了，小學生們半懂不懂，越傳越離譜，最後的版本是：王昌鑫隨時解盧飛燕的軍用皮帶，脫她的褲子……盧飛燕得了個「鬆皮帶」的綽號。女同學視盧飛燕為臭魚爛蝦，見到她捂嘴捏鼻扭頭就走，她哭著逃學了。

宋秀娥不費吹灰之力擊敗了盧飛燕。一群女同學圍到她的身邊，她成了笑在最後的人。

一個月後，盧飛燕束著遭非議的銅頭寬皮帶重返學校。課間休息，她走進操場，旁若無人地靠在牆上，挑釁地仰視高高的秋陽。一幫女同學遠遠站著，注視怪物似地看著她。一會兒，宋秀娥出來了，她們有了主心骨，一些人衝盧飛燕擠眉弄眼扮鬼臉；另一些人「吱吱嘎嘎」地癡笑。

盧飛燕先熟視無睹，她們以為她心愧膽怯，聚頭商議了一番，一個人領頭「一、二、三！」眾人齊嚷「鬆皮帶——」「一、二、三！」「鬆皮帶——」正當她們樂不可支時，盧飛燕解下皮帶，高舉著向她們猛撲過去。瘋瘋癲癲的小姑娘是烏合之眾，嚇得尖叫著四處逃散。宋秀娥因為沒開口，站著不動，有幾個人就躲到她身後。

盧飛燕衝到宋秀娥面前吼：「你叫啥？有種再叫一聲。」

宋秀娥見盧飛燕白齒咬著紅唇，一副豁出去的神態，她心虛氣冷，但不願失副團長的威信，硬著頭皮說：「你說誰？」

「說你！」

「告訴你，我沒叫。」

「敢作敢為，有種不要賴。」

「讓我叫，我還要想想值不值得。

「你這隻『北方包子』，不過戤[1]你爸爸的牌頭，有啥可神氣的。」

「是你罵人哦。」

「罵你又怎樣，今天我不但要罵你，還要教訓你。」

宋秀娥見盧飛燕動了動手上的皮帶，兩腿發軟：「你想動武？」

「你不是叫我『鬆皮帶』嗎？今天就讓你嘗嘗它的滋味。」

「你敢！」

話音未落，盧飛燕的銅頭皮帶已橫空舞來，宋秀娥不及抵擋，肩胛重重地挨了一下。宋秀娥感到劇烈的鈍痛，用雙手抓皮帶，她不知盧飛燕是甩紅綢的高手，揮皮帶更不在話下，她撲了個空，橫腰又被抽了一下。魚急撞網，宋秀娥顧不上疼痛，屏足氣撲向盧飛燕，攔腰抱住她，盧飛燕退避不及，也只能扭住她，兩人揪毛搗鬢，纏作一團。

男男女女的同學把她們圍在中間，柳小寶等搗蛋鬼趁機起哄：「加油！加油！」兩人活似一對母獅子，相互亂扯亂抓，在操場上你退我進左衝右撞。人群裏三層外三層地繞住她們，如麇集一堆的螞蟻球跟著她倆滾來滾去。直到叫來工宣隊，鏖戰才不分勝負的收場。

事後忻大姐去學校施壓，工宣隊根據她的意見給盧飛燕警告處分。

盧飛燕破罐子破摔，每天蔑視一切地挺胸進出學校，反而沒人再敢恥笑她，連柳小寶也對她刮目相看。有些受人歧視的女同學投到她的麾下，結成同命相憐的小姐妹，為反對共同的敵人，南延清也加盟其中。

---

1 戤：上海話，倚靠。

　　盧飛燕常來福民新村找南延清，她們在院子裏跳橡皮筋踢毽子，看到宋秀娥，盧飛燕就怪笑起哄，讓她不得安寧。

七

　　喬玉珊大鬧里委後，忻大姐「氣」沉丹田，南延清又引狼入室騷擾女兒，激怒了她的女傑氣概，她要伺機反擊。她知道打蛇在七寸，必須擊中喬玉珊的致命點。

　　她開始注意喬玉珊的一舉一動，許久沒有找到下手處，卻意外發現一個敵情。喬玉珊和祝秋藝常在一起嘁嘁咕咕，看到她時兩人眼風頻傳，顯然在戳她的壁腳。忻大姐早就聽馮大姐「介紹」過祝秋藝，這還了得，一個舞女竟敢參與攻擊里委幹部，福民里委是誰的天下？

　　搭上趙河竹後，祝秋藝覺得腰桿硬了，連馮大姐都對趙河竹十分恭順，忻大姐不過一個農村來的大嫂，又能怎樣？她熱昏了頭，調嘴弄舌附和喬玉珊數落忻大姐。

　　忻大姐兜著火問馮大姐，到底是怎麼回事？

　　那次教忠字舞，馮大姐當眾忍羞負辱，還看著趙河竹帶祝秋藝去其他里委教舞，讓她出足風頭。事後，只要趙河竹在，里委的大小事祝秋藝都來軋一腳，輪到趙河竹值班，兩人你來我往的更加出格。趙河竹是來指導里委工作的，馮大姐叢生疑竇也不敢過問，忻大姐一挑話，她乘機吐出卡喉的魚刺。

　　忻大姐了解了來龍去脈，怨責自己忽視了眼皮底下的勾當，她要下刀割臁，然後殺雞儆猴，打垮祝秋藝，壓住喬玉珊。

　　滾過戰場的忻大姐，庖丁解牛般幹起來，每當趙河竹值班，她都在窗邊察看，沒幾次就把趙河竹和祝秋藝勾搭的規律摸清了。

　　那天晚上，與趙河竹一起值班的專政隊員走了，福民新村靜下來，祝秋藝悄悄地走出三號樓，往周圍掃視了一番，直奔四號樓。

265

第十章

祝秋藝進去十分鐘後，忻大姐去了里委會，她見外面大房間的燈亮著，裏面小房間的燈也亮著，她屏息靜氣啼聽了一會兒，分辯出小房間有細碎的聲音，心裏冷笑，大房間擺空城計呢。忻大姐進入戰爭狀態，她像在戰壕裏行走，習慣性地貓腰貼近小間，她把鑰匙輕輕插入水畢靈鎖孔，摔了一下，轉不動，裏面反鎖上了，她心裏叫好，這下看你們往哪兒跑。

忻大姐高聲問：「誰在裏面？門怎麼反鎖上了？」裏面一片死靜，「我是忻大姐，裏面有人嗎？請開門。」

裏面一陣響動，過了兩分鐘趙河竹才來開門，他神色慌張，洋蔥色面孔羞成烘山芋色。看著忻大姐意味深長的笑臉，他搓著手，不知說啥好，只「噢噢」地發出幾個音節。

「小趙同志啊，對了，今天是你值班呀？」忻大姐若無其事地說：「我丟三拉四把筆記本忘在辦公室，明天一早去街道開會要用。」她微笑著走進去，見祝秋藝埋頭坐在辦公桌上，只露出一頂蓬亂的頭髮，故作詫訝道，「這是誰啊，這麼晚了？」

祝秋藝魂已嚇散，只剩下一個軀殼攤著，哪裏發得出聲。

趙河竹總算緩過神，疙疙瘩瘩地解釋：「祝秋藝，她，今天情緒不好，因為……她丈夫去年，嗯……在武鬥中死了，下了結論，她認為太冤，希望組織給予重新審查……」

祝秋藝這才醒過來，趕緊配合趙河竹發出乾涸的嗚咽。

「喲，原來是祝秋藝啊，這麼晚了，來找小趙同志，你的冤不淺啊！」忻大姐邊說邊去抽屜拿自己的筆記本，然後扔下趙河竹和祝秋藝，勝利地走出去。

無需多費口舌，證據已足夠了，忻大姐通過宋代表向區公檢法革委會[1]告發了趙河竹。

祝秋藝又跌入一年前的狀態，結果跟可怕，來龍罪名再大，她至

---

1 公檢法革委會：文革時期公安、檢察院、法院合併一體。

多帶一頂「XX分子家屬」的帽子，這次她本人犯錯，一旦上綱上線，她自己就是罪人。她心怵膽喪，每天被噩夢驚醒。沒事她坐在梳妝臺前，盯著鏡子裏的自己發半天呆，恨不得抽「她」幾記耳光。自己有眼不識泰山，竟撩蜂剔蝎招惹忻大姐，她丈夫是區委軍代表，管著區公檢法，小戶籍警哪是對手。

忻大姐偷襲捉姦，趙河竹潰不成軍，她一下子看清他的原形。說到底，趙河竹不過是無根底的幸運兒，自己竟把他當英雄偉丈夫，以為把身子交給他就加上了政治保險，終於玩火自焚。她也後悔自己貪食田頭的蔬菜草雞，從趙河竹狂野的肉慾中攫取快樂，忘了今夕何夕。

那晚，她抱住趙河竹大哭。趙河竹啜著她面頰上的淚，喃喃地解釋，他會向領導解釋，小房間經常審查壞人，他養成關門的習慣。趙河竹叮囑她攻守同盟，只要死死頂住，組織上就沒法下結論。說這些時趙河竹目光猶疑躲閃，聲音虛假失實。

祝秋藝決定孤注一擲，把命運寄託在趙河竹靠不住的諾言上，這是她惟一可抓的救命稻草。忻大姐和馮大姐對她輪番政策攻心，威逼了幾次，反讓她生出希望，顯然趙河竹沒有認下，不然早就對她下判決了。她拼死吞秤砣——鐵心不吐。忻大姐拍了幾次桌子，失去了耐心，讓她寫下一切，後果自負。

八

祝秋藝被忻大姐晾在一邊，又得不到趙河竹的消息，如燎似烤地度日，情急中生出一個主意。

馬上過中秋節了，祝秋藝挑了國慶一個人在家的時機，拎了一盒月餅去敲吳家的門。國慶出來，祝秋藝明知故問：「是國慶啊，你姆媽不在家？」

國慶一向討厭她，知道她做了見不得人的事，更添厭惡，冷然道：

「你有啥事？」

「後天是中秋節，我去『杏花樓』隨便走走，沒想到還供應廣式月餅，我買了兩盒，送一盒讓你們也嘗嘗。」祝秋藝滿臉堆笑。

國慶明白了祝秋藝的來意，本欲發火，再一想看看她到底耍啥花招：「你心相好來，去那麼遠買月餅。」

「吳家妹妹！」祝秋藝見國慶面孔和善下來，以為這盒月餅起了作用，換上親近地口氣：「哎，怎麼講呢，月餅是買來了，哪裏咽得下去？」

「做啥咽不下去？」國慶「引誘」下去。

「哎喲，你是專政隊副隊長，還不曉得，我的事至今沒結果，心裏不落實，吃不香，睡不安。」

「你不是跟忻大姐都講清爽了，不喝冷水不發抖，為啥心不定？」

「講是講清爽了，但至今沒有下結論，所以不知究竟怎麼回事。」

「自己做的事，心裏應該有一本賬，自己也可下結論，何必擔憂。」

「既然組織懷疑我，總要說出個名堂，所以我想……來問問妹妹，專政隊對我的處理情況。」

國慶冷笑：「我想你怎麼突然看得起我們，來給我們送月餅，原來為了打聽消息。告訴你，我家的月餅買好了，你把這盒月餅拎回去。」

祝秋藝知道國慶從小嘴巴不饒人，卻沒料她這麼刁鑽促掐。這下好，老鼠鑽灶自該煨，沒打聽到消息，反暴露了自己，多一條腐蝕專政隊幹部的罪名。她趕緊拯救自己：「國慶妹妹，你誤解了，因為文革中杏花樓照常供應月餅，蠻稀奇，我才多買了一盒，給你們嘗嘗。沒別的意思。」

「我知道，你一向認為我家吃不起『杏花樓』月餅，所以讓我們見識見識，是嗎？」

祝秋藝更慌了：「妹妹，你不要，我就拿回去，千萬不要壞我的一片好心。」

「你的好心，我早就記下了。」

祝秋藝懂得國慶的言外之意，嚇得連連擺手：「妹妹，你不要多心，你不要就算了，只當我敬錯了菩薩。」說完，逃上樓去。

祝秋藝病急亂投醫，糊里糊塗對著國慶的槍口撞了個正著。說起來，樓上人家中，吳家最恨的就是這個祝秋藝。因當過舞女，祝秋藝知道自己在鄰居中的名分，就想以富裕挽回幾分尊嚴，吳家住在她家樓下，正好成了她顯貴示財的對象。

有一次祝秋藝買了大黃魚回家，見鍾毓英在水斗裏洗小黃魚，故意說，今天的大黃魚蠻新鮮，你為啥不買？鍾毓英白眉赤眼生一肚皮氣。輪到她負責收水電費，她橫眼豎眉地查過吳家的水電錶，總要驚嘆：「你家真節約啊，這麼多人只用這點水電。」有一次還挑釁說，你家的水錶是否有問題？吳家奶奶還在世，怒道，你去請自來水公司的人來驗表，不然這月水電費不付。她這才皮笑肉不笑地說，開個玩笑，何必當真。

吳家奶奶死後，祝秋藝借吳家的一隻貓稱心得逞了一次。

國慶七八歲的時候，奶奶要來一隻拳頭大的貓崽，奶奶叫它「露露」。露露長成貓漢子後肥碩矯捷，黑白分明的毛色漂亮醒目。露露少有的乾淨，它在固定的煤灰盆裏屙屎，吃自己鐵皮罐裏的魚食。它的乖巧贏得吳家老少的寵愛。露露極通人性，奶奶出門回家，它百步遠就歡快地去迎接。晚上它跳到奶奶腳跟睡覺，冬天像隻小燙婆子暖著奶奶。奶奶去世時，露露守在奶奶床上不肯下來，引得全家子孫又多掬幾把淚。從此他們把露露當作奶奶的靈性，更愛它了。

祝秋藝卻跟露露過不去。

一次祝秋藝聽古大姐說，晚上經常有野貓在樓下哭嚎，吵得老方睡不著覺，可能是吳家的貓引來。祝秋藝明知露露晚上不出門，卻撥油燈棉芯——挑火，說肯定是吳家的那隻貓，她晾的魚也常被叼走。

知道古大姐對吳家的貓不滿，祝秋藝越發膽大了。

一次國慶在灶間煮了貓食端出來，祝秋藝用絹頭捂著鼻子走下樓，衝國慶說：「怪不得這麼臭，原來你在燒魚肚腸啊！熏得我頭發昏。」國慶知道她扳叉頭：「你的鼻頭比貓還靈啊，我家露露在門口玩，不回來吃食，你在四樓倒聞到了，真是出奇。」祝秋藝被國慶搶白，臉上掛不住了：「你這個小姑娘，講話沒清頭，你罵我像一隻貓是吧。」國慶道：「像貓的人還是好的，有人還不及一隻貓呢！」祝秋藝氣得跳腳：「你小小年紀，嘴巴這麼傉，將來長大，不曉得要怎樣了。我不同你講了。」祝秋藝沒搨到便宜，反嗆了一鼻子灰。

一周後，祝秋藝又失驚打怪地走進吳家：「吳家姆媽，不好了，你家小貓闖禍了！」鍾毓英嚇了一跳，問出了啥事？祝秋藝講，她早上買來兩條大黃魚，洗好後晾在窗臺上，眼睛一眨，少了一條，一定是你家的貓偷吃了。鍾毓英間國慶，早上給露露餵食了嗎？國慶說餵過了。鍾毓英說，露露從沒偷吃過東西。祝秋藝說，照你這麼說，是我編瞎話？國慶不服氣地插上來說，露露能吃下一條大黃魚，早就撐死了。祝秋藝說，它不會把魚拖走嗎。國慶詰問，把魚拖到啥地方？難道拖到我家來？祝秋藝說，我怎麼知道。國慶哼道，不幹不淨的魚，送上門也沒人要，吃了拉肚子。祝秋藝氣得指著國慶說，吳家姆媽，你看看，國慶講出這種話來。鍾毓英遷就道，下次你晾魚時關好廚房門。祝秋藝道，大熱天能關門嗎？門關死了，它還可以從窗上攀進來。鍾毓英息事寧人道，下次你親眼看見露露偷吃，我賠你。祝秋藝加重語調說，我買的是大黃魚啊！說完，「噔、噔」上樓。這不是笑話我們吃不起大黃魚？鍾毓英不會吵架，只得生悶氣。

過了幾天，喬玉珊也上門告狀，說看見露露叼走她一條河鯽魚。

再過幾天，古大姐上門說，公寓好幾家鄰居反映露露偷吃他們的魚，她婉言規勸，把貓處理掉算了，何必為一隻貓鬧得鄰里不和。

古大姐上門說了，總得有個結果。鍾毓英氣祝秋藝肇事欺人，氣喬玉珊跟著瞎起哄，氣古大姐不分是非，最後氣到露露身上。一氣之下和丈夫商量，要扔掉露露。幾個孩子一致反對，國平說，憑啥古大姐說了就要照辦，她沒調查清楚不該下結論，她也無非嫌露露煩，找個因頭趕走露露。國慶說，要照古大姐做了，祝秋藝今後更神氣了，要是奶奶在，早把她罵走了。鍾毓英知道孩子們說得有理，但她不願為一隻貓攬上是非。

一天早上，她帶上露露去買菜，把它扔在菜場裏。國慶為此和母親哭鬧了一場。誰料一周後露露自己摸回來了。它知道自己被主人拋棄了，乞憐地趴在門口「咪咪」叫。熟悉的聲音引得全家人奔出來，見到露露哀屈的樣子，都搶著去抱它，多麼可愛的生靈啊，竟然從一裏遠的菜場尋回來，那些狗眼看人低的人哪裏及它。一周後，吳東旭把露露放在一隻旅行袋，送到徐家匯的一個花園裏，這次露露沒能找回來。幾個孩子難受了好久，對父母的膽小怕事十分不滿，最後把全部的恨都歸罪於祝秋藝。

文革開始後，國慶也好，國福也好，最想清算的人就是祝秋藝，可舞女排不進八類分子，來龍的事又讓她滑腳了，今天終於落網。

九

趙河竹停職檢查後，先避重就輕地否認，派出所長向他攤牌，「頑固隱瞞，解送回鄉。」他立刻土崩瓦解。他不敢想像返鄉這條回頭路，何況為一個老舞女作這種犧牲。

他向領導講敘了「受騙上當」的經過。

逮住了祝秋藝，讓忻大姐、馮大姐和吳國慶三人一致稱心快意。

福民新村門口和三號樓外又糊上一層大字報。桃色奇聞引起了居民們的興趣，一撥又一撥人湧來，許多人一邊讀一邊議論，都為趙河竹可惜，「年紀輕輕的戶籍警，怎麼被四十歲的女人搞上手，活活糟蹋了自己！」「作孽，相貌堂堂還沒有結婚的漢子，跟這種舞女搞腐化，今後哪個小姑娘肯要他？」「溫柔鄉是英雄塚，真是一點不錯！」

姚大桶聽了眾人的議論，對南老爺說：「我早就講過，舞女總歸是舞女，看到趙同志仙格格的樣子，自己丈夫的骨灰還沒冷，就去姘男人，典型的騷貨。要我看啊，她以為搭上戶籍警，靠山更加硬了。去年教了忠字舞，又回到解放前當舞女的樣子，踮起腳跟輕飄飄走路。」

見南老爺不語，又說：「趙同志也是的，今後當不了戶籍警了。」

「做出這種畜生事，還有資格做戶籍警？」南老爺罵道。

「他也是受騙上當。」

「三十歲的人還受騙上當，變戇大了，戶籍警白當了。」

「他畢竟在鄉下長大，哪裏見識過祝秋藝這種女人，花七花八，早就暈頭轉向了。」

「祝秋藝再妖再騷，趙同志不主動，她敢去勾引他？」南老爺心中有底，說得不容置疑。

專政隊開會鬥舞女，遠近的居民抱著看滑稽戲的心理湧來。馮大姐早就磨拳擦掌準備上陣，不巧她感冒啞了嗓門。忻大姐沒主持過批鬥會，馮大姐說，吳國慶行，就讓她主持吧。

這是天意的安排。

祝秋藝被剃了陰陽頭[1]上臺，頸上掛了一雙舊的繡花布鞋，特意讓她穿一件花裏胡哨的旗袍，像一個妖形怪狀的巫婆。

馮大姐和忻大姐坐在秘書桌為吳國慶助威。一名專政隊員代表馮大姐揭發批判後，吳國慶讓祝秋藝交代罪行。

祝秋藝明白一旦趙河竹「交待」了，她自己就成了一灘臭狗屎，只能任人踐踏。她緘口不言，臺下的人覺得不過癮，有人大聲追問，你和趙河竹搞腐化，為了達到啥目的？你耍啥手段花倒戶籍警的？還有人故意赤裸裸地問，你和趙河竹困過覺嗎？引來一些小青年的怪叫。

忻大姐怕會議流於油滑，站到臺前糾正道：「祝秋藝利用戶籍警到處教忠字舞，恬不知恥地用解放前舞女賣身的技藝褻瀆毛主席。事後，她自以為得計，和一些不良份子朋比為奸，搬唇遞舌攻擊里委幹部，破壞文化大革命……」

忻大姐說「一些不良份子」時，加重語氣，顯然是對喬玉珊的警告。

吳國慶接上說，文化大革命前，祝秋藝就在鄰里興妖作怪製造事端。

---

1 陰陽頭：文革期間紅衛兵鬥人的一種侮辱手法，用剃頭推子不全剃光，而是推光一道頭髮（約一寸左右，推子的寬度），再留一道頭髮，再推光一道，留一道，成了一高一低的陰陽頭。

她最後講了露露的故事。她愈說愈氣，一把揪住祝秋藝的「陽發」[1]，往後用勁一扳，祝秋藝仰面朝天，失去光質的雙眼似潰爛的葡萄，混濁昏暗。吳國慶大聲質問：「今天當著廣大群眾的面，你說，我家的貓到底吃了你的大黃魚沒有？」

「……」祝秋藝不語。

吳國慶的仇恨全部爆發出來：「當年掀風鼓浪的勁頭哪去了？講！我今天就要聽你講，一隻小貓是怎能吃一條大魚的。快講！」

祝秋藝的頭皮痛得受不了了，她只得老實坦白：「沒……沒……沒這回事。」這是早已明瞭的結論，為露露所受的屈楚都湧上吳國慶的心頭，她情不自禁地揚起右手對準祝秋藝的臉狠狠抽去，「啪」的一聲脆響，「狗仗人勢，欺人太甚！」

彷彿在劇場里看穆桂英出征，臺下群眾滿堂喝彩，忻大姐和馮大姐也不由叫好，帶頭添一陣口號。

吳國慶揚眉劍出鞘，儼然一個小聶元梓[2]。

批鬥會後，吳國慶和一個女專政隊員押著祝秋藝去游街。從高臺上走下來，人群裂開一條縫，祝秋藝低頭通過時，人們往她身上啐唾沫，扯撕她陰陽頭上剪剩下的頭髮，她滿臉污跡，跌跌撞撞走出大門。

月亮晶晶地瞅著人間，昏黃的路燈下，團團簇簇的梧桐樹影抹在蟹青色柏油路面，祝秋藝垂著頭，如被追趕的一條狗在陰影裏疾走。到了這地步，所有的恐懼驚擾都消失了，她只一味地想死鬼丈夫，要是他活著，自己決不會陷到這一步。她懊悔去攀趙河竹這棵保險樹，最後反被這棵樹吊死，這是背叛來龍的報應。

南老爺站在大門口，看著尚未盡興的人們喧嚷著散去，嘆息著回家，剛欲進門，又想到了啥，轉身上樓。

批鬥會時，南延泠吵著要出去，姑婆不許，她只得坐著畫畫，姑婆在一邊結絨線。外面不時傳來亂哄哄的斥責聲謾罵聲口號聲謔笑聲。

---

1 陽發：陰陽頭留下來的幾道頭髮。
2 聶元梓：北大教師，文革第一個寫大字報的人，是造反派的代表人物。

姑婆一慣看不起祝秋藝，這次卻生出幾分同情，絨線團在她膝上的針線匾裏滾動，弄散了，她再重新捯。她眼睛盯著延泠，雙手結結停停，不時錯針亂線。

熱鬧氣氛攪得南延泠心癢難忍，她嘟起嘴呆呆地凝視著畫布。「毛文革」走後，她繼續為他塑像，去年遭趙河竹強暴後，她腦子裏的「毛文革」模糊成了趙河竹。姑婆看到畫上的形象，嚇壞了，對南延泠說，畫好了，該收起了。南延泠卻喜歡留它在畫架上，沒事塗抹幾筆。姑婆怕南延泠發病，又不敢把畫拿走，整日為它提心吊膽。

姑婆滴下淚來，這個趙河竹不是人啊，好端端的一個女孩子給他糟蹋了，一輩子完了。他不過是上壞女人當，犯了錯，如何贖得了他的罪孽。

外面靜下來，姑婆讓南延泠睡覺，自己去南荃裕的房間，老哥妹倆剛說了幾句話，南老爺來了。

南老爺說：「你們沒出去，祝秋藝被鬥得一天星鬥。」

「哎，祝秋藝也真不是人，解放這麼多年了，自己也一把年紀了，去做這種醜事，成何體統。」南荃珍鄙薄道。

「這個女人不去談了，公寓裏都了解她是啥貨色。」南老爺往南荃裕哥妹掃了一眼，「我講，太便宜趙河竹這個傢伙了。」

南荃裕問：「你這話怎麼講？」

「大字報上講趙河竹上當受騙，這個人面獸心的傢伙，把自己打扮成三歲小囝了。」

「人家是戶籍警，黑白還不由他翻。」南荃裕低聲說。

「所以，祝秋藝雖然不是東西，但這次她是啞子吃黃連，有苦講不出。」南老爺頓了頓，「有一件事，你們一直瞞我，我也不便講，事到如今，可以挑明瞭，趙河竹利用職權糟蹋了延泠，真是禽獸不如。我在想，你們應該寫一份檢舉信，讓組織了解他的罪行。」

南荃裕默然。南荃珍看了哥哥一眼，才說：「我們怎能咽下這口氣？但我們這種身份，說了有啥用，又是無憑無據的事，他到時一口否定，誰會相信我們的話。」

「資本家可以接受思想改造，不等於任人強暴，再說小团有啥罪，無故受這種淩辱。」

「你說得有理，可你想過沒有，趙同志的上級真的不知他平時的為人作風？也不作調查？任他把罪名往祝秋藝身上推？」南荃裕微仰頭，衝天花板嘆了口氣：「事情明擺著，領導祖護他，為了減輕他的罪名，更為了保護公安人員的聲譽。要不是忻大姐，誰能捅破這事。所以我們去告，可能反被按上污蔑公安人員的罪名。說到底，即便告上了，趙同志多佔一個女人，不過多一個生活作風問題，而延泠已經被弄得不像人了，再添這件事，在別人的眼裏更加醜陋，出門更遭罪！」南荃裕長嘆一聲：「情屈命不屈呵……」

南老爺聽悶了，他很不情願地說：「總不能就這麼算了？」

南荃裕猛地坐直身：「不會的，是債躲不過，躲過今天，躲不過明天，放過了他，不會放過他兒子、孫子！」

第十一章

　　為吳國平留城，吳國慶帶頭下鄉；姚大桶子女逃避，老師上門，他當場抽風

一

　　吳國慶在批鬥祝秋藝時出足風頭，成了專政隊又一名潑辣的女將，八類分子把她當馮大姐第二，遠近的鄰居開始用敬畏的眼光看她。國福也跟著「沾光」，認識的人改用「國慶弟弟」稱呼他，他們三分討好的目光，也頗順國福的意。

　　造反英雄好當，高昂代價難付。

　　停頓了兩年的畢業分配開始了。中秋節後，吳國慶去學校，大字報欄上張貼著六六屆的去向原則：面向農村，面向邊疆，面向工礦，面向基層，還有北京南京等地的紅衛兵奔赴內蒙古黑龍江雲南的宣傳報道。

　　根據分配細則，吳國慶如爭取留上海，吳國平畢業就得下鄉，她考慮為哥哥作犧牲，自己去農村。當初她參加專政隊衝衝殺殺，也是為了忘記可怕的半工半讀，誰知稀裏糊塗混了兩年，連工人也當不成了。

　　國平堅決反對國慶的想法，說他在大學只讀了一年書，去農村沒啥可惜，哪有讓姑娘代男子漢走南闖北的？吳東旭贊成國平的意見，鍾毓英傾向國慶的觀點，但手心手背都是肉，攸關子女一輩子的前程，不是魚和熊掌的簡單取捨，父母不敢置喙。

　　最終還是毛主席一錘定音，打破了家裏的僵局。

　　那天星期六，國平也在家，他已經沒有一年前的狂熱了。晚上八時，

他半躺在床上看《文化大革命通訊》。外屋的半導體收音機的廣播響了，是吳東旭每天準時收聽的《新聞聯播》。又是重要廣播，發表毛主席的最新指示和《人民日報》社論，為領袖代言的聲音氣勢雄壯：「要說服城裏的幹部和其他人，把自己初中、高中、大學畢業的子女，送出去，來一個動員。」

吳東旭一邊吃茶一邊聽，廣播完了，他關掉收音機衝裏屋叫：「國平，你聽廣播了吧？」

「嗯，聽了。」國平應了聲。

「你出來一下，我有話對你說。」

最近國平在學校不順意，許多事沒出父親的預料，他像一個知錯的孩子，怕被詰問，回家常鑽在裏屋，避免與父親交談。父親喚了，他只好硬著頭皮出去。吳東旭為他倒了杯茶：「這一陣我看你精神不振，身體沒不舒服吧？」

「沒有……」國平支吾。

「剛才發了毛主席的最新指示和社論，接下來定是大張旗鼓地動員。國慶這次躲不過去了，我想就按她的意見吧，她做出犧牲先去農村，明年你可以留下來。」

「阿爸，國慶的事歸國慶，不要管我。輪到明年還不知翻出啥新花樣。」

「既然提四個面向，就有人去工礦企業，國家搞建設也要各方面的人材。你和國慶不同，有自己的專業。」

「不管怎樣，國慶年紀小，又是女小囡不適合去農村。」

吳東旭打斷國平：「這事先這樣吧，到時根據形勢再作最後決定。」他遲疑了一下，又道：「有一件事問你，上禮拜天，你去新華書店時，小何來，沒碰上你。我和小何聊了會兒，他告訴我，工宣隊撤了他的校革會委員的職務，小何是你們《反到底》的副司令，你的得力助手，這件事對你意味著啥？你懂嗎？」

國平當然懂。工宣隊進校後，隊長當了黨委書記、革委會主任，他唯我獨尊，大事小事由他說了算，引起國平和小何等紅衛兵頭頭的不滿，他們經常向他提意見，隊長批評他們目無工宣隊領導，結果處理小何以儆效尤。「沒啥可怕的，最多再撤我的職。」

「你造反到現在，沒有怕的事了。我問你，毛主席為啥派工宣隊進駐學校？」

「你說為啥？」國平想聽父親的判斷。

「我不便說，你自己去想。」

國平套不出父親的話，只得說：「我不明白，舊黨委可以打倒，工作組可以驅走，為啥工宣隊批評不得？」

「這還用解釋？當年工作組是劉少奇派的，今天軍宣隊工宣隊是毛主席派的，這兩件事可以比嗎？就說新搬來的宋代表吧，他雖然只是區委委員，造反派出身的區革會副主任都聽他的。為啥？」

「這我知道，我們學校也是這樣，所以我接受不了。文革應是一場自下而上的群眾性民主運動，目的是打倒走資派，糾正官僚主義，剷除修正主義。現在不懂教育的工宣隊來管理學校，所作所為比當年的工作組還武斷，不成了新的官僚主義？」

「自下而上，你還認為陳丕顯和曹荻秋是你們打倒的？劉少奇是剷大富等人打倒的？難怪你們對工宣隊不服氣，認為他們摘了你們的成果？」吳東旭隱隱地冷笑。

「難道搞文革僅僅為了換一批人，而不是換一種全新的制度？」國平悶頭說。

「我不知你說的是哪一種『全新的制度』，先想一想目前的中國是否有這個基礎？你先搞清這個問題再論其他吧！」

有些話父親不便挑明，國平也不願承認。派工宣隊來學校，就是擺平桀驁不訓的紅衛兵，壓住紅衛兵的發展勢頭。去年已有端倪，毛主席指示：「告訴小將們，現在輪到他們犯錯誤了。」國平聽後丈八金剛摸不著頭腦，犯錯誤也會排隊挨上？他沒領悟其中的真實信息：走資派已經打倒，紅衛兵的歷史使命已經完成，該退出歷史舞臺了。

終於下了一道不允違抗的政令，把紅衛兵下放農村邊疆，既可完成大中學生的畢業工作，又讓紅衛兵運動劃上句號。

當年吳國平讀《水滸》，他深愛魯智深、武松、李逵、林衝等造反英雄，卻不喜歡宋江一口一個「請皇上招安」。所以他配合北京的紅衛兵，「捨得一身剮，敢把皇帝拉下馬」，打倒了劉少奇等人，誰知劉少奇不過是貪官，最多算二皇帝。如今紅衛兵領袖蒯大富、譚厚蘭等人已被下放工廠部隊，紅衛兵又走上了梁山伯英雄的老路——沒得善終。

「狡兔死，走狗烹」，這是中國數千年不斷重演的老戲，吳國平不敢想下去……

二

全國掀起上山下鄉的動員，里委學校兩方面給吳國慶壓力，促使她做出了決斷。

那天禮拜天，全家圍桌吃餛飩，她吞吞吐吐地說，她決定去黑龍江。

吳東旭說：「怎麼想到去黑龍江？」

「學校介紹說黑龍江是天然糧倉，土地肥得流油，撒下大豆種子，不用耕種也會瘋長……」

國慶還沒說完，在灶間煮餛飩的鍾毓英大聲打斷她：「不要聽學校的宣傳，六四年動員社會青年去新疆，到處唱『新疆是個好地方』，專講哈蜜瓜、葡萄，生產組裏丁阿姨的兒子興高采烈地走了。她兒子去的是南疆，那裏非但沒有哈蜜瓜、葡萄，連吃水都困難，長年吃不上蔬菜，丁阿姨講到兒子就哭。兒子後悔了想回來，哪裏還有門。你不要像她兒子一樣，輕信學校的話，戶口一遷就回不來了。」

國慶辯解說：「你不要把上山下鄉和去新疆混為一談，那次是考不上學校的社會青年，這次是正式畢業的知識青年，各方面相當重視。」

　　吳東旭加碼提醒國慶：「你姆媽說的是事實，學校的話只能作參考。我的意見，既然報名去，就要作吃苦的準備，讓你去上海郊區，你都不習慣，何況遙遠的邊疆？」

　　國慶這才道出真意：「黑龍江生產建設兵團屬國營，每月可拿三十元工資，享受勞保，比去雲南、內蒙古插隊好多了。」

　　國平說：「我一直堅持國慶別管我，先留下。現在事已至此，我也沒話好說。不過你要慎重考慮，黑龍江是反修前線，現在大量農場改成生產建設兵團，就是半軍事組織，真的打起仗來，你們就是戰士，你一個女小囡能適應嗎？」

　　聽到這話，鍾毓英急起來了，恨道：「現在你們知道犯難了吧，當初我就跟你們說，安安份份讀好書，順順噹噹畢業，找一隻好飯碗。你們不聽，去參加啥紅衛兵，鬧騰了兩年，輪到畢業，正常工作都沒有了，你們一個個自以為書讀得比我多，啥都懂，結果怎麼樣？」

　　國平知道母親是衝著他說的，這是母親第一次責備他，他毫無底氣地「反駁」：「停課搞文革又不是我們決定的，我們不加入紅衛兵，文革還不是照樣搞，再說，參加紅衛兵和上山下鄉沒有必然的關係。」

　　「怎麼沒關係，老師上門，一開口就說國慶是紅衛兵，而忻大姐又說她是專政隊副隊長，要給其他青年作表率。」

　　國平無言以對，他學校裏的應屆紅衛兵頭頭也受到帶頭下鄉的壓力。

　　國慶辦妥了手續，定於二月底出發。

　　黑龍江冰天雪地，必需帶足棉被棉衣。鍾毓英拿出家裏的全部布票、棉花票、絨線票，為國慶準備行李。她一個人縫衣衲被，每天忙到深夜。有時縫著縫著就愣了神：國慶長到十九歲，就前年去杭州串聯，出過一次遠門。這次一去就是十萬八千里遠，火車要坐三天三夜，一個女小囡，到了那裏，誰照顧她……想著想著，淚水滴到了針頭線腦上。

　　用完家裏的布票，還不夠，鍾毓英正犯愁，樓上林家婆婆主動上門，說老頭子聽到國慶帶頭下鄉，誇國慶做得好！讓她來送一丈布票十塊錢，表示一點心意。鍾毓英辭謝，阿婆說，他們七老八十，早就不添置新衣服了，家裏積下了好多布票，不用也浪費。鍾毓英說，那布票暫借，錢不能拿。阿婆佯作生氣道，國慶叫了我們這麼多年「阿公、阿婆」，還經常幫我們做事，這點錢，我都不好意思出手，你要拒絕，就是嫌少。鍾毓英只得感激地收了。

出發的日子一天天逼近，國慶在家人面前堆出笑臉，還裝出很忙的樣子，但獨個兒時就神情木然地坐著發呆。她將去遙遠和陌生得像另一個國度的地方，還要在那裏生活一輩子，不知等待她的是啥？比起憂慮前途，惜別更令她悲傷。未知的那個棲身地，無論多麼艱難，還有幾分誘人的刺激。這個養育她的家，卻不可復得了。要離家了，才感到家的可愛。然而懂事以來，她一直對自家的寒微不滿，並遷怨於父母。經歷了文革波瀾和這次上山下鄉動員，她才懂得，面對瘋狂旋轉的社會機器，任何個人只是草芥，即使父母也無力蔭庇子女。想到這些，一切苦澀的往事都變得甜美了，猶如小時候感冒發燒，母親用湯匙在她背脊上狠勁刮痧，在「辣花花的疼痛」中感受憐愛。

國慶想走之前向母親表達自己的懺悔，但母親躲避她的痛苦目光告訴她，母親何曾認為女兒做錯過事，又何曾計較在心？

吳東旭和國平為國慶打行李，全套床上用品四季衣物，熱水瓶茶杯牙刷牙膏肥皂手紙都不能少。一會忘了塞這樣，一會忘了裝那樣，有時要帶的東西找不到了，大家七手八腳裏裏外外翻半天，最後重新打開包裹看，已經放在裏面了，全家的心都亂了。飯桌上，頓頓添國慶喜歡吃的菜，百葉結燒肉、糖醋帶魚……她哪裏還吃得出滋味，只為寬父母的心裝出歡顏強咽。鍾毓英不敢再提叮囑過好幾遍的話，怕一說就下淚。

晚上，鍾毓英睡不著，輕手輕腳去國慶床邊。她開了燈，佯作在靠床的梳妝臺抽屜裏翻東西，眼睛卻定定地看國慶，想著從襁褓到嬰兒，好不容易拉扯成一個大姑娘，卻要插翅而飛了，那翅膀還不硬啊！

她不敢想下去，更不忍久視，她馬上要哭出聲了，便最後一次為國慶掖了掖被角，熄了燈掩面逃出。

國慶這兩天差不多通宵失眠。她見母親進來，趕緊屏氣鎖瞼，隔著眼簾感受母親深重親情，母親剛扭頭出去，她就淚如泉湧，濕了一枕頭⋯⋯

三

懼怕的時刻總比預料來得快。

上火車那天，吳東旭大清早就借來一輛黃魚車，裝滿行李後，國平踏車，吳東旭坐在橫檔上先去北火車站。

鍾毓英領著國慶去向左鄰右舍道別。

林老夫婦雖道支援農村邊疆光榮，也禁不住別離的傷感，阿婆拉著國慶的手說：「國慶，你去了那邊，前程遠大，可惜這一去不知啥時候回來，到時我們這把老骨頭怕已不在了。」這一說大家眼圈都紅了。鍾毓英強忍著的淚不由「撲撲」落下，趕緊用手上的絹子去壓眼眶。林公公責備老妻：「看你，盡說洩勁話，國慶又不是去爪哇國，在自己的國家，說回就可回來。眾人這才收起淚。阿婆拉著國慶的手，一直送到樓下。

姚大桶夫婦主動在大院中候吳國慶，姚家的阿三、阿四也跟在後面，他們也面臨畢業。阿三讓吳國慶去後，寫信詳細談談那裏的情況。南老爺也走上來叮囑吳國慶：路上小心，在那裏做農活要適可而止，以免弄傷了身子。南延泠也從家裏出來，她擠近吳國慶說：「你真的去黑龍江啊，老遠的路噢？」看她那張傻笑的臉，吳國慶竟有點眼紅她了。南延泠因病得福，不屬於上山下鄉的對象。南延濟不知吳國慶的心境，追問：「去黑龍江要路經北京吧？國慶，你能不能幫我去天安門一號，找找毛文革？」吳國慶不知怎麼回答，只得「嗯嗯」地應著。

祝秋藝站在窗口，撩開布簾的一角，觀賞著樓下送行的情景。

她摸了摸還沒長齊的陰陽頭，惡狠狠地默咒：「報應！報應！」她沒料到報應來得這麼快。那次批鬥會後，她連驚帶嚇又受了寒，在床上躺了半個多月。忻大姐要給她戴壞分子的帽子，宋代表阻攔道，把她當靶子批過算了，定上罪，反而令人生疑，堂堂公安人員，五尺漢子，怎麼這麼容易被拉下水？祝秋藝躲過這一劫，在忻大姐等人的眼中，她是「腐化墮落分子」，還是半個壞分子，她必須夾著尾巴做人。她不敢表露快慰，卻在心裏斥罵吳國慶：你再兇，也不過是毛主席手上的蝦兵蟹將，任他捉捏，當初讓你不可一世，亂抓亂咬，如今把你扔到那種鬼地方去充軍，你去那裏逞能吧，你哭的日子還在後頭呢！

目送吳國慶走出公寓大門，祝秋藝笑了，這是她和趙河竹事發以來第一次笑。

國福和國進跟隨母親伴著國慶去汽車站。

送行的人散去，姚大桶跟著南老爺進門衛室。南老爺往茶壺裏倒滿開水，喟嘆：「國慶這姑娘倒是一塊讀書的料，作孽到黑龍江那麼遠的地方去種地，可惜了。」

「這次上山下鄉運動來勢兇猛，每家每戶都逃不了。」姚大桶說。

「你家阿三，阿四怎麼樣？」

「阿三六八屆技校，還沒有動，阿四六七屆初中，工宣隊和老師已找他談過了，講我家阿二在上海工廠算『上工』，阿大從上海捉去勞改，也算『上工』，阿四鐵定要下鄉……」

南老爺搞不清「上工」、「外工」這些新名詞，問姚大桶。

姚大桶解釋，「上工」就是在上海工作，氣道：「老爺，這不是豈有此理！阿大犯錯誤，從上海出去，但現在人在江西農場，怎麼可以算上工？唉，不談了，我現在拿定主意，先看形勢，拖下去再講。」

「恐怕躲不過去吧，臂膊扭不過大腿，解放後，政府下命令的事，沒人能滑腳，這次毛主席又親自作號召。」

「老實講，聽聽這些名字就嚇死人，黑龍江、雲南、內蒙古，講句難聽話，過去發配也到不了那種地方。不是我思想落後，依我看在上海討飯也比去那種地方強。哎，有時越想越弄不懂，解放前，大家都從鄉下、外地到上海來謀生路，哪有從上海到鄉下討生活的，這不是頭腳顛倒麼！」

「政府也難啊，搞了幾年文革，幾屆畢業生一道分配，工廠一下子哪裏能接受這麼多人，不去農村，安排到哪裏？哎，真是世事如棋俗人難料啊。當初，訂出戶口制度，兒子進不了城，我不死心，守在上海硬等，有朝一日，兒子進不了上海，讓孫子進，現在好了，上海人要去荒村山溝，我老家那樣的魚米之鄉還輪不上，世界上的事真是講不定規啊。」對比中，南老爺感到幾分自足。

國福一家在 41 路汽車終點站會合。北火車站的景象衝淡了他們的灰暗心情，沿街的紅旗在早春的寒風中颯颯作響，牆上樹上到處貼著標語：「熱烈歡送知識青年奔赴邊疆！」「廣闊天地大有作為！」「向上山下鄉的知識青年學習、致敬！」

吳東旭引出話題說：「這樣子有點像當年的抗美援朝，那時國慶還未滿一歲，聽到鑼鼓聲就在搖床上手舞足蹈，有一次她坐在我肩頭去看熱鬧，路上尿濕了我一身。」

大家都笑了。國慶不好意思地紅起了臉。

鍾毓英慨嘆：「唉，一提這話，彷彿就像昨天的事，當時哪會想到二十年後輪到她。」

一句話又讓全家沉默下來。到了大門口，停了黃魚車，一家子肩扛手提大大小小的行李去入口處。每張車票可買兩張送客票，吳東旭和國平進去，其他人和國慶在檢票處分手，鍾毓英再也忍不住，飲泣起來，國慶哽咽著安慰她，說會照顧好自己的，然後又叮嚀國福和國進要聽阿爸姆媽的話。國進拉著國慶的衣角哭著點頭。吳東旭紅著眼圈催促：「時間不早了，進去吧。」

檢票欄把一家人一切為二，鍾毓英一手用絹子捂住悲聲，一手高高舉起，向國慶揮著，國慶含淚一步三回頭地往前走……國福被人擋著，看不見國慶，不甘心就此和姐姐分手，擠到檢票口，想伺機溜進去。過了一會兒，有三個人拿著兩張月臺票闖進去，一個檢票員追上去拉那人，另一個檢票員顧不上擁擠的人，出現了空隙，國福一道煙的鑽了過去。

月臺上站滿了人，一些早來的人放好了行李，從車窗口伸出頭與親人話別。國福找到十一號車廂，背著大包小包的一堆人把狹窄的車門堵死了，鐵階梯很高，他拉住把手往上踏，心急力猛，只沾到鐵梯邊，滑下來，踏了個空，膝蓋砸在鐵板上，隔著厚運動褲挫傷了皮膚。他顧不上疼痛，再度用吃奶的勁往上爬，後面的人幫忙托他的屁股，才把他扔上車廂。

走道上鋪滿了行李，人們只能見縫插足地往裏挪，國福高一腳低一腳地摸索進去，在車廂盡頭找到了國慶的座位。行李架早已超負荷，件件行李都豎放著，一半掛在外邊，隨時會墜落下來。國平打樁頭樣往行李架上嵌旅行袋，吳東旭蹲在地上，在座席底下塞小包，國慶翹著雙腿給父親讓空檔，見到國福，驚喜道：「你怎麼進來的？」

國福說自己溜進來的。姐弟倆對視著，說不出要說的話，此刻語言表達不了親情。因局促，彼此躲閃對方的目光，分離的楚痛沉重地壓在他們心上，國慶咬住嘴唇，怕淚再次湧出來……

車上的廣播宣佈，火車過五分鐘就要啟動，請送客的旅客們趕緊下車，車廂騷動起來。吳東旭又一次叮囑國慶，一共幾個大包，幾個小包，放置的地方，國平和國慶鄰座的一個男青年打招呼，請他一路上照應國慶。一切料理妥了，吳東旭領著國平和國福下車。他們又沿著車窗去找國慶，每個車窗都伸出四張悲戚的臉，國慶坐在內側的位子，她踮起腳，伸長脖子，從窗中探出頭。分離的時候到了，車上車下的人都在等那聲汽笛，嘈雜的車站驀然死寂下來，這巨大的喧嚷間的靜默，塞住車內外每個人的心門。人人都希望火車晚幾分鐘開，但繃緊的神經受不了窒息的氣流，知道它終究要開，倒願它立即啟動。

「嗚——」的一聲長鳴終於響起，它擊破凝固的空間，拉起別情的閘門，悲號如濤，淚水如潮，男女老幼都加入了這條憂傷的河流。「爸爸！媽媽！哥哥！姐姐和張三李四」的哭叫聲淹沒了「咕隆，咕隆」的鐵輪轉動聲，火車緩慢地向前移動，國福看不見國慶了，又急忙鑽到人群後面，國慶揮動著手帕的身影，在國福的瞳仁裏縮小下去。

如此驚天動地的哭聲，發自天不怕地不怕的紅衛兵，與接受毛主席檢閱時含淚狂呼「萬歲」的聲音同樣震耳。僅隔兩年，紅衛兵的命運卻有天淵之別。「所有的革命都吞噬自己的兒女！」國平記起在哪本書上讀過的話，無法再隱忍自己的感情，掉下了兩行清淚。

四

國慶走後，吳東旭夫婦減少了話語，國福和國進也不跳進跳出了。吃飯時，鍾毓英習慣性地在國慶的位子放筷子，又落寞地收回。每個人的心裏都想著這隻空座，家已不再完整。

剛過一個禮拜，鍾毓英一回家就問有信嗎？她忘了兩個禮拜才能收到黑龍江的來信。國慶的平安信沒到，卻響起蘇聯軍隊入侵珍寶島的廣播，中蘇交火出現傷亡。播音員滿腔憤慨的語調顯示事態嚴重。鍾毓英頓時緊張起來，對吳東旭說，珍寶島打仗，國慶等於上了前線。吳東旭說，你不要一聽黑龍江就緊張，一個黑龍江等於江蘇、浙江、安徽、福建等幾個省，放到歐洲可分幾個國家，再說國慶又不是當兵，真有事也不用她上前線。

第二天鍾毓英心事重重地去上班，家庭婦女們一邊打沙皮，一邊議論珍寶島事件，說難怪黑龍江建大批生產建設兵團，顯然與中蘇邊境吃緊有關，知識青年去那裏，平時墾荒種地，打起來就扛槍戰鬥。鍾毓英忍淚聽著，晚上回家向丈夫哭訴。

吳東旭也恓惶了一天，上班時破例去其它辦公室串門，打聽中蘇邊境狼煙烽火的局勢，也聽到了類似的議論。他毫無說服力地責備鍾毓英「見了風就是雨」。

總算盼來了國慶的第一封信，卻是珍寶島衝突前寫的，報了平安，信封上用的是部隊式番號，所在地恰離珍寶島不遠，父母的心懸得更緊了。

吳東旭趕緊去信追問事件對兵團的影響。

姚大桶和阿殷非常關切國慶的事，常來問鍾毓英，見她話沒說，眼圈先紅，知道情況不妙。姚大桶夫婦本不打算讓子女去，看到吳家的狀況意志更加堅定。阿四先賴下來，過了幾個月，阿三也按兵不動。

不久，政府推行「一片紅」政策，大中學校畢業生除嚴重殘疾一律上山下鄉。

姚家成了里弄裏知青子女一個也不走的釘子戶，學校同學和鄰居都鉗住姚家作擋箭牌。

阿三、阿四的老師來里委會聯繫，雙方一致認為，不拔掉姚家這顆釘子，影響整個里委和阿三、阿四所在班級的上山下鄉工作。忻大姐說，不能無限制地耐心說服，必要時應該採取強硬措施，她約學校老師一起上門，給姚家下最後通牒。

兩位女老師和忻大姐、馮大姐圍著姚大桶、阿殷坐定，向他們宣講上山下鄉的重要意義，重申毛主席的教導，「革命的或不革命的或反革命的知識份子的最後分界，看其是否願意並且實行和工農民眾相結合」等大道理。

阿殷用那塊幫忙的手絹，把眼睛揉紅了說，我們也想聽毛主席的話，做上山下鄉的積極分子，實在因為有困難去不了，阿三從小有頭暈毛病，家務也不讓她做，去農村昏倒在田頭怎麼辦？阿四血小板減少，身上一碰一塊烏青，一向不參加打球活動，去鄉下勞動，大出血怎麼辦？

阿三的老師說，早就跟你解釋過，患有免去上山下鄉的疾病，需由醫生驗證，不是由本人說了算。再說，阿三住校幾年，也沒見她生病。

阿殷說，我家阿三吃硬，她自己克服罷了，務農做重體力勞動，和平時不一樣。

阿四的老師說，阿四的血小板低，也在十萬左右，在正常值的下限，醫生說，不會造成出血情況。

姚大桶趕緊補充，我有嚴重的心臟病，長期半天工作已近十年，小囝的姆媽有關節炎，我家的這些特殊困難，組織上應該特殊對待。

忻大姐早就看不下去了，慍色道，你們一會兒說兒女有病，一會兒說父母有病，那麼你們把子女留在身邊，到底誰照顧誰？

馮大姐提醒道，你們苦經嘆得再多，周圍鄰居了解你們，大家心裏都有一本帳，你們的小囝可以不去，每家都有不去的理由，誰去上山下鄉？

姚大桶辯解說，我們不管他人的事。

老師們苦口婆心地勸說，姚大桶夫婦歪理十八條的蠻纏。忻大姐習慣於命令式的解決問題，斷然道：「今天學校老師和里委幹部一起來，講了半天，該說的都說了，忍耐是有限度的。」

姚大桶不服：「如果不允許我們提困難，你們乾脆對四類分子那樣，下命令讓阿三阿四走，不用作動員。」

忻大姐怒道：「你們別以為耍無賴死撐，就可以逃避下鄉，告訴你們，上面有文件，對於無正當理由拒絕上山下鄉的人，要採取強硬措施，那時可不是光彩地走了。」

姚大桶知道忻大姐不會戲言，心裏發虛，朝他們巡覷了一眼：「啥強硬措施？」

「啥強硬措施，」忻大姐見這一著鎮住了姚大桶，氣勢壯了，「告訴你，到時吊銷戶口。」

阿殷不到翻船不跳河：「你不用威嚇我們，吊銷就吊銷，我們不怕。想當初，政府號召當光榮媽媽，我爭光榮多生了幾個小囝，講起來好聽，小囝是國家的財產啦，是祖國的未來啦，結果國家沒津貼我們一分錢，全靠我們自己一把屎一把汗地把他們拖大。現在他們成人了，可以幫父母一把了，你們卻要他們去插隊落戶，不去就吊銷戶口。正好，我們把小囝交給你們，他們沒有家裏的小戶口，還有國家這隻大戶口，說到底沒有戶口也是中國人，今後饑飽死活國家去包下來好了。」

忻大姐道：「你說得對，正因為國家把知青包下來，才讓他們上山下鄉，去自食其力。」

姚大桶知道，人民政府說到做到，再硬頂下去不行，需要來另一手。他當機立斷，彷彿嚇著了，先睜圓暴眼定洋洋地看忻大姐，隨即「啊喲」一聲，便仰面栽倒在椅子上。他的頭僵硬地落在椅頂，翻白的眼珠對著天花板呆滯不動，雙臂下垂，手掌顫抖，一副死過去的樣子。沒等忻大姐們反應過來，阿殷和在場的幾個孩子一齊湧上去，他們圍住姚大桶哭爸叫爹，阿殷哭叫：「你們逼出人性命了！」忻大姐第一次見到這種情景，姚大桶畢竟不是四類分子，她一時慌了手腳。兩位老師變了臉色，俯身問姚大桶：「怎麼啦，要不要叫救護車？」馮大姐了解姚家底細，正色道：「阿殷，老姚每到『緊要關頭』就發抖抖病，不是第一次了，你鬧著賴人，到底想做啥？」

阿殷聽出馮大姐在揭他們的老底——過去每逢孩子申請補助，老師一上門，姚大通就「抖起來」。趕緊說「是啊，到底馮大姐了解我們，先不忙叫救命車，老姚受了驚嚇，躺一會兒會好的，你們先回去吧，讓他靜一會兒。」說完喚阿三、阿四扶父親上床休息。

兩個老師不知有詐，急道：「病得這麼重，不送醫院急救怎麼行！」

忻大姐不願在姚家再呆下去：「我去里委打電話叫救護車。」

老師怕出事不敢走，馮大姐決定負責「觀察」到底，姚大桶知道瞞得過老師，瞞不過馮大姐，萬一送去醫院，他的演技就要敗露。到時，不僅兒女不得不走，自己還被按上破壞上山下鄉的罪名。這麼一想他真慌了，弄假成真，心臟不由兔竄鹿跳起來，兩手抖得無法控制了。救護車開到時，他心跳一百二十，血壓二百……

姚大桶反敗為勝，擊退了里委幹部和老師。沒人願沾姚家這團濕麵粉，阿三、阿四就此賴下來。

五

原指望棄卒保車，國慶先去下鄉，國平可以留上海，誰知在「一片紅」的形勢下，大學生也一律先去農村勞動鍛煉。吳國平自己也是畢業分配組成員，只能二話不說，第一個報名到最艱苦的地方去。

吳國平贏得了全校師生的尊敬，對他有看法的工宣隊也不得不表示讚譽。比起當年揭竿造反，毫不畏葸地奔赴農村，更需獻身精神，吳國平為自己樹立了一個弄潮兒的完美形象。

國平只是歉疚國慶白白為他作了犧牲。他想去黑龍江，可以靠近國慶，可惜第一批只有去貴州的名額。

鍾毓英已無話可說，有淚只能往肚裏咽。比起國慶，國平更讓他失望，這大學算是白讀了。她再次承擔母親的職責，為國平準備一切。

國平不坐上山下鄉的專列，要不是大包小包的行李，很像出差。有幾個紅衛兵戰友來送他，比起兩年前前呼後擁的氣勢，場面冷清，甚至可以說淒涼，哪怕添些悲壯色彩也好。國平終於明白，過去兩三年中的叱咤風云是炮製出來的，恰似激浪中的水沫，一旦失去鼓動的力量，立即幻滅于無形，是該急流勇退了。

一路上國平回味狂熱的日日夜夜，彷彿是一場夢，而夢似乎醒得過早，帶給他無盡的愴涼。

國平走後不久的一天，鍾毓英在菜場裏被一位老阿姨迎面喚住，她女兒和國慶在一個連隊，常和鍾毓英互通信息。老阿姨關切地問，你家國慶好些了嗎？鍾毓英懵懂不解地反問，啥好些了？老阿姨知道自己說漏了嘴，國慶一定瞞著家裏，連忙改口，說也許女兒搞錯了。鍾毓英立即明白了，逼她說實情，她只得隱約其辭地說，前一陣女兒在信中提到，國慶受傷住進團部醫院。

和老阿姨分手，鍾毓英沒心思買菜，拎著半空的籃子回家，一進門就嗚咽起來。吳東旭正欲上班，嚇了一跳，問：「出了啥事？」鍾毓英半天才緩過氣，說了原委。吳東旭說，「前幾天她來信也沒提這事啊。」鍾毓英說：「還不是在瞞我們。」說完去拿毛巾拭淚。

國慶去後，差不多一月兩封家信。她所在的兵團雖然離中蘇邊界不遠，但不屬軍隊編製，不備武器，珍寶島兩次武裝衝突，對她們沒有直接影響。父母半信半疑地接受下來，幸好，珍寶島事件沒有進一步擴大。但中蘇邊境布滿一觸即發的彈藥，他們始終安不下心。

待吳東旭去信追問，國慶才來信解釋。前不久林副主席發出一號通令，全國進入一級備戰，團部半夜演習，摸黑行軍，國慶不慎失足跌入防空壕，摔壞了腿，送團部醫院，診斷為「膝關節半月瓣撕裂」，住院治療。

鍾毓英催丈夫寫信讓國慶回上海治病，吳東旭說國慶剛去一年不到，兵團紀律嚴，如有必要，領導會安排的。

鞭長莫及，鍾毓英只能暗中焦愁，直到國慶來信說，基本康復已能起床走路，她才放下心。

六

方長舟呆在牛棚，每日除了打掃廁所，大部分時間在小房間裏閉門思過，寫沒完沒了的交待。他橫下心，只當搭車進入黑暗幽長的隧道，坐等光明或死亡的盡頭。

吳國平吳國慶戴著光榮的帽子去邊疆那陣，他暗自稱快。吳國平那樣牛氣衝天的紅衛兵，一夜間，卸下紅袖章成了山溝裏的農民，如今他們知道天有多大海有多深了。象徵文革的這片紅潮退下去了，他覺得渾身的壓力有所緩解。

方長舟還沒來得及幸災樂禍，自己就下落更慘地步了紅衛兵的後塵。

　　一號通令下達後，軍代表雷厲風行，勒令方長舟去「五‧七」幹校勞動改造。

　　「勞改」——他多麼諳熟這兩個字，不！該說他曾如何熟用這兩個字，解放後的歷次政治運動，他參與區委的討論，多少次說過「這樣的人應該送去勞改」「把某人或某某人送去勞改」，他還多次在這樣的決定書上戳章簽字。詎料有一天這兩個字套到他自己頭上。輪到自己，他才掂出這兩個字的分量。多少勞改分子和他們的親屬被這兩個字帶進災難的不歸路，南守坤那樣變瘋的、病死的、自殺的不計其數……

　　方長舟不敢想像自己的後果。

　　出發前一天，方長舟回家準備行李。

　　古月琴把日用品堆在客廳，方長舟打包，他見兩捆一尺高的草紙，問：「讓我帶這麼許多草紙做啥？」

　　「做啥？你沒聽姚家說過，阿大在江西勞改農場用爛泥揩屁股，你到時受得了？」古月琴眼圈紅了，這次她少有的軟弱，丈夫下鄉勞改，她終於頂不住了。

　　方長舟故作輕鬆：「五‧七幹校」是幹部勞動鍛煉的地方，怎麼能等同勞改農場。」

　　「你以為我這點都不懂，『五‧七幹校』名字好聽，你看去的人，不是倒臺的幹部，就是挨批的臭老九[1]。都是戴罪之身，和勞改分子有啥兩樣。」

　　「不管怎麼說，與其沒日沒夜在牛棚受罪，不如去地廣人稀的農村『鍛煉』，造反隊的人不能都跟去，靠部隊的人也管不過來。比起精神折磨，體力勞動沒啥可怕，就當去農村體驗生活吧。」

　　「你說得輕巧，在鄉下生活，你的胃能受得了？」古月琴一面說，

---

1 臭老九：文革時把知識份子排在壞人的第九位：地（主）、富（農）、反（革命）、壞（分子）、右（派）、叛徒、特務、走資派（走資本主義道路的當權派）、知識份子。

一面往網袋裏塞銅湯婆子。

「有隻熱水袋就夠了，還帶這麼大隻湯婆子做啥？」

「熱水袋是焐手、焐胃的，晚上睡覺把湯婆子放在腳跟，不會受冷感冒。」

「五‧七幹校在奉賢，又不是去黑龍江，你不用擔心。」

「不管奉賢還是黑龍江，你是黑幫分子，沒事都迫害你，有了事誰管你的死活？」古月琴話沒完淚已滴下。

「好了，你不用擔心，我會照顧好自己的，這次去，我就按你姐夫說的，該吃就吃該睡就睡，挺過這道難關，等待時局的轉變。」

第十二章

接班人上黨章，彭老師異議，被陷寫「反標」；嚴軻聽「敵臺」
判七年

一

國平離家不久國福小學畢業，取消了入學考試，他按新規定就近入錦江中學。

開學不久國福就參加了紅衛兵，這本是一件快事，看到北京紅衛兵豪邁地跳上里委辦公桌；看著國平在高臺上批駁方長舟的時候起，國福就盼望這一天。可惜對比國平他們自發成立的老紅衛兵，紅袖章雖然相同，組織性質已經蛻變。一切都納入規範：一個班級組成紅衛兵排，一個學校集成紅衛兵團，毫無獨立可言，只是學校管理學生的工具，更像是改了名的共青團。

工宣隊安排人事，宋秀娥擔任副團長，國福擔任排長，宋秀娥戧爸爸的牌頭竄到國福頭上，當他的領導，等於讓宋秀娥置換方聚儀，使國福第二次受辱。

有人「仗義」為他出氣。

盧飛燕和國福一個班，正好和宋秀娥冤家路窄，看著宋秀娥紅得發紫，她妒火燒不盡。宣佈宋秀娥當副團長的次日，她一早去教室，在黑板上寫了一首打油詩：「土包子，到上海，上海閑話講不來，額骨頭碰到天花板，米西米西中頭彩。」宋秀娥進教室時，柳小寶帶一幫男生火上添油地起哄，他們要再看蟒蛇大戰。果然，趾高氣揚的宋秀娥氣得兩頰翻白，用黑板擦猛敲黑板，衝著盧飛燕變了聲調地問：「誰寫的，有種站出來！」

盧飛燕裝糊塗：「我寫的，出了啥事？」

「你寫誰？」

「我寫誰，你不知道嗎？『土——包——子』白字寫在黑板上，一清二楚，堂堂紅衛兵副團長，這三個字也不識？」

「敢做敢當，有種就挑明。」

「原來我忘了『土包子』是誰，你跳出來，倒提醒了我，不挑自明，倒省我多此一舉。」

柳小寶把食指銜到嘴裏吹口哨，其他同學拍桌子蹬腳。

宋秀娥氣得噎住了，半天才咬牙道：「既然你承認，你負一切後果。」說完奔出去找工宣隊。

工宣隊魯隊長和任課老師進教室時，上課鈴響了。魯隊長宣講了一通樹立無產階級正氣，狠剎資產階級歪風，然後把盧飛燕帶去辦公室。

盧飛燕早就油了，她說自己在黑板上塗鴉，是宋秀娥自己往『土包子』上套。魯隊長狠狠訓了她一通，她表面上馴服，心裏只當它過耳風。

國福為宋秀娥當場出彩竊喜。宋秀娥還不知天高地厚，讓國福出一期與壞人壞事作鬥爭的牆報。國福心裏冷笑，你這隻被人抱上樹枝的雞，真的以為自己是鳳凰了，還想利用班級的宣傳陣地瀉私憤，沒門。國福說，定期出的內容已經準備好了，臨時要加，你自己去寫。

國福拆宋秀娥的臺角，是對盧飛燕「投桃報李」，也是投南延清之好，南延清和盧飛燕惺惺相惜，始終緊密地站在同一戰線。

宋秀娥只得自己動筆，用批判會上的直言直語寫文章，雖然經緯凌亂，卻醮過火藥似的暴烈，只差指名道姓地斥責盧飛燕。盧飛燕看後，輕蔑地擦去「大批判組」的署名，歪寫上「北方包子」。

宋秀娥告到工宣隊，說盧飛燕塗改大字報，是「政治事件」。工宣隊也認為應該把盧飛燕的歪風剎下去。根據盧飛燕小學檔案裏的「前科」，準備給她記大過。

幸虧班主任彭鑒明老師反對。他說盧飛燕只是十五歲的學生，世界觀還沒形成，應以教育為主，更不能把她在小學受害的事加上去，處理不當，反使她破罐破摔。

彭鑒明是校革會常委，年級組組長，在校務上經常和黨支書魯隊長意見相左，這件事加重了魯隊長對他成見。

二

不久校革會學習中共九大文件，彭鑒明說，他擁護林彪當接班人，但黨章是長期應用的律法性文件，不宜寫進接班人這種一時性決議。魯隊長反駁說，我們一直高呼「敬祝毛主席萬壽無疆！敬祝林副主席身體永遠健康！」怎麼能說接班人是臨時性的。彭鑒明說，不能把億萬人民的心願當現實，毛主席真能萬壽無疆，就不必選林彪當接班人了。魯隊長說，這麼說，你平時喊萬壽無疆是口是心非了？魯隊長的話自相矛盾，卻理直氣壯；彭鑒明的論說符合邏輯，但在現實面前站不住腳。

魯隊長抓到了彭鑒明的把柄，湊巧校內又發生一起現行反革命案。

教學樓二樓男廁所的隔板上，有人用粉筆寫了一條反動標語：「林登毛坑，遺臭萬年」。案件哄動了校內外，魯隊長請公安局來破案，公安人員在現場拍了照，還收集了全校師生的筆跡，沒查出結果。他們分析，作案人反對林彪當接班人，寫反標發洩不滿。

罪犯非彭鑒明莫屬。不容他分辨，魯隊長給他帶上現行反革命帽子，召開全校大會批鬥他，最後關入牛棚。

副班主任李老師本來就管不住學生，再附和宋秀娥連篇累牘地貼彭鑒明的大字報，挑起同學們的逆反心理。李老師上課，柳小寶就在半開的教室門上擱一把掃帚或棍棒，李老師一推門，這些東西穩、准、狠地砸在她頭上，一次她的眼鏡被帶到地下，砸得粉碎，她只得偷偷地抹眼淚。宋秀娥往課桌裏放書包時，裏面爬出一隻蜈蚣，嚇得她哇哇亂嚷。

每個班級每天都發生類似的事，校領導管不勝管。

珍寶島事件後，蘇聯軍隊壓境，校革會緊急部署備戰，教室玻璃窗上貼「米」字紙條，籃球場上掛起了白熾燈，牛鬼蛇神日夜開挖防空壕，為防止他們破壞，紅衛兵幹部輪流值班監督。

一次國福當值，休息時間，彭鑒明說想去牛棚拿煙，國福同意了，尾隨而去。

牛棚是舊教學樓後面的一排木屋，搭在與錦江飯店相隔的圍牆上，比福民小學設在三層閣的牛棚更名副其實。彭鑒明進了其中的一間木屋，他擰開昏黃的燈，國福看清了五六平方米大的牛棚的全貌：圍牆正中貼著毛主席的畫像，對面板牆上寫著標語「坦白從寬，抗拒從嚴！」牆角堆著鉛桶、揩布之類的勞動用具。

國福站在門口，履行看守的職責。

彭鑒明用搪瓷杯接了一杯茶：「吳國福，你也坐一歇吧，我不會逃跑的。」國福不好意思了，慢慢挪動腳步，在他對面坐下。彭鑒明遞茶給國福：「喝杯茶吧，放心，裏面沒有毒。」

國福笑了，伸手接過杯子，默默呡了口茶，低聲說：「彭、彭……」他不能叫老師，又不知怎麼叫，為難著……

彭鑒明大度地給國福解圍：「叫我彭鑒明好了」

國福叫不出口，狠了狠心說：「彭先生[1]，那條反動標語真的是你寫的？」

彭鑒明點上一支飛馬牌，吸了幾口，反問：「你相信嗎？」

「唔……」

「你問我，說明你不完全相信，所以我就坦率對你解釋。所謂『反動標語』，就是有人要發洩不能公開表達的不滿，並試圖以此影響人心。我認為這種行為很愚蠢，因為它難以達到目的。我有想法，要麼隱忍不發，要麼直抒己見，既然我在校革會上說出了自己的觀點，還有必

---

1 當時中學都稱老師為先生。

要偷偷寫那種東西嗎？」

「那麼，那條反動標語是怎麼回事？」

「現在到處出現『反動標語』，其中不少是杯弓蛇影。就說『林登毛坑，遺臭萬年』這句話，以我看，只是一個同學辱罵一個林姓同學，他寫的是『林蹲茅坑』，『蹲』、『茅』兩個字寫成了白字『登』、『毛』，正巧在『九大』閉幕不久，林副主席當了接班人，它就成了反動標語。一旦轟動起來誰敢承認，把它栽贓到我頭上又最合身。」

國福覺得彭鑒明的推理很合情，提醒他：「你為啥不向工宣隊和公安局申訴？」

「當然申訴了，公安局還驗了我筆跡。」

「不是沒查出結果嗎？」

「他們認為我可以偽造字跡麼。」他突然打住道：「好了，今天就說到此吧，不能影響你執行任務。」

國福敬佩彭鑒明的鎮定坦誠，此後又和他交談了幾次。彭鑒明相信國福不會「告密」，推心置腹地說了許多心裏話，使國福確信他的無辜，並學到不少思考問題的方法。

三

給彭鑒明這種現行反革命定性容易，為老反革命的牛鬼蛇神定罪比較複雜，為此，各單位盛行通過「內查外調」收集證據，不惜跨省市追蹤他們的陳年政歷。

福民里委會也頻繁接待外調者，有時碰巧兩個單位同時來人，里委接待室不夠用，馮大姐來借吳家的屋子。父母叮囑國福，一來外調者就出門去玩，偶爾他已在裏屋床上午睡，醒來聽到外間有人談話，不便穿堂出室，就被迫「偷聽」。不想聽出了味道，有時，他就有意無意躲在裏屋。祝秋藝、樓醫生、南荃裕等人不止一次地來受詢，談話結束,他們還得在記錄上簽字。國福了解到他們在解放前的不少舊事,也掌握了其他受訪者的「隱秘」。事後,國福路遇他們,會用「特殊」目光咬他們,這個老頭病病歪歪,原來過去逛窯子染了梅毒;那個衣衫不整的老女人,年輕時在鄉下做過土匪的小老婆。

七一年九月下旬的一件事,讓國福驚駭不已。

以往,馮大姐不介意國福和國進,那天卻非同尋常,她一進門就緊張地問:「屋裏有人嗎?」國福在裏面廁所間,不好意思回答。取代趙河竹的戶籍警劉同志帶一個人隨後進來。劉同志和馮大姐壓低嗓音和那人談話,顯然案情重大。

「……」

劉同志問:「他說啥了?」

他說林副主席已經……唔……已經死了,不,已經不在了。」

馮大姐調門復粗說:「啥?林副主席不在了。」

「他怎麼講的?」劉同志誘導著。

「他說林副主席坐飛機逃往蘇聯,半途上飛機失事,墜落在蒙古,摔死了。」

「……」

「誰造這種謠言?」國福差點叫出聲,一想到外面的劉同志和馮大姐,又後怕地凝固在便座上。

「……」

他說美國之音和莫斯科廣播電臺都報道了這事。」

「……」

「你知道他啥時候開始偷聽敵臺?」

他去年裝好短波收音機後。」

「……」

「這件事你要絕對保密,不能走漏風聲,知道了嗎?」

「……」

劉同志和馮大姐帶人走了。

國福舒了口長氣，緊張出一身汗。他希望劉同志他們快走，可從廁所間解脫出來，又希望他們再談下去，許多事還沒聽明白。

劉同志和馮大姐沒提犯案人的姓名，給國福留下一個迷：這個膽敢收聽敵臺、散布林副主席謠言的人是誰？

國慶節前的一天。忻大姐一早就去門衛，她和南老爺耳語了幾句，然後拉過那張舊竹椅倚門坐下，不時斂容往外看。南老爺站在她身後，手擺著茶壺，伸長脖子，好半天忘了吃茶。馮大姐像巡邏的戰士，繃緊臉在院子裏不停地來回走，兩眼不時警戒地往一號樓上張一下。約莫過了一小時，一輛吉普警車開道，後面跟著一輛囚車，帶著震魂懾魄的鳴響駛進福民新村。車一進門，忻大姐和南老爺急步去拎鐵門栓，快速合門上鎖，不讓任何人進入。

車子在院中停下，劉同志和兩個佩槍的武裝警察跳下吉普車，馮大姐迎上去，引著他們直奔一號樓嚴軻家。

嚴軻決沒料到公安局來抓他，見劉同志帶人進來，面孔變得蠟白，「劉……劉……同志，怎……麼……回事？」

劉同志天生一張版畫樣的公安臉，粗礦的皺紋是版畫上的線條，他肅然地向嚴軻宣佈逮捕令。

嚴軻以為又是一場虛驚，鎮定下來：「你們是否搞錯了？」

慧芬不知出了啥事，蘆稈樣的身子搖搖擺擺地從裏屋出來，見武裝警察給嚴軻戴手銬，她撲上去：「你們這是做啥？」劉同志擋住她：「你兒子犯了罪，要依法逮捕！」她驚得往後一仰：「犯罪？劉同志，他整天呆在家裏，怎麼會犯罪？」馮大姐走上來，不客氣地說：「人民警察不會隨便抓人，你先一邊站著，過一歇你就明白了。」

武裝警察把嚴軻看管在衛生間。劉同志和馮大姐去他的臥室，很快找到了目標：單人床的枕邊，擱著一架半導體收音機，機上插著一尺高的鍍鉻鐵棒，靠床頭的窗外，豎著一根繞著天線的十字架。劉同志拆下天線，拿上收音機走出去。慧芬疑懼不寧地等著他。劉同志說：「這就是你兒子的作案工具。」慧芬嶙峋的眼眶釘住劉同志問：「裝半導體也犯法？」劉同志說：「光裝半導體當然不犯法，你兒子的事……
沒那麼簡單。」慧芬哀懇道：「劉同志，你能不能告訴我，他到底犯
了啥罪？」馮大姐不耐煩道：「你別急，等審訊完了，會把結論告訴
你的。」慧芬被馮大姐擋在門口。

　　武裝警察押著嚴軻下樓，慧芬扶著門框哭喪：「劉同志，你們帶
他去啥地方？」劉同志已不見了。馮大姐代他說：「當然去公安局。」

　　「難道他要受刑坐牢？」慧芬的身子倚著門柱往下滑，倒在馮大姐的
腿上：「馮大姐，他爹爹給鬥死了，我就這個兒子了，他再去吃官司，
叫我怎麼活下去？」馮大姐拉起她：「你要相信組織，相信黨，我們
會依法處理的。」慧芬身子不穩地跟在馮大姐身後，請她手下留情，
在二樓的半道上被馮大姐怒聲擋住。慧芬乾薑樣的枯手揸住樓梯的柵
欄，頭伏在臂上抽噎。

　　樓醫生夫婦聽到外面的騷動，不敢出門，直到囚車開出新村才走
出來。樓太太走近慧芬，輕輕拍她的肩膀：「嚴家姆媽，出了啥事。」
慧芬道：「公安局說嚴軻犯罪，抓走了他。樓醫生，你說，嚴軻能犯啥罪？」
樓醫生和妻子一起扶起慧芬：「起來吧，你急也沒用，事情總會查個
水落石出的。」

　　樓醫生和太太把慧芬攙進自己家，慧芬吃了一杯茶，同樓醫生夫
婦訴了一通苦，才漸漸平息下來。末了，她說：「過去你們一直說人有『原
罪』，我不理解，為啥人生出來就有罪，現在我終於懂了。我們祖上
不知哪一輩造了孽，所以生來就是戴罪之身，這是報應啊。」

　　樓太太說：「原罪」不是你獨有，是每個人與生俱有的罪孽，誰
也免不了。」

　　「既然人人都有，為啥唯獨我家沒完沒了的遭難？」

　　樓醫生說：「怎麼說你一家呢？福民公寓的許多人不是和你一樣。」

　　「難道我們的罪特別深重？天主在懲罰我們？」

　　「天主怎麼會懲罰你們呢？」

　　「那是誰在懲罰我們？」

　　樓太太說：「魔鬼撒旦，他主宰著這個世界。」

　　「無所不知無所不能的天主為啥允許魔鬼統治世界，又眼看我這樣的人遭難而作壁上觀。」

　　「這是天主考驗我們的意志，到末日審判時，作惡的都要下地獄，行善的才可升天堂，所以不要為一時一世的苦難而懷疑天主，為了死後的復活和永生，我們必須堅定信仰。」

　　慧芬疑疑惑惑地接受了樓醫生夫婦的勸慰。

四

　　嚴軻赤膊也跳不進文革的旋渦，就自裝半導體收音機消磨時間，先裝單波段，再改成雙波段。

　　嚴軻夜深人靜時調試短波頻道，常常收到美國之音、英國 BBC、莫斯科和臺灣等廣播電臺的節目。剛開始，他一聽到這些「敵臺」的名字，就躲避瘟疫般快速跳過去。時間一長，旋扭慢了，就有一句兩句「反動言論」掠過耳邊，他漸漸生出玩命嘗河豚的好奇。第一次從美國之音聽到陳伯達下臺，他還自覺抵制：終究是敵臺，散佈謠言，攪亂中國人心。誰知兩個月後，中央下文件公開了陳伯達的反黨罪行，他從此被「敵臺」吸引了。莫斯科廣播電臺經常播放文革後禁唱的蘇聯歌曲：《莫斯科郊外的晚上》、《喀秋莎》、《小路》；中國民歌《蘆笙戀歌》、《草原之夜》等，撩起他懷舊的情感，溫馨了他苦悶的心。

　　從此，聽短波成了他唯一的樂趣。

　　九月下旬的一個晚上，嚴軻又按時調到熟知的位置，在「吱……嗚……」的干擾聲中，依稀傳來大洋彼岸的聲音：「美國之音，現在播送新聞……共產中國在一份絕密文件中公佈，黨中央副主席、國防部長林彪駕機叛逃，在蒙古境內墜機身亡。林彪顯然欲飛往蘇聯，有關詳情有待進一步證實……林彪的出逃，顯示共產中國新一輪權力鬥爭的白熱化，將對共產中國的政局產生深遠影響⋯⋯」

嚴軻半天沒有反應，他不能相信。再聽其它電臺：

「莫斯科廣播電臺，現在播送新聞。據可靠消息證實：北京政府剛剛挫敗一起政變，黨中央副主席林彪敗北出逃⋯⋯蒙古人民共和國方面的消息證實：九月十三日有一架飛機在溫都爾汗附近墜毀⋯⋯林彪未遂政變顯示，毛澤東搞所謂反修正主義的文化大革命不得人心，引起眾叛親離。」

嚴軻說不出欣悅還是憂懼，亢奮得一夜未眠。

翌日，嚴軻一大早就出門。新華書店還掛著林彪的畫像和各種頌詞。他覺得滿街的人都是傻瓜，林彪已燒成灰了，人們還在敬祝他永遠健康。他慶幸自己因聽敵臺而變聰明了，他要表現自己的「先知先覺」。

嚴軻去好朋友小莊家玩，他主動引出話題問，你不覺得中央裏出啥事了？小莊不知就里，當然予以否定。過了些天，兩人見面，嚴軻憋得難過，又舊話重提，進一步啟發，你注意到嗎，林彪有好一陣沒露面了？這次小莊生了疑心，嚴軻直呼「林彪」，一年前嚴軻也問過他類似地問題：「陳伯達好久沒出來了吧？」後來陳伯達就出事了。小莊套他話，說林副主席一向深居簡出，如今跟毛主席一起籌劃國家大事，就更沒時間出頭露面了。嚴軻說，這次恐怕不一樣吧？林彪可能步陳伯達後塵。小莊驚跳起來，林彪和陳伯達不同，他是毛主席的接班人。嚴軻說，劉少奇當年也是毛主席的接班人，結果成了叛徒內奸工賊，你能料到嗎？小莊說劉少奇是資產階級司令部的頭子，林彪是文革中的左派代表。嚴軻說，文革以來，原屬無產階級司令部的許多左派，不是紛紛落馬了？先是陶鑄，接著是楊、余、傅、王、關、戚，直到陳伯達。[1] 小莊說沒根據瞎猜，傳出去要坐牢。嚴軻急於辯白，忘了禁忌，兜底倒出自己聽短波的秘密。

小莊嚇呆了，他認定是敵臺造林副主席的謠，追查起來，自己要

---

1 楊、余、傅、王、關、戚：分別指楊成武、余力金、傅崇碧、王力、關鋒、戚本禹，都是文革初期的風雲人物。

受牽連吃官司，他趕緊去里委告發嚴軻。

五

　　嚴軻逮捕後，福民新村鬧了個紛紛揚揚。

　　吳東旭注意到，國慶節在即，上面突然下指示，取消例行的慶典活動。西哈努克親王的國慶賀電中只寫「毛主席和周總理」，少了林彪的名字。這一系列舉措顯示中央確實出了變故。

　　紙包不住火，十月下旬，披露林彪事件的中央文件下達了。

　　吳東旭在區里聽了文件，回家後一宿無語。

　　國福比父親晏兩天在學校聽文件。文件披露「遵義會議後，抗美援朝時，林彪一貫反對毛主席。」國福疑惑不解，既然如此為啥選林彪當接班人，還寫進黨章？毛主席洞察一切的神力到哪裏去了？魯隊長口沫飛濺地解釋：毛主席以偉大的氣魄，讓林彪當接班人來考驗他，可他不識抬舉，最終，他是孫猴子翻不出如來佛毛主席的手心。國福愈聽愈糊塗，難以接受毛主席如此「欲擒故縱」的英明。

　　國福問父親，父親毫無表情地說，你還小，不要問這些複雜的問題。國福知道，這些問題也傷父親的腦筋，不明白的他說不清，明白的又不敢說。

　　國福決定找彭鑒明。一天，國福籃球打到很晚，見彭鑒明下班走出校門，他拎起籃球架上的翻領衫匆匆跟出去。國福遠遠尾隨著彭鑒明，過了淮海路，僻靜下來，才走近他怯怯地叫：「彭先生，有點事弄不懂，想問問先生。」彭鑒明往四下轉了一眼：「我家在前面南昌路，你沒事去坐一會兒吧。」說完徑自往前走。國福這才意識到自己冒失，錦江中學的學生都住在附近，讓他們看到，會生出是非。

　　國福默默地跟著彭鑒明。繁茂的梧桐開始褪青，偶爾有一兩片不合時宜率先早熟的黃葉沉甸甸地跌在人們的腳下，遭受無數鞋底踐踏。

拐進南昌路，走不多遠，彭鑒明進了一條弄堂，在一棟石庫門房子的後門等國福，他一個人住亭子間。他接待老朋友似地給國福泡了一杯茶，又剝一隻桔子放到國福面前，然後他點上一支煙，半倚半坐在臨窗的一張寫字臺上說，現在你可以提問了。國福把想不通的事一股腦兒端出來。彭鑒明說，你能提出這麼多為啥，說明你已經懂了一半，也解答了一半，只要照此下去，不停思考，不用我解釋，你很快就會茅塞自開。今天我只給你講個小故事。

《工基課》（文革時取代《物理》的課本）上，你學過「自由落體定律」吧：兩個不同重量的物體從同一高度同時放下，兩者應該同時落地。做一次簡單實驗就可以證實它。但四百年前，伽利略為建立這條定律差點付出生命的代價。當伽利略還是一個學生時，教授們就宣佈，亞利斯多德早已解決了學科上的所有問題，當時只需引用亞利斯多德的一句話就可結束任何爭論。伽利略不盲從權威，他提出與亞利斯多德教導相反的落體定律。教授們譏嘲他：「除了傻瓜，沒有人會相信一根羽毛同一顆炮彈以同樣速度下降。」他們要出伽利略的醜，讓他在全校師生面前表演。伽利略一手拿十磅重的鉛球，另一手拿一磅重的鉛球，一步一步爬上比薩斜塔，圍觀的人起哄嘲罵他。結果當然是伽利略勝利了。但他繼續遭受迫害，最後因《兩種世界體系的對話》一書被宗教裁判所判刑坐獄。

彭鑒明說，這個故事說明真理往往掌握在少數人手上，而堅持真理需要非凡的勇氣直至犧牲生命。

國福悟出了彭鑒明沒有挑明的許多含義。

六

林彪事件公開後，慧芬以為嚴軻沒事了，她盼兒心切，天天去里委追問。還沒立冬，她就用黑色的老棉襖裹住骷髏樣的身子，蜷縮著

坐在四號樓的水泥門檻上等里委開門，輕一聲重一聲地咳嗽吐痰。見
到忻大姐，乞求道：「林彪摔死了，我兒子該出來了吧？」

　　宋代表來自空四軍，因政委王國維是林彪賊船上的人，宋代表的
許多頂頭上司也因涉嫌受隔離審查。宋代表擔心株連，終日憧惶，如
大廈將傾，忻大姐跟著心緒紛擾。她不願聽慧芬哭訴，不悅道：「不
要以為林彪失事，你兒子就沒事了，你兒子散佈謠言時，中央還沒下
達文件，組織有嚴密的紀律，傳達到十三級幹部的文件，就不能向
十四級幹部透露，否則就犯洩密罪。當時對毛主席、黨中央來說，林
彪是死有餘辜的叛徒賣國賊，對你兒子來說，林彪還是黨中央副主席，
他這樣做就是攻擊中央首長，如果都不按黨中央的紀律辦，全國豈不
亂套。」

　　「忻大姐啊，你太抬舉他了，他至今沒資格入團，怎能用共產黨
的標準要求他。」

　　忻大姐哼了一聲：「既然他連個團員也不是，怎麼我家老宋沒知
道的事，他先知道了。他不是從敵臺裏偷聽來的嗎？難道你不知道，
偷聽敵臺是犯罪行為？既然他聽到林彪的事，也一定聽了攻擊毛主席
黨中央的其他言論，不能因為這次林彪事件核准了，其他事情可以一
筆勾銷。

　　慧芬害怕了，嗆咳了幾聲說：「忻大姐，再怎麼說，他還是青年，
而且一貫追求進步……」

　　「一貫追求進步？我可聽說他為博取名聲，製造過『拾金不昧』
的事件！」

　　「那是他為上大學做下的糊塗事，為了造反，你知道……他鬥死
了自己的爹爹。忻大姐，你們就發發善心吧，我病成這樣，他有不測，
我一個人去靠誰？」

　　「求我有啥用，你應該敦促兒子徹底坦白，爭取公安部門的從輕
處理。今後你不必來里委糾纏了。」

　　一個月後,忻大姐、馮大姐傳訊慧芬,向她宣佈嚴軻因「收聽敵臺罪」

被公檢法判處七年徒刑。慧芬枯核樣的瞳子死死盯著忻大姐，想說啥又說不出，頭一暈，身子從椅子上滑到地上。忻大姐讓人把慧芬抬回家，叫樓醫生幫忙檢查，說再不行就送醫院。

樓醫生用了些藥，慧芬醒來，嗚嗚大哭：「天啊，判了七年，就為聽了外國人的電臺，那電臺是專門放毒氣的？那些外國赤佬為啥興花樣辦這種缺德電臺啊。樓醫生，七年啊，我哪裏還能活七年！」樓醫生夫婦苦勸了一番。

第二天清早，樓太太買菜回來，放心不下慧芬，上樓去看，敲了半天沒人應，怕她病重出意外，忙去里委報告。忻大姐打電話叫來劉同志，撬開門，把裏裏外外的房間搜索一遍，最後在廁所間發現慧芬的屍體，她投繯自縊了。

七

慧芬的死賺得鄰居們一兩聲同情的嘆惜，卻沒引起太大的震動，文革以來，類似的死人事件太多，人們的感情遲鈍了。倒是宋代表忻大姐一家突然「失蹤」，在福民里委喧哄一時。

一個禮拜天的深夜，宋家裝了一車輕簡急需的用具，老鼠搬家般悄悄溜走了，連樓下南荃珍、喬玉珊都沒察覺到動靜。星期一早上，忻大姐沒按時去里委，街道革委會主任打電話告訴馮大姐，宋代表奉命回部隊，忻大姐也隨之返回。主任沒作進一步的解釋，但敏感時期，很快傳出了確切的消息。宋代表的一位老上司劃入了林彪的餘黨，他的警衛員揭發，宋代表和老上司聊天時極力吹捧林彪，說斯大林敬佩林彪的軍事指揮才能，想用十個元帥換他。林彪事件後，部隊裏清除林彪的餘黨，宋代表的言行屬林彪線上的人，調他回部隊審查。

部隊派車拖走宋家餘下的家具器物，姚大桶和南老爺坐在門衛室看著汽車開進開出……

姚大桶頗為自得地說：「老爺，不是自誇事前諸葛亮，當初宋代表搬來，我就說，別看他面帶三分笑，人心難測，果然上了賊船。」

南老爺不以為然地說：「看出來又怎樣，當初林彪突然冒出來，站在天安門城樓上，抖著紅寶書，緊貼著毛主席，誰不嚇一跳！三角眼、倒眉毛、狐狸下巴猴子腮，白晃晃的面色，像剛從棺材裏爬出來的陰屍鬼，上臺演奸臣賊子，不用化妝。這些話，瞎子聽了也知道他是哪種人，但誰敢明講。毛主席看中他，照樣爬上一人之下，萬人之上的位子。老百姓去管閑事，就是母雞叫天亮——犯禁。嚴軻比文件早講幾天，就按上收聽敵臺的罪名，判了七年，老娘被逼上吊。唉，這些道理，到啥地方去講？」

姚大桶連連點頭。

宋家撤清的那天晚上，為慶祝他家倒運，福民新村上空炸響一隻「高升」鞭炮，驚動了欲睡未眠的人們。有人猜是喬玉珊在歡慶「勝利」。事情傳到馮大姐耳中，她難得放任道：「這是革命群眾對林彪及其爪牙表示無產階級的義憤。」馮大姐和這隻爆竹同心同德，忻大姐一走，里委黨支書的職務又回到了她手上。

宋秀娥不告而別，吳國福班裏同學大嘩。那天李老師上課，盧飛燕在黑板上寫「公審林彪分子宋秀娥」幾個大字。李老師走進教室，裝作不懂地拿板擦去揩。

盧飛燕率人起哄，「不要動，不要動！」

李老師說：「你們要做啥？」

「做啥？黑板上不是寫著？」

「宋秀娥已經走了。」

「讓她缺席審判！」

「她爸爸是林彪分子，不等於她有問題。」

「當初她一進中學就當紅衛兵副團長，不是戧她爸爸的牌頭？」

「她怎麼當副團長的，我不清楚。」

「你不清楚，就站一邊去，我們自己來開批判會。」

「你們自發開批判會，我無權反對，請你們課後舉行。」

盧飛燕反詰：「去年你配合宋秀娥批判彭鑒明，不是利用上課時間嗎？」

李老師趕緊舉起盾牌：「批判彭鑒明是魯隊長批准的，你們現在要開批判會，也先去向工宣隊彙報。」

「我們班級自發召開，沒有申請的必要。」

「吵吵嚷嚷了半天，都是你一個人在說，你連紅衛兵都不是，能代表全班？」

盧飛燕被將了一軍，頓了一下：「作為革命群眾，我有權提出要求。」

「你應該向紅衛兵幹部提，由他們決定該不該開，怎麼開。」

盧飛燕立即轉身對吳國福：「那就請吳國福決定吧。」

盧飛燕相信吳國福會同仇敵愾，因吳國福也被宋秀娥「篡位奪權」過。經過林彪事件，吳國福已不像看著方聚儀倒臺那樣認真了。但盧飛燕和班裏其他同學還沒這種認識。眾目睽睽下，他只能說：「盧飛燕指出的問題眾所周知，但當副團長不是她本人決定的，批她也達不到目的。我建議就此問題出一期黑板報。」

吳國福說話時，眼鋒瞟向盧飛燕後面的南延清，正撞上她射來的鄙夷一瞥。南延清不願改變成見，依然把國福當宋秀娥的同盟軍，記恨著他的「背叛」。

國福不得不繼續吞咽這顆酸果。

第十三章

　　尼克松來了，內熱外冷搞接待，吳國福看穿了，讀禁書，墜情網，遭「背棄」

一

　　美國總統尼克松來上海，下榻在錦江中學隔壁的錦江飯店。

　　學校開會轉達文件，解說歡迎尼克松的事項。吳國福不相信自己的耳朵。他一向關心似懂非懂的"政治和國家大事"，父親訂閱的《參考消息》一到，他就一字不拉地讀完。每期幾乎都有美國的負面消息，他從中看到美國人民的苦難，還瞭解了中美兩國的關係：美帝一直亡我之心不死，而我們則恨不得殲滅他們！還爲此發起"抗美援朝"與"抗美援越"行動。

　　如今，政府瞬間換一副面孔，美國總統倏忽成了貴賓朋友，吳國福淳樸的思維跟不上趟，無法一下子扭轉既成的意識。倒是當年聲嘶力竭打倒美帝的大人十分安然。魯隊長侃侃宣稱：「毛主席的確英明偉大，當年高舉鐵拳迎戰美帝；現在遠交近攻牽制蘇聯……」

　　錦江中學在美國人的眼皮底下，為安全起見尼克松在上海那天學校放假。

　　屆時安排尼克松參觀巨鹿菜場，從錦江飯店走去途徑福民公寓。

　　馮大姐又忙煞了。她扯著嗓門穿堂過弄，吆喝牛鬼蛇神清除垃圾衝洗馬路；叮嚀居民打掃自家衛生；佈置居民組長逐戶檢查。

　　劉同志也天天來督陣。

　　尼克松在上海人好奇的企盼中來了。文革以來錦江飯店第一次華彩耀眼，十三層十八層兩幢高樓上的窗戶一扇扇亮起來，猶如大上海的兩幀巨大的金屏風。國福到福民新村外悄悄張望，馬路上空空蕩蕩，居民都不敢出門，只有幾個便衣警察在颼颼寒風中彳亍⋯⋯

次日，鍾毓英和國福都一早起床。鍾毓英穿上昨天備好的乾淨兩用衫，坐在梳妝臺前對著大圓鏡反復端詳，她生出第一次當演員的緊張。尼克松參觀巨鹿菜場時，禁止人們買菜，又怕外賓生疑，就讓政治上可靠的家庭婦女在菜場悠轉。

吃早飯時國福眼熱道：「姆媽，你可以看到尼克松了。」鍾毓英說：「街道幹部再三叮囑，萬一碰到美國隨行記者提問，要按文件的精神，做到不卑不亢以禮相待，強調物資豐富市場繁榮。不知怎樣才算『不卑不亢』，我都擔心死了，馮大姐挑上我，推卻不了，說錯話，不是好事變壞事。」吳東旭笑道：「你不必緊張，尼克松來往的路線都是設計好的，你想碰也碰不上呢。」鍾毓英說：「那樣正好，省得我提心吊膽。」國福說：「姆媽，今天菜場一定有好東西，你可以趁機多買些。」鍾毓英說：「你盡想好事！上面有規定，挎著空籃子難看，可買些攤前的大眾菜，參觀結束才賣貨架上的東西。」

交八九的早春天氣，太陽深藏不露，整個上空灰朦陰沉，微風透著沁骨寒意，活脫脫一幅中美關係的氣象圖，彼此走近解凍，但離陽春尚遠。

上午，福民新村門前馬路反常地一片靜闃，恰似孔明羽扇綸巾下的空城，埋伏著莫測玄機。按規定，沿馬路的居民不准開窗，不准晾衣服。劉同志和馮大姐帶著治保委員四處巡查。

國福也執行學校的任務，去確認班裏的同學是否在家留守。他安排最後去延清家，借機和她好好說回話。可他剛走訪了一半同學，就接到聯絡員解除警戒的通知。原來保衛人員聲東擊西，安排尼克松一行往另一條路去菜場。可恨失去了找延清的難得機緣。

國福正頭腦空空地發著呆，鍾毓英急步回家，說菜場等一歇要清場賣樣品，她要回工場上班，讓國福拿三塊錢和肉票、魚票去買點好小菜。

　　國福拎起籃子小跑著去菜場，趕到瑞金路巨鹿路口，幾百號人已聞訊擁在那裏了，一隊糾察擋在入口。一群家庭婦女在嘰嘰哇哇議論，阿殷也擠在裏面。「尼克松走了這麼多時間了還不放人？」「今天有許多緊俏貨，菜場的人一定自己先買足了！」「再等下去，要軋傷人了！」「耐心點，要吃好小菜，就要忍一忍。」「……」

　　終於放行了，人們似決堤的潮水湧進去。國福腳頭快，趕到老頭老太們的前面，一邊疾走，一邊一個攤檔一個攤檔地瞄過去。攤擋後的貨架上，堆霞疊翠地放著各種蔬菜，魚攤的大木桶裏竟然養著活鯽魚。國福看花了眼，擠東攤軋西攤的買到一隻蹄膀、兩條黃燦燦的大黃魚、半斤銀閃閃的粉皮。

　　貨物很快被搶購一空，菜場又恢復了往日的狼藉，國福不由懷疑剛才一幕的真實性。

　　晚上鍾毓英美美地燒了幾盤菜，給吳東旭燙了一杯花雕，大家吃得有滋有味。鍾毓英不滿地說，尼克松經過幾分鐘，里委忙了一個多禮拜，最後卻饒道走了，還好借光買到些緊俏菜，要不真是白辛苦了。國福啃著骨頭問父親，領美國人看菜場平時沒有的東西，這不是弄虛作假麼？吳東旭亦驚亦喜，兒子會思考了，他抿了口酒，斟酌措詞：「有些事不難理解，比方，家裏來客，打掃屋子，拿出最好的菜，這是中國人的待客之禮。」

　　國福反論：「阿爸，你這個比方不通，我沒說錦江飯店不該用魚刺茅臺招待尼克松。」

　　吳東旭知道孩子不好「騙」了，只得說：「尼克松來，是全世界注目的一件大事，向他們展示良好形象，能維護中國的國際聲譽，以免他們作反華宣傳。」

　　「老師說美國人民生活在水深火熱中，他們有啥資格嘲笑我們？」國進不解。

　　「是啊，報紙上經常登紐約街上餓死人的照片，我們為啥怕他們說三道四。」國福附和。

父親圓不了這個題，以勢壓人道：「國福，你不要自以為聰明，你提的這些問題，難道國家領導人沒有想到，他們這樣做，自有他們的道理。」見國福不服氣地努唇脹嘴，警告說：「另外，你不要隨便向老師提類似問題。」

國福心裏說：「這才是你最擔心的。」國家領導人又怎麼啦，當初把林彪寫進黨章的是他們，最後把他罵得一錢不值的也是他們。說好說壞，全憑一張嘴，有幾分是真的？

假的，都是假的，騙人的，在林彪事件上騙中國人，在尼克松來訪時騙外國人。

二

國福似乎看穿了一切，不再熱心學校的社會活動，一下課就往家裏跑。

閑下來才感到無聊，學校天天批判舊教育路線，老師們根本不敢認真教書，也從不佈置課外作業。為打發時間，國福只好和柳小寶阿七頭混到一起玩，人少時打彈子刮紙片；人多時下四角六角陸戰旗，他加入鏖戰，在棋局上過打仗的癮。

一次，國福來晚了，只得坐在一邊觀局。他無意中發現腳邊有一本書，是上盤的同學擱下的，他撿起來，書名是《艷陽天》。隨意翻開，第一頁開首一句「蕭長春死了媳婦」引著他一路讀下去，他讀呆了，忘了周圍的一切。天色昏暗了，棋局散了，書主伸手要書，國福下意識地攥緊，懇求借讀一天，那人說自己還沒看完，明天一定要還，國福戀惜地鬆了手。

這就是小說？多麼有趣，國福發現了誘人的新大陸。到哪裏去找書讀，家裏曾經有過幾本書：奶奶常讀的那套紙張泥黃的《紅樓夢》；

父親有《論共產黨員的修養》、《松樹的風格》等；哥哥買過《紅岩》、《青春之歌》之類的書。文革後，父親的舊床頭櫃上只剩下「馬恩選集」和「毛選」。國福向父親追問「遺失」的書的下落，父親說你問它做啥？國福說想看小說。父親說古今中外的小說差不多都是禁書，你能看啥？國福提到《艷陽天》，父親才想起似地「哦」了一聲說，這本例外。父親讓國福有空去圖書館，那裏出借的書都可以看。

次日，國福吃了午飯就去區圖書館，不料，大門口已有近百號人在排隊等開門。輪到他進去時，想看的書早被人搶著借走了。第二天國福趕早排在十位以前，《艷陽天》是三卷本，他想讀第一冊時，只有第二、第三本，待讀完第一本、欲看第二本時，又只剩第一冊。有時坐在捷足先登者對面幹等。在圖書館泡了兩個禮拜，才讀完全套《艷陽天》。

書架上竟然還有幾部外國小說，高爾基的《母親》、拉菲摩維奇的《鐵流》、小林多二喜的《蟹工船》。國福不管啥「無產階級的革命文學」，「社會主義的現實主義作品」之類的標籤，如饑似渴地吞下去，不用幾天全讀完了，他讀上了癮，但再也找不到可讀的書了。

猶如焦渴的人幸運地得到一隻酸梅，又不幸它是唯一的一隻，引得你徒增無望的唾液。

猛然記起嚴軻讓他保存的那兩捆書，為啥不拿出來看？但嚴軻怕抄走，肯定是毒草黃色禁書，然而亞當抵禦不了蘋果的誘惑，國福怎能抵擋書的吸引？

晚上，國福等父母進了臥室，拉出床下的破箱子，取出一捆書，彷彿考古者打開文物，他小心翼翼地解開布繩，一層一層地剝去外麵包著的舊報紙。

裏面有八本書，有幾本封面破碎不全了。他順手拿起一本，梨黃色封面上寫著：「約翰·克利斯朵夫」，忙不及地翻開：「江聲浩蕩，自屋後上升。……初生的嬰兒（克利斯朵夫）在搖籃裏扭動。……」他的眼睛被這些文字攫住了，驚得不敢呼吸，「晝夜遞嬗，好似汪洋大海中的潮汐，……，歲月流失，人生的大河中開始浮起回憶的島嶼，……」克利斯朵夫在詩話中蹣跚；在妙曼幽柔的鋼琴聲中長大。

《約翰·克利斯朵夫》衝擊了國福僅有的幾冊革命小說的閱讀體驗，他知道除了激越人心的革命，還有人性和人情。讀下去，他和克利斯朵夫激情的生命融為一體。神秘、朦朧、恬靜的「黎明」，艱難、磨礪、自尊的「清晨」；米希爾爺爺成了他的奶奶，少女彌娜成了南延清。讀到因門第和金錢的理由，彌娜和克利斯朵夫絕交，他哭了，感傷而動情，為了克利斯朵夫，更為自己。他遠比克利斯朵夫不幸，他有一架舊鋼琴可彈，還憑琴藝去教彌娜，而他只能「竊聽」南延清彈琴。

國福如醉如昏地看了一個通宵，早上鍾毓英起床買菜，見他房裏亮著燈，問：「國福，你在做啥？」國福大夢初醒，嚇得把書往枕頭底下一塞，慌亂應道：「我起來小便。」說完趕緊熄燈，身子骨碌滑進被洞，沉沉睡去。鍾毓英買菜回來，見他還沒起床，敲門問他是否不舒服，國福順水推舟說：「頭痛，不去上課了。」弄得鍾毓英忙著給他倒茶拿藥。

待父母都去上班了，國福起床草草吃了早飯，又拿出枕下的書，一口氣讀下去……

國福廢寢忘食，癡醉地一本接一本讀，《安娜·卡列尼娜》、《悲慘世界》、《少年維特的煩惱》。他慶幸，多虧當初冒風險囤了這些書，不然永遠讀不到這些小說，就像窮人永遠不知道燕窩的滋味。他痛悔地想起對面教堂焚燒了一夜的書，那些文字編織的生死歌哭，隨著衝天的火光化為灰燼，不復存在了。

如今他一個人獨享著這份快樂，因了隱秘，這份快樂便加倍珍貴。他看完一遍，再看第二遍、第三遍，看得滾瓜爛熟，還背大段箴言警句和精彩段落。這幾本書在他空虛的心靈裏，壓進一層優質堅實的底子，他登上了一座小丘，眼界抬高了，視野開闊了。

看過這些書，國福不願再回到棋盤，只好去找其他娛樂。電影院雖然重新開門，但只上映記錄片，落難親王西哈努克和夫人是主角，他常花一角錢進電影院跟著他們旅游中國。

記錄片不過癮，他又去圓被文革切斷的夢——看真人演戲。

整個上海只有幾個劇團上演幾出樣板戲，上海京劇團在上海藝術劇場演出《沙家浜》，可惜售票處天天掛著「組織供應，全部客滿」的牌子。為了看戲，只得趕早去售票處排隊等退票，等了幾天，次次落空。偶遇觀眾剛叫「退票」，就擁上二三十人，也只能望門興嘆。

在劇場門口轉久了才找到竅門。劇團和劇場每場都保留一些後門票，有時到開演還沒等到赴約的親友，他們就隔著門道招呼張望的人悄悄進場。

遛轉了一個禮拜，國福終於買到這樣一張「不完整」的票。進大門時戲已開演，鑼鼓陣陣，鐃鈸聲聲，催促他欣喜地奔向半月門幔。

因為劇情早在廣播裏聽膩，使觀賞失去了新鮮感。再者，比起電影中的戰士，舞臺上濃油重彩的軍人也過於虛假。真人演的戲不過如此。

曲終人散，他不知是滿足還是不滿足地走出七年長長的追夢。

國福從劇場邊門出來，見一夥人在臨馬路的弄堂口嬉鬧。裏面傳出熟悉的嬌羞聲音：「你們真的知道天安門一號在哪兒？」「嘻嘻，當然知道。」「那麼，你們認得毛文革囉？」「嘻嘻，當然認識。」「你們不要騙我噢？」「跟著我們走，肯定會找到毛文革，哈哈……」

這伙人擁著南延泠過了馬路，沿錦江飯店的車庫往右拐彎，國福趕緊跟上去。

他們在陝西南路三角花園前住了腳，南延泠說：「到裏面去做啥？」「你進去就知道了，毛文革在裏面等你呢！哈哈——」南延泠覺得有點不對，身子往外擘，被那幫人你搡我拉帶進暗處，她開始抵抗：「你們要做啥？」……

國福返身奔往上海藝術劇場門口的崗亭，一個中年警察關了紅綠燈，正準備下班，他呼哧呼哧誇大地告急：經過三角花園時，聽到有人叫救命。警察讓他帶路，剛近三角花園，一個望風的人一邊大聲叫：「警察來了！」一邊朝另一個出口狂奔，隨著一串慌亂的腳步聲，他們跑得無蹤無影。

南延泠埋頭在臂彎中，雙手抓住鐵絲柵欄蹲在地上，她抬頭見是警察，才遲疑地站起來。她那件已褪色的軍裝紐扣已解開，裏面的白棉毛衫從圓領口撕到胸下，兩隻乳峰掛在衫外，像兩隻在洞口探望的白兔，昏暗中十分醒目扎眼。

國福遭受了雪白的酥胸的電擊，熱流在體內撒野狂躥。他忘了自己在何時何地，聽到南延泠叫：「吳家弟弟！」才機械地「哎——」了一聲，正在提問的警察轉向他：「你認識那些人嗎？」國福怕警察懷疑自己，趕緊解釋經過，還含蓄地告訴警察，說南延泠身體不好。警察連忙問南延泠：「你有病？」南延泠申辯道，「吳家弟弟，你不要瞎講。」南延泠是相思病，說到「毛文革」才錯亂，警察怎麼判斷得了。

警察帶南延泠去崗亭寫事件記錄，國福獨自回家。

那夜，國福捶床搗枕地難以入眠。黝黑無光的房間裏翻飛著兩隻小白鴿，它們不時從南延泠身上跳到了南延清身上。他陷入荒誕的夢中：他亢奮地攀爬兩座白雪皚皚的山峰，好不容易到頂，卻一失足滑了下去，再爬，又滑下，再爬……爬得大汗漓淋，口渴了，就啃那爽口清甜的雪渣。爬著爬著雪山縮小了，小成兩隻熱氣騰騰的精白饅頭。他去抓饅頭吃，不料它們生在南延泠的胸上，他羞愧地縮回手，再看，南延泠變成了南延清。他狂喜地奔過去，南延清扮了個鬼臉，扭頭就逃，他放浪地追上去。南延清逃進了三角花園，在樹叢中跟他捉迷藏，兩人都跑得氣喘籲籲，南延清反身嗤笑他，「你抓不住我，永遠抓不住我。」話音未落，她被啥東西絆了一腳，仰面倒地。他站到了她的前面，燈光透過樹隙落在她身上，袒露的乳房是兩隻跑累的兔子伏在她身上歇息。他忘情地撲上去，一手抓一隻活蹦蹦的兔子，輕輕揉捏起來……他彷彿坐飛機往雲端衝，欣快到極點，仰天一嘯，飛機墜落下來，跌在峰間，他醒了，肌膚濕潤，褲衩一灘粘液。

四

以後的幾天，國福心緒繚亂，上課時，他的眼睛總忍不住乜向南延清。一有空他就拿出《少年維特之煩惱》來讀，煩惱，煩惱，原來少年人都有這樣的煩惱。維特寫給綠蒂的信多麼優美動人啊，他也要寫一封這樣的信！打好主意，他茶飯不思地苦想冥索，寫了塗，塗了撕，寫了幾天，才定稿。

延清：

寫你的名字時，我十分驚訝，這名字怎麼這麼生疏。要知道我曾經咀嚼這名字，就像吮含嘴裏的糖塊，任意而甜蜜。至今我還記得最後一次呼喚她的情景。

「延清，你看，月亮從浮雲中鑽出來了，它離我們近了，好像舉手可摸，天真大，大得就像海，星星就像海浪的花沫。」

「不，不要像浪花，浪花在一起我推你，你壓我地兇狠廝打，太可怕了。星星是開在天上的小花，一朵一朵，默默地互相微笑欣賞。國福，我們今後也像兩顆星星一樣，好嗎？」

「好是好，可惜彼此隔著一段距離，看得見摸不著，永遠合不到一道，不是太孤單了？」

「……」

它是我最後的愛的快樂，也是我最初的愛的痛苦，它應了一句箴言：「凡是使人幸福的，終究會變成不幸的源泉。」

　　如今，我們誤入岔道，說你遠在天涯，你卻近在我眼前，隨時看到你的身影聽到你的聲音，成為我隱秘的享受。你已經佔有了我的全部感情，使我無法自主。說你近在咫尺，你又遠在海角似地遙對我，以你自己的緣由恨我，我無力改變你。我不再表白，怕自己言不盡意，還是用書中的話代訴我的心境：

　　「他初次嘗到離別的悲痛，這是所有的愛人最受不了的折磨。世界，人生，一切都空虛了。不能呼吸了。那是致命的苦悶。……最心愛的人不見：生命也隨之消滅了，只剩下一個黑洞，一片虛無。」

　　「我該怎麼對你說才好呢？任何比喻都嫌不足，你是我的一切，是我整個的生命，世上萬物因為和你有關才存在，我生活中的一切只有和你連在一起才有意義。」

　　「愛是在愛的人的心裏，而非在被愛人的心裏。」

　　你是普希金詩中的「麗拉」：

　　「麗拉，麗拉，我患了，

　　痛苦的相思病，

　　我憔悴，我就要死去，

　　快熄滅了，我燃燒的心靈；

　　但是我的愛情有何用！

　　你嘲笑我的癡心。

　　笑吧，麗拉，你很美，

　　即使你美而無情。」

　　……

　　我永遠記著你那雙纖柔的小手，它曾銜著中華牌鉛筆解救我的窘迫；它曾鳴奏炫迷的樂章撫慰我的靈魂。你願意再一次伸出那隻手，握住我的心嗎？

　　國福為送信而犯難。扔進二號樓信箱，一步之遙最容易，但萬一撞上南延清姆媽，會鬧得家喻戶曉；上學的路上塞給她，如果她拒絕接受，自己不僅下不了臺，苦心孤詣的信全白寫。偷偷放進她的課桌裏，不巧先給其他同學發現，後果不堪設想。最後他一撓頭皮想出了萬全之策，在發信人處寫「內詳」，貼四分郵票寄出去。

平生第一封信在郵筒底發出的「喊嚓」微響，卻在國福耳中濺起巨大的轟鳴，寫信時的激情冷却，後怕一陣陣襲來，萬一南延清把信交給學校領導怎麼辦？自己就成了嘴上高喊口號，靈魂骯髒醜陋的偽君子。一想到可能遭受同學冷嘲熱諷，國福真想從郵筒裏挖出信。

但他堅信，南延清可能拒絕他的真情，但不會對他如此絕義。

第二天上課，國福明知南延清還不可能收到信，胸口還是塞了電老鼠般劇烈竄動，不時緊張地看她一眼。

這一天國福神魂顛倒地過去了。

次日是星期天。他拿了乒乓球和球拍，對著家門口的一堵牆練打球，不時側身抬頭窺視南延清家。

五

南延清站在窗邊看著國福焦慮。

第一遍讀信時，南延清只覺得字句不堪入目，立即斷定：「這是一封黃色信」。她幾乎不相信出自國福的手，然而熟悉的筆跡告訴她，確鑿無疑。原來紅衛兵排長永遠的先進分子只是冠冕堂皇的外衣，骨子裏卻充滿見不得人資產階級黃色思想。

南延清想把信扔進廢紙簍，一時又捨不得，就憤憤地扔到抽屜里。

然而，她不再能集中心思了，無論做啥事，她都想著那封信，還不時下意識地繞到抽屜前。她終於忍不住，又取出信讀第二遍。

那些扎人的字眼開始變成了熨斗，雖然灼燙卻熨平了南延清心上的皺折，她讀出了國福的真情。聯想起國福為她系紅領巾，因望著她的面孔許久才打上結的情景。即使宋秀娥攔在他們中間，憑少女的敏感，她也知道國福傾心於她，但看著國福和宋秀娥在一起工作，醋意不容她客觀承認。這封信是她在情場上最終戰勝對手的證明，她為之雀喜，雖然她不懂「情場」這兩個字。

南延清用激賞的眼光再讀第三遍，寫得多美啊，她無意識地把信貼到胸口，讓它聽她翻江倒海似的心聲，好半天她滿臉羞紅，沉入從沒有過的幸福幻想。

下午，姑婆問南延清是否和她一起去醫院探望她阿爸。

宋代表搬走後，他們又回到三、四樓，南守坤出院住了一段時間。前一陣尼克松住錦江飯店，為防精神病人出事，派出所又把他送進醫院，至今沒出來。

南延清煩躁地說今天不想去。她躲進自己的臥室，淚水如旋不緊的水龍頭滴嗒下來。怎能把苦杏當話梅，忘了眼前的處境，不能和阿爸徹底撇清，就和吳國福隔著一道階級的壁壘，為啥還要想入非非？

南延清為如何回國福的信而犯難。

南延清久久想不出對策，只能空恨自己的一切，最後把恨歸結到國福身上。她恨國福從不設想她的處境，僅憑自己的優越身份一味傾吐，不知這樣的信會擾亂她的平靜，讓她意識自己的卑微，看清自己扭曲的情感，倍增無法解脫的痛苦。「吳國福永遠不會理解我，除非讓他也經受我的遭遇。」她意氣用事地想，「對了，把他的信交出去，讓他撤職挨批也成墮落分子，他就嘗到我的滋味——在同學的指指戳戳下過日子。」

南延清剛起這個念頭，就不忍心了。這不是兒戲，會影響人的一輩子。何況一旦公開這封信，老師和同學肯定說她勾引國福，到時，不僅國福聲名掃地，她自己也臭名遠揚。

南延清翻來複去地捻著三張紙，恰巧第二張信紙全是抄錄的部分，她突發奇想，對了，交出這張紙，不會披露信的內容，也就不涉及她本人，讓國福不輕不重擔個抄黃色書籍的罪名。

南延清糊裏糊塗編導了一幕悔恨終生的「惡作劇」。

　　星期一，國福一早就去學校，急於從南延清的表情上尋求答案。他心不在焉地和同學們說話，兩眼卻不時瞄向教室門口。南延清出現時，為吸引她注意，國福高聲說話，因過於緊張，變聲期的嗓音打顫嘶啞，像一隻小公雞鳴叫，說完，還不恰當地大笑。三次課間休息，國福有意到操場上去玩，期望南延清利用這個時機往他的課桌裏塞條子，回教室後，他急不可待地在課桌裏摸索，但啥也沒有。

　　次日放學，國福往外走，經過講臺時，被李老師喚住，說有事找他。人走空後，負責國福班級的工宣隊汪師傅緊鎖著筆眉走進來。國福預感不祥，心猛跳起來。汪師傅嚴峻地說，我和李老師找你問一件事，他從筆記本裏抽出一張練習簿紙，一隻活蛙蹦上他的喉嚨，「完了」，國福想。汪師傅說：「這是你寫的嗎？」南延清交出了一切，認命受罰吧。這是哪一張呢？國福湊上去看，是抄小說段落的那張。李老師說：「你是從『黃色書』上抄來的吧。」這話問的奇，國福等著聽下文。」你是紅衛兵幹部，怎麼對這種東西感興趣，幸好，南延清值日時，在你的課桌裏發現它，萬一在同學中流傳，會造成惡劣的影響！」汪師傅說，現在階級鬥爭非常複雜，資產階級妄圖和無產階級爭奪下一代，借這些書給你的人，顯然想引誘腐蝕你，只要你告訴我們，這人是誰？我們就不追究你的責任。

　　國福總算聽出了頭緒，南延清只交出一張紙，也不說給她寫信的事。她想讓他受傷而不「送命」。國福又氣又惱，差一點先向汪師傅坦白了，那樣，她能逃掉嗎？她竟然冒這樣的險！

　　為了今後向嚴軻交代，不能交出書。國福試探著說：「我是從垃圾箱旁拾到的。」汪師傅說：「垃圾箱？啥時候？」「抄家那陣。」汪師傅自言自語地說：「是啊，當時拉圾箱裏啥都有，那你就交出書來。」見汪師傅相信，國福鎮定下來：「不是書，是幾張書頁。」汪師傅說：「不管是啥，只要拿出證據，說明是抄來的，你就沒事了。」

　　那天晚上，國福拿出《少年維特之煩惱》等書，先一字一句抄錄準備撕下的書頁，像鈍刀子割自己的肉，一絲絲刺痛神經；像黛玉焚稿，一片片扔進火中，他撕出了眼淚。他無聲的哼起《深深的海洋》：「啊——
別了，歡樂，啊——別了，青春，不忠實的少女拋棄了我，叫我多麼傷心，
不忠實的少女拋棄了我，叫我多麼傷心。」

國福交出了「書頁」，寫了一份「思想認識」，了結了這事。

哪有不透風的牆？過後，有些同學看到國福，不懷好意的訕笑，
柳小寶乾脆叫他「黃抄」。國福找汪師傅說排長當不下去了。汪師傅說，
組織上考慮過這個問題，馬上畢業了，希望你帶頭服從分配，以實際
行動立功改錯。

六

這年又是「四個面向」。國慶在農村，國平在農村鍛煉一年後進
了當地工廠，國福可以穩留上海。

學校在操場上開動員會，魯隊長剛結束講話，十幾個同學就湧上
臺搶話筒，不管抓沒抓到話筒桿，爭先喊口號表決心。李老師見自己
班級沒人上，不時瞥國福一眼，汪師傅也輕輕點他的背脊。

事前，汪師傅李老師要國福上臺發言，國福說自己是硬檔留上海，
表決心沒有說服力。汪師傅說，正因為你硬檔才讓你上臺，屬於上山
下鄉的同學怕騎虎難下不肯出頭。李老師還向國福交底，說上臺只表
明態度，並不影響畢業去向。國福心下說：「這不是演戲嗎。」想到
汪師傅和李老師「袒護」過自己，國福說考慮一下。

交信事件炙傷了國福，他想躲開南延清，不再蒙辱。南延清是獨
生女，肯定留上海。國福只有去深山老林，才能達到目的。但怎麼向
母親交代，聽說自己可以留上海，母親臉上有了笑容，如果任性行事，
不僅父母難過，還讓哥哥姐姐痛惜。

李老師又焦急地回頭看國福，汪師傅又在背後敦促，國福的屁股
熱了，一個心意在叫：「豁出去了，走吧，遠走高飛，離開上海，洗

323

第十三章

刷自己的恥辱。」他「嚯」地站起來，在汪師傅和李老師激勵的目光下大步走向主席臺。臺上兩三個學生捏著同一個話筒，說各自的豪言壯語。國福心裏蔑視：「假的，全是假的，你們說得愈『真誠』，角色扮得愈好，留在上海的欲望愈強烈。都見鬼去吧！看我來真格的！」水泥高臺後側放著一卷給寫決心書的同學用的白紙，國福抽出一張鋪在臺上，然後咬緊牙，把食指尖在臺邊鋒利處用力一劃，伴著尖利的刺痛，血滲出來了，他一字一句地用血水寫上「熱血紅心，」血不夠了，他又用力擠，再寫「奔赴農村！」寫完簽上名，雙手高舉著走上臺。這張滴血的決心書鎮住了全體師生，臺上搶話筒的人像一群聒噪打鬥的鵝，一下子噤了聲，會場停頓了幾秒鐘，然後響起了一片掌聲。

國福一語不發地走下臺，把血書塗上漿糊貼在臺旁的大批判專欄。

國福在學校大義凜然當了「英雄」，回家卻不敢說。次日，鍾毓英在生產組聽同事講了這事，氣得不煮飯燒菜。國福回家叫肚子餓，鍾毓英冷著臉不理他。國福見氣氛不對，自己去灶間掀鍋蓋，隻隻冰冷。他猜到了幾分，諂笑著說，姆媽，你不舒服？鍾毓英怒道，沒病也給你氣出病了，你寫了血書，當了英雄，不用吃飯，喝西北風就夠了。國福強裝「輕描淡寫」地說，我以為出了啥事，汪師傅要我上臺，是過場的形式，你不用當真。鍾毓英說，你不要跟我講啥真戲假做假戲真做，這些年我看多了，當初國平國慶也是帶這個頭那個頭，造反、上山下鄉，不都走了。你看姚家，當時上門動員，發抖抖病，出了名的落後，結果阿三阿四賴了下來，聽說可能讓阿三進生產組。所以你硬擋留上海，不必吃飽撐了去做那事。我醜話說在前，萬一你興出花樣，你就硬到底，不用回這個家了。

國慶國平走後，母親吃了多少苦，國福不願再讓她難受，便成了觸藩羝羊進退兩難。

關鍵時刻，國福收到延清一封遲到的「回信」。

請原諒我在該回信時沒回，更請原諒我如此「絕情」，把你（抄

著那麼多美麗段落）的信頁交出去，讓你受了那麼多委屈。這舉
動雖然有點殘酷，但你終究體味到一點鄙視了。輕微的傷害就折
斷了你的翅膀，說明它們過去一直在天空驕傲地翱翔。如果我像
你一樣「神經過敏」，早該去自殺了。這世界遠比你想像的冷酷，
比起我來，對你的打擊根本算不了啥。

　　明白了這一點，你就該反省你現在的行為。不必自視太高，
沒有人那麼看重你。你在大會上表現的「英雄氣概」，以我看，
恰是心胸狹隘的小人，拘泥蠅頭名聲的懦夫行為，它告訴我，你
準備為面子殉道而輕置一生的前途。

　　你的舉動何等可憐矯情，白白浪費你的精神和志氣。

　　記住，沒人在乎你的「失意」和「得意」，在乎的人，並不
擊賞你的「大無畏」。

　　迷途知返吧。

　　知己莫若延清，她不僅看國福那張血書，更看到他蒼白的面孔和
充血的眼睛，只有她相信，為了逃避她，他會照著誓言去做。信中的
非難「痛快」了國福的心，比母親的惱怒更起作用。延清說的對，沒
有人在意他的「失意」，既然南延清不介意了，他為啥還要離開上海？
　　但白紙黑字，如何回頭？
　　一天，國福去學校了解分配動向，聽說有兩個讀書的名額，猶如
荒園裏翻出遺失的傳家寶，他沉睡的讀書願望蘇醒了，趕緊去找李老師。
李老師解釋說，衛生學校招收應屆生，學制四年，專門培養赤腳醫生。
真是絕處逢生，這班是專為國福開設的，學生住宿，可以離開福民新村；
週末回家，暫時穩住了母親；將來去農村，信守了自己的諾言。國福
向李老師報名，她吃驚道：「論讀書條件，你非常合適，但這兩個名
額給留上海過寬，送農村過嚴的同學，你是硬檔留上海的，豈不可惜？」
國福說，我上臺寫過血書，也屬去農村的對象。李老師急道，早就跟
你講過，寫血書也好，發誓言也好，與分配無關。國福說，你的心意

我領了，不管今後結局如何，暫時能讀書是我最大的願望，請代我向校領導提出申請。「爭拗」的結果，李老師最後通融說，如果你父母同意，我再去商量。

鍾毓英聽了直抹淚，怨道：「好不容易熬到你畢業，輪到你留上海工作，你卻自找麻煩去讀書，將來到農村當赤腳醫生，你就是存心氣我！」

到底做父親的理解兒子，吳東旭勸妻子：「國福想讀書也不是一天了，難得這樣的機會，你就隨他意吧。依我看，現在大家看不起赤腳醫生，也是短視。事在人為，論起來，神農氏嘗百草開創中醫；扁鵲、李時珍也是自己采草藥編藥方，他們是地地道道的赤腳醫生。再說，四年後政策又不知變得怎麼了。」

鍾毓英反駁不了丈夫，也不願看著兒子苦惱，松口道：「孩子的終身大事，最後還是做父親的拿主意，到時再像國平、國慶一樣，我看你怎麼交待。」

接到入學通知時，國福感到衝破羅網的輕鬆。

秋日豔照的一天，國福拎著旅行袋去學校報到，父親推著自行車送他，車架上裝著鋪蓋臉盆等行李。出家門時他走得很慢，明知南延清不可能相送，他還是心懷期待，在院子中央不由駐足仰望南家的窗口。那年南延清去外婆家，爲找他拖沓著出走，如今輪到他了。

國福不知道南延清站在窗邊，她因為獨女分到理髮店。她看著國福孤寂地往外走，清淚溢滿了眼眶。她自責是自己讓國福走到這一步的，她向蒼天乞求有彌補的機會。

經過門衛室時，阿七頭坐在裏面。南老爺年紀大了，門衛工作讓給了姚大桶。聽到國福要讀衛校，阿七頭就說國福腦子出毛病了，不去上海大工廠，硬去農村當赤腳醫生。所以出來和國福道別時，連說可惜可惜，他只恨國福不能把名額讓給他。他被分在崇明農場，姚大桶的「抖抖病」早已聞名，老師們不再上門動員，姚家經濟上早已頂不住了。崇明離上海不遠，阿七頭有心去自立。

去車站的路上，碰到古月琴，吳東旭和她搭訕了幾句，她的一隻小籃子裏放著兩副大餅油條，方聚儀是獨子，分去飲食店，今後古月琴吃大餅油條更方便了。

當初國福他們四人開小組會議論長大做啥，南延清說喜歡當醫生，穿白大衣掛聽診器，乾淨又神氣；方聚儀有玩具飛機，他想當飛行員上藍天；阿七頭有餓肚子的經歷，說將來在飯店做廚師，吃暢大魚大肉；國福最願當老師，接受學生的尊敬。

無情的現實是一架破碎機，把他們所有的理想軋成齏粉。

不容夢想存在的世界多麼可怕。

國福慶幸自己抓住了一個機遇。

到了汽車站，國福低頭聽父親的叮囑。車來了，他提著背包擠上去，橡皮門邊夾住了他的春秋衫後襟，連同他沉重的少年書頁一起合上了。

第十四章

　　紅太陽隕落了，馮大姐被「瘋子」拋下樓；老幹部回朝，整肅造反派

一

　　四年後的同一季節，吳國福結束學業回家等分配。

　　可惜人閑下來心平不下，世事不濟，家運潦倒，屋裏屋外一片黯然。

　　過了十年，國平又幹出讓父母驚魂的事。四月份，他去北京出差，正巧趕上天安門廣場悼念周恩來，他也站出來對圍觀的人發表演說，非難靠文革起家的中央領導。十年前的文革先鋒，最終成了反文革的一員。天安門事件後，國平被隔離審查，他不願無原則認錯，他單位派人到區委聯繫，讓吳東旭寫信說服國平。吳東旭頂住領導的壓力說，兒子已成人，有自己的思想，能為自己的行為承擔責任。

　　鍾毓英整天愁眉嘆氣，怕國平的事傳到國福的學校，影響他的分配，沒事衝他嘮叨：「你們一個個造反革命，最後革到自己頭上，拉下一堆屎，誰給你們揩屁股？」國福也擔心自己的前途，但不願責備哥哥，還嘴說，哥哥不過說了幾句真話。鍾毓英恨道，好象我用豹子膽餵大了你們，都去反潮流說真話，讓你去鄉下當赤腳醫生，到時看你再嘴硬。國福說，去就去，我無所謂！氣得鍾毓英欲哭，說你們全無所謂，只有我不死心，拉扯你們到二三十歲，還要為你們胸口掛笊籬——撈（勞）不完心。

　　國福不再言語。母親才過五十就花白了頭髮，這些日子心神不定，不是燒焦了飯，就是炒菜時把鹽當糖放，讓他看了不忍。

　　中秋節那天，鍾毓英讓國福半夜起來與國進一起去買菜，這幾年

他住校吃食堂，不知菜場供應情況。不情願地問，這麼早去做啥，鍾毓英說做啥？你去菜場就知道了。

在菜場裏，國福照國進的吩咐去一個肉攤排隊。有兩個老太已經站在那裏，她們一個人管幾塊碎磚和幾個破籃子，一塊碎磚、一個破籃子代表一個人。國福數了數，自己已列在十位後了，他恨恨地斜了老太們一眼，想她們真會當「代表」。

半夜涼初透，國福只穿一件厚運動衫，身子有點瑟縮，便在原地蹦跳。老太們有備無患，裹著薄棉襖，篤定泰山地閑聊——

「……」

「我活到這把年紀，不曉得過了多少中秋節，按戶配給毛豆芋艿，還是第一次碰到。」

「這沒啥奇怪，里委會讀報，說天津一個啥莊，農民日日夜夜寫詩，農民不好好種田，工人不好好做工，大家只好喝西北風。」

「里革會主任還講，這叫『寧要社會主義的草，不要資本主義的苗』，我們這些吃粗茶淡飯的人，實在弄不懂這些大道理。」

「不管大道理小道理，不是我講落後的話，光吃草，哪能有氣力搞社會主義。」

國福不由「噗哧」笑出了聲。

「……」

「上海還算好，憑票能保證供應，外地有票也不一定買到東西。我孫女在雲南農場，上次回家，買了好多肥皂、草紙、洋火帶去。」

「是啊，我外孫去江西插隊八年了，難得回上海探親，每次來，家裏總要買點好小菜給他吃。所以我撐一把老骨頭通宵排隊，要是為我自己，我寧願睡大覺，吃上去的那點膘，還抵不上排隊落掉的肉。」

國福又笑了，笑得有點酸澀，對老太們的那點怨氣也消了。身上有了暖意，他坐上攤檔的水泥臺想心思。

如今的老百姓非憂即愁，光一個上山下鄉，就攪翻千門萬戶，還有帶帽的受審的，哪裏還有安寧人家，誰個不牢騷滿腹？

文革搞了十年，南家查抄了，方家打倒了，除了換一批新貴，不見期待的變革，反而人人自危一片肅殺。

問題到底出在哪裏？

他無意識地誦起普希金的詩句：

……

天天在殺人，監牢裏塞滿了犯人，

廣場上，只要有三個聚在一起，

瞧吧，密探准來你身邊打轉，

而皇上，只要有一點閑工夫，

就親自傳來告密的人盤問。……

近幾年中秋節，闔家團不了圓，這天更加別有一番滋味。酒菜擺上桌，半家子坐下來，鍾毓英舉起筷子，愣了半天又放下，她掛念國平。國福趕緊和國進說小道消息轉移她情緒。

國福說了江青讓外國女記者為她寫《紅都女皇》的事，國進接著說：「江青搞了幾個樣板戲，當了文藝界的旗手，如今她要領導服裝新潮流。一次，她接見亞洲一個婦女代表團時，大談服裝改革，說日本女人有和服，是借鑑我國唐朝的式樣；朝鮮女人穿短衣長裙：是借鑑我國宋朝的式樣；緬甸和越南女人的旗袍，是借鑑我國清朝的式樣。現在我推陳出新，把明朝的服裝改一下，做出當代中國婦女的時裝。她自鳴得意地指著身上的一件『江青服』說，今天我穿來讓大家看，今後中國所有的女同志都要穿這種衣服。一位日本代表忘了帶助聽器，沒聽清翻譯的話，待江青走後，她問鄰座，這個穿尼姑服的老太是否來解釋毛澤東夫人遲到。」

鍾毓英沒少聽類似版本的故事，愈聽心愈煩，斥道：「別說了！」

吳東旭擔心孩子們口無遮攔在外惹禍，嚴正道：「小道消息上不得檯面，各單位追查謠言，就抓傳小道消息的人。」

「要抓傳小道消息的人，上億人夠格，都抓進去，造監獄都來不及。」國福自信地說。

鍾毓英急道：「你看看，一個國平還不夠鬧，你們還去學他，小小年紀去管國家大事，到時像國平一樣去坐班房。」

「姆媽，你不要誇大事實，哥哥是隔離審查，不是坐班房。」國福糾正道。

「還不是一樣，今天中秋節他能吃上月餅紅燒肉？你說的輕鬆，早晚你也去嚐那種味道。」

吳東旭怕鍾毓英被這個疙瘩纏死，解釋道：「跟你說過多次了，所謂隔離審查是上班時間停止工作，在小房間裏寫檢討，下了班可以過『正常人』的生活，你不用為他吃月餅紅燒肉操心。」

「你也跟著說風涼話，誰給他燒？談了一個女朋友，現在不知人家怎麼想呢。」

飯後，國福走出去，院子裏沒有人賞月。他一個人孤零零地站了一會兒，往天上看，月亮躺在一堆亂雲中，身上烙了斑斑駁駁的黑紋，它已過了中天，開始一寸一寸往下沉……他看著無趣，悵惘地回家。

二

次日，國福醒得晏，梳洗完，拿了面小鏡子顧影自憐，頭髮長了，該去理了。這些年只去學校理髮店，所以知道南延清工作的地方，卻沒去找過她。

進衛校後，國福決定擺脫中學的「可悲歷史」，在心裏徹底抹去南延清的倩影。男女同學住一個宿舍樓，他刻意和幾個秀美的女同學交往，抵禦南延清的「誘惑」。可惜，這不過是用力強壓皮球入水，一放鬆它馬上就浮上來，他再也抑制不住去會她的念頭。

　　吃了午飯，吳國福去南延清的理髮店。他忐忑地挑開玻璃珠簾，在等候的顧客末尾坐下，順手拿起一張《文匯報》。南延清在最裏面的一張座椅上工作，她帶著口罩、穿著白制服，使國福產生她在醫院工作的錯覺，如果不是文革，以她少年的憧憬，她當不了醫生，至少可以當護士……

　　國福出奇不意坐上南延清服務的座椅，驚得她半天才說出：「是你」，聲音輕得悶在厚紗布裏透不出來。

　　「是我，想不到吧。」

　　南延清給國福罩上白圍單，然後搭起兩根細繩準備在他頸後打結時，突然頓住了，她像國福一樣憶起國福給她系紅領巾的情景：「終於想到來這裏剃頭了，是來嗤笑我吧，未來的醫生。」她在抽屜裏摸索了好一會兒才拿出剃刀。

　　「我嗤笑你啥，到時我去鄉下當『赤腳醫生』，怕被你這個城市人恥笑呢。」

　　「你真的去農村？」延清停止刷剃刀齒痕上的碎髮，焦急地問。

　　「每個班級都有一部分人去郊縣農場，和『赤腳醫生』差不多吧。」

　　「總不會輪到你吧，你家哥哥、姐姐都在外地。」

　　「誰知道呢？」國福想起國平隔離審查的事，「反正我當初就做好了下鄉的準備。」

　　「你至今還在恨我吧……」南延清說不下去，頓住了。

　　「恨你啥？」國福一時不知她所指。

　　「交出那張信紙。」

　　「噢，那事？當時有一點，現在想想還應該感謝你，要是你交出了整封信，我更無處容身了。」

　　「何必取笑我，」起手理髮前，南延清習慣性地端詳方鏡裏的「顧客」，然後玉指微顫著觸及國福頭皮。彷彿兩股電流碰擊，國福渾身上下一麻，她也留滯了一會才軋下第一刀。

　　國福合上眼，接受她「溫存地輕摩」，彷彿沉浸在白日夢中，不熱水當頭一澆，國福清醒了，南延清用幹毛巾揩他的濕髮時，他說：「你知道我剛才在想啥？」

「……」南延清等他的下文。

「我在想像你雙手拿聽診器或針筒的情景。」

「你何必拿這話撩我，讓我這種人留在上海握剃刀已是開恩，哪敢做『手術刀』的夢！」南延清眼圈起紅。

國福自覺失言，趕緊岔開話。

國福出門時在珠簾處與冒失進來的人撞個滿懷，「聚——儀？」「國——福？」彼此尷尬地說：「是——你！」兩人都沒料到在這裏碰頭，應付了幾句，匆匆調頭而走。

國福疑疑惑惑地往家走，方聚儀的飲食店在斜對面，和南延清是近水樓臺。

南延清正欲進休息室吃飯，見方聚儀陰著臉走進來，不悅道：「你又來了。」

今天方聚儀聽不得那個「又」字，「國福來了，我就不受歡迎了吧？」

「你這話酸不溜秋的，啥意思？」南延清兀自進去，裏面是只能放一張凳子的斗室，她拿出飯盒坐下來吃。

方聚儀跟進去，在僅有的地盤蠟燭樣插著：「今天你怎麼火氣這麼大。」

「是你尋出是非來，你可以來剃頭，他為啥不可以來。」

「我哪有權利讓他不來，人家馬上當醫生了，可惜——」方聚儀拉長調子說。

「可惜啥？」

可惜是鄉下醫生。」

「城裏鄉下跟你沒關係。」

「跟我沒關係，跟你有關係啊。」

「隨你怎麼說。」

「你倒認得乾脆，那我們的事怎麼說？」

「奇怪，我們有啥事？」

「你知道我們店裏的人叫我們啥？」

「他們願意怎麼叫就怎麼叫，我無所謂。」

「你無所謂？『敲定』的意思你難道不懂，可以隨便推翻？」

「你別見國福來了，就用這話堵我，難道他們說我們結婚，我們就結婚了。告訴你，這些年，我付錢在你店裏吃東西，我收你的剃頭費，我們兩清——誰也不欠誰。」

怪不得南延清做的滴水不沾，原來她都防著了。方聚儀還不甘心：「算我自作多情，『門當戶對』這句話聽起來勢利，但『紅五類』『黑五類』的社會現實你還是懂的。」

「我當然懂，你是副區長的兒子時，哪裏把我這個壞分子女兒放心裏，即使你淪落到現在的地步，骨子裏還自認為是跌地的鷹，和我這種天生卑賤的烏鴉不過是暫聚一處。」

「你不要說得這麼尖刻，你否認一切，讓我店裏的人知道了，我面孔往那裏放？」

「這句話露出了你的真相。小時候你就拿我當工具，和國福玩『爭奪』『兒戲』。這些年，你為了擋住店裏的同事，搶先宣揚我們的『特殊關係』，我早看透了你的『真情』。好了，你可以走了，再呆下去，我店裏的人真以為我們在做啥了。」

方聚儀不肯輕易認輸，常去理髮店等南延清下班，兩人一起回新村，向吳國福顯示他們的關係。

國福不知就裏，果然急了，沒等頭髮長長又跑去找南延清。

「你們到底好上了！」這回國福屁股一入座就衝南延清說。

「你說誰？」南延清樂見他妒嫉，裝糊塗。

「還能有誰！和你一樣吃得起雪糕的人。」

南延清用小木梳在國福的頭皮上猛刮了一下：「當初為那個大隊

委員，你咬住他不放，十年過去了，看你⋯⋯」她頓了一下，「臉都需要修面了，還停在小孩的眼界。」

國福最聽不得這種話，惱道：「啥叫咬住不放，我不過說出事實。」

「你真想說事實，就該先問我。」

「那好，我聽你說。」

「你的口氣還像當年的少先隊中隊長、紅衛兵排長，可惜我已經畢業，不聽你指揮了。」

「你兜圈子狡辯，說明心中有鬼。」

南延清停住剪刀：「你要願意，我成全你的『鬼話』。」

國福噎了半天才擠出話：「你早點坦白就沒這些廢話了，我有啥權利管你們的閑事。」

南延清用刮刀削國福的鬢角，幾乎附在他耳朵邊說：「我早就看出了，自己不敢要，又怕別人拿走。」

國福正想說啥，正在播放京劇《龍江頌》的無線電突然中斷：「中央人民廣播電臺，現在播送緊急通告，今天下午四點，有重要廣播，希望革命聽眾注意收聽。」

理髮員和顧客們紛紛議論。

「不知又出了啥大事？」國福說。

「啥大事小事，這些年聽夠了，總沒有好事。」

「這事有點非同尋常。」

南延清漠然置之：「你還是這樣關心國家大事啊？」

三

白天播緊急新聞，文革以來還是第一次，「中央發生了啥非常事件？」國福一路猜測著回家。

居民們在預定時間趕來，坐滿了里委又坐到門外院子裏。

　　下午四點正，響起一位著名廣播員徐緩凝重的聲音：「中共中央、人大常委會、國務院、中央軍委發表《告全黨全軍全國各族人民書》，中國人民的偉大領袖、偉大導師、中共中央主席、中共中央軍委主席、政協全國委員會名譽主席毛澤東因病醫治無效，在北京逝世。……」

　　國福驚地從家裏衝出去，看到老頭老太也驚成一具具木偶。他盯著四號樓門簷上的鉛灰色喇叭，不無迷茫地聆聽著。

　　讀完文告開始放哀樂，就聽里委會傳出一片驚叫聲，「馮大姐昏倒了！」「馮大姐昏倒了！」會場騷動起來，國福順著人縫擠進去。

　　馮大姐滑倒在地上，邊上兩個婦女「馮大姐！馮大姐！」地喚著扶她坐起，衛生站的女衛生員拿來一塊冷毛巾放在馮大姐的額上，在眾人的叫喚下馮大姐微微翻起眼皮。晴天霹靂，她沒想到毛主席這麼年輕就死去。「沒有毛主席，就沒有共產黨，就沒有新中國，我馮美珠就不能參加工作，更不能入黨當治保主任。沒有毛主席，更沒有這場文化大革命，我也當不上里革會主任。」馮大姐決定做福民里委最悲痛的人，不然人們會認為她不忠不孝。她「哇」的一聲哭出來：「毛主席啊，你老人家怎麼說走就走了，你撒手不管了，誰領導我們抓階級鬥爭，誰領導我們鬥階級敵人啊？毛主席啊，你走了，讓我怎麼活啊，毛主席啊……」馮大姐的慟哭從裏傳到外，引得家庭婦女們一片唏噓。

　　門衛室的姚大桶聽到哭聲說：「馮大姐死親爹也沒這麼傷心吧。」

　　南老爺支著拐杖坐著，感喟道：「也難怪，那年毛主席生日，她臺上臺下跳『萬壽無疆』，卻不讓我安安穩穩吃一碗壽麵。這樣一個『孝女』，昨天還在喊毛主席萬歲，今天說毛主席死了，事先不透一點風，她能不岔氣？」他呷了口茶，「今年閏八月，流年不利啊，先是周總理去世，接著遼寧落下有史以來最大一顆掃帚星，然後又是天安門事件，又是波及北京、天津的唐山大地震，真是禍不單行。」

　　「天子腳下地動山搖，是改朝換代的徵兆啊。你看朱德，無病無災地活到九十歲，一個月前還好好的，幾天工夫，倒頭就去了。」

　　「當年劉關張結義，相誓不能同年同月同日生，但願同年同月同日死。讀演義時認為是編出來的，誰想到創立紅軍的三巨頭毛朱周竟然同年死去，講起來倒像在說書。」

「中國歷史上像毛主席這樣的皇帝不多啊，一生與天鬥、與地鬥、與人鬥，共產黨內部前後鬥倒十幾個對手，還把蔣光頭鬥到臺灣島上去了，最後讓美國總統上門朝覲，打遍天下無敵手。萬民崇拜，英雄一世，最後，只有閻王這道關過不了，想想做人真沒有意思」

南老爺嗆咳了幾聲：「提到蔣光頭，也是奇事，他去年四月五日死，我們這裏當然不會悼念他，偏巧，董必武四月二日去逝，五日全國下半旗為他送葬，這不是讓全國也為蔣光頭致哀，不知是這裏的政府有意，還是蔣光頭的福緣。」

「老爺，你雜書看的多，依你講，毛主席和蔣光頭是不是像當年的劉邦項羽？」

「關乎毛主席的事，不能隨便類比，但我同意中國的一句老話，不以成敗論英雄，當年楚霸王項羽才氣遠勝劉邦，最後卻落得自刎身亡的下場。雖然劉邦開創了四百年大漢朝，但至今人們提起項羽，依然佩服他的英雄氣概。世界上許多事都是天意，天意不可違啊！」

「我在想，中國這樣一個龐雜大國，這些年全靠毛主席說一不二地撐著，他一走，沒人壓陣，弄不好，再出現軍閥混戰。」

「可能亂一陣，但天是不會塌下來的，中國幾千年的歷史，一朝一代就是這樣過來的。」

「我怕啥，已經窮得叮噹響了，天真的塌下來都不怕。我倒希望起點變化。」姚大桶一拍大腿，「不管變壞變好，有變就好，這樣不死不活拖下去，國家沒前途，老百姓也沒生路。」

南老爺的老妻來叫他去吃點心，幾年前老妻在鄉下種不動地了，來上海陪老爺度晚年。

南荃裕迷迷糊糊地被高音喇叭的哀樂催醒，他壓了壓助聽器，想弄清事由，南荃珍急衝衝地奔進來，不知是喜是悲地叫：「阿哥，毛主席死了！毛主席去了！」南荃裕不相信地問：「真的？」南荃珍道：「這樣的話我敢瞎講，我開無線電給你聽。」她把床頭櫃那隻收音機打開……

這幾年，南荃裕心如枯井，看上去隨時死去，卻殭屍樣堅韌地活著，他沒料到，竟然活過了毛主席。

老兄妹倆一個坐著一個躺著發愣。半天，南荃珍說：「阿哥，毛主席一去，是否會變天？」南荃裕不回話，卻說：「荃珍，我想靜一歇，你去備晚飯吧。」見南荃珍去了，他用右手撐起身子坐起來，他覺得奇怪，好久沒這麼利索了。他抓住手杖，慢慢走到案幾前坐下，他把那隻牙籤竹筒移到面前，呆呆地端詳它。最後一次撥弄它，是文革前夜，因絕望，此後他沒去觸碰它，屈指一數，整整十年過去了。

這次南荃裕只能靠一隻手捻竹籤，手還不由己地戰抖，外面哀樂還在響，「老朽了，離那日子也不遠了。」他一根根地數，一遍遍策筮。不像早年，他以為手中翻出乾坤，指間撥出生死。無論發生啥事，自己的命運已經註定，他作最後一次卜測也不過是垂死掙扎。

最後南荃裕佔出一個震下巽上的「益」卦，他的嘴角不由翕動了一下。那本《周易本義》抄走了。但讀了十幾年，他熟記本中的內容：「彖曰，益，損上譽下，民說無疆，自上下下，其道大光，利有攸往，中正有慶。……」

真能「烏頭白，馬生角」？以他幾十年的卜筮體驗，他無法懷疑，以他幾十年的生活經歷，他又不敢相信，難道自己有生之年真能看到鐵樹開花？

正想著，南老爺走進來，單刀直入地說：「阿哥，聽到毛主席去世的消息，人心惶惶，以你看，會不會變天？」

「荃珍剛才也問這話，天命有歸，我想變是肯定的，當年斯大林一死，赫魯曉夫就把蘇聯變過來了。」有「益」卦作後盾，南荃裕底氣頗足：「共產黨也不是鐵板一塊，支持毛主席搞文革的幹部並不多，鄧小平就因為修正毛主席的路線被再次打倒。」

「毛主席死了，江青還在啊，前一陣社會上大談武則天、呂后，宣傳女人也可以掌權，萬一像劉邦那樣，死後有呂后掌權，事情更糟了。」
南老爺憂心忡忡。

「雖然毛主席和皇帝沒有啥兩樣，但形式上畢竟共和了，過去控制一個皇室，就可以號令天下，現在就沒這麼容易，當年連蔣介石這樣的強人，都壓不住軍閥反旗，一個女人管得住這麼大的國家？」

「所以有人擔心再出現軍閥混戰。」

「這就難說了，一切只能聽天由命。反正你我這把年紀，算起來經過光緒、宣統、北洋軍閥、蔣介石政府、毛澤東政權五個朝代，啥事沒經過？還怕啥？」

「我們這把老骨頭，再折騰也就這回事了，我是想守坤、延泠他們年紀還輕，總該有個出頭的日子啊。」南老爺嘆道。

一提起南守坤南延泠，南荃裕心氣全無：「再變也變不到他們身上，已經病成這樣，誰也治不好他們的病。路生啊，滅門絕戶，一切都是命，命啊⋯⋯」南荃裕呢喃著。

「阿哥，你別死心，有些事很難說。」

四

毛澤東生前發動一場空前絕後的文革，死後引出一幕舉世無雙的葬儀。

八億人真假參半如喪考妣地行號巷哭。

馮大姐臂箍黑紗胸戴白花，整日掛張死了親老子的臉進出里委，她瞪大塞滿仇恨哀喪的眼珠捕捉可疑行跡，很快盯上了喬玉珊。喬玉珊穿一件紫醬紅絨線套衫，又不套黑紗，向誰示威似地走來走去，還和祝秋藝湊在一起竊竊私語。祝秋藝被批鬥後，太平了五六年，這次不再避嫌，裝模作樣掛著黑紗白花出門，讓馮大姐看著有氣說不出。

里委會設了靈堂。

　　那天，人們排隊進去向毛主席遺像告別。喬玉珊和祝秋藝術在一邊看熱鬧，祝秋藝攛掇：「我們也進去過過場。」喬玉珊發恨：「我是不去的，他弄得我滿門抄斬，不死不活。他死了，要我去向他磕頭燒香，世界上哪有這個道理。」祝秋藝道：「何必這麼頂真，不過隨大流做做樣子。」喬玉珊哼了一聲：「我做人還有一張皮，讓我裝灰孫子，我學不會。」祝秋藝道：「文革吃了這麼多苦，你的老牌氣還不改掉點。」祝秋藝弄得去也不是，不去也不是。

　　正巧馮大姐出來叫人，走近她們時，祝秋藝不知趣地湊上去：「馮大姐，我這樣的人有資格進去嗎？」馮大姐上下橫了她們兩眼：「看看你們的穿著，像參加告別儀式嗎？」祝秋藝低頭看了看胸前的白花：「馮大姐，我怎麼啦？」馮大姐煩了：「我沒說你，喬玉珊，你怎麼連塊黑紗都不戴？」喬玉珊道：「馮大姐，我可沒講要進靈堂。」馮大姐爆發出來：「喬玉珊，難怪你不佩黑紗，原來你對毛主席毫無感情，不願參加告別式。」喬玉珊道：「我不懂你說的感情，我告訴你，我想做孝子賢孫還沒能力呢！家裏被抄得精光，找不出一塊像樣的黑布，每月領的生活費不夠吃用，哪有餘錢買黑紗！」馮大姐怒不可遏：「好哇，你不悼念毛主席，還趁機發洩對文革的不滿，喬玉珊，你別以為自己是工人，就可以胡天野地放肆下去！告訴你，到時性質會轉化的！」祝秋藝見馮大姐變了臉色，嚇得忙勸喬玉珊：「玉珊，現在是啥時候，馮大姐心情不好，你少說兩句。」喬玉珊搶白：「啥時候？難道我不戴黑紗也要去坐牢？」馮大姐一時拿她沒辦法：「好，你等著算帳的日子！」

　　近中午，排隊的人稀落下來，馮大姐正準備收場，古月琴穿著黑罩衫罩褲，袖上套只別著白花的黑袖章突然走進靈堂。因出乎意料，馮大姐條件反射地衝上去：「你來做啥？」

　　「來向毛主席他老人家告別。」古月琴沉著道。

　　「啥人通知你來的？」馮大姐提高了嗓門。

　　「里革會。」

馮大姐疑道：「你講誰？」

「門口的黑板上不是寫著里革會的通告：希望革命群眾到時參加告別儀式。」古月琴慢條斯理地說。

「通知革命群眾，沒有通知你。」

我不是黑八類，就屬於革命群眾，就有資格參加。」

馮大姐哼道：「沒定你黑八類，不等於你就是革命群眾，你的問題還在審查。」

古月琴冷笑：「都快十年了，還沒審查完，好吧，你去要求上級慢慢審查吧，在最後下結論前，我還是革命群眾，我就可以向毛主席告別。」

馮大姐氣地跳上一步，擋在古月琴面前：「好啊，毛主席逝世，你們一個個以為要變天了，跳出來張狂，告訴你，我還在當里革會主任，我有權力不准你進靈堂。」

「那好，不許我進來，是你的權力。」古月琴從緊逼自己的馮大姐面前後退幾步，站到門外，「但向毛主席致哀是我表達感情的權利。」說完，她向毛主席的遺像深深三鞠躬，然後不等馮大姐作反應，轉身一步一頓上樓去。

這情景令在場的人看呆了，看上去馮大姐靠權力壓倒了古月琴，實際上卻是古月琴的氣焰佔了馮大姐的上風。

馮大姐氣的想再鬥古月琴一場。果然不出她所料，福民新村的壞人，像蟄伏在土裏冬眠的蟲子，以為換上春天，蠢蠢欲動了。

天安門廣場舉行追悼大會，中央電視臺實況轉播。

福民新村的高臺上放了一張方桌，擱了一隻十八寸黑白電視機，居民雲集觀看。南延泠擠在電視機前看熱鬧，褪色綠軍裝上的紅袖章，在一片黑紗中特別顯眼。電視上變換著天安門廣場全景、天安門城樓的近景和黑鏡框裏毛主席畫像的特寫，伴著沉痛語調的畫外音，「……天安門廣場壯嚴肅穆，首都百萬人民在此追思毛主席的豐功偉績，……天安門是祖國的象徵，二十七年前，毛主席在此莊嚴宣告中華人民共和國成立，十年前，毛主席在此親自點燃文化大革命烈火，並在此八次檢閱紅衛兵小將⋯⋯」「天安門」「紅衛兵」「毛主席」等字眼刺激著南延泠的記憶，和腦子裏的「毛文革」攬混起來，再看天安門城樓上的挽幛挽聯，毛主席像上的黑紗，她得出結論：住在天安門一號的毛文革死了，難怪她找了十年也沒找到他，難怪姑婆不讓她出門。

毛文革死了，整整十年，春夏秋冬，烈日下寒風中，她滿街追尋他，為他吃了多少苦，受了多少欺淩，她咬牙頂過來，為了再會的一天，現在他不說告別就撇下她走了。南延泠愈想愈傷心，憋不住嘣出悲痛欲絕的哀號：「毛文革死了！啊⋯⋯他死了！毛文革死了！我等了他十年啊！他竟說走就走了，讓我怎麼活下去啊⋯⋯」貼近她的人，以為她在說「毛主席死了！」心想這個花癡對毛主席的感情蠻深，一個個眼圈又紅了。稍遠的人以為又有人昏倒了，騷亂起來。

馮大姐聞聲走近來，見是南延泠，斥道：「你來這裏做啥？」南延泠雙手掩面，哭著不理她，馮大姐一把揪住南延泠的綠軍裝，把她往外拉。南延泠一反往日的溫順，身子往後犟，一隻空手扳馮大姐的手指，哭訴：「你抓我做啥？你抓我做啥？」馮大姐嚷道：「你到這裏搗啥蛋？」南延泠少有的清醒，把臉湊進馮大姐：「毛文革死了！你知道嗎？毛文革死了！」馮大姐聽清了，怒目道：「毛文革，你怎麼還想毛文革。」南延泠哭道：「我不想他！誰想他啊？我把一切都交給他了啊，現在他死了！丟下我走了！」

馮大姐一邊把她往外拉，一邊說：「你怎麼知道他死了？」南延泠道：「你們還想騙我啊，電視裏都在開追悼會了。」馮大姐把南延泠拖出了人群：「你胡言亂語啥？是毛主席逝世，在開追悼會！」馮大姐吆喝兩個治保委員送南延泠回家。南延泠被拽著一邊往家走，一邊不服氣地反轉身子衝馮大姐吼：「你騙不了我，明明是毛文革死了，卻說毛主席死了，照你這麼說，毛主席就是毛文革，毛文革就是毛主席。」

會場靜下來，電視上華國鋒正在致悼詞。

南老爺支著拐杖站在門口聽。

　　姚大桶站在人群後，不時踮起腳看華國鋒，他暴眼瞪過度，半隻眼球吊在外面，突然他看見華國鋒用手蘸了唾沫翻稿紙，他簡直不敢相信自己的眼睛，那是馮大姐的習慣動作，他可是一國之「君」啊！這鏡頭傳到外國，全中國人一起跟著坍臺。他從來不顧自己面子，卻代華國鋒著急。他退到門口，告訴南老爺，嘆道：「中國弄不好了，最多當個縣長的土八路素質，挑他管這麼大的國家，不是鬧兒戲？！」

　　「沒啥奇怪，挑了幾個接班人，劉少奇、林彪、鄧小平，結果不是鬥死，就是鬥倒，哎，中國的老傳統，寧信庸才不用人才。」

　　「一蟹不如一蟹，老百姓還有啥盼頭？」

　　猛然，一聲聲京腔裏夾著蕭索的秋風兜頭吹來，又是突如其來，又是從天而降：「世人都說英雄好，唯有爭鬥忘不了，殺遍世界無對手，只憾朝終敵不了……」這是不少人熟悉的一幕，他們一面往門口退，一面舉頭看：只見南守坤站在二號樓頂的牆垛上，「世人都說英雄好，唯有功名忘不了，滿頭貴冠托霸名，八寶山火一焚了……」「是神經病南守坤！」「是福民新村的瘋子！」人們紛紛攘攘著往外走，「世人都說英雄好，唯有玉璽忘不了，握到死時方始休，魂歸地獄皆空了……」

　　馮大姐火冒三丈地衝往南家。

343

五

　　馮大姐上氣不接下氣地直上平臺。南守坤還在唱著：「世人都說英雄好……」馮大姐衝上去，吼道：「南守坤，你給我下來！」

　　南守坤悠然轉過身：「啊，是『瘋』大姐，你叫我做啥？」

　　「做啥？今天召開毛主席追悼會，你又來搗亂，你想去坐牢吧？」

　　「我已經坐了二十幾年的牢，何況整個中國就是一個大牢獄，你也在坐牢，區別只是大牢小牢的不同！」

「你還咒天咒地地說瘋話，你的神經病不會好了！」

「我早就說過，在這個歇斯底裏的世界裏，你們是正常人，我是瘋子，所以我只能對牛彈琴。」

「我不聽你胡說八道，你先給我下來！」

「為啥我不可以站在這裏？」

「你準備再跳一次？」

「哈哈，你錯了，我為啥要跳下去，現在他死了，我不必跳樓了。」南守坤從牆垛上跳下來：「現在我可以好好地活下去了。」說完徑自往裏走。

「好啊，果然反了，你以為毛主席死了，你們右派可以翻天了？沒門！你這輩子逃不出無產階級專政的手掌！」馮大姐捂緊拳頭在南守坤身後叫道。

南守坤被攖怒了，他猛地返身衝向馮大姐，吼道：「專政！專政！你以為可以專別人一輩子政？你也有末日！」

「南守坤，你真的瘋了，沒天沒日的，膽敢咒我，好！你等著，看誰先走向末日！」馮大姐話沒說完褂子衣領被南守坤的大手一把攫住，「反了，反了，反革命分子翻天了！」這些詞被緊勒的頸項切斷，在她的喉頭打滾，發出只有她自己懂的咕嚕聲。倏忽間，馮大姐覺得身子淩空了，南守坤把她提到了牆垛上，透過南守坤的白坯眼鏡，她看到鏡片後面癲狂的眸子閃動著怒火。「你想做啥？」她第一次感到害怕，自文化大革命以來，自她擔任治保主任以來。

南守坤咬著牙，一字一頓地說：「你要看我的末日？我先送你去見毛閻王，他不是比你爹還親嗎？你去為他陪葬吧！」南守坤把馮大姐的頭扭到牆外，讓她往下看，馮大姐明白南守坤要做啥了，她一壁掙扎一壁恐怖地大叫，南守坤驚惶地失手一推，馮大姐從牆上掉下去，「啊……」隨著刺破人心的絕命慘叫，馮大姐像一個裝得滿滿的麻袋，從樓頂直墜下去。

馮大姐命數未盡，南老爺的老太婆支著二隻節節高，上面擱著竹竿晾著幾條被子，只聽「嗦嚓」一聲，竹竿斷了，她的身子受了柔韌的竹子的緩衝，重重地和被子一起落在地上。

馮大姐震昏過去。

一時糜沸蟻動，劉同志來了！救護車來了！警車也來了！

南守坤被戴上手銬送進了公安局，最後把他關進牢中之牢——看守所的瘋人房。

馮大姐摔成嚴重腦震蕩，一條腿骨折。街道革委會寫了一封報告，頌揚馮美珠「面對兇殘的反革命，為捍衛毛主席英勇鬥爭，遭到窮凶極惡的階級報復，她是文化大革命培養出來的無畏鬥士。」

馮大姐躺在床上等上級通報表揚，她自矜自傲，自己一個普通的女工，在為毛主席殉命中達到輝煌的頂點。

佳音來了，四人幫倒臺了，馮大姐嚇了一跳。她意識到這件事與她期待的嘉獎有關。毛主席屍骨未寒，他的夫人就被打倒，那不是兜底翻毛主席嗎？這一翻自己不是白死一回？

醫生護士們歡呼雀躍，拿著小旗子湧上街游行，馬路上的口號聲一陣陣傳進來。來探望馮大姐的里委幹部說，游行持續了三天，古月琴衝在隊伍的前面，喉嚨都喊啞了。「你們沒有阻止她？」馮大姐氣得跺腳，「哎喲！」上石膏的腿震痛了她。女幹部說，誰敢阻攔人參加反對四人幫的游行！

完了，這次真的完了，當不成英雄，還要當狗熊。再想，不對，中央十月六日逮捕四人幫，八日宣佈建立毛主席紀念堂，顯然中央為穩住大局，先維護毛主席的形象，把他和江青區別開。馮大姐暗笑，可惜做得矛盾百出，連她這個家庭婦女也騙不了，哪有在男人死後代他辦離婚手續？說毛主席生前就要打倒江青，笑話！毛主席一句話打倒劉鄧，為啥直到死打不倒江青？

馮大姐擔心哪天大禍臨頭，腦震蕩的後遺症來了，真得頭暈了，她借機賴在醫院看事態發展。

一個月後，紀念堂竟然真的動工了。馮大姐背晦了，好在她一向看不懂上面的事，也不去費心較真。紀念堂一建，毛主席的地位就鞏固了，她為毛主席獻身的形象就不可動搖了。

六

　　藝苑雕塑室圍牆上的大批判專欄又熱鬧起來，輪到四人幫受審了。姚大桶看了大字報向南老爺發老騷：「大字報上講，江青一人用四十多間房子，吃新鮮武昌魚要一片鱗不落的，吃大米要一粒粒挑過的。王洪文一人用八部汽車，吃一次豬舌頭，要殺十頭豬。張春橋一次就花五萬元進口錄象設備。姚文元一家住有二十五間屋的房子。解放前，四大家族也沒這麼浪費的，更不用說一般資本家了，他們批資產階級的啥『法權』，他們的特權超過任何階級。」

　　南老爺釋然道：「十年前，對面大字報上揭發劉少奇、賀龍等人生活腐化，我還不相信，現在我不再懷疑了，我總算懂這句話了：『千變萬變，官場不變』。當了官掌了權都一樣，只不過騙騙老百姓。」

　　姚大桶繼續傾倒便便大腹中的不滿：「我算看穿了，劉少奇、林彪、鄧小平、四人幫都是一路貨色，都只顧自己手中的權，不管老百姓的死活。我家阿大不過販幾隻雞鴨吃五年官司，而判他的人天天山珍海味，這個理怎麼講得通。他們搞文革奪了權，卻把紅衛兵趕去鄉下，弄得我家阿三、阿四這麼大年紀還吃爺娘的閑飯。阿大找了同場的女職工馬馬虎虎結了婚，阿二這幾年的工資全部貼爺娘，三十出頭了，沒有積蓄，又沒房子，到哪裏去找對象，死路一條……」

　　「是逼煞人，像你家這種情況上海不知有多少！」

　　「四人幫打倒了，不知下一步棋怎麼走？」

　　南老爺嘆氣說：「苗頭不大，你看新上臺的領導做的第一樁好事，竟然建造紀念堂保存毛主席屍體。解放初中央領導提倡火葬，毛主席帶頭簽字。後來老百姓都去火葬了，他們卻搞這一套。當初袁世凱活著想做皇帝沒成，現在毛主席的接班人讓他死後做皇帝，我真弄不懂。」

姚大桶附和道：「現在的事情，愈來愈講不清了！」

國福年少氣盛，看了大字報也在家氣哼哼發議論：「說逮捕四人幫是繼承毛主席的遺志，不怕人笑掉大牙。要不是毛主席，江青一個女演員能當上政治局委員？張春橋和姚文元兩個文痞能坐直升飛機上臺？王洪文一個工人可以乘火箭上天？沒有毛主席，就沒有四人幫，沒有四人幫，照樣有毛主席，這是小孩都一目了然的常識。最奇怪的是，赫魯曉夫燒了斯大林的水晶棺材，華國鋒卻為毛主席建造水晶棺材。」

吳東旭用父親的權威來壓他：「國福，我提醒你，你喜歡思考是好事，但上面沒有下結論以前，你可以保留自己的觀點，不能口出狂言。你進了單位就是職工，言行失誤將受嚴厲懲罰，國平就是一面鏡子。」

國福不服氣地斷言：「四人幫一垮臺，天安門事件早晚要平反！」

國福留在上海工作，鍾毓英心裏的石頭剛剛落地，聽到他說這些「無稽之談」，急道：「連我這個家庭婦女都懂了，政治是火藥桶，誰也碰不得，你還不懂麼？我叫你一聲小祖宗，求你不要再惹是生非好嗎。」

國福把爭辯的話咽下去，國平的事讓父母操碎了心，他不能再火上澆油。

沒出國福所料，不久天安門事件平反，國平的「隔離審查」不了了之。

國平一獲自由就和女朋友籌備婚事，女朋友也是從上海去的大學生，已經三十多歲了，一直在等國平解放。就在他們準備來上海舉行婚禮時，全國開始清查「打砸搶」分子，國平是紅衛兵頭頭，首當其衝。女朋友勸他，形勢所逼，你先承認錯誤，再把責任推到四人幫身上，過了關再說。國平梗直道，大是非大問題，不能無原則遷就。

國平據理陳述：一、只有徹底否定發動文革的毛澤東，才能釐清追隨毛澤東的紅衛兵的責任。二、紅衛兵在文革中的打砸搶行為應該清算，但組織紅衛兵符合「結社自由」的憲法條款。三、革命群眾在文革中批判官僚主義的精神不能全盤否定。四、本人沒有參與打砸搶，但錯誤地組織批判和打倒一些領導及教師，對他們遭受的身心傷害深表歉意。

國平的意見觸怒了重新上臺的老幹部，他們把國平視為危險的江東子弟，再次把他關進隔離室。女朋友不願再奉陪下去，忍痛和他分手。

吳東旭和鍾毓英正喜氣洋洋地措辦國平的婚事，詎料平地又起禍殃，國平被認定為「打砸搶」分子第二次受審查。他們給打蒙了，鍾毓英連抱怨都發不出了。那天，兩人正大眼瞪小眼坐著發呆，古月琴突然上門。

方長舟從幹校返回區委，官升排名第二的副書記。古月琴隨之重掌里委大權。

清算造反派的鬥爭開始後，古月琴深文周納地整理馮美珠的材料上報街道。她還不解氣，以肅清四人幫流毒為名召開批判「打砸搶分子」馮美珠大會。

古大姐親自動員居民參加，她喊張三叫李四，忙得心悸氣短，感傷自己也五十多歲了，不免又添一層痛。可惡的文革！可惡的馮美珠！

往常里委開大會，新村（公寓）門口貼了告示，不必逐家通知住戶，這次古大姐破例來吳家。

方長舟回區委後，對吳東旭沒言少語，吳東旭也不再遷就他。國平來信提到，審查小組收到上海某區的信，揭發他到里委煽風點火，破壞地區文化大革命。一看就知出自何人的手。

吳東旭夫婦不知古月琴的來意，請她入坐後，一語不發地盯著那張冷粥面孔。

古月琴開門見山地通知他們參加大會。

鍾毓英譏笑道：「廣播一響，除了南家的聾子，新村裏誰家聽不到，古大姐特意關照我們，真是不敢當啊！」

古月琴的目的就是要鍾毓英心情不暢：「這次會議非同尋常啊！」

鍾毓英輕蔑地哼一聲說：「解放後院子裏開了數不清的大會，哪一次不重要？」

「這次怎麼能和過去比，你想想，馮美珠在文革中做了多少傷天害理的事，不清算她的罪行，里委的工作如何回到文革前的正常軌道？」

「既然肅清四人幫的流毒，再用四人幫慣用的批判會形式，不是自相矛盾麼。」吃著悶茶的吳東旭慢悠悠地說。

古月琴卡了一下，順勢進攻：「對付馮美珠這種人就要以牙還牙，你們提這個問題，是否對會議有意見？」

「古大姐對我的話這麼敏感，倒像抱著成見來？」

古月琴沒料到吳東旭寸步不讓，她還沒回話，又聽鍾毓英說：「文革以來開了多少批鬥會，鬥來鬥去鬥出了啥名堂？這次我不參加了！」

連鍾毓英都放言無忌了，古月琴忍不住破口說出：「我記得，當年你們參加了國平反駁老方的文革動員會；也出席了國平配合馮美珠批鬥我們的會。」

「我總算領會古大姐『關照』我們的用心了，是讓我們也肅清流毒吧？」吳東旭依然慢悠悠地說：「可惜你晚了一步，已經有人將國平的『罪行』寄到他單位了，我們和他一起閉門思過，恕我們告缺批判會！」

古月琴第一次明白吳東旭不是孱頭，真的鬥起嘴來自己不是對手，只得敗退出去。

七

古大姐在曾受人批鬥的臺上高揚起脖子，當初她低下頭時就咬牙等著這一天。

馮美珠由兩個治保委員半挾半持地拖上臺。她以頭暈為由拒絕出席，她明白自己不是古月琴，沒有復辟回潮的日子，只能利用後遺症裝死狗逃避。古月琴毫不妥協，說大會只作文明批判，頭暈站不住可以坐，坐不住可以躺，目的是讓她聽到群眾的正義呼聲。

　　初冬的冷風中，高臺上的四隻白熾燈大幅度晃蕩，交錯拉扯著古大姐上上下下的身影。她橫目逼視馮美珠，這個曾任她呼來喚去的人，竟欺壓了她十年，今天她終於和馮美珠換了腳色。

　　在一片憤怒的叫嚷謾罵聲中，馮美珠嚇得挺起腰忘了裝病，她當治保主任以來，不知結了多少冤家仇人。

　　古月琴痛斥馮美珠大搞「打砸搶」的罪行：她在抄家時砸過上百戶人家，在數不清的大小批鬥會和審訊被害者時，自己動手和唆使人打過近百人，摧殘了無數人的身心，在里委造成人人膽戰的紅色恐怖。她話鋒一轉提高聲調：「就拿我來說，在座的許多人應該記得，十年前，我受馮美珠誣陷，站在這裏接受非法批判，我堅持原則奮力抗爭，遭到馮美珠毫無人性地毆打。」她摸了摸兩頰，動了真情：「馮美珠打痛了我的面孔，更打傷了我的心。我活到四十歲，竟受自己培養的下屬的人格侮辱，世界上有啥比這更令人心寒……」古月琴哽咽住了。

　　文革前強橫自是的古大姐如此示弱，引起一些居民的同情，近高臺的幾個人手指戳向馮美珠責問：「你為啥要打人？」

　　「你們不要歪曲事實，古月琴倒臺前是專政隊長，福民里委大部分抄家是她指揮的，不能把帳全賴在我身上。」馮美珠自辯。

　　「我領導專政隊抄家鬥人，始終堅持文鬥的原則，跟你搞『文攻武衛』有本質的區別。」古大姐不讓馮美珠鑽空子。

　　「不對！」馮美珠理直氣壯了，「要說『文攻武衛』有錯，是提倡它的人江青的罪過，不能讓貫徹政策的群眾承擔責任！」

　　「江青罪有應得，所以被打倒。」

　　「不對！」馮美珠又恢復了粗嗓門．「江青說這話時是中央文革副組長，你敢說她不對，不要做事後諸葛亮，要不是毛主席死了，誰敢說她一個『不』字？」

　　古月琴低估了文革後的馮美珠，她一時找不到詞，只能背文件上的陳腔濫調：「不要把毛主席和江青攬在一起，主席生前來不及處理江青。」

「你丈夫復職也不過是副區長吧，你不過是副區長的老婆吧，你們還沒資格讓毛主席和江青離婚吧。」臺下有人失笑，馮美珠更來勁了，「毛主席沒有想做而做不到的事，為啥唯獨處理不了江青？古月琴，經過文革我看穿了你們說的那套把戲，當今中國，我只見像你這樣婦隨夫榮的，沒聽說過處理自己壞妻子的幹部。」

古月琴也這樣看待毛主席和江青，但馮美珠把她掛連上去嘲諷，她只得違心地反駁：「在今天的批判會上，你不老實認錯，反而再次攻擊我，還惡毒污蔑毛主席……」

「我抗議！」馮美珠被激怒了，「我馮美珠為了維護毛主席的聲譽，與反革命作殊死鬥爭，遭到行兇報復，被他從四樓上推下來，雖然靠兩根竹竿才沒去見毛……不，去見閻王，卻留下嚴重的後遺症，我要問，在場的人，包括你古月琴，誰拿自己的生命捍衛過毛主席？誰？」

這一著震住了古月琴，一時死靜，馮美珠頗為自得，軒昂起頭追問：「你們說啊，誰？」

「呸！」人群中蹦出一聲：「你狗屎不如，還稱英雄。」喬玉珊擠出來衝上臺：「居民同志們，我就是推她下去的那個人的家屬。馮美珠，你還有面皮說捍衛毛主席，你喪盡天良心狠手辣，和江青是一路貨色。十年前，我全家被抄，我丈夫寫了一張申辯的大字報，你……」想到身後的古月琴，她頓了頓，含糊道：「……你們就逮捕他，他逃到樓頂，你們不好言相勸，還繼續威脅，逼他跳樓。幸虧下大雨積水，他沒命歸黃泉。十年後，他爬到樓頂唱戲，你馮美珠明知他神經不正常，還去恐嚇他。你可以再次逼他跳樓，他卻不可以反抗，是啊，在你眼裏，他是一條狗，不！連狗也不如，死了活該。而你是不該死的鬥士，一死就是烈士英雄，好了，現在他成全你了。

「居民同志們，我至今不明白我丈夫犯了啥罪，解放後他接二連三地受迫害，如今中央為右派平反，可見我丈夫並沒錯。你們說一句錯了，就坐牢殺頭，再說一句平反，就一筆勾銷。這兩句話中間，我們一家過的啥日子？整整二十多年，是有口氣的活冤鬼……」喬玉珊哭出聲來，「這個馮美珠逼他『蓄意殺人』，讓他繼續坐牢，不知坐到哪年哪月？」她擼了一把淚，「這是啥世道啊！？就說了幾句真話，毀了他一輩子，也毀了我們母女倆一輩子，我們前世到底作了啥孽啊⋯⋯」喬玉珊說不下去，捂著嘴奔下高臺。

古月琴幾次想打斷喬玉珊，還是忍住了，她的主攻目標是馮美珠，不能亂套。但她必須說點啥，她跨前一步：「喬玉珊的揭露，使我們認清馮美珠的暴行，但她提到右派平反很不準確，區委對此有特別說明，反右鬥爭沒有錯，只是擴大化，所以給劃錯的改正，而不是平反。總之，我們批判馮美珠，就是要⋯⋯」

古大姐的話被撕心裂肺的號啕蓋住了：「冤家啊，你死得冤枉啊，張三改正了，李四平反了，你陰魂不散，去哪裏要改正平反，改正了又怎樣，平反了又怎樣，你還能回陽間嗎？我還不是孤孤單單冷冷清清一個人！冤家啊⋯⋯」說到平反，刺痛了祝秋藝，她愈哭愈傷心。

古月琴聽不下去了，她招手喚來兩個治保委員，讓她們拉走祝秋藝，然後她說：「居民同志們，今天是嚴肅的批判會，不可隨便叫屈製造混亂，真有冤情要通過正常渠道向組織申訴。」

治保委員去拉祝秋藝，她賴在凳子上繼續哭訴：「冤家啊，我前世是你的冤家，逼你上梁山，參加短（斷）命的造反隊，最後送了性命，冤家啊⋯⋯」

「祝秋藝，請你立即離開會場！」古大姐在麥克風裏催促。

祝秋藝用力掙脫治保委員的手：「我就不走，今天當著大家的面，我就要翻一翻老賬⋯⋯」

「祝秋藝，你以為批判四人幫，啥案都可以翻？難道你腐蝕戶籍警，也要平反？」

祝秋藝衝臺上嚷：「你為啥不說戶籍警姦污我，我一個寡婦，無依無靠，給人糟蹋了，打落牙齒往肚裏咽，還要受你們欺負。啥古大姐馮大姐，你們上臺下臺，都是一瓢貨色！都是欺壓居民的霸王！我橫豎橫了！你們抓我去坐牢好了！去死好了！活在這世道不如死！」

古月琴被一起罵進，氣歪了臉不知如何是好，馮美珠在一邊冷笑。

會場失序了，有人圍住祝秋藝。不遠處又響起一個人的哭聲，先是隱隱地盡力斂抑地幽泣，漸漸響成嚎哭。人們湧過去，只見一團枯槁的白髮，一塊手絹兩隻手蒙住了她的臉。南荃珍第一次主動參加這樣的會，喬玉珊訴說時她一直在抹眼淚，祝秋藝提到趙河竹，她忍不住放出了聲。她想到了南延泠，自己死後，誰照顧她？好心人輕拍她的肩頭：「老外婆，你怎麼啦，有話你說啊。」她怎麼開得出口，南老爺吃力地擠進來，一面勸南荃珍，一面隱晦解釋：「趙河竹找她侄孫女談話，趁機動手動腳，把她侄孫女嚇出了精神病。」這一說，引來同情關切憤怒和譴責，還有人獵奇探秘，亂哄哄一片。會場上的人全站起來，一捉堆地圍住祝秋藝、喬玉珊和南荃珍。她們又引發了其他人各倒自己的苦水，又生出許多人堆，大會變成許多小會，一時沸反盈天。

古月琴聲嘶力竭地呼籲圍繞大會的主題，沒有多少人理她。經過文革人心散了，她也不再有一呼百應的權威了。大勢已去，她無法控制會場，只得讓治保委員帶走馮美珠，草草散會。

大會散了，小會久久不散，十年，不，解放以來的歷次政治運動毀滅了多少人的精神和肉體，一團團一圈圈的人，罵四人幫，也怨毛主席，咒馮大姐，也責難古大姐。人們帶血吐出塊壘，酣暢地出了一口人氣。

有始無終的最後一次批判會，給福民里委的文革劃上一個破碎的句號。

第十五章

　　白靈光走了；嚴軻走了；吳國福也加入無望大合唱「別了，福——民公寓」

一

　　古月琴要圓十多年前的舊夢。

　　老幹部都在忙，先要求平反復職，再圖遷升擴居，古月琴能閑著？機會來了，瞿彬返回市委宣傳部不久，被上調中央高就。古月琴一得信息馬上去姐姐家，她請姐夫在市委「運動運動」，推薦方長舟去補他的缺。

　　古月琴喜盈盈回家，忙不迭向丈夫報好消息，不料方長舟非但不領情，還埋怨道：「你啊，文革中吃了那麼多苦，還不看穿，還像十年前那樣興頭，依我看，保住現在的地位平安混到告老退休，就是積陰德了。再高爬又怎麼樣？劉少奇林彪爬得夠高了吧，差一步就到頂了，如今屍骨都找不全。」

　　「你總往壞處想，你為啥不說鄧小平三下又三上，如今成了不是主席的主席，你看他那精神氣，哪像七十多歲的人，比起鄧小平你還是中年幹部，就想著退休了，虧你說得出口！」

　　「我不敢攀比鄧小平，你看我，剛過六十的人，一頭白髮，渾身病痛，能在區委坐滿這班崗，再讓我享幾年清福就是造化了。」

　　「好，你不攀比鄧小平，可姐姐說的事你總知道吧，文革中沒鬥死的老幹部，不管是斷臂缺腿的；也不管是只有半個肺三分之一胃的，只要有口氣都去市委組織部，爭著露臉要官要利，電視上人大政協開會，多少人由服務員攙著或推輪椅去，你總比他們強吧？」

「話給你說絕了，我就跟你挑明吧，別的部還可考慮，宣傳部絕對去不得。」

「這是為啥？」

「為啥？雖然你入黨近三十年，卻還沒搞清我們這個黨的特性。我們黨靠啥奪取政權？槍桿子和筆桿子。槍桿子和老蔣來硬的，打垮他的軍隊，筆桿子和他來軟的，用宣傳鼓動爭取了人心。解放後要鞏固政權，筆桿子的作用更大了，宣傳陣地只能做黨的喉舌，可那麼多報刊雜誌，難免豁邊出紕漏，到時宣傳幹部就受累。」方長舟端起杯子呷了兩口龍井茶，「現在的情況更複雜，老百姓不像文革前好騙了，社會上有一股清算毛主席的思潮，而華國鋒搞兩個凡是，不允許任何否定毛主席的意見，眼看他的時日不多了，接下來是鄧小平的天下。鄧小平要贏得人心，就會顧及老百姓的情緒和輿論，肯定推行與華不同的政策。但到底如何評毛，是原則肯定具體否定，還是七分肯定三分否定或是相反，誰也估計不了。在這樣的敏感時期，宣傳幹部如何處理這些敏感話題？弄不好就犯錯誤……」他不願說下去。

看著丈夫為難的神情，古月琴的心軟了，已經不是二三十年前的丈夫了，解放初的銳氣和反右時的幹勁都被滿面孔的皺紋吞噬了。她兀自默想了一會兒，見丈夫杯裏的水枯了，趕緊去拿熱水瓶給他添茶，心裏有事走了神，茶水溢出杯子她都沒察覺，直到方長舟叫嚷「哎喲，你看你……」

古月琴又慌忙去拿揩布，一邊擦一邊說「這樣吧，姐夫那邊說成後，你先接下來，姐姐一家去北京時，那幢房子就空出來了，也讓姐夫轉到你手上。反正你不過是宣傳部副部長，混一陣後，有機會轉其他部門最好，實在不行，你圖清閑要退休我不反對。」

「蘑菇了半天，你就想著姐夫那幢房子。」

「房子難道不是大事？聚儀馬上要結婚了，這一層樓太擠，你拿啥給他？這十幾年，因為我們遭殃，他跟著受了不少罪，給他體面像樣地結婚，也算我們父母對他的補償吧。」

方長舟無話可說了。

方長舟按妻子的願望，頂了姐夫的缺也頂了姐夫的房子，他把房子的鑰匙交給古月琴時叮囑她搬家時低調點，以免造成不良影響。

古月琴偏不，她說，怕啥？你按黨的幹部政策擢升，不是靠裙帶風得來，喬遷之喜人之常情，為啥不能樂一樂？她讓聚儀去買高升鞭炮。

方聚儀已從家裏的獨苗，長成社會上的「龍種」了。他先入團入黨，然後離開大餅爐子，在區飲食公司當脫產的團幹部。他發跡後，大小女團幹部，高乾的女兒在他面前百花爭豔，他很快和一位局長的女兒談好了戀愛，乘這次搬家，他讓女朋友來亮相。

方聚儀在圍觀的人前放鞭炮，他女朋友站在邊上，是一個標緻的女郎，造作地虛掩耳朵，做出閨秀受驚狀，「高升」頻發，古月琴和方聚儀向鄰居宣告他們最終的勝利。

離開福民新村前，古大姐固執地做了最後兩件事：恢復「福民公寓」舊稱；在公寓和 49 弄間重新砌起高牆，那是她權勢尊嚴的一部分，她不容別人篡改。就像出遠門回家的老太，看到家具變換了位置，非改回來才順意。

古大姐志得意滿地走了。

古大姐留下的高牆，再次杜絕了 49 弄人的侵擾，公寓似乎又恢復到了文革前。然而門外回歸了清靜，門內不再有那時的安寧。

二

開始對文革作「物質清算」，各地退還抄家物資。

南家遲遲沒接到通知。喬玉珊去區落實政策小組詢問，接待員翻出南家的檔案反問她，你丈夫現在在哪？在看守所的「瘋人房」吧！好了，你可以走了。

　　喬玉珊窩了一肚氣去找祝秋藝。

　　祝秋藝又活躍起來。她去找過去舞場裏的老相好，他們都剛領回一些抄走的東西，她得到不少信息。她指點喬玉珊，你這麼聰明的人，怎麼去觸這種楣頭，當初是抄你阿公家，你應該讓老頭子出面向政府要。

　　喬玉珊雖開了竅，但當初揭發批判劃清界線，現在如何開口，她只能讓南延清去求爺爺。

　　延清也等不急了，她去和爺爺說。

　　關於這事，南荃珍早就催過南荃裕，但南荃裕淡然視之。他回想南家幾代人的生涯，得出結論——財富資怨助禍，他把抄家當作最後的清償和解脫。政策久不落實到他頭上，許是老天讓南家從此斷了是非根。

　　經不住南延清的再三游說，南荃裕的心又活了。雖說無財買太平，但沒錢也不成事啊。守坤不知哪年滿刑，出來也是個廢人，靠誰養活？延清的工資只夠自己，今後結婚成家也要用錢；延泠更可憐了，沒爹沒娘，荃珍三天兩頭絮叨，就是不放心她，我們老的時日不多了，撇下她一個人怎麼辦？思前想後，他決定寫申訴。

　　不久「抄家物質清理局」來函，讓他去「招領失物」。

　　南家忙碌起來。南荃珍對家裏的金銀首飾、珠寶玉器有一本帳。唯有一副極名貴的琺瑯彩瓷器茶具，南荃裕解放前買下後秘不示人，非得他本人去尋認。南荃珍自己走路都歪歪扭扭了，如何帶一個半癱的哥哥？喬玉珊主動請纓，說她兄弟在工廠做司機，可以幫忙運貨。南荃珍知道她想趁機讓娘家人拿幾樣東西，心裏雖一百個不願意，也沒別的法子。

　　喬玉珊從沒有過的「孝順」，她和弟弟、南延清把南荃裕連輪椅一起抱上車。南荃裕裝作不介意地任喬玉珊擺布，想想還蹲在牢裏的兒子，想想孫女延清，無法與她計較。

　　四噸卡車開到預定地點，他們走進一個倉庫，裏面散發著熏人的黴味，管理人員指著貼有「福民里委專政隊封條」的家什器具，讓他們自己認領。清理出的東西，毛估估，不到抄走的五分之一，這點東西不過為政府擔個「落實政策」的好名聲。南荃裕老兄妹不敢爭多嫌少，喬玉珊氣不順，一邊翻查，一邊罵罵咧咧。

南荃裕沒見裝瓷器的樟木箱，問管理員，管理員不悅道：「啥大不了的東西，你去倉庫別處兜一圈，如找到，我們核實後還你。」

南延清推著爺爺的輪椅去倉庫轉，堆得雜亂無章的東西根本無法翻找，背後還有管理員不耐煩的眼光。南荃裕匆匆往回走，心裏嘆道，這套茶具溶中國傳統制瓷工藝和法國畫琺瑯技法所鑄，是康熙雍正乾隆三朝的宮廷禦器，這件國寶回不到自己手上事小，萬一砸毀，損失無法彌補。

正準備出門，南延清意外地發現「伊凡雷帝殺子」擱在一隻紅木衣櫃上，她不由叫出聲。南荃裕睜大昏花的老眼看，畫上蒙了很厚的一層灰，那雙死魚樣眼睛依然躍出來，他沒能逃脫這幅畫的追擊。

回家後，南荃裕讓南延清把畫掛在他的床頭。

南荃浴大徹大悟了，猶如伊凡殺死了兒子，他這個維持家規祖訓的父親，也是「失手」殺死兒子的兇手，而他也是自己父親的受害者。「善惡天纏百年藤」，冥冥中，一切了然了。

「天網恢恢，疏而不漏」，罪孽啊，罪孽，他反復默念著這句話睡去，次日醒來時，他覺得右側肢體也不利索了。

三

嚴軻也接到了領物通知。

他幾個月前刑滿出獄。為避開鄰居，他盡量早出晚歸，還壁虎樣貼著牆走。除了門衛姚大桶，好長時間沒人見過他。姚大桶第一次看到他時，以為是亂闖公寓的鄉下人。

國福帶了保存的書去見嚴軻，他的樣子果然怕人，身子乾柴樣精瘦，眼珠瞘陷失神。國福歉疚地敘說書的種種遭遇，嚴軻似乎忘了這事，無心地聽完，說：「何必費心，你喜歡，拿去好了。」見他沒情沒緒，國福只得省略由書引發的故事。

為了那隻座鐘，嚴軻去了趟「抄家物資倉庫」。

他給死去十多年的鐘上好發條，把它放在壁爐架上父母的遺像當中。

不久，嚴軻進街道無線電廠工作，廠領導根據他的特長，分配他去技術組，他拒絕了這份好意，主動要求去裝配組。他每天機器人樣按工序焊接零件，不跟任何人說話。中午同事們拿著飯盒聚到一起，有說有笑地吃，他一個人坐到角落，就著幾根醬菜吃四個淡饅頭，很快成了聞名全廠的怪人。

吳國慶隨知青返城風回上海，她頂替母親進生產組，後來生產組關門併入無線電廠，她和嚴軻在同一車間工作。

在黑龍江的艱難歲月，吳國慶反省在專政隊抄家鬥人的荒唐事，嚴軻的事最令她于心不安。她一味策反嚴軻「與父親劃清界限」，導致嚴家一連串慘劇。

所以，吳國慶一聽同事說嚴軻，就為他辯解。

一次，下班路上落起了雨，吳國慶見嚴軻在她前面沒事樣走著，忙趕上去，撐出備用的傘遮蓋嚴軻的頭：「你不怕淋濕？」嚴軻不想說話，默默伴著吳國慶。兩人走了一條馬路，吳國慶實在熬不住了，問：「你為啥每天中午只吃四個淡饅頭？

「……」

「你自己不會燒菜吧？」

「……」

「這樣吃下去要營養不良的。」

嚴軻終於開口了：「不會的，我在牢裏吃了七年不是沒死嗎？」

「既然你在牢裏吃了七年，為啥現在還這樣吃？難道還沒吃夠？」

「是的，過去政府判我坐獄，現在，我用四個饅頭自設牢獄，坐它一輩子。」

「為啥？」

「為我死去的爹爹。」

吳國慶正想乘機說出自己的懺悔，見嚴軻兀自緊走，不願再說話，只得作罷。

嚴軻長年睡潮濕的牢房，落下嚴重的關節炎，一到陰天就復發。一次嚴軻病休，逢上發薪日，會計讓吳國慶把工資帶給他。

吳國慶進門時，嚴軻坐在書桌前看書，一條被子蓋在膝上。吳國慶見他讀的是日語，好奇地問：「你在學日語！」

「嗯。」

「在我們這種街道工廠，學日語有啥用？」

「正因為無用，對我才有用。」

「我不懂這意思。」

「我爹爹就是因為用了日語，背了一輩子罪。」

「那你還學它做啥？」

「我用它來和爹爹的冤魂對話，也許在非中文的語義中，我們更能溝通。」

吳國慶遲疑了一會兒才說：「上次你提到自罰，我就想向你道歉，當年如果我勸阻你，後來的事就不會發生，可惜，我卻……你一定恨我吧？」

「有一陣我這麼想過，尤其知道小莊出賣了我，我恨自己怎麼會結識這樣的朋友。進了牢才見怪不怪。囚人間打小報告，互相栽贓，為了自己減刑，不惜推別人上斷頭臺。一次，一個在田間勞作的刑事犯在烈日下說，『太陽怎麼還不落山』，有人告發他詛咒毛主席為啥不死。這人便被『提拔』為政治犯，加刑十年，他受不了刺激，自殺身亡。我開始明白我不是生活在人群中，而是軋在狼堆裏。」嚴軻猛地站起來，被子滑到地上，他顧不上去撿，激忿地來回走了幾步，關節痛得受不了，他又坐下：「接下來我意識到自己也是一條狼，比小莊更殘忍更兇狼的狼，我活生生地吃了自己爹爹，傷了姆媽。如果生父的價值在天平上壓不住上大學和參加紅衛兵之類的砝碼，那麼人性還剩多少？

「我知道廠里叫我『怪人』，也知道你好心替我辯解。告訴你，當『怪人』是我的選擇。既然我們身上有如此可怕的狼性，人倫親情比蜘蛛網還脆弱，那麼同事朋友關係還有多少價值。我想從狼堆裏掙脫出來，就只能學南守坤做絕群的『瘋子』。」

吳國慶忍不住說：「在你眼中，我也是一條狼吧。」

「在狼支配的大環境里，誰都免不了狼性。魯迅早就在『狂人日記』裏作過深刻的描寫。如果全民族對此有足夠的反省，文革的悲劇本可以避免。目前流行的『傷痕』文學，在政治層面追尋致『傷』原因，但這樣的反省遠遠不夠，只有每個當事人挖掘自己的『狼性』，才能走出魔圈。在許多『反思』的文章中，我很少讀到類似的自我剖析，這是我一直追問的命題。」

不愧為當年的優等生，一場磨難換來沉甸甸的思想結晶，像蚌受外物刺激滋生珍珠。國慶費了好大勁才跟上嚴軻的思路。

嚴軻說盡了，呆呆地坐著，不再言語。

吳國慶欲告辭，「當……當！」那隻座鐘突然敲響，在靜謐中，驚心動魄。她不由一悸，說：「嚇了我一跳！」

「你讀過海明威的《喪鐘為誰鳴》嗎？」嚴軻望著吳國慶，「裏面有一句話『不必去打聽喪鐘為誰而鳴？喪鐘為你而鳴！』這句話適合經過文革的每個中國人……」

告別時，吳國慶建議嚴軻去國福工作的醫院好好查一查。

四

嚴軻接受了國慶的誠意，來找國福看病，國福請老醫生幫他作了檢查，他服了新配的藥恢復得很快。一次國福去看嚴軻，告訴他 X 光片結果。許是病情緩解的緣故，他情緒好些了，問國福是否和南延清在談朋友，他幾次看到國福和南延清在「蕩馬路」。

國福不置可否地笑笑，心裏煩亂不已。

進醫院工作後，國福以為和南延清的事有眉目了，經常去找她。南延清因國福留在上海而卸下良心的重荷，又疑慮自己的女理髮員身份配不上他。命運多舛，讓兩人好似在幼兒園玩翹翹板，你上我下地擺不平。

因南延清多心，他們常常喜相逢，愁相別。

一次，南延清拿著剃鬚刀好奇地問：「手術刀和它差不多吧？」國福笑道：「不是啥刀都可用做手術的。」南延清低聲說：「是我不知黑鐵黃金的輕重，用剃刀攀比手術刀。」國福無心戳了南延清的敏感處，趕緊作解釋，但彼此的好情緒全散了。

索回抄家器物後，南延清欣然不已，把「意外」的財富，當作一塊墊腳石，來與國福平衡。國福一去，她就美滋滋地給他講退回的房子，鋼琴重新搬進了客廳，還曖昧地用「我們」這個字眼。

簪金綴銀的南延清讓國福又照見了自己的貧寒，他一個跟鬥跌回文革前，童年的記憶蘇醒了，一切如舊？他已是人格獨立精神自負的人，不願在南延清的附屬品下失重。何況她姆媽喬玉珊發財了，哪會容忍他這個窮人。

為了回避煩惱，國福去醫院住宿，對南延清說工作忙，去理髮點也少了。

祝秋藝也看到吳國福和南延清走在一起，趕緊向喬玉珊通風報信。她說了兩人的事不算，還添枝接葉地翻吳家的老底：「國福盯牢延清還不是為了房子？國慶和男朋友一起從發配的地方回來，男方家沒房子？聽鍾毓英口氣，準備讓他們擠在家裏。玉珊，你不能讓吳家得手。」

那天南延請下班，一進門就被喬玉珊拉進客廳盤問：「你和國福在談朋友？」南延清沒好氣地說：「談了。」

「好啊！這麼大的事不跟我商量就自作主張，你眼裏還有我這個娘嗎？」

「我只是說，談了，又沒『敲定』，你急啥。」

「等到『敲定』，生米煮成熟飯還來得及？我問你，國福為啥盯上你？」南延清不語，她追詰：「因為你是獨養女兒，家裏補了票子退了房子。」

全是國福猜過的話，南延清急辯：「我們又不是經人介紹認識，他怎麼會衝著我的票子房子。」

「哼，正因為從小了解我們家底，才長線放遠鷂，存著大指望！」

「你亂說些啥？我們相好時，爺爺挨批，阿爸住精神病院，我是壞分子女兒，人家圖我啥？」

「當時看你幼稚好欺，跟你隨便白相，哪裏真心和你好？」

「你怎麼可以憑想像下結論！」

喬玉珊把手掌拍得「劈啪」響：「好啊，你現在就幫他說話，真讓你們結婚，更把老娘踢到一邊了！告訴你，除非搞第二次文革，吳家再進來搶，否則我還當這個家，不會讓他達到目的！」

「你只知道幾間房子幾張票子，怎麼不想想阿爸還在坐牢，人家會不會嫌我們？」南延清說完奔上了樓。

南延清賭氣好幾天不跟母親說話。喬玉珊只得換一副面孔，她抹淚敘說自己被拒入門的遭遇，聲情並茂地勸說：「延清，你看這幾十年，我吃了多少苦受了多少罪，熬到現在，才得到點家產。你不聽我的話，領一個心術不正的人進門，不僅毀了你自己的一輩子，我老了，去靠誰？」她心碎地頓住。

「既然如此，今天你為啥用姑婆那套對待我？你去守著房子票子。我不要，啥也不要！」

「好啊，你不要，吳家沒你插足的地方，你去跟他困馬路吃西北風！」

「吃西北風我也去，當年你和阿爸獨立門戶活下來，我們為啥活不下去？」

喬玉珊本想用話嚇住南延清，結果反被南延清的話嚇了，萬一南延清真的絕情出走怎麼辦？她又去找祝秋藝問：「延清喝了迷魂湯，你看怎麼辦？」

「很簡單，你爐膛下抽柴火，從吳家那頭斷根。」

「怎麼斷？我尋上去，到時，吳家裝糊塗，反咬一口，我不是沒有落場水嗎？」

「你啊，真是聰明一世糊塗一時，」祝秋藝嗔怪：「你不要硬上。」然後，她如此這般地出主意。

五

一天下午，鍾毓英在門口水斗裏淘米洗菜，喬玉珊和祝秋藝從樓上走下來，祝秋藝裝作送喬玉珊，停在樓道口，兩人一搭一檔唱雙簧。

「玉珊，想開點，不要為這點事生氣。」祝秋藝勸道。

「秋藝，事情碰到你頭上，你也要氣得吐血。豈有此理，當初彈眼落睛抄家封房，現在看到人家房子退回來了，又以談朋友的名義搶房子。」

「你也是多操心，延清二十五六歲的人，又不是三歲小毛頭，這麼好騙？」祝秋藝輕薄地說。

「跟你講，就是延清不爭氣，經不起人家三花兩騙，在醫院工作啦，當醫生啦，稀奇勿煞了，當醫生不過名聲好聽，又不比剃頭的多拿幾鈿，要我看，在醫院跟膿血糞便打交道，還不如理髮店乾淨呢。」

「是啊，花木瓜空好看。」

喬玉珊和祝秋藝一遞一句……

鍾毓英把淘籮拎上拎下過浣，「嘩嘩」的水聲減弱了她們的說話聲。她和喬玉珊、祝秋藝素不相能，不介意她們的談話，間續入耳的字眼引起了她的注意，說到延清談朋友，對方是醫生，她終於明白了。她氣得關了水龍頭，用圍單擦乾手，怒衝衝回屋。

喬玉珊的話挑起鍾毓英的無名業火。喬玉珊熬出了頭，啥也不愁了，只有她煩不到頭，子女沒替她爭口氣，還讓她受人笑弄。

吳國慶回家聽了這話，跳起來說，欺人太甚，為啥不跟她們吵！鍾毓英說：「等問清了國福再說。」

國福回家被母親和國慶一追問，又羞又氣，喬玉珊上門侮辱母親，讓他沒有解釋的餘地，只得說，自己一向和延清談得攏，但沒正式談朋友。鍾毓英說，延清是個不錯的姑娘，可惜碰上一個不講道理的姆媽，現在八字沒一撇，就說出這麼難聽的話，真有那事，不知怎麼鬧呢。到時你受不了，我的面孔也沒處放。

國福胸口給塞了一把稻草，亂道：「姆媽，你不用再說了。」

他去找南延清，告訴她，她姆媽的話比自己預料的還難聽。

南延清冷笑：「你為啥這麼在意我姆媽的話，難道我姆媽能代替我。我早就看破了你的內心，我姆媽的話真好給你一個借口，你自築的尊嚴遠高於我姆媽的障礙。」

「就算我自築，那麼你如何過你姆媽這道關？」

「我已經向姆媽聲明了，像他們當年那樣，背叛父母獨立生活。」

「難怪你這麼天真，難道我沒有勇氣這樣做？可惜，今非昔比，現在你有錢也租不到房子，你姆媽真的做絕，你就得去困馬路。」

南延清無助地說：「你按自己的邏輯注解好了，我還有啥可說。」

吳國福無望地說：「但願我們能找到通路。」

喬玉珊沒達到目的，以為鍾毓英拾到金元寶裝糊塗，再次上門。

那天晚上，鍾毓英在水斗洗碗，喬玉珊故伎重演，和祝秋藝倚在樓梯口浪裏浪聲的一句來一句去。

吳國慶在屋裏，聽到喬玉珊的聲音立即豎起耳朵，喬玉珊一提抄家搶房，她就衝出來吼道：「喬玉珊，你夾七夾八在講誰？」

「你跳出來，就說明你心虛。」

「我心虛，你在我家門口閑言碎語，我當然要問清爽。有本事當面挑明，不要兜圈子。」

「挑明又怎麼樣，當初不是你抄我家封我房？我不可以說兩句？」

「告訴你，我為專政隊工作，不是個人行動，你有不滿，可以去有關部門申訴，不允許你在這裏信口雌黃！」

「我量你不敢私吞財物，真因為硬的一手空忙了一場，這次來軟的，打我家延清的主意撈實的⋯⋯」

鍾毓英突然從國慶身後走上前，把手上的碗往地上猛地一摔，「咣啷！」幾隻碗落地開花，砸斷了喬玉珊的話頭：「呸！狗嘴裏吐不出象牙，你說，誰打延清的主意，你今天不講清爽，我不放你過門。」

所有的人都震住了。文革前，要是國慶和人爭吵，鍾毓英不管對錯先拉女兒回家，今天她竟然幫腔，火氣比國慶還大。喬玉珊吃了一記悶棍，低一拍聲調：「除了你家國福，還能有誰？」

「放屁！你怕人搶你一間房幾個臭錢，我還怕兒子沾上瘋病呢！我沒去問你，你先倒打一耙，告訴你！我家國福打一輩子光棍，也不會上你家門！你再敢來這裏噴糞，我對你不客氣！」鍾毓英說完，走到牆角，拿過一隻挑竹竿的鐵椏叉：「你給我滾！」

喬玉珊自知刺傷了鍾毓英，老實頭發戇勁，真的戳上來，也是活該。她一壁往外走，一壁說：「你既然把話說清了，不趕我也走了。」

除了文革，兇悍的喬玉珊相罵沒輸過，今天卻敗給福民公寓最軟弱的人。

鍾毓英第一次和人吵架就旗開得勝，國慶在旁邊看呆了，竟忘了插嘴。她為母親叫絕，軟粢飯糕終於下了油鍋——硬起來了。她見祝秋藝嚇得轉身上樓，喝道：「祝秋藝，你給我站住，你別以為形勢變了，又出來引風吹火生是非，你這種人，不管是四人幫五人幫垮臺，不論是共產黨國民黨當道，哪朝哪代都是狗屎一灘。你再敢攪和這類事，我對你不客氣……」沒等國慶說完，祝秋藝就逃上樓鑽進門。

第二天，鍾毓英帶點悔意地對國福講述經過：「……我被喬玉珊氣昏了，說了許多傷害延清的過頭話，要不是喬玉珊蠻不講理……」

「姆媽，沒人怪你，我心裏煩，不用解釋了。」國福說完走出門。

國福不知不覺走到了理髮店，欲進門，又收住腳，他不想在南延清的同事面前再露面。他步履沉重地在門口徘徊，直到南延清下班出來，才悄悄地走近她。

鍾毓英「瘋病」的話也傷了南延清的心。

他們倆在茂名南路的梧桐樹下默默地走，誰也不願先吱聲。屏了半天，國福才說：「現在你明白了吧，我們的事還沒公開，你姆媽就三番兩次上門叫罵，真有事，還不鬧得天翻地覆。」

南延清哼道：「你姆媽也不是吃素的。」

「我不和你計較你姆媽的長短，我只是說，我們生不逢時，快三十的人了，離開父母就無法生存，所以，你不要怨我……」國福的嗓門堵了。

「怨恨對結果有啥意義？」南延清忍住淚，「你首先考慮的，還是你的形象，你的所謂人格尊嚴。你不必再解釋了，我們認命吧，一切到此……」南延清說不下去了，用頸上的圍巾壓住嘴，徑自往前急走，把國福甩在後面。

望著南延清搖晃的身影，國福狂吼：「結束吧，結束吧！」

六

南延清做出令人吃驚的舉動，很快結識一位與她榫密卯合的男人，他在一家機械廠工作，比她大五歲，兩房合一子，家裏也剛退回一幢房子一大筆錢。

喬玉珊沒料到南延清走這步棋，她氣傻了，天天歪鼻子斜眼地問：

「延清，你是啥意思，啥意思？」南延清冷然道：「沒啥意思，讓你守住房子票子。」喬玉珊急了：「難道你不懂，我守住它們不都為了你？你只要找一個稱心的人。」南延清說：「我稱心的人，很難稱你的心，還不如我出去。你放心，我不是去插隊落戶，不過隔幾條馬路，一叫就應。」喬玉珊用拳捶胸：「你翅膀硬了，可以把老娘丟一邊，自己遠走高飛了。我不是作死嗎？為了這點財產，拼死拼活了半輩子，到頭來……嗚嗚……」

出嫁的日子到了。是禮拜天。

為維持體面，喬玉珊拉長了幾個月的臉收圓了擠出笑，看上去還是一副哭相。她再核查一遍紮上紅綢的各式嫁奩，該帶的都齊了，她突然想起那架鋼琴，她還沒決定給南延清作陪嫁還是留在家裏。她去南延清的房裏，沒人，走下客廳，見南延清坐在琴凳上，雙手擱在琴蓋上發呆，便問：「延清，你準備把琴帶走？」

「不帶！」生硬的聲音。

「那你坐在這裏做啥？」

「彈琴！」

「你發癡了，琴拿回來幾年沒見你碰，迎親的人馬上來了，你不去梳妝卻來彈琴？」

南延清不睬母親的喋喋不休，兀自打開蓋，一個鍵一個鍵地按下去，整整十年沒碰它了，手也僵硬了。兩年前，鋼琴搬回家，國福催她彈琴，說想聽《少女的祈禱》，南延清說鋼琴十幾年沒用需要調試，調律師在文革中鬥死了，一下子找不到新的。再說，暫時也沒有彈琴的情趣，她羞紅臉說：「到『那天』一定給你奏一曲。」

「那天」到了，可惜伊人不是意中人。

琴聲響起了，雖然指法生疏滯澀，交織著顫滑破音，卻是封藏十年的老旋律，在秋日清晨的公寓裏回蕩，驚起樓頂上惺忪著的白鴿，它們振翅盤翥，拍落公寓前梧桐樹上的一片焦葉。黑白失光的琴鍵上，灑下點點滴滴的淚珠。

　　國福猛地被琴聲喚醒，是久違的《少女的祈禱》。少女啊，相隔十多年，你向誰祈禱？

　　更長夢纏，他一宿難眠。

　　昨天回家，鍾毓英沒忍住，裝作不經意地說了南延清的事，國福的心已碎成片，嘴上卻說：「她去出嫁好了，關我啥事？」

　　他不忍卒聽，匆匆起床，不及盥洗吃早飯，踏著支離的琴聲奔出公寓。他穿過行人稀少的馬路，走進僅開著邊門的承恩堂。

　　兩年前藝苑雕塑室搬走了，一切又恢復原樣。教堂重新開放，每逢禮拜天彌撒，大堂裏擠滿了人，其中有不少頸上掛著十字架的年輕人。文革結束，失去信仰的人，是迷迷惘惘的無頭蜻蜓，教堂是他們可靠的停棲處。

　　國福進去時，神父正在祭臺上解讀「聖經」，他在最後一排的空位子坐下，頭靠在牆上閉目啼聽，入耳的聲音變成了他熟悉的「雅歌」：

　　　新娘：
　　　我身臥睡，我心卻醒。
　　　這是我良人的聲音：
　　　……
　　　我的鴿子，我的完全人
　　　求你給我開門，

　　　我給我的良人開了門，
　　　我的良人卻已轉身走了。
　　　……

　　一場彌撒完了，國福不動，信徒換了一批，開始第二場，他還坐著。直到下午兩點，估計迎親的場面結束了，他才出去。他感到身虛乏力

第十五章

胃空欲反，是低血糖還是低心緒？

　　樓醫生站在對面的人行道上，見國福悶頭走過來，喚道：「國福，又去教堂了？」

　　「啊，是樓醫生，你出來散步？」

　　「你這麼虔誠，真想入教？」

　　「我不懂教理，怎能入教？」

　　樓醫生突然盯著他的臉：「你面色煞白，有啥不舒服？」

　　「沒啥，沒吃早飯。」國福岔開話題說：「樓醫生，你啥時候再進教堂？」一出口就意識到這話多餘。樓醫生在家祈禱了二十多年，已經習慣了，除非教堂回歸羅馬，否則在家進堂對他沒啥區別。

　　樓醫生長嘆一聲：「我這輩子怕是進不去了吧。」他舉手指著歪脖子十字架，「你看，它至今沒修復，大主教龔品梅還關在提籃橋[1]。不過，沒關係，我生前進不了教堂，死後可以去天堂⋯⋯「

　　樓醫生是幸福的人，他有不滅的希望和永生的未來。

　　「一大早去哪裏了？到現在才回來。」鍾毓英伸長頭頸站在門口等國福，他應付說去圖書館查資料了。他一進門就問：「她走了？」鍾毓英有意迴避：「你說誰？」國福疲竭地靠在椅子上，不滿道：「昨天你自己告訴我她今天過門。」國福不願說出南延清的名字。「你說延清啊，早上走了。」鍾毓英「淡然」說著去灶間熱飯。她抖著手鑒自來火，鑒了幾次，煤氣沒點著，淚先迷了眼。

　　早上鄰居們看熱鬧，鍾毓英遠遠看著南延清坐上麵包車，阿殷在一旁對她說，南延清這小囡有良心，眼睛哭成兩隻李子，哎，南延清找了個比她家還有銅鈿的，不然招個倒插門，也不用出嫁了。她有意說給鍾毓英聽。

---

1 提籃橋：上海監獄的名稱。

此後，怕觸景傷情，國福很少回公寓。不久，國慶在家結婚，國福有時連禮拜天也留院不歸。一次國慶打電話給他，說嚴軻將去日本，他要送一些書給國福。

嚴易真的一位日本同事重游上海，順便造訪嚴家，了解到嚴家的悲慘景況，不由唏噓。他問嚴軻需要啥幫助？嚴軻說他年近四十，差不多萬念俱滅，僅存上大學的夙願，如果可能，他想去日本圓這個夢。

那天下班路上，嚴軻第一次趕上國慶，告訴她，他辦妥了去國的一切手續。

國慶道完賀說：「好了，你總算解放了，你應該以出走為契機，走出自虐，告別過去，改變人生。」

「謝謝你的忠告，我不抱這樣的奢望，但不會放棄嘗試。」

「還打算回來嗎？」

「我沒有父母兄弟，是這個世界的孤魂野鬼，不過為出走而出走，哪裏在乎漂流的地方。」

國福帶了一幅國畫去送嚴軻。他在準備行李，說帶不了的書都在書櫥裏，讓國福自己挑。國福邊選書邊說：「你怎麼想到去日本留學？那裏有啥可學？」

嚴軻覺得國福了解他的處境，但和他隔一層心境，只得說：「日本朋友說，那裏上大學沒有年齡限制，我想去試試。」

「你喜歡日本？」

「我是被生活選擇而不能選擇生活的人，上天賜我難得的機會，我哪敢取捨。」嚴軻聽出國福生疑的口氣，不無辯解地說。

「你一個人去那邊，無親無故的如何生存？」

「可以邊上學邊打工維持生活。」

國福把要拿的書堆在桌子上：「你的身體這麼弱，能承受嗎？我真替你擔心。」

「我能活著走出共產黨的監牢，就不會在世界的其他地方輕易死去。」嚴軻說得一字一頓，臉上顯出烈士奔赴刑場的決絕。

此前白靈光早就出走了。

中美建交後兒子正華和女兒少華先後回國探親。正華已是橡膠業的一方巨頭，到上海時驚動了外事辦，他們詢問白靈光老夫婦對政府有啥要求。白靈光已經恢復區政協委員的職務，他謙遜道，自己的兒子，區區一個商人，又是回生養他的故鄉，怎敢驚動大駕。外事辦的人說，不，這不僅是你個人的事，它關係到國家形象。白靈光請組織放心，說如兒子回美國後說中國一個「不」字，我負一切責任。正華來前，里委按上級指示打掃公寓，還要去白家幫忙，被白靈光固執拒絕。

按規定白正華不能住父母處，白靈光又把退回的三樓上繳了國家，屋裏也沒他一家住的房間。正華下榻錦江飯店。回公寓時，他激動又愴然，除了門柱上的「福克」變成「福民」外，一切如故。自己一頭青絲出門，頂著兩鬢白霜回來，所幸老父老母歷經三十年滄桑，仍然硬朗，使他趕上敬一份孝心。他牽念小時候的朋友南守乾和南守坤，白靈光略略說了個大概，他連聲嗟惜，說去看南家伯伯。白靈光說，為免是非還是不去為妥。

兒子女兒一返美就來信邀請父母去探親。

白靈光去向南荃裕辭行。解放後，兩人很少往來，文革後完全斷絕了接觸。

南荃裕已不能起床，大小便都要人幫忙，南荃珍自己上下樓都心慌氣急，不能再照顧他，家裏請了一個保姆。

見到白靈光，南荃裕掙扎著欲坐起，哪裏由他，靠保姆抱托強行倚上床架，弄得他滿臉紫絳，好半天才喘出粗氣：「你看看……我們同齡吧……我是風中之燭，在床上等死，你卻腰板挺直……去美國……好福氣啊，有桂子蘭孫在那裏……都有出息了……你看我，大兒子死了，小兒子還在坐牢……到時連個送終的人都沒有……」他的嘴角掛下一絲絲涎液，保姆趕緊用手絹去擦。

「彼此彼此，我看上去不錯，終究八十出頭了，黃土沒到了頭頸，還不是說去就去，本該落葉歸根，卻冒險渡洋，也是不得已啊，這原因不講你也曉得。」白靈光也紅了眼，貼著南荃裕的耳根說。

「走吧，有一口氣，活著，就走吧，當年亞科夫⋯⋯斯基⋯⋯不是毛八十了，還打起鋪蓋逃命嗎？老白⋯⋯你聰明啊⋯⋯當初把兒子女兒送去美國⋯⋯免去多少災禍啊，我拎不清，優柔寡斷⋯⋯最後橫遭富貴危機，哎！」

「說起來多虧亞科夫斯基一句話，我沒告訴過你，當時我談了對共產黨的認識，勸他這麼大年紀不必走。他說誰願意逃難顛簸，他觀察蘇維埃統治俄國幾十年，得出結論，不能看他們怎樣講，而要看他們怎麼做。」

「唉，千真萬確啊⋯⋯千真萬確⋯⋯現在懂得也晚了⋯⋯怪我不好，當初遷就守坤，不然硬逼他走⋯⋯也留下一條根，不至一起滅亡⋯⋯」南荃裕濁黃的眼睛里滲出了水。

「也不能怪守坤，當時國民黨不順應民心，年輕人當然把希望寄託在共產黨身上。我們想實業救國，也指望解放後干一番事業。可惜，共產黨不利用和平環境搞經濟，無事生非專搞政治運動，製造敵人來鬥，一場文革更是民不聊生⋯⋯我們慘淡經營的企業毀於一旦，苟全一條老命已算萬幸⋯⋯真是人作孽，不可活啊！」他見南荃裕眼裏的濁水滾下來了，趕緊停住。

「不管怎麼講⋯⋯解放後，你甘當丹徒布衣⋯⋯平安度過這幾十年⋯⋯而我，哎，一失足成千古恨啊⋯⋯家破人亡，我如何面對列祖列宗？」

「你只知我外面行狀，哪知我肚裏文章，兒女走後，沒有通信自由，老太婆不知掉了多少淚。我掛著區政協委員的牌子，還要一百個說好，哎，哪是人過的日子。說出來太殘忍，我一直用你的不幸來自慰，不然哪能健康地活到今天⋯⋯你為之付出的代價無法清算。唉，不講了，

不講了，再講三天三夜也不會完，我走了，你要多保重。」

「你這一去，定然做……黃鶴……不會返回了，今生今世我們再也見不到了，讓我們在天堂……哎，天堂我去不了，只能去地獄……」南莖裕想伸出手和白靈光握，哪裏抬得起。

白靈光趕緊伸出雙手緊緊捏住南莖裕的手，兩人老淚縱橫……

八

祝秋藝也以為自己要出國了。她收到小開黃的信，說要來上海看她。她抓著只有一張的信紙，反反復復讀一遍哭一場，小開黃還惦記著她。當初她不跟他去香港，一步錯步步錯，這三十多年她過的是啥日子！唉，當初，當初……不去說了，這次一定要抓住他。她急切地回了一封情意綿綿的信，順便告訴小開黃自己獨身一人……

她按耐不住向喬玉珊報喜。南延清出嫁後，喬玉珊形影相弔守著空房，沒事就去找祝秋藝解懨氣，兩人一起用塑膠捲筒燙頭髮，然後頂著一頭螺絲圈，手勾手去買菜，熱絡得像一對女高中生。聽說祝秋藝要去香港，喬玉珊眼紅道：「你總算熬出頭了，只有我，這輩子沒指望了，守坤即使活著出牢，也只有半條命，還要我服伺他，我還有啥福享。」

「你也該知足了，到時兩個老的腳一蹬，一大幢房子，一大筆遺產還不都是你的。」

「講起房子，又出花頭了，你知道嗎？姚家阿二盯上延泠了，他沒有房子，毛四十歲討不上老婆，和延泠談朋友還不是為了房子。」

「延泠在街道服裝廠工作，又有房子和一筆財產，為啥不找一份像樣點的人家。」

「她談過幾個朋友，有兩個快敲定了，對方打聽到她有『花癡』毛病就吹了，只有姚家為了房子不顧一切。」

「姚家的人進了門你還有太平日子？以我看，在他們結婚前讓姑婆先分家，免得留後遺症。」

「我就為這事生氣，我提這話，姑婆面孔拉長了講，你阿公還有一口氣，等我們老的上天了，再分也來得及。還講，她也不喜歡姚家的人，但延泠沒爹沒娘，總不能一輩子獨身，延泠願意跟阿二好也是命。說到這地步，我還有啥可講。」

「算了，你也不用多擔心，真的分起來，守坤是兒子，不管他在牢裏牢外，只要他活著就拿頭份。」

喬玉珊惡言厲色地說：「沒有這麼容易，你想，為了進南家，我吃了多少苦，再加一場文革，差不多搭上一條命。姚家倒輕鬆，靠花花騙騙，搶這麼多房子，我也不讓他們太平。」

為迎接小開黃，祝秋藝忙著燙頭髮買衣服，橫一遍豎一遍地打掃房間，還一直掃到樓下吳家門口，鍾毓英不得不謝她一聲，她乘機告訴鍾毓英，香港的老朋友來看望她。

小開黃來上海，在華僑飯店開房間，他送祝秋藝一張赴宴的帖子。祝秋藝沒料到他請了好幾桌親戚朋友，她埋在人堆裏，興頭減了一半。小開黃毛七十了，看上去五十出頭。祝秋藝紅著眼圈擠上去，含嬌帶羞地招呼小開黃，小開黃握住她的手拍著說：「丹楓，認不出你了，認不出你了。」祝秋藝快哭出來了，三十多年，第一次有人這樣甜膩地叫她的藝名。小開黃介紹身邊一位四十多歲的女人，祝秋藝以為是他的女兒，眉歡眼笑地迎上去，不料是他的續妻，因太意外，祝秋藝不免失態，好半天才說出幾句寒喧話。

宴會上，小開黃講去香港後的創業史，祝秋藝明白了，這幾十年小開黃繼續他解放前在上海的事業，過著與她截然不同的生活，他哪裏還眷念曾經喜歡過的一個舞女？這次衣錦回鄉，賜她一張宴座，已給足她面子。

所有的期待都落了空，祝秋藝乘人不注意先走了。

祝秋藝一跤跌回現實，找了一個六十多歲的老鰥夫，當然是有資產有房子的資本家。她去請喬玉珊吃喜酒，喬玉珊狠聲說，你先吃南延泠的喜糖吧。

南延泠和阿二的婚禮在國慶節舉行，南家二樓的客廳和後間擺六桌酒席，多數是姚家的親戚。

姚大桶和阿殷喜得合不攏嘴，他們這樣的人家哪裏去找南家這種戶頭？南延泠雖然有毛病，但老毛死後沒發過，照老法講，相思病結婚後可根治。南家這麼大房子，老的一去，南延泠至少分一半，到時阿四阿五總可借點光。阿二剛和南延泠談朋友時，喬玉珊碰到他們就噘起嘴巴，他們擔心她從中作梗。近日南延泠講，喬玉珊在幫她佈置新房，還讓姑婆拿出四隻銀燭臺，講婚禮那天新房裏點大蠟燭添喜氣。夫婦私下議論，南延泠沒父母，爺爺是具活殭屍，姑婆操持不動了，喬玉珊是她親嬸嬸，唯一的長輩，她面子上也要過得去。

喬玉珊一身新衣，滿面笑容地在門口迎候，弄得姚大桶夫婦不知應對。阿殷巴結道：「玉珊，延泠的婚事，辛苦你了。」喬玉珊笑道：「延泠沒爹沒娘，我做嬸嬸的不幫誰幫？」阿殷阿諛道：「延泠有你這樣有良心的嬸嬸也是福氣，今後你也是阿二的親嬸嬸了，還望你多關照。」喬玉珊「大度」道：「我們也算親家了，彼此彼此，一家人不說兩家話。」

南延清在婆家坐月子沒有來。

喜筵開始了，喬玉珊讓姑婆代表南家入首席，自己依姑婆空佔一張位子，她裏裏外外忙得屁股落不下座，讓兩家的來賓感動不已。

上了十二道大菜，敬了七八巡酒，吃了兩個多小時。

月上中天，涼風漸緊。遠遠近近響起慶祝國慶的鞭炮聲。阿五阿六阿七頭到大院裏放鞭炮，阿二的同事開始嚷著鬧新房。

去樓上用廁的客人回桌說，樓上怎麼聞到煙味，有人說，可能是外面放的鞭炮味。一語末了，阿五阿六阿七頭慌手慌腳奔進來，說在下面看到新房裏冒火光。阿二一聽，衝出屋，三步並作兩步往樓上急跑。

不料，他一推開新房的門，和敞開的窗一通風，一股火焰兜頭向他撲來，他本能地後退，又聽「篷」得一聲，不知啥東西燃燒起來，一串更大的火團捲出來，堵塞了走道。阿二急紅了眼，捨命往裏衝。阿殷跟在後面叫：「阿二！阿二！」見阿二不應，又叫：「阿四阿五快去把阿二拉下來！」

人群湧在樓道口，嚇呆了的南荃珍想起了哥哥，哭叫：「延泠！你爺爺……你爺爺在樓上！」

南延泠已昏厥在地……

客人們亂作一團，一邊往外湧一邊嚷：「快叫救火車！」「快叫救命車！」……

救火車來了，大火撲滅了。熄滅的火燼中，南荃裕直挺挺橫在床上，屍體還有點熱氣，一雙眼睛竟然睜著，對著牆上那幅畫，《伊凡雷帝殺子》和他一起殉滅，只剩下燒焦的畫框……

這天半夜，姚大桶的抖抖病又犯了，叫來急救車送醫院，這次他沒作假，一去再也沒回來。

九

公寓裏張三李四出國，吳東旭和鍾毓英隔岸觀潮毫不掛心。有一天，國進回家，突然告訴他們，她不久也將出國，他們哈哈一哂，以為女兒開國際玩笑。

比起國慶，國進內向，她話不多卻有一股韌勁。她讀中小學時沒有嚴格的考試，父母也不在乎她的成績，只知道她喜歡英語。七六年中學畢業，她進紡織廠工作，沒事自學英語。一年後恢復高考，她連考兩年，終於如願進了大學。畢業後她進一家美國公司工作，辦公室在外灘剛竣工的三十層樓的第二十九層，這是解放後上海興建的第一幢高樓，摩天樓的玻璃牆魔鏡樣照暈了上海人，人們羨死在這裏進出的人，她卻一副寵辱不驚的派頭。

　　父母不知就裏，問她去哪國留學。豈知國進說她和同公司的美國人結婚，父母差點厥倒。

　　吳東旭說：「你出去留學，我們舉雙手贊成，但草率地和一個美國人結婚，我們不同意。」

　　「阿爸，你先不問我和他的關係——順便告訴你們，他叫邁克，就下一個我草率的結論，不是更草率嗎？」

　　「你進這家公司不滿兩年，就和外國職員敲定，難道不草率？」

　　「阿爸，我問你，當年你和姆媽結婚前談了多長時間？」

　　吳東旭語塞。鍾毓英急道：「你怎能和我們比？我們是中國人。你沒看報紙上說，美國人結婚離婚像兒戲，到時，他把你扔了怎麼辦？」

　　「美國離婚率高有它的原因，並不像報紙說的那麼可怕，美國的報紙把中國描繪成人間地獄呢。」

　　吳東旭追問：「你對他了解嗎？你到底喜歡他啥？」

　　「你們先問這句話才對，我知道他熱愛中國文化，也喜歡東方女性。他喜歡我，也是我喜歡他的原因，我也想通過他來了解西方世界。」

　　國慶和國福也無法接受這個事實。

　　國慶拉著國進說私房話：「你跟我說實話，你真的愛那個美國人？」

　　國進躊躇了一下：「坦率地說吧，百分之五十是愛，還有一半是為了去美國，或者說為了離開中國。」

　　「天哪，只有百分之五十，這太冒險了。中美兩國文化背景相差太大，你應該先去美國讀書，和他繼續相處一段時間，再作最後的決定。」

　　「你的意見我也考慮過，但我不能，第一年齡不允許，去讀學位，七拖八拖就過三十了。關鍵是，幾年後，我認為他不合適，和他絕交，等於利用他做出國的跳板。我們結了婚出去，今後，彼此好下去，最好，萬一有麻煩，好聚好散，我們誰也不欠誰。」

　　國慶無言，國進已不是天真的小妹妹，她啥都想到了。

　　國福不解地責備國進：「你想出國我贊成，但怎能以結婚為代價。」

　　國進動容道：「小哥，還記得嗎？文革前的一天，老頭在門外叫賣棒冰，我想吃卻沒錢，姐姐訓了我幾句，我快哭了。我見你起來，以為你去為我買棒冰，偷偷跟著你，我站在門口，看見你碰到延清和聚儀，他們都捧著雪糕，你狼狽地逃走了……」國進眼圈紅了，「從那天起，我就發狠心，一定要上大學，一定要出人頭地！然而這十幾年我看穿了，現在官復原職的幹部，補回文革的損失，連孫子的房子都撈好了，白家南家那樣的資本家也補了房子票子，而阿爸姆媽辛勞了一輩子，至今得到過啥？大哥姐姐和你也都努力奮戰過，全失敗了。姐姐三十好幾了，小囝都快三歲了，還找不到幾平方米的窟，娘家住幾天，婆家住幾天，這能叫生活嗎？我為你和延清的事暗暗地抹淚……」國進咬緊嘴唇，不讓淚流下來，「我不主動掙脫枷鎖，也難免父母的苦難，重覆你們的境遇……」

　　這些年，國福只當國進是可愛漂亮的小妹妹，忽視了她的聰慧和能力。國進把一切都看在眼裏，但啥也不說，她用行動回答，來證明自己的力量。國進比她的哥哥姐姐都能幹。

　　國平來為國進送行。他的問題拖了兩年，最後拿不到他打砸搶的證據，只得在他的檔案上寫：「因年幼無知，在文革中犯了錯誤，不追究刑事責任。」國平找了一位當地姑娘結婚，這次帶妻子一起回上海。

　　歡送國進的「最後晚餐」上，父母，國平夫婦，國慶夫婦和三歲的女兒聰聰，國福，全家濟濟一堂，悲喜交加地吃著說著：中國美國，過去未來……

　　聰聰問：「阿姨，你去的地方很遠很遠吧？」

　　「嗯，很遠很遠。」

　　「那你怎麼去？」

　　「坐飛機去。」

　　「飛機是啥？」

　　「飛機就像小鳥在天上飛啊，飛啊，飛到大海的那一邊。」

　　「那麼明年我變成一隻小鳥，飛到阿姨那邊去。」

國慶笑道：「飛到那裏要簽證的。」

「簽證是啥？」

「簽證是⋯⋯」國慶想不出一個讓聰聰能懂的解釋，「簽證是不讓你想飛就自由地飛過去。」一直強顏歡笑的鍾毓英忍不住滴起了淚。國慶忙勸：「國進又不是去黑龍江，你擔心啥？」

「黑龍扛再遠總在自己的國家，有啥事她來不了我們可以去。去美國雖不愁吃穿，但受了委曲別說回娘家，連個說話的人都沒有！」

這是全家心照不宣的隱憂，被鍾毓英一挑破，都傷感起來，紅眼的紅眼，抹淚的抹淚。聰聰見一桌子人突然靜默下來，以為在替她想如何飛過去，自作聰明地說：「有辦法了，我躺在阿姨的箱子裏飛過去。」

天真的想像，讓大家破涕為笑。

國進走後，上海悄悄颳起了出國風。醫院不時有人出走，也攪動了國福的心。國進來信說，如果他有出國的願望，可以讓邁克幫忙。國福怕影響妹妹的聲譽，沒有接嘴。

不久，嚴軻陪一個日本人來上海辦事，他西裝革履，樣子比出國時還年輕，他告訴國福日本比預想的還要好。還說國福想去，他可以幫忙。國福難以改變對日本的成見，為應付他的好意，說抽空先學些日語做準備。

半年後的一天，國福騎車下班，經過人民廣場時無法通行。原來大學生在示威游行，他們要求剷除腐敗，實行民主。

晚上，國福在美國之音聽到一條新聞：鄧小平主持一個生活會，追究造成學生運動的過失，中共總書記胡耀邦被迫辭職。事態表明，鄧小平雖然退居二線，仍然是共產中國的實際主宰。

國福一夜沒合眼。

次日，他寫信與嚴軻聯繫，請他幫忙辦理去日手續，三個月就下了簽證。

　　行前，國福決定去向南延清告別。

　　南延清常回家看望母親。那次火災後，公安局分析事故現場，斷定是蠟燭倒地引燃。喬玉珊主動去派出所投案，哭天哭地說，是她放火燒死了公公和姚大桶。公安人員見她瘋言瘋語，說得似是而非，就帶她去精神病院檢查。醫生做出結論：受驚嚇刺激，喬玉珊一過性[1]精神失常。從此她落下一個病根：怕點煤氣，更見不得火。她只得一日三餐去居民食堂和點心店。一次看見清掃工在馬路上燒梧桐樹葉，她奔回公寓，在院子裏狂呼亂叫，「著火啦！殺人啦！著火啦！殺人啦！」那時，鍾毓英或其他鄰居就去理髮店叫南延清。

　　國福在旋轉椅上坐下來，南延清說：「我以為你永遠不來這裏了！」

　　「但願是最後一次！」

　　「我知道你早晚要走，上次沒去土插隊，這次決不會放棄洋插隊的機會。」

　　「都是你賜予的！」

　　「你真會記『恩』呢！」

　　「沒齒不忘！」

　　「……」

　　「還回來嗎？」

　　「回來怎樣？不回來又怎樣？你能鋸走公寓門口的梧桐樹樁，你能拔盡它的根嗎？」

　　「……」

　　終於要走了。真的告別福民公寓，國福才知道一直最恨的這座公寓其實是他的最愛，他的血肉已砌進它的一磚一瓦，無法和它分離，永遠——

　　吳國福把靈魂留在福民公寓，帶著一身軀殼走了，飛機冉冉上升，清淚簌簌而下……

　　他想伸出頭，向大地吶喊，別了，福民公寓，請等待我的回歸……

---

1 一過性：醫學術語，指短暫性。

福民公寓

别了，
福——民
公寓！
别了，
福————民
公寓！
别了……

後記 弦斷有人聽

　　在自古流傳的名言中，韓愈《馬說》中的「千里馬常有，而伯樂不常有」最易引來反論。且不說，唐代前伯樂常有：周文王渭水之濱識姜子牙，鮑叔牙向齊桓公薦管仲，蕭何月下追韓信，劉備三顧茅廬等等，都是膾炙人口的典故。唐以後就更多了，尤其在文學領域，因爲文學的獨特性，既有文人相輕的一面，也有無數伯樂識人相携的嘉話。

　　最著名的是北宋時的歐陽修，他一手獎掖的文學大家就有蘇洵、蘇軾、蘇轍、曾鞏、王安石、司馬光等人。而成名後的蘇軾繼承歐陽修的精神，開導了黃庭堅、秦觀等年輕詞人。到近現代興辦報刊雜志，出現編輯這一職業，文學才俊被發掘的例子更難勝數。魯迅的第一篇短篇小說《懷舊》署名周逴投稿《小說月報》，主編惲鐵樵獨具慧眼，賞識不知名的「周逴」的才華，熱情回信贊譽，還特加按語向讀者推薦。而魯迅不僅在寫作上悉心指點文學好苗，還在財力上資助生活困難者，其中就有柔石、白薇、蕭紅、蕭軍等名作家。

　　國外這樣的美談也比比皆是。

　　一九二一年，現代派意識流鼻祖喬伊斯的代表作《尤利西斯》在美國遭查禁，巴黎著名的「莎士比亞書店」主美國人西爾薇婭仰慕喬伊斯的天才，出手印刷無人看好的《尤利西斯》；著名詩人埃茲拉·龐德發現了T.S.艾略特、羅伯特·弗羅斯特等詩人；著名作家舍伍德·安德森扶持了兩位諾貝爾文學獎得主——海明威和福克納；卡夫卡故世後，他的摯友布羅德整理出版他遺囑銷毀的未完成作品《審判》《城堡》《失踪者》……

　　突兀快閃出古今中外那麼多文壇韵事，皆因我自覺也幸得庶幾可媲美的知遇，儘管不敢由此逞性自傲去攀附忝列，以圖流芳于世，畢竟相映成趣，故仍素心下筆，呈本于案。

　　去年，鄙人斗膽寫了一部長篇文學評論《誰說盡上海——< 福民公寓 > 與 < 長恨歌 > 之比較》，這是近乎「文學碰瓷」之作。論《福民公寓》與《長恨歌》兩書作者，一個是寂寂無名的業餘寫作者，一個是中國作協副主席；論兩書的知名度，前者在港臺出版，陷在浩瀚的書海中不起眼；後者如囊中探物折桂多項文學獎，又改變成電影、電視劇、話劇，風靡一時，經過二十年的喧囂已成「經典」。何況《誰說盡上海》還批駁了李歐梵、王德威等文學評論大家，即使港臺文壇也是唯名家的是非而是非，自然不會有文學刊物願登載。

　　困頓之際我有緣結識李豐果先生。他不僅謬誇《誰說盡上海》，還自薦由他在加拿大創辦的出版社鋟梓。欣忭間我不免爲他杞憂。時下，各國出版業都舉步維艱，各類出版社紛紛息業倒閉，他憑何膽魄逆流而上？更讓我敬佩的是，他辦出版社的主要目的，是爲海內外的中文獨立寫作者提供一個平臺，協助他們把壓在抽屜的「禁作」面世。

　　李豐果出版了《誰說盡上海》後，又延伸閱讀《福民公寓》幷作出超出作者期待的高度褒評。他對故事情節和人物的理解吻合作者的構思，對作品的藝術和思想價值的真知灼見，貼近作者所表達的內涵，使作者感受交逢知音的愉慰，也樂意承接他的惠顧，由他的出版社複製《福民公寓》第三個版本。

　　李豐果編審文稿的篤專與在行，讓我進一步見識了他的職業素養。他不是簡單地完成任務式地發行一本書，而是把出版一本書當作自己的一件製品，一絲不苟地校稿自不必說，他還以與作者同樣的心態斟酌修繕。他認爲《福民公寓》的第一人稱與第三人稱切換的模式，是小說美中不足的瑕疵，不妨全文改成第三人稱，以避免造成不必要的以形害意。

　　於是便有了這本新版《福民公寓》。

　　李豐果論斷文稿的鑒賞力及在封面設計上的創意，使我聯想起被大英百科全書譽爲「二十世紀最有影響力的美國編輯」麥克斯・珀金斯。

珀金斯以激發作者寫出最佳作品的能力而聞名，菲茨杰拉德的《了不起的蓋茨比》，海明威的《太陽照常升起》，沃爾夫的杰作的《天使，望故鄉》等杰作，都由他一手編審誕生。珀金斯編劃托馬斯·沃爾夫的《時間與河流》時，與作者同吃同住兩年，删去一百多頁內容，才磨出一部傳世經典。

珀金斯倡導的編輯觀是，用精湛的技巧審閱潤色每一部作品，將生命注入一本本豐粹的著作，因爲書籍既對當下的人生、社會産生巨大影響，還有流傳後世的意義。所以，出版不僅是一種職業，還有背負傳播思想、更新價值觀，爲人類文化作貢獻的使命。

高遠的見地鑄就了珀金斯的輝煌偉業。

李豐果身上不乏珀金斯的資質。

可惜，李豐果今日所處的環境與珀金斯的當年不可同日而語，珀金斯面對的是可以自由寫作的作者群，可以得到無數優秀稿源。而李豐果身處價值觀紛亂、被金錢和名利主宰的中文世界，他需「尋覓」敢于逾禁的獨立著作者，勉勖他們書寫保存被「正統」抹殺的佳作，拾遺補缺地搜輯記錄歷史真相的民間「野史」。因此，他從事的工作遠較珀金斯更艱巨也更珍貴，也只有懷具理想主義的寬邃胸襟，心存推進自由民主的峻邈眼界，才甘于做這件意義深遠的事。

當然，李豐果的事業還剛開始，要結出珀金斯那樣的碩果還有很長的路要走。我堅信以他的禀賦和才氣，尤其是難得的責任心和奉獻精神，他會抵達自己奮進的目標。

當他如願爲後人留下真實的歷史和真誠的文學時，他也就在出版業留下了自己的足迹。

二〇二四年一月

附錄一　香港版後記

　　起首寫這本小說時，我就知道它未來的命運。

　　那年我在日本一所大學攻讀碩士。第一學年考完試，我預習來年的課程，除了撰寫有關日本戰後文學的畢業論文，還需必修幾門古典文學，與選題關係甚遠又頗具難度的科目，激增我久壓的那個欲望，我不能不猶豫，化雙倍時間完成學業，還是立即實施自己的計劃？

　　對再奮力一把就可到手的學位，我不能免俗，但當初迂回轉學文學并非爲一紙文憑。

　　幾年前，我結束日語學習進大學研修文學，去日本入國管理局簽證時，接手的官員擱置了我的申請，他們要審核我「這個醫務工作者爲什麼改學文學？」我沒有用他們周知的事——文豪魯迅和郭沫若就是在日本弃醫從文的——去申辯，如今的中日都不同于各自的八十年前，審查官有理由這樣處置。指導教授知道我遇上周折，善意地問我同樣的問題，我迫不得已地托出隱藏的心願：「我想寫一部關于文革的長篇小說。」

　　是的，這個念頭已經醞釀很久了。

　　以「傷痕文學」爲發端，部分和全部描述文革的作品也不算少，有些還產生過轟動，但我讀一部加深一次遺憾，怎麼沒讀到自己感受過的驚心動魄？它提示我，自己的體驗是獨特和非尋常的，既然他人「輕易」寫就了一本書，自己爲什麼不可以，而且爭取寫的更好？

　　這意念無論在內心多麼堅定，畢竟是自我矢志和約言，完不成可以自慚自賴的。然而一旦對日本教授說出口，尤其是得到了許可，自尊限令我把它作爲一項必須履行的使命。

　　最終，創作的衝動不耐我續啃深奧的古典，我決定終止學業。

　　去哪裏寫作？回文革發生地當然最合適，但那裏仍然存在許多思想禁囿，是許多文革作品缺憾的因由。要擁有絕對自由的心靈，必需在絕對自由的環境。日本是這樣的國度，但它不隨便給外國人分享。我只得從歐亞大陸極東的島國，輾轉到極西的島國。本土人口不足四百萬的小國愛爾蘭，因出過王爾德、葉芝、喬伊斯、蕭伯納等許多世界著名的作家，而被稱爲文學大國，它給了我從事寫作的寓居方便，那是一九九六年，離文革爆發正好三十年。

這真是一個適合寫作的地方：窗前，四季常青的草甸一片片鋪展，稀疏的牛羊群幾乎不動地站著吃草休憩，宛如一組組動物雕塑，只有在和平至極的氛圍中長大，才會養成這般超常的寧靜；遠處，參差的山巒顯著層次清晰的深淺黛色，是天然的叠嶂畫屏，裝飾著一碧如洗的背景天空；有時風很大，但你感覺不到，因沒有讓風發揮爭鬥的障礙物。

一切都給我準備好了：充足的時間，完美的環境，還有靠全力支持的妻子打臨工，我可以暫時不愁溫飽的「優裕」。

然而面對恬美的景色，我非但沒感到安寧，反而涌上巨大的害怕，猶如自稱會開刀的人站上了手術臺，籍口沒有了；退路沒有了；成敗是一刀見紅的檢驗：你是否具備寫作能力？

坐在寫字臺前，我心神難安。

一九八二年發表第一篇稚拙的短篇小說起，自己瞎子摸象地雜亂寫作，也發表了數十萬字的文章和作品，但仍沒把握構建長篇小說，有點後悔自己輕率地把意願變承諾，登上騎虎之勢。

這是背水之陣，除了奮前，別無選擇。

從開篇到第一稿殺青，幾番摸索才找到寫作路徑，然後第二稿第三稿的修改。支撐我寫作的與其說是技巧，不如說是獨特的體驗，文思凝滯時，親歷過的生死悲哭的人事，像栩栩如生的電影鏡頭走到我筆端。這是百無一是的文革的唯一良性副產品——給寫作者提供了豐沛的生活素材。猶如安史之亂使杜甫哀吟出讓他成為詩聖的諸多名篇，「身閱興亡浩劫空」，「分明怨恨曲中论」，我把文革演化成這部《福民公寓》。

二〇〇一年初，我帶著《福民公寓》返回上海，去某出版社商談出版事宜時，編輯一聽小說內容就預告我：「文革的題材過時了。」

等結論間，我去看望已退休的中學語文老師，她聽說我寫了這樣一本書，大驚：「你怎麼去寫文革？那怎麼會出版呢？」她為自己學生浪費了精力可惜，也道破了中國出版業的一個現實。

果然，最後出版社婉拒了文稿，哪怕自費也不行。

按時下審查文藝「政治正確」的標準，真正過時的東西應不敏感更不犯禁，從秦始皇到乾隆的各朝皇帝都上了舞臺，還成了熱門；而犯禁的東西肯定沒有「過時」，試想，影響了十億人的一場浩劫，不過剛剛過去二十年，怎比二百年和二千年前的事還冷僻？

這番既「過時」又犯禁的悖論，為《福民公寓》添了點份量，它可算一個褐藥，提示描寫文革的大作品當在完全解禁之後，它至多是後繼者的引章。

還好有一個香港，當年因不幸淪為英國殖民地，而幸免文革的禍害，如今又是唯一有出版自由的地方，使《福民公寓》在此落生。但願讀者通過此書增加對文革的認識，并思索香港和中國的前途。

對我來說，沒有辜負上蒼賜予我的那段難忘歲月，吃辛吃苦交出一本書，完成一椿夙願就心滿意足了。

喻智官
二〇〇二年十二月於愛爾蘭

附錄二　臺灣版後記

「不到臺灣不知文革還在搞」。

十多年來，不知發端於大陸還是肇始於臺灣的這句話，在海峽兩岸廣為流傳，每次聽聞我總不免啼笑皆非。

單看這些年臺灣島上經常出現的場景，如此形容確實「很神似」。從二〇〇〇年起的歷次臺灣總統選舉，到施明德領導的「紅衫軍」集會抗議，但見：街頭藍綠旌旗鬥豔狂舞，匯成一片片躍蕩的旗海；廣場擠滿紅衣紅褲的男女老少，湧起一波波激動的人流；還有喧天的鑼鼓震地的口號，面紅耳赤的人聚在一起的大辯論；再添上蔣介石銅像被次第推倒，熱鬧的陣勢和「亂象」與文革何其相似乃爾！

然而，一旦細究彩旗下的運動形式和內容，對比紅衣內的心態和情感，就明白這個比喻蹩腳到近似戲謔。把民主化後轉型期社會的有序混亂，類比獨裁者毛澤東主導下的恐怖暴亂，恰似把一尊有斑點的絲綢燈罩等同希特勒手下用猶太人的人皮製作的燈罩。只有得不到自由的大陸人才會對臺灣民主作出這樣無知的抹黑，也只有沒親歷過文革的臺灣人才會對大陸文革作出如此天真的曲解。

我由此冒出一個念頭，萬望臺灣人能讀到《福民公寓》，那樣，他們就知道什麼是文革了。今次，承蒙秀威出版社厚愛，拙作《福民公寓》終於遂願與臺灣讀者見面。

我不知道臺灣讀者的閱讀反應，也許有人掩卷之餘不無驚詫地疑惑「這一切是真的嗎？」

《福民公寓》是小說，故事是「虛構」的，但「一切」又是真實的，是文學的真實，講述我的文革見聞和感受。

一九六六年夏天，我十一歲，剛讀滿三年小學，「突然」燃起了文革戰火，大、中、小學隨即停課鬧革命。兩年後雖然複校，我也按著中學、高中讀上去，但老師已不再正常授課，課堂也不復舉行考試，直到一九七六年。

文革早期，父母僥倖不屬於「黑八類」，我「無罪一身輕」，今天看這家被抄，明日觀那人挨鬥，又不必枯燥乏味地啃書本，快活地天天趕「嘉會」看「白戲」，「少年不知愁滋味」，消遣著不可承受的「輕鬆」。

十年後方知，黃金般的年華都化成了糞土，白玉似的歲月都攪成了豆渣，千般悔恨與誰訴，「老大無堪還可憎」。更有那無端驚夢，喚來含冤逝去的人物，複現於我的腦屏不肯離去，他們追問我催促我，記下他們的生死歌哭。

法國哲學家雷蒙‧阿隆說過：「歷史是由活著的人和為了活著的人而重建的死者的生活。」歷史如此，特定歷史題材的文學何嘗不應如此？秉持這種精神，上世紀九十年代，我搦筆寫《福民公寓》。當我在稿紙上打開《福民公寓》「大門」，我的受苦受難的「左鄰右舍」們，一個個爭先恐後地返回來，走進我的筆端……他們在文革中的一幕幕喜劇、鬧劇、慘劇重新開場，不止文革，他們在一九四九年後的生活實態也再次展示，借助他們，我用《福民公寓》微縮了大陸那幾十年的社會變遷。

清代詩人趙翼的名句：「國家不幸詩家幸，賦到滄桑句始工。」道盡了我和《福民公寓》的甘苦。

倘若臺灣讀者難以想像竟有這樣的「公寓」，那恰是你們的福分，因為臺灣被大陸「拋棄」，或者說臺灣「拋棄」大陸，才使臺灣人免遭文革的荼毒和貽害，還因此順利走上民主化的坦途，我的《福民公寓》也循此登上寶島。

遺憾的是，因為內容觸犯禁域，《福民公寓》無緣在文革發生地出版，這是大陸「官方」對《福民公寓》「真實性」的認定，也是對《福民公寓》藝術性的最佳褒獎，我以此自矜，也以此為榮！我達到了自己預設的目的——用文字「記錄」歷史的真相。

　　不容許評說一件已經成為歷史的大事件，足以表明這個大事件還遠未結束。所以，確切地說，還在搞文革的不是臺灣而是大陸，《福民公寓》就是文革結束與否的檢測器，直到《福民公寓》在大陸公開出版的那天，我們才可以給文革打上一個沉重的句號。

　　相信臺灣讀者和我一樣也在期待那一天早日到來！因為那一天並非與臺灣無關。

喻智官
二〇一二年二月十日於愛爾蘭

附
錄

喻智官簡介

獨立寫作者。一九五五年生于上海。一九七六年畢業于上海某衛校，同年進上海某市級醫院擔任臨床醫生。一九八八年赴日本留學，日本國學院大學日本文學專業研究生肄業。一九八二年起兼事文學寫作。著有長篇小說《福民公寓》、《殉葬者》，長篇紀實作品《獨一無二的反叛者——王若望》、《鳳毛麟角曹長青》等。一九九六年從日本移居愛爾蘭至今。

喻智官作品

長篇小說：《福民公寓》，臺灣秀威資訊科技股份有限公司二○一二年出版。小說以上海「福民公寓」爲背景，全景式地呈現了上海文革的慘烈實況。

長篇小說：《殉葬者》，臺灣秀威資訊科技股份有限公司二○一八年出版。小說講述在政治蹂躪人性的禁欲社會，戀人戀情如何被政治高壓异化，最後在六四變遷後的時代以悲劇落幕。

長篇紀實作品：《獨一無二的反叛者——王若望》，臺灣秀威資訊科技股份有限公司二○一三年出版。作品書寫著名民主人士王若望爲爭取中國的民主化，年輕時反抗國民黨，到晚年反叛共產黨，爲此三度入獄，最後流亡美國客死他鄉的一生。

長篇紀實作品：《鳳毛麟角曹長青》，臺灣前衛出版社二○二三年出版。作品記述曹長青當記者後迄今四十年一以貫之特立獨行的人生軌跡。

福民公寓

作　　者：喻智官
責任編輯：李豐果
封面設計：Go-Design
出　　版：飛馬國際出版社 (Pegasus International Press)
網　　址：https://www.pegasus-book.com/
電子郵箱：pegasusinternationalpress@gmail.com
出版日期：2024 年 5 月
國際書號：978-1-0688140-0-6
版權所有・不得翻印

Published in Canada by Pegasus International Press
Library and Archives Canada Cataloguing in Publication
Title: Fumin Mansion (Traditional Chinese)
Names: Zhiguan Yu, author
ISBN: 978-1-0688140-0-6 (paperback)
ISBN: 978-1-0688140-1-3 (ebook)

www.ingramcontent.com/pod-product-compliance
Lightning Source LLC
Chambersburg PA
CBHW030921120726
47906CB00002B/434